Rolf Schneider
Schonzeiten

Rolf Schneider

SCHON ZEITEN

Ein Leben in Deutschland

Für Thomas Grolle
von
Rolf Schneider
11.9.13

be.bra verlag

Bibliografische Information der Deutschen Nationalbibliothek
Die Deutsche Nationalbibliothek verzeichnet diese Publikation in der Deutschen Nationalbibliografie; detaillierte bibliografische Daten sind im Internet über http://dnb.d-nb.de abrufbar.

KulturBrauerei Haus 2
Schönhauser Allee 37, 10435 Berlin
post@bebraverlag.de
Lektorat: Gabriele Dietz, Berlin
Gesamtgestaltung: Therese Schneider, Berlin
Schrift: Meridien 9,5/14 pt
Druck und Bindung: GGP Media GmbH, Pößneck
ISBN 978-3-89809-102-2

www.bebraverlag.de

Die Geschichte meines Lebens aufzuschreiben ist eine morbide und entwürdigende Aufgabe.

GILBERT G. CHESTERTON

Die Schonzeit bezeichnet den Zeitraum, in dem Fang und Tötung von Wild durch das Jagdgesetz verboten sind. Für Tiere, die nicht dem Jagdgesetz unterstellt sind, gibt es keine Schonzeiten.

KONVERSATIONSLEXIKON

Jeder erlebt die Symbole seiner Zeit. Bloß werden sie ihm oft erst später verständlich.

ROBERT MUSIL

1

Vor dem Gerichtsgebäude warten sechs Überfallwagen der Berliner Polizei. Mehrere Beamte in Uniform schlendern über die Turmstraße, Walkie-Talkies in Händen und Wind im Gesicht. Der Seiteneingang unmittelbar neben dem Hauptportal ist von metallenen Absperrgittern flankiert. Die Tür wird nach dem Drücken eines Klingelknopfes geöffnet, ich darf einen Vorraum betreten, dessen andere Tür sich erst nach dem Schließen der ersten bewegt.

Ich stehe in einem kahlen Kontrollraum mit gekalkten Wänden und kahlen Lampen, mit Schließfächern, mit Kabinen für die Leibesvisitation. Ich muss meinen Personalausweis vorzeigen. Ich muss meinen Aktenkoffer abliefern. Ich muss sämtliche Gegenstände, die ich bei mir trage, auf die Tischplatte legen. Ich werde mit einem Metalldetektor abgesucht. Ich muss meinen Mantel und meine Jacke ausziehen, sie werden befühlt, während ein Beamter meinen Körper mit den Händen abtastet. Ich muss mich auf einen Stuhl setzen, meine Schuhe abstreifen, damit der Beamte auch meine Füße abtasten kann. Mein Aktenkoffer wird in ein Schließfach gestellt. Ich erhalte eine apfelsinenfarbene Papiermarke, als Beleg, man händigt mir außerdem eine grüne Papiermarke aus, die mir den Einlass ermöglichen soll.

Der Zuschauerraum des Verhandlungssaales 500 im Berliner Landgericht ist über eine steile Treppe zu erreichen. Der Justizbeamte an der Tür nimmt mir meine grüne Marke ab. Die Bänke sind kaum zur Hälfte besetzt, überwiegend von alten Leuten, sie sind weißhaarig, manche tragen ein Hörgerät. Auf den Pressebänken sitzen fünf Personen. Der Saal zeigt Stuck am Plafond und dunkles

Paneel an den Wänden. Gläserne Sicherheitskabinen stehen links und rechts, aber sie bleiben leer, die Angeklagten und ihre Verteidiger sitzen an Tischen unmittelbar davor.

Es ist der 84. Verhandlungstag des Strafprozesses gegen Egon Krenz und andere. Von den ursprünglich sechs Angeklagten blieben nur mehr vier: Dohlus, Kleiber, Krenz, Schabowski, einstige Mitglieder des SED-Politbüros und in dieser Eigenschaft beschuldigt, für Tötungen und versuchte Tötungen an der innerdeutschen Grenze verantwortlich zu sein. Wegen ihres schlechten Gesundheitszustandes wurden die ursprünglich mitangeklagten Hager und Mückenberger aus dem Prozess entlassen. Sie sind Greise von über achtzig. Auch die verbliebenen Angeklagten stehen alle im Rentenalter, die Richter und Beisitzer der 27. Großen Strafkammer könnten, dem Alter zufolge, ihre Enkel sein. Der Vorsitzende Josef Hoch war noch nicht geboren, als die Berliner Mauer entstand.

Als ich eintrete, ist Egon Krenz dabei, eine Erklärung zu verlesen. Es geht um die Schusswaffengebrauchsbestimmung, die für die Grenztruppen der DDR gültig war und die fast wortwörtlich übereinstimmte mit der Schusswaffengebrauchsbestimmung für den Bundesgrenzschutz. Egon Krenz liest, wie er schon früher vortrug: mit jenem hochpathetischen Ton, den er als langjähriger Jugendfunktionär erwarb. Der weißhaarige Mann, neben dem ich sitze, nickt dazu, unentwegt, als wolle er zustimmen, erst später bemerke ich, dass dieses Nicken weitergeht, auch als Krenz geendet hat, es handelt sich um einen nervösen Tremor.

In den folgenden Stunden erlebe ich eine für mich gespenstische Wiederkehr von Vergangenheit. Schon die Kontrollmaßnahmen am Eingang haben mich an die alte DDR erinnert: Sie schienen einzig den Zweck zu haben, mich einzustimmen. Die Greise, zwischen denen ich sitze, zeigen die verwelkten Physiognomien und das versteinerte Gebaren hoher SED-Funktionäre. Die Wörter, die aus den Lautsprechern fallen, heißen Klassenauftrag, Grenzregime, Nationaler Verteidigungsrat, Nomenklaturkader: Wortmüll eines verwehten Präteritums, das hier zu geisterhafter Auferstehung erwacht. Krenz blickt mich an. Seine Augen wirken leer. Es ist der Blick eines, der mit der Macht alles Selbstverständnis verlor, der nur noch taumeln kann zwischen Trostlosigkeit und Trotz. In der Pause werde ich gefragt werden, was ich beim Anblick dieser Angeklagten empfinde. Ich werde antworten: Ein Gefühl leisen Triumphes und zugleich ein Gefühl der Scham.

Ein Zeuge wird gerufen. Es tritt auf ein kleiner alter Mann mit dünnem Haar, er hält einen Hut in der Hand, den er auf den Zeugentisch legt, er trägt einen grauen Kunststoffanorak, den er über die Lehne des Zeugenstuhles hängt. Umständlich befestigt er ein Hörgerät an seinem linken Ohr. Der Justizbeamte neben dem Saaleingang lehnt gelangweilt den Kopf an die Wand.

Der kleine alte Mann arbeitete einst als Sektorenleiter in der Abteilung Sicherheit beim SED-Zentralkomitee, sein militärischer Rang war Generalmajor. Er berichtet, die Sekretariate des Zentralkomitees hätten Weisungsbefugnisse nur innerhalb der Partei besessen, während für den staatlichen Betrieb Regierungsstellen zuständig waren: im Bereich der Grenztruppen der Verteidigungsrat und das Verteidigungsministerium. Der kleine alte Mann beherrscht noch mühelos die untergegangene Sprache der SED-Nomenklatura, mit ihrer Verbarmut, mit ihren endlos fortwuchernden Genitiven, er redet von der Partei- und Staatsführung und vom Genossen Generalsekretär.

Die Strategie der Angeklagten besteht darin, die juristische Verantwortlichkeit der Partei und deren Führung für das Grenzgeschehen zu leugnen. Es scheint, das Gericht lässt sich darauf ein. Ein anderes Argument der Verteidigung, bei Grenzproblemen sei die Souveränität der DDR durch die Sowjets eingeschränkt gewesen, hat es bereits akzeptiert: am 80. Verhandlungstag, vor zwei Wochen. Es dürfte auf eine Strafminderung hinauslaufen. Gleichwohl bleibt es dabei, dass die SED in der DDR die entscheidende Kraft war, auch laut Verfassungstext; angesichts der durch das Bundesverfassungsgericht bestätigten Urteile gegen Todesschützen und deren militärische Vorgesetzte ist eine völlige Straffreiheit kaum zu erwarten.

Der Vorsitzende fragt höflich, und der Zeuge entgegnet. Manchmal versteht er die Frage nicht. Der Justizbeamte neben der Tür schläft, halboffenen Mundes. Lethargie hängt im Saal wie eine unsichtbare Wolke. Egon Krenz macht sich Notizen. Die drei anderen Angeklagten starren vor sich hin. Der Verteidiger Pfanneschwarz liest im *Spiegel*.

Die Angeklagten, das weiß man, da sie es öffentlich mitgeteilt haben, betrachten den Prozess als einen Akt von Siegerjustiz. Daran ist wahr, dass Unrechtshandlungen, die eine politische Macht beging, immer erst justiziabel werden nach deren Niedergang. Es stellt sich die Frage nach Sinn und Nutzen einer Strafverfolgung in diesem besonderen Fall. Geht es um Prävention? Die Angeklagten werden nie wieder Macht haben über ein Grenzgeschehen oder überhaupt politische Macht. Geht es um Vergeltung? Sie ist Urgrund aller Strafverfolgung, aber, gestehen wir es ein, sie ist zutiefst atavistisch, vormodern, kein Verbrechen lässt sich wirklich abgelten, die aufgeklärten Strafziele heißen Sicherung und Erziehung. Wovor sollte man diese Angeklagten bewahren und wozu erziehen? Prävention meint auch Abschreckung. Von der wissen wir, dass sie kaum greift, am wenigsten im Politischen: Die Aburteilung der Hauptkriegsverbrecher 1946 in Nürnberg hat eine Wiederholung der damals verhandelten Verbrechen anderswo in der Welt nicht verhindern können. Der einzige Grund, über politische Untaten zu richten, bleibt die Tatsache, dass nicht über sie zu richten noch unerträglicher wäre.

Die Schuld der DDR-Führung ist außerordentlich. Sie reicht von schweren Menschenrechtsverletzungen über Misswirtschaft, Begünstigung, Fälschung und Lüge bis zur völligen Pervertierung einer großen Emanzipationsidee. Egon Krenz wird nur für die indirekte Mitwirkung an Totschlag belangt. Ich fühle mich an Al Capone erinnert: Er hatte fürchterlichste Verbrechen begangen, aber er wurde verurteilt wegen Steuerbetrug.

Moralische und juristische Schuld sind zweierlei Ding, ebenso wie Gerechtigkeit und Recht. Günter Schabowski, intelligentester der vier Angeklagten, hat wenigstens seine moralische Schuld akzeptiert, die anderen haben nicht einmal das. Egon Krenz sieht den Vorsitzenden Richter als Erfüllungsgehilfen von Bundeskanzler Helmut Kohl. Er projiziert seine an der DDR gewonnene Vorstellung von abhängiger Justiz auf die 27. Strafkammer beim Berliner Landgericht.

Die ist formal völlig unabhängig, natürlich, unempfindlich gegenüber dem Zeitgeist ist sie kaum. Dass die allgemeine Stimmung gegen die frühere DDR-Führung sich gewandelt hat, nicht zur Nachsicht, doch zu Gleichgültigkeit und Desinteresse, wird ihr kaum entgehen. Vielleicht macht dies die Richter gelassener. Vielleicht macht es sie nachsichtiger. Ohnehin wirken Begriffe der alten DDR-Terminologie in ihren Mündern sonderbar befremdlich, fast ein wenig obszön.

Die Zeugenvernehmung wird unterbrochen, für eine Pause. Der Justizbeamte schließt die Tür auf. Das Treppenhaus ist für solchen Andrang zu schmal, die Greise murren, ein paar von ihnen hocken sich auf die Stufen. Ein dänischer Journalist tritt heran und fragt sie nach ihren Eindrücken. Sie straffen sich. Sie blühen förmlich auf. Sie wiederholen die Argumente der Verteidigung und wechseln unvermittelt ins Aktuelle: Hier würden Kommunisten verfolgt, und draußen auf den Straßen marschiere der Faschismus! Der Journalist notiert es gehorsam. Mein weißhaariger Nachbar von der Zuschauerbank nickt nachdrücklich.

2

Das Kind, das ich einmal war, wurde geboren und wuchs auf in der sächsischen Industriestadt Chemnitz. Unter den drei großen Kommunen des einstigen Königreichs und nunmehrigen Freistaates Sachsen spielte Chemnitz immerfort die Rolle des Aschenputtels. Das hatte mit der vergleichsweisen historischen Unerheblichkeit zu tun und mit der geopolitischen Lage unmittelbar am Eingang des Erzgebirges, das, seit der mittelalterliche Silberbergbau zum Erliegen und der darauf basierende Wohlstand abhanden gekommen waren, über Jahrhunderte zur Armenlandschaft herabsank, mit einer auffälligen Neigung zur religiösen Sektenbildung. Der ökonomische Aufstieg von Chemnitz begann im späten 19. Jahrhundert, durch eine bald prosperierende Textil- und Maschinenbauindustrie, ein Großteil aller deutschen Lokomotiven wurde hier hergestellt, man nannte die Stadt deutsches Manchester oder Rußchemnitz, was erschöpfende Auskunft erteilt über Funktionalität und Ästhetik.

Die Industrialisierung schuf ein Proletariat von beträchtlicher Zahl und mehrheitlich radikaler Gesinnung; Fritz Heckert, führendes Mitglied des Spartakusbundes und, später, der KPD, stammte aus Chemnitz. Dies alles würde nicht verhindern, dass Adolf Hitler, als er deutscher Reichskanzler war, seine erste Ehrenbürgerschaft in Chemnitz erhielt: Die Stadt habe keinen Charakter, hieß es bei Beobachtern, und dies verstehe sich in einem durchaus umfassenden Sinn.

Zu solchen düster eingefärbten zivilisatorischen Hintergründen will es wenig stimmen, dass die Stadt Chemnitz eine erstaunlich große Anzahl von bemerkenswerten Intellektuellen hervorgebracht hat: den Maler Karl Schmidt-Rottluff, Literaten wie Stefan Heym, Stephan Hermlin, Peter Härtling, Irmtraud Morgner, Kerstin Hensel und Barbara Köhler. Auch Walter Janka, gelernter Schriftsetzer, Emigrant, Spanienkämpfer, Verlagsleiter in Mexiko wie in Ostberlin, politischer Häftling unter zwei deutschen Diktaturen und gegen Ende seines Lebens ein viel gelesener Autor, stammte aus Chemnitz.

Für den Kunstsinn gab es eine zentrale Adresse. Sie trägt den Namen Kaßberg. Nicht alle in der Stadt beheimateten Künstler lassen sich auf diesen Stadtteil beziehen, aber sie werden durch ihn begreiflich. Das Viertel mit seinem etymologisch schwer erklärbaren Namen liegt westlich der Altstadt, am linken Ufer des Chemnitzflusses. Es existierte ein deutliches Sozialgefälle der Einwohnerschaft von Süden nach Norden, äußerlich ablesbar schon an den Architekturen. Die Häuser südlich der Weststraße waren die eleganteren, und hier lebte ein Gutteil der Chemnitzer Bourgeoisie.

Das Kind, das ich war, wuchs auf im nördlichen Teil. Die Straße hieß nach dem Ort einer eher unbedeutenden Schlacht im deutsch-französischen Krieg von 1870/71. Es gab ein Lebensmittelgeschäft und an der Ecke eine Bäckerei. Die Fahrbahn hatte glatten Asphalt, man konnte auf ihr Rollschuh laufen, was ich getan habe, um immer wieder zu fallen und mir die Knie blutig zu schlagen und einmal das Kinn.

Wir wohnten im Erdgeschoss einer mehrstöckigen Mietskaserne. Die Räume waren dämmerig und die Wände in einem der zur Straße gehenden Zimmer etwas feucht. Es gab keine Innentoiletten. Der familiäre Ort für die Notdurft befand sich auf halber Treppe und war ein Anlass für kindliches Ekelgefühl, im Sommer wurde er bewohnt von Schmeißfliegen und stechendem Geruch, im Winter, wenn Frost herrschte, gerann die Feuchtigkeit im Abfallrohr zu widerlichen grünbraunen Stalaktiten.

Dass man auch anders leben konnte, erfuhr ich durch einen Spielkameraden, der auf derselben Straße wohnte, in einem Eckhaus, das über deutlich komfortablere Unterkünfte gebot. Der Vater des Jungen war Rechtsanwalt und offenbar ein erfolgreicher. In seiner Wohnung gab es ein Klavier, und es gab im Korridor, eigens installiert für den Sohn, eine Schaukel, befestigt am hohen Plafond und begabt, in langen ruhigen Schwüngen zu pendeln, und bei alledem blieb Platz genug, dass man sich auch gehend hier bewegen konnte. Ich genoss das Schaukeln, wenn ich auf dem Brett Platz nehmen durfte, ich genoss es sehr, mit einem wohligem Gefühl im Zwerchfell, und viel mehr noch als das Klavier, das ich immer nur unbenutzt erlebte, schien dem Gemüt des Kindes, das ich war, die Schaukel als ein Gipfel von Wohlleben und Luxus.

Den hatten wir nicht. Das Kind, das ich war, begriff frühzeitig, dass es Unterschiede in den Lebensbedingungen gab, und vermutlich waren es Bemerkungen meines Vaters, die dies als ein korrigierbares Unrecht benannten. Ihn hatte dergleichen frühzeitig in die Gefolgschaft von Menschen und Organisationen geführt, denen es programmatisch um eine Aufhebung der materiellen Ungleichheit ging.

Er stammte aus Leipzig. Er war der Sohn eines Zigarrenmachers, bei dem, so sagte die Familienlegende (der ich misstraue), gelegentlich der sozialdemokratische Reichstagsabgeordnete August Bebel eingekehrt sei. Ich habe meinen Großvater niemals kennengelernt, denn die Familie war da schon heillos zerstritten; der alte Herr war verwitwet eine zweite Ehe eingegangen, in die zwei Söhne eingebracht wurden, die ihr Stiefbruder ablehnte, da sie, Bebel hin oder her, eingeschriebene und engagierte Hitler-Anhänger waren.

Mein Vater hatte den Beruf eines Metallformers erlernt und war, als der Erste Weltkrieg begann, eingezogen worden zur kaiserlichen Kriegsmarine. Er diente als Matrose auf einem Kreuzer, der erst den Namen *Breslau* und dann den Namen *Midilli* trug, denn er wurde mitsamt seiner Mannschaft von Deutschland an die kriegsverbündete Türkei ausgeliehen, für die er dann im östlichen Mittelmeer schipperte. Irgendwann lief er auf eine britische Mine und explodierte. Die deutschen Matrosen sprangen ins Wasser und wurden, sofern sie nicht ertranken, von einem Schiff der Royal Navy aufgefischt, das sie anschließend als Kriegsgefangene in die Festung Valetta auf der Insel Malta verbrachte. Es muss dort, darf ich den Schilderungen meines Vaters glauben, überwiegend langweilig zugegangen sein. Möglicherweise hat der revolutionäre Virus, der 1917 Mannschaften der deutschen Kriegsmarine in Kiel heimsuchte, auch Insassen der Festung Valetta befallen. Jedenfalls geschah es, dass mein Vater, als er im Jahre 1919 in sein Geburtsland zurückkehren durfte und der Putsch der roten Matrosen Albin Köbis und Max Reichpietsch bereits niedergeschlagen war, sich seinerseits einem revolutionären Geschehen anschloss.

Dessen Anführer hieß Max Hoelz. Er befehligte mehrere mitteldeutsche Aufstände, und mein Vater wurde sein Gefolgsmann. Mein Vater wurde, was mich an der Vernunft jener politischen Erhebung immer etwas zweifeln ließ, Mitglied im Musikkorps von Max Hoelz, wobei nicht bloß zu fragen wäre, ob denn eine revolutionäre Arbeiterarmee unbedingt einer Militärkapelle bedürfe, hinzu kam, dass mein Vater, was ich wusste, herzlich unmusikalisch war.

Nach dem letzten der Hoelz-Aufstände, er ereignete sich im Vogtland, wurde der Anführer verhaftet und zu einer längeren Freiheitsstrafe verurteilt. Meinem Vater gelang es, in die Tschechoslowakei zu fliehen, wo er sich einen fremden Pass zulegte, um unter falschem Namen nach Sachsen zurückzukehren. Für die kleinen Revoluzzer der deutschen Inflationsjahre gab es später eine Amnestie, mein Vater konnte seinen Geburtsnamen wieder führen, er arbeitete wieder in seinem erlernten Beruf und trat der Kommunistischen Partei bei.

Max Hoelz, der später in die Sowjetunion emigrieren und von Stalins Leuten umgebracht werden sollte, war ein deutscher Anarchist. Mein Vater war es auch. Er hatte, denke ich, weder Stirner noch Bakunin noch Malatesta gelesen, wahrscheinlich kannte er nicht einmal diese Namen, sein Anarchismus war eher eine Sache der Nerven, aber es gab ihn unzweifelhaft, und er äußerte sich auch im Alltag, als eine anhaltende Respekt- und Disziplinlosigkeit gegenüber Autoritäten jeglicher Art. Dies machte, dass er immerfort den Arbeitsplatz wechseln musste, quer durch allerlei Städte in Mittel- und Norddeutschland. Er fand stets eine neue Stellung, da er geschickt und arbeitsam war und sogar die Schulung zum Formermeister erfolgreich durchlaufen hatte; die Belegschaften kürten ihn gerne zum Betriebsrat, aber immer wieder zerstritt er sich mit seinen Vorgesetzten, die ihn hernach verstießen, und auch die KPD verstieß ihn, eben weil er ein Anarchist war.

Zur Zeit meiner Geburt arbeitete er in Chemnitz bei einer Fabrik, die Lokomotiven produzierte. Er hatte meine Mutter geheiratet, eine ängstliche, zu Krankheiten neigende und etwas wehleidige Person, zu deren Pflichten neben den täglichen Hausfrauentätigkeiten es gehörte, die gelegentlichen Konflikte zwischen dem Vater und seinem einzigen Kind auszugleichen. Sie war, frühzeitig eine Vollwaise geworden, dem Beruf einer Näherin nachgegangen, in einer kleinen sächsischen Puppenfabrik, und sie hatte von ihrem Vater, einem an der Schwindsucht gestorbenen Maurerpolier, eine völlig überschuldete Mietskaserne geerbt, was ihr immerhin den stolzen Status einer Hausbesitzerin verlieh. Die Sache blieb virtuell, die Mietskaserne warf so gut wie keine Beträge ab; wir lebten von den Einkünften meines Vaters, und da meine Mutter so sparsam war, dass es die Grenzen des Geizes erreichte, war jedenfalls immer Geld im Haus.

Es war eine Existenz am untersten Rand der Kleinbürgerlichkeit. Natürlich waren wir in Wahrheit eine Proletarierfamilie, doch meine Eltern, meine Mutter voran, wollten eine solche nicht sein, und das übliche Kleinbürgerbedürfnis, die Miserabilitäten der eigenen Existenz mit Geschick, Anstrengung und Fortüne hinter sich zu lassen, irgendwann, wenn nicht selber, dann wenigstens bei der Folgegeneration, bestimmte die Fantasien meiner Eltern. Mein Vater konnte dies in seinen sozial-anarchistischen Vorstellungen unterbringen; die sowohl von Karl Marx als auch von W. I. Lenin geäußerte Ansicht, der Anarchismus sei eine Kleinbürgerkrankheit, hat vermutlich seine Berechtigung. Aber verhält es sich mit dem klassenbewussten Proletariat sehr viel anders? Was, außer seiner Bürgerkriegsmilitanz (die es mit den Anarchisten teilt), unterscheidet es kulturell von einer *petite bourgeoisie*? Die proletarische Kultur ist die Erfindung oder Behauptung von Intellektuellen, die in ihrer Mehrzahl abgefallene Bürgerkinder waren; wenn sie dem Proleta-

Chemnitz, Kaßberg. Ansichtspostkarte vom Beginn des 20. Jahrhunderts

riat entstammten, wie Maxim Gorki oder Otto Nagel, strebten sie danach, sich möglichst rasch in bourgeoise Lebensumstände zu begeben.

Das Kulturelle betreffend hatten meine Eltern bescheidene ästhetische Neigungen. Mein Vater war irgendwann in seiner umtriebigen Berufsexistenz Abendschüler eines Kunstmalkurses gewesen. Die Resultate waren ein paar Kohlezeichnungen auf gelblichem Papier, Porträts von bärtigen Billigmodellen, und eine gewisse Fertigkeit im Umgang mit Staffelei, Palette und Ölfarbe. Er kopierte nach Vorlagen, es waren bayerische Bergpanoramen aus der Hand namenloser Konfektionäre, es konnte auch Van Gogh sein und Paul Cézanne. Dergleichen hing dann an den Wänden unseres Wohnzimmers, das selten benutzt wurde, da die Außenmauer dort feucht war und das gewöhnliche Alltagsleben in der Küche ablief.

Meine Kinderwelt war klein und ziemlich schäbig. Im Hinterhof sandte ein Waschhaus mehrmals die Woche weißliche Wrasen aus, die nach billiger Seife schmeckten. Der Hausverwalter, der im dritten Stockwerk wohnte, war ein dürrer Mensch mit kahlem

Geierkopf, er hasste Hunde, Kinder und Katzen und war ihnen mit schriller Stimme hinterdrein. In den Rinnsteinen sammelte sich trockener Straßenstaub, den der Regen in dunkelgrauen Schlamm verwandelte, den manche Kinder zu kleinen Hügeln schichteten. An einer Straßenecke stand eine Bierschwemme, deren Tür beim Öffnen und Schließen sauren Zigarettenqualm entsandte. Ein debiler Junge rannte in kurzen Stotterschritten um das Viertel, in den Fingern eine Wäscheklammer, die er hin und her schnellen ließ, wobei er mit den Lippen das Geräusch eines Benzinmotors nachahmte.

An trockenen Sommertagen öffneten sich die Fenster. Frauen legten vor sich hin auf den Sims ein Kissen und stützten die nackten Ellenbogen darauf. In dieser Haltung blickten sie gierig hinab auf die Straße, um zu registrieren, was dort stattfand. Manchmal spielten wir Murmeln, ein paar andere Kinder und ich, oder wir sprangen Himmel und Hölle, indem wir ein aus mehreren Sicherheitsnadeln bestehendes Kettchen von uns warfen, um ihm dann einbeinig hinterher zu hüpfen, in allerlei Felder, die mit Kreide auf die Granitplatten des Gehwegs gezeichnet waren.

Ein knappes Jahr nach meiner Geburt begann die politische Herrschaft des Diktators Adolf Hitler. Mein Vater ist nie sein Anhänger gewesen, was sich mit seiner linken Vergangenheit und seinen autoritätsfeindlichen Neigungen erklären lässt, und meine Mutter mochte ihn nicht, da sie den uniformierten Lärm der braunen Bürgerkrieger nicht ertrug, auch das immer dramatischer werdende Schicksal von Juden schien sie zu verwirren.

In dem Lebensmittelladen nebenan durfte die Butter, oder jedenfalls die sogenannte gute Butter, bald nicht mehr in beliebiger Menge eingekauft werden. Die Begründung war im Radio zu hören, vielleicht wurde sie auch auf Plakaten und in der Zeitung gedruckt, aber ich konnte sie damals noch nicht lesen. Kanonen statt Butter. Der Geschäftsinhaber war ein klein gewachsener Mensch, der während seiner Arbeit einen gestärkten weißen Baumwollkittel trug, auf dem Rücken einen schmalen Stoffriegel an zwei Knöpfen. Der

Mann hinterließ einen ähnlichen Eindruck wie der Hausverwalter, seine Beflissenheit, schien es, maskierte die lauernde Bereitschaft zum Terror. In Böhmen waren die dort lebenden Deutschen zu Deutschland gekommen, mitsamt dem Gebiet, das sie bewohnten und das Sudetenland hieß. Dafür bringe man doch mal gern ein Opfer, sagte der Geschäftsinhaber. Die Butter entnahm er einem auf dem Fußboden seines Ladens stehenden Eichenfass, mit Hilfe eines hölzernen Spachtels, den er hernach auf einem Blatt Pergamentpapier abstrich. Genaue Mengen ergaben sich entsprechend der Anzeige auf der Lebensmittelwaage, sie wurden als Zahlen in ein Notizheft eingetragen. Bevor er zu schreiben anfing, benetzte der Geschäftsinhaber die Spitze seines Kopierstiftes mit der Zunge. Wenn ein Kunde sein Geschäft betrat oder es wieder verließ, grüßte er deutlich mit Heilhitler.

Am 10. November 1938, dem Tag nach jenem dann euphemistisch Reichskristallnacht benannten Pogrom, ging ich an der Hand meiner Mutter durch die Chemnitzer Innenstadt. Hier standen die großen Warenhäuser von Salman Schocken und Hermann Tietz, die wir manchmal, früher, aufgesucht hatten. Jetzt waren die riesigen Schaufensterscheiben alle zerschlagen und die Auslagen geplündert. Ich sah armlose nackte Kleiderpuppen, zerfetztes Papier, Dreck, Steine, viele Menschen standen gaffend oder feixend umher, der Himmel war grau, und die Luft war feucht, meine Mutter zog mich weiter, mit verstörter Miene, ich spürte das Knirschen von Glassplittern unter meinen Schuhsohlen.

Ich wurde Erstklässler in der nahe unserer Wohnung gelegenen Andréschule. Zu diesem Anlass erhielt ich eine mit Naschwerk gefüllte Papptüte, deren Leimgeruch stärker war als das billige Pfefferminz- und Erdbeeraroma des in der Tüte enthaltenen Zuckerzeugs. Nach welchem der zahlreichen Andrés französischer oder hessischer Herkunft die Schule ihren Namen trug, weiß ich nicht. Das Schulgebäude stand an einer Straße, die gleichfalls nach André hieß, und nahe einer im Stil der Neuen Sachlichkeit errichteten Kirche.

Das Schulgebäude war riesig, kahl, wirkte abweisend und verfügte über ein ausgedehntes Hofgelände, das durch einen Drahtgitterzaun begrenzt wurde. Der Klassenlehrer war ein ausgemergelter Mann mit gelbem Wolfgebiss. Er gebot über ein breites Sortiment an Rohrstöcken, die er manchmal zum Einsatz brachte. Seine Herrschaft war der Schrecken. Bei ihm lernte ich das Lesen und Schreiben. In den Pausen auf dem Schulhof lernte ich die ersten obszönen Verse. Damals geschah auch schon, dass bestimmte Nahrungsmittel bloß noch auf Zuteilung erhältlich waren. Es war der Vorgriff auf die völlige Rationierung und also die Vorbereitung auf den Krieg.

Ich ging das zweite Jahr zur Schule, als er ausbrach. Jedes Kind musste ein sogenanntes Kriegstagebuch führen, das waren großformatige Hefte, in die wir die Schlagzeilen der Tagespresse einzutragen hatten, wozu die ausgeschnittenen Pressefotografien von lachenden Soldaten und rollenden Panzerfahrzeugen eingeklebt wurden. An einer Wand des Klassenzimmers hing eine Europakarte, auf der kleine bunte Papierfähnchen den wechselnden Frontverlauf markierten. Beim Heimweg waren überall in den Straßen aus geöffneten Fenstern jene Fanfaren zu hören, mit denen der Großdeutsche Rundfunk die Sondermeldung von siegreichen Ereignissen anzukündigen pflegte.

Ich wurde durch die Kriegseuphorie kaum infiziert. Solange ich zurückdenken kann, empfand ich gegenüber jeglicher Gewaltanwendung einen tiefen Widerwillen. Den Stolz, mit dem manche Klassenkameraden davon berichteten, ihr Vater sei Frontsoldat, blieb mir fremd. Mein Vater wurde für ein paar Monate zur Marine eingezogen und bald wieder zurückbeordert, da er in seinem Metallberuf für die deutsche Kriegswirtschaft als unverzichtbar galt.

Sobald ich die nötige Fertigkeit besaß, begann ich mich auf Bücher zu stürzen. Ich las, wann immer ich die Zeit und die Möglichkeiten dazu hatte. Ich las Märchen und Abenteuergeschichten, auch Gereimtes, ich las einzelne Bücher mehrmals, wenn es keinen Nachschub gab, ich lieh mir Bücher von anderen, ich erhielt Bücher als Geschenk zu den üblichen Anlässen, Geburtstag und Weihnachten. Ich erlas mir Fluchtwelten, fantastische und komische, deren Koordinaten sich allesamt weit jenseits der Straße befanden, an der wir wohnten. Auch sonst verließ ich sie jetzt immer öfter und auf immer längeren Wegen, den Kaßberg hinauf und hinunter, unter Ulmen und Linden, vorbei an einzelnen Häusern in tiefen Gärten, hin zu Aveniden, wo Kinos und Theater standen und geheimnisvolle Veranstaltungsunternehmungen mit Namen wie Kristallpalast.

Die letzte Erinnerung an das Chemnitz meiner Kindheit sind jene an mondgelbe Straßenbahnen, die sich kreischend eine Kaßbergauffahrt hinan bewegen, sind abgedunkelte Fensterscheiben, sind die hinter Glas befestigten Spielfilmbilder eines Kinotheaters an der Zwickauer Straße. Chemnitz war eine dreckige und düstere, aber noch intakte Stadt.

3

Meine Eltern verzogen nach Wernigerode. Mein Vater hatte eine neue Arbeitsstelle erhalten, bei einer Gießerei, die Leichtmetallteile für Adolf Hitlers Luftwaffe produzierte und für die geheimnisvollen V-Waffen, die in einem Bergwerksstollen des nahen Südharzes, bei Nordhausen, durch aus dem Konzentrationslager Buchenwald herbeigeschaffte Arbeitskräfte montiert wurden. Die Gießerei gehörte einem Metallurgieunternehmen, das eigentlich im Rheinland beheimatet war. Die Wernigeröder Filiale lag vergleichsweise geschützt und war bald so mächtig geworden, dass der Besitzer im Ortsteil Hasserode als seinen Wohnsitz eine prächtige Villa mit einem ausgedehnten Parkgarten erwarb.

Wernigerode war, und ist immer noch, eine reizende Stadt. Ich liebe sie, bis heute, ich liebe sie innig, obschon sie mich manchmal gepeinigt hat und ich mich ihr niemals ganz zugehörig fühlen konnte. Das war schon durch unsere Wohnung bedingt. Der rheinische Metallfabrikant hatte am Ortsrand, wo die Stadt sich in flaches Land verlor, eine Siedlung aus drei Wohnblöcken errichten lassen, für einen Teil des in seinem Betrieb tätigen Personals. Das mehr als schmucklose Quartier befand sich in der Nähe eines kleinen Teiches und am Rand einer Süßkirschenplantage. Nahebei stand eine große schwarze Holzscheune, in der eine blökende Schafherde nächtigte.

Der Weg zur Stadt führte an einem schäumenden Flüsschen entlang. Manchmal wehte vom anderen Ufer fauliger Geruch herüber, von der dort befindlichen Lederfabrik. Das Flüsschen wurde von einer kleinen Steinbrücke überspannt. Rechts von ihr, im Schlachthof, quiekten die zum Tod verurteilten Schweine. Jenseits der Brücke begann die eigentliche Stadt.

Sie bestand aus Häusern, die rote Ziegeldächer hatten, und Mauern, die von dunkelbraunem Fachwerk gehalten wurden. Die Ziegel zwischen den Balken, sorgfältig mit roter und weißer Farbe bestrichen, fügten sich zu Mustern. Man konnte Runensymbole

Wernigerode

herauslesen, heidnische Überlieferung; ein fleißiger Mittelschullehrer, beeindruckt von der Germanenseligkeit damaliger Machthaber, las dergleichen und verfasste ein bebildertes Büchlein dazu.

Wernigerode, lernte ich später, besaß das Stadtrecht seit siebenhundert Jahren, war Marktzentrum gewesen und Zankapfel konkurrierender Raubritter. Deren einer hatte sich eine Burg errichtet über der Stadt. Seine Erbfolger brannten sie nieder, dass sie aufs Neue bauen mussten. Aus der Burg wurde ein Schloss. Ein Flügel war noch schönes niederdeutsches Spätbarock, der renommierteste Aristokrat der Sippe, Feldherr des ersten Hohenzollernkaisers, baute dann viel Gründerprotz um den Flügel herum und gab damit Wernigerode seine heutige Silhouette.

Gleichsam als Antwort darauf wucherten aus der Stadt stillos Häuser mit Fachwerk und Schiefertürmchen die Hügelhänge hinan, Imitate des Schlosses, an dem selber schon viel Talmi war. In den Gärten sprossen Magnolien, Buchsbaum und Immergrün. Hier ließ es sich sparsamer und somit länger von Renten leben, was viele

Grauköpfe anzog, die ihre noch vorhandenen Kräfte in Vergnügungen ihres Geschmacks einbrachten, Chorgemeinschaften zum Beispiel und Wandervereine.

Die Häuser mit den Schiefertürmchen hängten sich Schilder übers Tor: Fremdenpension. Da war schon der Erste Weltkrieg vorbei. Matt und sehr verspätet hatte die Industrialisierung Wernigerode erreicht und fügte sich vollkommen ins Gegebene: Eine pharmazeutische Fabrik sowie eine Fabrik zur Herstellung von Schokolade und Süßigkeiten entstanden, Dienstleistungen fürs komfortable Altwerden. Exzentrischster unter den reichen Leuten der Stadt war ein Hotelier, Besitzer einer aufwändigen Fremdenherberge, seiner Tochter hielt er mehrere Pferde, und die Tochter ritt auf ihnen allmorgendlich, zum Verdruss der Anrainer.

Am Stadtrand mit den Mietblöcken, in deren einem wir daheim waren, begann das Ackerland. Es war überaus fruchtbar und ließ aufs prächtigste die Zuckerrübe gedeihen, wodurch Gründerwohlstand eingezogen war auch in die Höfe von Klein- und Mittelbauern. Der meiste Boden gehörte ein paar Domänen, darauf saßen Adelsgeschlechter von unbestimmter Geschichtlichkeit. Sie fühlten aufs Ganze preußisch, da die Provinz preußisch war, hatten aber auch welfische Neigungen, denn ethnisch war hier bereits Niedersachsen.

Dem Zuschnitt seiner Bevölkerungsmehrheit nach war Wernigerode eine bürgerliche Stadt. Dem Nationalsozialismus des Adolf Hitler hatte sie sich eher widerwillig geöffnet. Für den aus Magermilch hergestellten, mit Kümmel versetzten, in Taler- oder Stangenform gepressten Harzer Käse gab es einen erfolgreichen Wernigeröder Produzenten: Benno Russo, verheiratet mit einer ehemaligen Opernsängerin, Clara, geborene Jaffe. Beide Eheleute waren von jüdischer Herkunft. Ihre Fabrik wurde arisiert. Die Russos verloren ihre Villa und mussten den gelben Stern tragen. Im Winter 1942 wurden sie in das Ghetto Theresienstadt gebracht, wo Benno Russo verstarb, seine Frau wurde weiter deportiert, nach Auschwitz, und kam dort um.

Die anderen Klein- und Handwerksbetriebe pflegten ein patriarchalisches Ordnungsgefüge, das an den Zunftbetrieb erinnerte zu Zeiten des Meistersingers Hans Sachs. Es gab daneben so etwas wie ein Plebejat. Die Frauen quetschten herzerquickende Kräutersäfte aus einjährigen Digitalisstauden oder packten Schokoladenpralinen in Stanniol, die Männer zogen auf den Berghängen Schrotsägen durch Fichtenstämme, trugen den Geruch jungen Holzes in Haar und Kleidern, rauchten bitteren Krüll in ihren Pfeifen, waren gebräunt und mager und tranken wasserhelle Schnäpse. Sie wirkten überwiegend finster. Ihre Finsternis, aller Logik zum Trotz, verbarg keinerlei revolutionäre Gesinnung, sie war wortlose Klage über einen Zustand, der benachteiligte, doch unumstößlich war.

Die staatspolitisch vorgeschriebenen Pflichtübungen versah man eher lax. Ein jugendliches Lieblingswort jener Jahre war »lässig« und meinte im Inhalt das, was sechzig Jahre später *cool* heißen würde. Ich glaube, nirgendwo außer im katholischsten Oberbayern wurde etwa der Dienst bei Adolf Hitlers Jungvolk so nachlässig gehandhabt wie in Wernigerode. In Chemnitz war das ein blutiges Ritual gewesen. In Wernigerode war nichts weniger erstrebenswert als ein Rang dortselbst. Nach der ersten sinnlosen Rauferei mit Namen Geländespiel schloss ich mich dem allgemein geübten Brauche an, persönliche Anwesenheit durch elterliche Entschuldigungszettel zu ersetzen; die konnte man gleich im Dutzend beibringen. Niemand fand etwas dabei. Als dann doch jemand etwas dabei fand, ließ ich mich bei einer Spielschar anheuern, wo ich mittat im preußischen Durchhalteschauspiel *Kadetten* des Bühnendichters Lützkendorf. Ich gab darin einen Flöte spielenden Offiziersschüler und hatte gerade zwei Sätze Text. Aufgeführt wurde das Ganze in einem Theatersaal, den der Herr der Leichtmetallfabrik, sozialer Gesinnung folgend, auf seinem Betriebsgelände hatte errichten lassen.

Das Gymnasium, das ich besuchte, war ein graues Gebäude mit neugotischem Zierrat. Es stand neben einem mittelalterlichen Stadttor und war benannt nach dem Feldherrn des ersten Hohenzollernkaisers. Es gab einen ausgedehnten Pausenhof, wo, vor einem Findling mit dem Wappen derer von Stolberg-Wernigerode, alljährlich die Schülerschaft Aufstellung nahm, um ihre Abiturienten zu verabschieden, durch den Chorgesang von *Gaudeamus igitur*.

Die Lehrerschaft bestand aus ein paar ältlichen Frauen und vielen alten Männern, einige jenseits des Pensionsalters, manche etwas kauzig; ihre jüngeren Amtsbrüder trugen längst soldatische Uniformen und kämpften an Adolf Hitlers Fronten. Einer unserer Studienräte, er unterrichtete Latein, hob, wenn er den zu Unterrichtsbeginn vorgeschriebenen deutschen Gruß vollführte, seinen rechten Arm, der in einen braunen Lederstumpf auslief, die Hand hatte er im Ersten Weltkrieg verloren. Das war fast eine Denunziation, doch eine unfreiwillige. Der Mann trug das runde NSDAP-Abzeichen am Revers. Nach 1945 trat an seiner Stelle seine Ehefrau eine steile Karriere an als DDR-Vorzeigepädagogin.

Die Gegenwart des Krieges wurde, je weiter er fortschritt, immer unübersehbarer und auch unüberhörbarer. Die örtlichen Fremdenpensionen hatten sich in Lazarette verwandelt. Bei warmem Wetter hockten hinter den geöffneten Fenstern Verwundete, mit bandagierten Köpfen, oder sie hielten Armstümpfe ins Licht. In der örtlichen Zeitung häuften sich Traueranzeigen mit abgebildetem Eisernen Kreuz und der Formel »In stolzer Trauer«. Die auf Lebensmittelmarken erhältlichen Rationen schrumpften. Die Gymnasialklassen schwollen an, Kinder aus bombenbedrohten Regionen wurden hierher evakuiert und wollten weiter unterrichtet werden. Jetzt gab es an unserer Anstalt auch ein paar weibliche Schüler, sie luden das träge Klima des Hauses mit etwas Erotik auf.

Das Radio lieferte die ölige Stimme des Sprechers Heinz Goedecke mit der Durchhaltesendung *Wunschkonzert*. Zunehmend häufiger gab es ein anhaltendes Schweigen, alle paar Sekunden unterbrochen durch vier Paukenschläge in zwei Tonhöhen, dazu eine männliche Stimme mit einer Luftlagemeldung: das Eindringen feindlicher Bombengeschwader, ihre wahrscheinliche Flugroute.

Dies war die elektroakustische Begleitung von Fliegeralarm, der uns in Schutzkeller schickte, wo wir einem möglichen Bombardement zu entgehen hofften. Wernigerode blieb davon verschont bis auf ein einziges, eher zufälliges, das ein paar Häuser vernichtete und mehrere Menschenleben.

Die Fronten rückten näher. Ein paarmal begegnete ich am Ortsrand Gruppen von Männern in blau-weiß gestreiften Häftlingsanzügen, sie hatten Straßenarbeiten auszuführen, unter strenger Bewachung. Das örtliche Jungvolk warb für die Ausbildung an der Waffe Panzerfaust. Ein Junge aus der Nachbarschaft nahm begeistert daran teil. Das Sirenengeheul mit dem Signal für Panzeralarm schickte uns auf zwölf Stunden in die Schutzkeller, zwischendurch stürzten Leute auf die Straße, sie wollten einen auf dem Güterbahnhof abgestellten deutschen Versorgungszug plündern. Über die Dächer flogen pfeifend Artilleriegeschosse. Auf dem Brockenberg verteidigte sich eine Einheit der Waffen-SS gegen die vorrückende US-Army. In den Radioapparaten war jetzt nur mehr knisterndes Schweigen. Schließlich hielt vor den Häusern unserer Siedlung ein amerikanischer Panzer, weißer Stern auf olivgrünem Grund, im geöffneten Turm der Oberkörper eines farbigen GI. Er lachte mit großen weißen Zähnen und warf den Kindern Kaugummibriefchen zu.

4

Das Wetter war sonnig, schon seit Tagen, schon seit der Zeit vor dem amerikanischen Einmarsch. Die Obstbäume trugen an ihren Zweigen kleine grünbraune Knoten. Im Schlachthof schrien keine vom Tod bedrohten Tiere, auf dem Platz davor würde sich nie mehr braun uniformiertes Jungvolk versammeln.

Ich fühlte ein unbestimmtes Gefühl der Leichtigkeit. Mit jedem Schritt, den ich ging, schien es mich weiter auszufüllen. Die Eisenbahn war nicht in Betrieb, die Schlagbäume am Bahnübergang wiesen höhnisch und rot-weiß in die Höhe. Der Himmel war ohne Wolken und hatte als Farbe ein wasserhelles Blau. Hinter den Schienen stand ein Jeep mit zwei Amerikanern, beide waren weißhäutig, sie rauchten, sie lasen jeder in einer Zeitung namens *Stars & Stripes* und beachteten den vorbeigehenden Jungen nicht.

Die Lazarette hatten Rot-Kreuz-Fahnen gesetzt. Die Fenster waren geschlossen, kein Mensch, kein Verwundeter ließ sich erkennen hinter den dunklen Scheiben. Ich fühlte, dass bestimmte Zwänge und Ängste, die ich gewohnt gewesen war, seit ich denken konnte, und die ich wie selbstverständlich genommen hatte, sich nun nicht mehr einstellen würden. Nie mehr. Sie waren untergegangen. Sie waren fortgezogen mit den letzten deutschen Soldaten in ihren steingrauen Uniformen. Es gab bloß noch leere Straßen, es gab gelangweilte Amerikaner in ihrem Jeep, die *Stars & Stripes* lasen, es gab etwas, wofür ich noch keinen Namen wusste, wofür ich später, wenn ich mich daran erinnerte, das Wort Freiheit verwenden würde, in diesen Augenblicken erfüllte es mich mit einem namenlosen Gefühl der Erleichterung, so stark und so überwältigend, dass ich am liebsten aufgeschrien hätte.

Was danach begann, war der Sommer einer kleinstädtischen Anarchie. Wernigerode erlebte nach den amerikanischen Besatzungstruppen zunächst, für ein paar Wochen, britische Militäreinheiten, danach sowjetische. Die Rote Armee requirierte einen Hügel, umgab ihn mit einem dunkelgrünen Zaun, setzte einen roten

Stern obenauf und ließ aus Lautsprechern blecherne Marschmusik erschallen. Auf dem Hof des Gymnasiums häuften sich aussortierte Bücher aus der Schulbibliothek, Stempel auf den Vorsatzblättern zeigten den Adler mit dem Hakenkreuz, die Verfassernamen lauteten Scherzinger oder Jelusich oder Blunck. Krankheiten liefen um, und vorsichtig etablierte sich ein Schwarzer Markt. Im Herbst begann wieder der Schulunterricht. Er begann mit übervollen Klassen, winters im Schichtbetrieb, da zu wenige geheizte Räume existierten, manchmal mit neuen Lehrbüchern, das waren auf graues Papier gedruckte Broschüren. Die Pädagogen blieben die alten.

Die Versorgung mit Nahrungsmitteln fiel in Wernigerode etwas besser aus als in den großen Städten. Gute Verbindungen zu den Dörfern erbrachten Tauschgeschäfte mit den Bauern, und von abgeernteten Feldern dort ließen sich reichlich Überreste auflesen. In den Wäldern wüteten Schädlinge. Davon befallene Bäume durften abgeholzt und für Heizzwecke verwendet werden. Im Radio spielten die durch die Besatzungsmächte eingerichteten Sender Swingmusik.

In der Folgezeit begaben sich dann, sehr allmählich, drei für meine Zukunft erhebliche Dinge: die fortschreitende Teilung Deutschlands, die fortschreitende Herrschaft des Marxismus-Leninismus und mein fortschreitendes Interesse für Künste, voran die schöne Literatur.

Über Premieren in Berlin las ich sehnsüchtig Berichte der Zeitschrift *Theater der Zeit*. Ich saß in Gastspielen der kleinen Quedlinburg Bühne, die Arthur Millers *Alle meine Söhne* spielte, einer der Darsteller wurde später prominent, Herbert Baumann. Ich kaufte Zeitschriften, die *Roland von Berlin* hießen, *athena* und *Lancelot*. Sie waren auf miserablem Papier gedruckt. Ich las darin über moderne Malerei und literarische Avantgarde, empfand viel Ehrfurcht und verstand bloß wenig. Ich las von Hadschi Halef Omar, Winnetou und Old Surehand, ein Schulkamerad besaß über sechzig Bände der großen grünen Karl-May-Ausgabe. Ich saß im Kino und erlebte die ersten deutschen Nachkriegsfilme.

Irgendwann geriet mir ein Auswahlband von Rilke-Dichtungen in die Hände. Ich wurde überwältigt von ihrem Ton, das sollte lange nachhalten.

Dabei war es nicht der *Cornet*, jener aus Adelspomp, Frauenliebe und Heldentod gemachte Text, der mich ergriff; pazifistisch gestimmt, solange ich denken konnte, blieb mir solche Haltung verdächtig. Ich mochte *Die Aufzeichnungen des Malte Laurids Brigge*, die *Neuen Gedichte*, manches aus dem *Stundenbuch* und den *Sonetten an Orpheus*.

Die Bäume in Rilkes Dichtung, erkannte ich, wuchsen nicht in Wäldern, sondern in Alleen, Gärten, Friedhöfen und Parks. Bei allen Pflanzen bevorzugte er die gestaltete Natur, die Blumen waren bloß ausnahmsweise Wild- und Wiesengewächse, viel häufiger Züchtungen, die man in Gartenbeete pflanzt, Hortensien und Syringen. Auch Mohn war bei ihm nicht die Wildblume, sondern die Kulturpflanze, Spenderin des berauschenden Opiats. Diese Symbiose aus Natur und Künstlichkeit beschäftigte mich. Vor allem aber waren es die hohe Musikalität und Biegsamkeit seiner Sprache, der souveräne Umgang mit Vers und Reim, die außerordentliche Empfänglichkeit für optische Eindrücke, die mich beeindruckten.

Was mich irritierte, war Rilkes Neigung zur Spiritualität. Den Ton der *Duineser Elegien* bestaunte ich, ihre Inhalte begriff ich nicht. Offenbar ging es um Mitteilungen einer privaten Mythologie, die ebenso mehrdeutig wie geheimnisvoll war. Bestimmte Grundmuster und -motive kehrten ständig wieder: die Engel, die Liebenden, ein vager Gottesbegriff, die Einsamkeit, der Tod.

Ich begann nach Zeugnissen von Rilkes Leben zu suchen. Ich las seine Briefe. Ich las die Beschreibungen und Urteile anderer. Ich erfuhr, der private Rilke sei eigensüchtig, humorlos, eitel gewesen und anhänglich vor allem denen, die ihm materielle Unterstützung gewährten. Da die meiste Zeit seines Lebens seine Einkünfte mäßig ausfielen, seine Ansprüche an dieses Leben aber gehoben waren, blieb er angewiesen auf Mäzene, und da er fast sein gesamtes Leben hindurch einem Adelstick anhing, suchte er sich diese Unterstützung bevorzugt bei betuchten Edelleuten und am besten solchen weiblichen Geschlechts.

Für seine Exegeten blieb er eine Art Halbgott, dem man sich nur gebückt nähern durfte. Ich mochte mich nicht gerne bücken. Ich fing zu begreifen an, dass zwischen dem Geist einer Dichtung und der Haltung ihres Verfassers schmerzhafte Unterschiede bestehen können. Bald sollte ich erfahren, dass dergleichen die Regel ist.

5

Durch Wernigerode floss ein kleines Gewässer mit Namen Holtemme. Manchmal hockte ich dort am Ufer, ein Buch auf den nackten Knien, in der Ferne war das Blöken weidender Schafe. Ich starrte in strudelndes Wasser, das sich blassgelb verfärbte und nach den galligen Flüssigkeiten der nahe gelegenen Gerberei stank. Für Sekunden trat der Gestank zurück und gab Raum für süßlichen Parfümgeruch. Ich hob den Kopf und erblickte eine weibliche Person, die, unmittelbar hinter mir, vorbeiging in Richtung Stadtinneres. Die weibliche Person trug eine Sonnenbrille und beachtete mich nicht. Ich hörte, in das Rauschen des Baches hinein, ein leichtes sinnliches Klatschen von Sandalensohlen gegen nackte Fersen, das sich rasch entfernte.

Am nächsten Tag gab es abermals eine Begegnung, fast zur gleichen Zeit und fast an der gleichen Stelle. Eine schmale Gestalt mit anmutigem Gang bewegte sich zwischen den schwarzen Stämmen der Kirschbäume. Sie kam langsam näher, bis sie sich mit mir auf gleicher Höhe befand. Das leise Klatschen von Sandalensohlen gegen nackte Fersen war nicht zu hören, denn die weibliche Person trug geschlossene Schuhe.

Am nächsten Morgen, in der Schule, war ich etwas zerstreut. Nach dem Unterricht, auf dem Rückweg, erwartete ich ein neuerliches Zusammentreffen. Es blieb aus. Ich kehrte heim, warf meine Schulmappe von mir und schaltete das Radio ein. Im Hamburger Sender sang ein flüsternder Bariton *You belong to my heart.*

Ich traf sie wieder am nächsten Tag. Diesmal trug sie erneut die Sandalen, deren Sohlen leise klatschend gegen ihre nackten Fersen schlugen.

Es kam Regelmäßigkeit in den Vorgang. Die Begegnungen konnten sich geringfügig verschieben im Ort und in der Zeit. Das Ritual war jedes Mal das Gleiche: In der Ferne, zwischen den Kirschbäumen, erkannte ich ihren Umriss. Kam sie näher, entschloss ich mich, wieso eigentlich, gleichgültig neben mich zu blicken, bis sie vorbeigegangen war. An manchen Tagen trug sie eine Sonnenbrille. Sie hatte kastanienbraunes Haar und jene empfindliche Haut, die an den Schläfen und den Innenseiten der Arme bläuliche Adern sichtbar werden lässt. Auf ihrer Nase lag ein kleiner Sattel Sommersprossen. Sie ging sehr aufrecht. Ihr Gesichtsausdruck, schien mir, war das vollkommene Desinteresse.

Eines Tages trat sie mir in den Weg, dass ich nicht weitergehen konnte. Sie sagte, nun begegneten wir einander schon zwei Wochen lang fast täglich, und es sei an der Zeit, sich zu begrüßen und zu sagen, wer man sei. Das klang einigermaßen vernünftig. Ich war in diesem Augenblick zur Vernunft ganz unfähig.

Bei jedem der folgenden Treffen redeten wir dann. Ich erfuhr, dass sie Hanna hieß und sieben Jahre älter war als ich. Wir wohnten beide in dem gleichen Quartier. Sie arbeitete in einem Geschäft der Innenstadt. Sie war hübsch, nur ihr Gebiss war nicht sehr gesund und zeigte Spuren einer überstandenen Rachitis, in Gestalt kleiner gelblicher Zacken an den Schneiden der oberen Vorderzähne.

Sie wollte, sagte sie, ihrer unvollkommenen Schulbildung etwas nachhelfen und ihre Englischkenntnisse aufbessern. Irgendwann, sagte sie, werde sie vielleicht auswandern, nach Australien oder nach Kanada, weshalb sie mich fragte, ob ich die Möglichkeit sähe und auch die Lust hätte, etwas englische Konversation mit ihr zu üben.

Manchmal klingelte sie dann abends an unserer Wohnungstür. Ich hatte von irgendwoher ein paar Drucksachen besorgt, ein zerfleddertes Exemplar der amerikanischen Zeitschrift *Look*, zwei Hefte von *Reader's Digest*. In der Zeitschrift *Look* gab es ganzseitig das farbige Foto einer auffordernd lächelnden Schauspielerin namens Rita Hayworth, die einen goldenen Badeanzug und dunkle Netzstrümpfe trug. Gemeinsam beugten wir uns über die Texte. Hannas kastanienfarbene Locken kitzelten mein Ohr. Manchmal vergaß sie die abendliche Verabredung. Hinterher entschuldigte und erklärte sie nichts. Sie lächelte und zeigte die kleinen rachitischen Zacken auf ihren vorderen Zahnschneiden. Ich brachte es nicht fertig, sie zu fragen.

Die oberen Klassen unserer Schule veranstalteten einen Faschingsball. Ort sollte der Keller des Rathauses sein, der als öffentliche Gaststätte betrieben wurde. Schüler beiderlei Geschlechtes erschienen mit bunten Papiermützen, langen Pappnasen und angemalten Schnurrbärten, wobei die Farbe in den Gesichtern schnell auslief und die Pappnasen bald so lästig wurden, dass die meisten Schüler sie bald wieder abnahmen. Für Musik sorgten drei Angehörige der Abiturklasse, die sonst, bei Feierstunden, auf dem Podium der Schulaula saßen und Kompositionen von Franz Schubert oder Ludwig van Beethoven vortrugen. Jetzt zupfte der Cellist am Kontrabass, und der Geiger saß am Schlagzeug, sie spielten Jazz und amerikanische Schlager, *Sentimental journey* und *You belong to my heart*.

Ich entdeckte Hanna, die, ein glanzpapierenes Türkenfez im Haar, mit einem Angehörigen der Abiturklasse tanzte. Wie war sie eigentlich hierher gekommen? Wieso wusste sie von dem Faschingsball? Ich hatte sie nicht eingeladen, und erzählt hatte ich auch nichts. Anwesend war außerdem der stadtbekannte Schwarzhändler Edie, ein Kerl mit schräger Stirn und strähnigen dunkelblonden Haaren, der in Schuhen mit dicken weißen Kreppsohlen raubtierhaft den Raum durchquerte. Ich lehnte an der Wand des Ratskellers, die *al fresco* bemalt war mit Szenen aus der Harzer Sagenwelt, mit Hexen, Zwergen und Riesen. Stieren Blickes sah ich zu, wie Hanna nacheinander mit mehreren Abiturienten tanzte und auch mit Edie, dem Schwarzmarkthändler.

Ich ging gemeinsam mit ihr heim. Wir gingen langsam. Hanna war etwas angetrunken. Sie lachte anfangs viel und sagte, es sei ein ganz toller Abend gewesen. Sie hängte sich in meinen Arm. Danach redeten wir bloß noch wenig.

Zu der nächsten verabredeten Englischübung erschien sie nicht. Sie erschien überhaupt nicht mehr, und ich traf sie nicht mehr auf dem Weg am Bachufer. Nach zwei Wochen erfuhr ich, sie habe die

Stadt verlassen, schon am Tag nach dem Faschingsball, sie sei gemeinsam mit Edie unterwegs, dem Schwarzmarkthändler, die beiden hätten ein Verhältnis und dies schon sehr lange. Vielleicht waren sie auf dem Wege nach Australien oder Kanada. Englisch sprach man da wie dort.

6

In Begleitung seiner Geliebten Lou Andreas-Salomé hatte Rilke zweimal Russland bereist und war dabei auch dem charismatischen Dichter-Prediger Leo Tolstoi begegnet. Es gibt schwärmerische Äußerungen Rilkes über das große Land im Osten, auch für den Tolstoi-Schüler Maxim Gorki fand er warme Worte. Dass er insgesamt im Politischen von beträchtlicher Unbildung war, wusste ich noch nicht.

Gorki las ich in einem unförmigen Buch, das der Verlag der sowjetischen Militäradministration herausgebracht hatte: schmutziggrauer Einband, schlechtes Druckbild. Gleichwohl, ich war ergriffen von den autobiografischen Berichten, von den ausführlichen Schilderungen des materiellen und seelischen Elends, das der junge Alexej Peschkow durchlebt hatte. Daneben las ich Übersetzungen von Puschkin, von Lermontow, von Turgenjew, nichts von Dostojewski (Stalin verabscheute ihn), dafür viel Tschechow. Was dort erzählt wurde, wirkte wie eine Begründung für das spätere Handeln der Bolschewiki Wladimir Iljitsch Lenins.

Dessen ostdeutsche Anhänger festigten ihre administrative Macht. Die bürgerlichen Milieus unserer kleinen Stadt wehrten sich dagegen durch bräsig vorgetragene Überlegenheitsgebärden. Ich wurde Mitglied in einem antifaschistischen Jugendausschuss, der sich später zu einer Abteilung der Freien Deutschen Jugend mauserte. Die fand einen erstaunlichen Zulauf, auch in Wernigerode. Die alten Blasinstrumente und Trommeln der Hitlerjugend wurden wieder hervorgeholt, mit neuen Farben und Symbolen ausgestattet und mit anderen Noten. Als ich erneut die schrillen Fanfarentöne vernahm, unter anderem in einem geschlossenen Saal, schmerzten mir die Ohren, und ich fragte mich, was ein Antifaschismus tauge, der sich so bedenkenlos bei Nazi-Hinterlassenschaften bediente.

Zu einer grundsätzlichen Abkehr von der linken Weltanschauung führte das bei mir nicht, bloß zu immerwährenden, immer wieder zu beschwichtigenden Zweifeln. Es gab das Beispiel jener tapferen Kommunisten, die in Hitlers Lagern überlebt hatten. Andererseits: Mein Vater wurde aus der SED ausgeschlossen, es war dies das dritte Mal, dass ihn eine kommunistische Partei verstieß. Ich quälte mich durch politische Versammlungen, deren Redner ihre blutleere Politprosa vortrugen, mit dem Russischen entlehnter Satzmelodie, zuvor war stets ein Ehrenpräsidium gewählt worden, dem lauter Nichtanwesende angehörten, an ihrer Spitze, allzeit heftig beklatscht, der große Führer aller Werktätigen, der weise Stalin. Was hatte ich mit alldem zu schaffen? Dann wieder las ich Verse von Wladimir Majakowski, ich las Texte von Karl Marx und die Gefängnisbriefe von Rosa Luxemburg, deren Pathos mich überwältigte. Widersprach das eine dem anderen? War es angezeigt, das eine gegen das andere zu verteidigen?

Die bürgerlichen Milieus Wernigerodes begriffen allmählich, dass sie, aller Verachtung für die neue administrative Herrschaft zum Trotz, sich auf Dauer würden einrichten müssen. Schließlich hatten sie pragmatische Erfahrung im Umgang mit einer totalitären Herrschaft. Manche flohen in den anderen deutschen Staat, wofür es zwei Möglichkeiten gab: den Weg über Berlin oder den Weg über die nahe Grenze im Harz.

Sie war damals noch ziemlich durchlässig. Ich habe sie öfter überquert, auch mit Schmuggelgut im Rucksack. Hierzu suchte ich das Dorf auf, in dem ein Klassenkamerad wohnte; die Felder führten bis unmittelbar an die Demarkationslinie. Einmal wurde ich von einer sowjetischen Grenzstreife aufgegriffen und für einige Zeit in eine Unterkunft gebracht, zusammen mit anderen Grenzgängern, älteren Sächsinnen, die, bunte Wolltücher über den Haaren, gleichmütig an ihren Zigaretten zogen. Einmal lief ich einer westdeutschen Streife in die Arme, die mich misstrauisch nach ostdeutschen Flugblättern durchsuchte: Abenteuer, die sich hernach, auf dem Schulhof, dem Gelächter der gleichaltrigen Zuhörer ausliefern ließen.

Im Gebirge bedeutete das Überschreiten der Grenze anfangs nicht viel mehr als das Hüpfen über einen schmalen Bach. Die erste Ortschaft im Westen hieß Bad Harzburg, wo britische Besatzungssoldaten patrouillierten und wo ein lebhafter Schwarzmarkt stattfand. Es fuhren Eisenbahnzüge über die Grenze, relativ umstandslos benutzbar, nur konnte, der Kontrollen wegen, darin kein Schmuggelgut transportiert werden.

Noch später bedurfte man für solche Reisen eines behördlich ausgefertigten Papiers. Da bestanden bereits die zwei deutschen Staaten, mit ihren unterschiedlichen Währungen, ihren unterschiedlichen Verfassungen. Die DDR warb damals noch für eine staatliche Wiedervereinigung der Deutschen, beileibe nicht aus Patriotismus, sondern um den anstehenden Eintritt der Bundesrepublik in ein westeuropäisches Militärbündnis zu verhindern. Ausgestattet mit einem sogenannten Interzonenpass, reiste ich bis nach Weinheim an der Bergstraße, wo ein früherer Schulkamerad wohnte.

Auf dem Soziussitz seines Motorrollers erlebte ich erstmals die Städte Mannheim und Heidelberg. Ich fuhr vorüber an grellen Reklamen, Insignien des vom Minister Ludwig Erhard erfundenen Wirtschaftswunders, das mir ebenso befremdlich wie verlockend erschien. Ich stand vor dem Wormser Dom, um den sich Gerüste wanden, die Schäden des Kriegsbombardements sollten beseitigt werden, es roch nach frischem Mörtel und versengtem Stoff. Ich blickte auf die Stufen. Ich dachte an den Streit der beiden Königinnen aus der Nibelungensage, »Sei stolz und frech, ich bin aus Mitleid stumm«, wie es in Friedrich Hebbels Drama heißt. Ich hatte das undeutliche Gefühl, dieses Gebäude, das ich bis dahin lediglich aus Bildern und Beschreibungen kannte, habe mit mir und meinem Bewusstsein zu tun.

Freilich, der linksrheinische Separatismus der amtierenden Regierung in Bonn machte, dass ich mich mit der Politik des Staates, aus dem ich kam und dessen Nationalhymne die Zeile »Deutschland einig Vaterland« enthielt, dann doch ziemlich einverstanden fühlte. Wie man weiß, endete die Wiedervereinigungspropaganda der DDR zu genau jenem Zeitpunkt, da die Bundesrepublik der

NATO beitrat. Die Wiederbewaffnung hatte auch in Ostdeutschland längst begonnen, in Gestalt einer Soldateska, die den verschämten Namen Kasernierte Volkspolizei trug. Sie, ebenso wie die Existenz der Bundeswehr, widersprach entschieden meiner pazifistischen Gesinnung.

7

Ich wurde Student an der Martin-Luther-Universität Halle-Wittenberg. Meine Fächer waren Germanistik und Pädagogik, außerdem hatte ich Pflichtübungen in englischer Konversation zu belegen und nahm nebenher die Gelegenheit wahr, etwas Geschichte, Kunstgeschichte und Romanistik zu hören.

Das Fach Erziehungswissenschaften war ein Notbehelf; andernfalls wäre ich zum Studium nicht zugelassen worden. Nach dem vierten Semester gelang es mir, unter beträchtlichen Mühen, die Pädagogik abzuschütteln und ausschließlich Germanistik zu hören; mein berufliches Interesse hatte immer nur der schönen Literatur gegolten. Dass ich ein guter Lehrer geworden wäre, bezweifle ich heftig; bei den mehreren pädagogischen Übungen, die ich zu leisten hatte, wurde mir vorgeworfen, ich träte entschieden zu intellektuell auf.

Auf die Studienzulassung selbst hatte ich ein Jahr lang warten müssen. Die Abiturprüfungen waren unter zuvor unbekannten Erschwernissen erfolgt: Einige meiner Mitschüler, darunter hochbegabte, wurden von den Examina ausgeschlossen, aus Gründen politischer Unzuverlässigkeit; die stalinistische Repressionspraxis hatte nun auch unsere kleine Stadt erreicht. Die Betroffenen wechselten über die Grenze und bestanden ihr Abitur in Westdeutschland oder Westberlin. Einer kehrte hernach sogar zurück, um an einer evangelischen Hochschule zu studieren, später wurde aus ihm ein in der DDR einflussreicher Kirchenmann.

Ich selbst war zwar zur Prüfung zugelassen worden und hatte sie auch bestanden, doch für die Zulassung zum Universitätsstudium bedurfte es zusätzlich der Befürwortung einer besonderen Kommission. Ich trat bei ihr an und erfuhr, mir mangele es an der nötigen Verbundenheit mit der Arbeiterklasse. Begründet wurde dies nicht. Ich solle, lautete die Entscheidung, die nächsten zwölf Monate in der materiellen Produktion zubringen, um jenem Mangel abzuhelfen.

Daraus wurde eine ziemlich trostlose Zeit. Zunächst arbeitete ich im Schichtbetrieb einer Leichtmetallgießerei, später sollte ich eine Betriebszeitung betreuen und gelegentliche Ausstellungen arrangieren. Privat tröstete ich mich mit der Lektüre von Büchern Hermann Hesses und John Galsworthys. Zuletzt sollte ich, die Zulassung zum Studium endlich in der Tasche, zu den kommunistischen Weltfestspielen der Jugend und Studenten des Jahres 1951 fahren; die grammatische Fehlerhaftigkeit des Namens ergrimmte mich damals schon.

Ich fuhr nicht allein. Ich hatte die Verantwortung für eine Gruppe von Lehrlingen, die entscheidende Jahre jünger waren als ich und Berlin bloß dem Namen nach kannten.

Die Weltfestspiele waren bereits im Gange. Man hatte, um möglichst vielen jungen Leuten die Teilnahme möglich zu machen, bei der Organisation mehrere Durchläufe bei gleitendem Wechsel vorgesehen, jeweils ausgelegt auf ein paar Tage. Wir stiegen am Bahnhof unserer Stadt in einen von mehreren Sonderwagen der Deutschen Reichsbahn und fuhren davon. Wir trugen die Blauhemden der staatlichen Jugendorganisation FDJ und besaßen jeder einen Festival-Ausweis, der uns zu diesem und jenem berechtigen sollte: Benutzung öffentlicher Verkehrsmittel, Zugang zu Veranstaltungen.

Die Weltjugendfestspiele waren schon Wochen vor ihrem eigentlichen Beginn in der DDR-Publizistik propagandistisch eingetrommelt worden, derart, dass es einem bereits ein wenig zum Halse heraushing. Zu den Vorbereitungen gehörten Literarica, gereimte Verse zum Beispiel, zu denen es auch Kompositionen gab. Die gereimten Verse erhielten wir auf gedruckten Blättchen. Für einen Festivalteilnehmer gehörte es sich, dass er sie auswendig wusste. Zum Lernen benutzten wir die Eisenbahnfahrt, und die dauerte lange. Unser Wagen wurde abgekoppelt, an neue Züge angehängt, hin und her geschoben oder auch vielfach dem Stillstand überlassen. Viele Stunden ging das so. Wir kannten die Verse inzwischen auswendig.

Zwei davon gehörten zu dem *Lied der Weltjugend* und gingen so: »Unser Lied die Ländergrenzen überfliegt. Freundschaft siegt. Freundschaft siegt.« Man soll an Texte solcher Art keine übersteigerten Ansprüche stellen, aber was, außer um des Reimes willen, das Grenzenüberfliegen eines Liedes mit dem Sieg der Freundschaft zu tun haben könne, war mir nicht ersichtlich. In einem anderen Text wurde der verschiedenen Nationalitäten gedacht, die zum Fest zusammenkamen, und als besondere Preziose, deswegen auch alliterierend hervorgehoben, trat da ein »Kim aus Korea« auf. Immerhin, es war die Zeit des Korea-Konflikts. In meinem Bewusstsein würde Korea hinfort Kim sein und Kim Korea. So würde es über viele Jahre bleiben, da in der DDR von KIM, was für Kombinat Industrielle Mast stand, die am meisten verbreiteten und deswegen in jeder Lebensmittelverkaufshalle erhältlichen Hühnereier stammten; kaufte ich sie, dachte es in mir: Kim aus Korea.

Unser Ziel, das uns niemals zuvor präzise mitgeteilt worden war, erreichten wir kurz vor Einbrechen der Dunkelheit. Es erwies sich als eine Ortschaft namens Fürstenwalde. Wir wurden in die riesige Scheune eines Bauern eingewiesen und warfen uns dort ins Stroh.

Anderntags strebten wir zum Bahnhof. Auf dem Gelände herrschte hemdenblaues Gewühl. Ich ermahnte meine Lehrlinge zu Vernunft und Achtsamkeit, auch politischer, dann entließ ich sie. Jeder sollte das tun, wonach ihm zumut war, so besagte es die Anweisung. Meine Lehrlinge verloren sich in der Menge, und dann war auch schon die Bahn heran.

Die Lokomotive zeigte sich mit allerlei politischen Symbolen behängt. Wir fuhren mit dem Zug bis Erkner und wechselten dort in die S-Bahn. Aus allen Bahnhofslautsprechern quoll Marschmusik. Unser Lied die Ländergrenzen überfliegt. Kim aus Korea. Ich fuhr bis zur Station Alexanderplatz, stieg dort aus und überließ mich dem Treiben.

Es gab den Kalten Krieg, der auch dadurch, dass in Kims Korea ein heißer Krieg tobte, zu einem heißen Krieg insgesamt zu werden drohte. Ein Jahr vor den Weltjugendfestspielen hatte es in

Ostberlin schon einmal ein Massenaufgebot junger Leute gegeben; das hieß Deutschlandtreffen und war ein Politikum ersten Ranges gewesen. Auch dafür hatte man Lieder gedichtet, eines ging auf die Kehrreimzeile »Die Freie Deutsche Jugend stürmt Berlin«, und da es das ausdrückliche Ziel des Deutschlandtreffens war, auch Westberlin mit einzubeziehen, entstand bei der durch Stalins politische Sticheleien geplagten Bevölkerung der westlichen Halbstadt die Furcht, die Freie Deutsche Jugend wolle Berlin ernsthaft stürmen, im Sinne eines veritablen Bürgerkriegs. Also wurden damals die Sektorengrenzen bewacht, und die Blauhemdträger, die dort auftauchten, wurden unsanft angehalten und zurückgeschickt.

Jetzt, ein Jahr später, war alles umgekehrt. Westberlin lud die jungen Leute aus der DDR zu allerlei Gratis-Vergnügungen ein, aber damit war nun die DDR nicht einverstanden. Wieder trat Polizei auf den Plan, diesmal die östliche, und fischte Blauhemden aus den grenzüberschreitenden Verkehrsmitteln. Ich unternahm erst gar nicht den Versuch. Nicht Furcht oder Feigheit waren dabei mein Motiv, vielmehr fühlte ich mich als Kind eines altlinken Vaters den Anweisungen meines Jugendverbandes bedingungslos hörig, mögliche Zweifel und Einwände versenkte ich wortlos in meiner Brust.

Ich stieg also am Alexanderplatz aus, das jugendbewegte Ostberlin umfing mich. Die Stadt, das wusste ich von einem früheren Besuch, war noch voller Zerstörungen. Seltsam, man sah es in diesen Tagen nicht. Die Straßen waren mit lärmenden, lachenden, drängenden jungen Menschen angefüllt. Eine Reihe von Malern hatte riesige Dekorationstafeln verfertigt und an die Ränder der großen Boulevards gestellt. Einer dieser Maler stammte aus Wernigerode und hieß Bert Heller, seine den Mexikanern Rivera und Siqueiros nachempfundene öffentliche Kunst würde ihm einen hohen Staatspreis und eine Professur an einer Kunsthochschule eintragen.

Es gab Ausstellungen, Begegnungen, Konzerte, Theatervorstellungen, es gab viel Sport. Der Sport interessierte mich nicht. Die Theater und Konzerte waren überfüllt. Ich ging in eine Ausstellung, und keines ihrer Exponate sollte mir in Erinnerung bleiben. Ich pickte mir eine kostenlos erhältliche Zeitschrift auf, *Sinn und Form*, anlässlich des Festivals hatte sie eine Sonderausgabe herausgebracht, mehrsprachig, mit Beiträgen von Autoren wie Louis Aragon, Bertolt Brecht und Pablo Neruda. Ein besonders begehrtes Objekt war das von Pablo Picasso entworfene Festival-Halstuch. Es gelang mir nicht, in dessen Besitz zu gelangen. Bloß ein albernes Mützchen bekam ich, weiß, mit allerlei aufgestickten Staatswappen; ein erster Regenguss kam, und es verlor seine Form. Ich ging umher und besah mir alles. Die kaputte Stadt zeigte eine Art von jugendlichem Massenlächeln, und das stand ihr nicht übel. In die ärmliche ausgepowerte DDR war ein wenig Welt eingekehrt, für zwei Wochen. Man redete in vielen Sprachen, und zu allem leuchtete penetrant die Sonne.

Irgendwann geriet ich an eine Gruppe junger Engländer und blieb mit ihnen den Rest der Zeit zusammen. Es waren sehr angenehme, sehr anregende Leute, wir redeten über vielerlei. Unter ihnen war eine junge hübsche Frau mit goldblonden Haaren und ziemlich lumpigen Tennisschuhen. Später würde ich ihrem Bild häufig begegnen, denn später sollte sie recht berühmt werden: Es handelt sich um die Schriftstellerin Doris Lessing.

Am letzten Abend stand ich eingekeilt Unter den Linden. Es gab eine öffentliche Auszeichnung. Zu Ehren des sowjetischen Staatsmanns Josef Wissarionowitsch Stalin, allgemein gerühmt als weiser Führer aller Werktätigen, war während des Jahres 1951 in der DDR eine Art Wettbewerb veranstaltet worden. Der fand nun seinen feierlichen Abschluss, die Sieger im Stalin-Aufgebot wurden geehrt, und sie wurden geehrt womit? Sie wurden geehrt mit einer riesigen roten Fahne, der ein Profilbildnis des schnurrbärtigen Georgiers appliziert war. Scheinwerfer stachen in die Dunkelheit und zeigten die flatternden Fahnen, ein scharfer Wind wehte, der auch die großen Lautsprechersäulen Unter den Linden und die Mikrofone am Lustgarten heimsuchte. Jemand redete laut an gegen den Wind, mit schriller Stimme. »Und überreiche ich ein Banner mit dem Bildnis des großen Stalin«, hörte ich die schrille Stimme rufen, dann trug der Wind sie fort, bloß die Bewegung des Banners nahm ich wahr. Die schrille Stimme gehörte dem Vorsitzenden der FDJ, Erich Honecker, der später mein Staatschef werden sollte. Neben ihm stand ein schmaler, etwas hochmütig wirkender Mann südländischer Herkunft. Er hieß Enrico Berlinguer, war Chef des kommunistischen Weltjugendverbandes und würde später Italiens KP in den Eurokommunismus führen.

Ich übernachtete ein letztes Mal auf dem Stroh in Fürstenwalde und sammelte am nächsten Morgen meine Schäflein zur Heimkehr. Sie waren allesamt in Westberlin gewesen, hatten dort Coca Cola getrunken, Wildwest-Filme gesehen und waren darüber der Begeisterung voll. Ich hörte nicht hin. Immerhin waren wir vollständig. Andere Gruppen traten die Rückreise durchaus gerupft an, da manche der Festivalteilnehmer im Anblick der westlichen Fleischtöpfe beschlossen hatten, augenblicklich das Vaterland zu wechseln.

Die Weltfestspiele der Jugend und Studenten 1951 in Berlin, was waren sie? Eine Mischung aus Olympiade, laisiertem Kirchentag, Politkirmes, Volksfest und stalinistischem Stumpfsinn. Sie zeigte vieles von dem, was ich an der DDR schätzte, und vieles, was mich an ihr abstieß, doch das wusste ich erst später.

8

Das Germanistik-Studium an der Halleschen Universität bot ein einigermaßen breites Spektrum. Es gab den Ordinarius konservativen Zuschnitts, der die deutsche Literaturgeschichte mit Gerhart Hauptmann enden ließ, da dieser, äußerlich zudem Goethe ähnelnd, bereits tot war, wogegen ihm Thomas Mann, damals noch unter den Lebenden, als eine Art minderer Unterhaltungsschriftsteller galt. Spezialität des Ordinarius war die deutsche Barockdichtung. Das Buch, das er darüber verfasst hatte, erwies sich im Inhalt als deutschnational und im Stilistischen als ungenießbar.

Über Thomas Mann hörten wir ausführlicher bei einem Lehrbeauftragten, der sich als engagierter Leninist erwies und daher der SED angehörte. Über Thomas Manns damals letzte Bücher, *Der Erwählte* und *Die Betrogene*, äußerte er sich nur allgemein, da er sie nicht gelesen hatte; er besaß sie nicht, und die Seminarbibliothek besaß sie auch nicht. Viel näher standen ihm die Bücher kommunistischer Exilautoren und Aufbauromane aus der jungen DDR, die heute keiner mehr kennt. Sein Marxismus, wie seine gesamte Veranstaltung, geriet ziemlich fad und langweilig. Seine Dissertation, vor 1945 verfertigt, trug den Titel *Hans Grimm und der nordische Mensch*.

Die Vorlesungen über deutsche Literatur im Zeitalter von Aufklärung, Klassik und Romantik waren da von etwas anderem Zuschnitt. Der Dozent hatte zuvor in Weimar bei einem Ausstellungsprojekt mitgewirkt, das Johann Wolfgang Goethe aus sozialwissenschaftlichen Zusammenhängen erklären wollte. Der Leiter, Gerhard Scholz, war ein heimgekehrter Emigrant, diente zunächst der DDR-Volksbildungsadministration und später den Weimarer Gedenkstätten. Um sich hatte er einen Kreis versammelt, der den damals maßgeblichen Literaturwissenschaftler Georg Lukács links überholen wollte und verächtlich herabsah auf Hans Mayer aus Leipzig, der mitsamt seinen Schülern gleichwohl die größere Prominenz beanspruchen durfte.

Die Vorzüge der Scholz-Schule waren ihre Geschichtshaltigkeit und ihre soziologische Vorgehensweise. Formales, damals hochgehalten von der textimmanenten Methode des Schweizers Emil Staiger, wurde vernachlässigt. Hoch- und Spätromantik kam bloß in insgesamt vier Kollegstunden vor. Dafür erfuhren wir von fast Vergessenem: dem Lessing-Zeitgenossen Rabener etwa oder dem deutschen Jakobiner Rebmann. Der Dozent, hernach Ordinarius an einer anderen ostdeutschen Hochschule, hatte seine Laufbahn im Reichspropagandaministerium von Joseph Goebbels begonnen. Der wortgewaltig vorgetragene Antifaschismus der DDR war eine selektive Angelegenheit, darin nur wenig anders als das entsprechende Vorgehen in der alten Bundesrepublik Deutschland.

Ein zweifelsfreier Antifaschist war jener Hochschullehrer, der mich während meines Studiums am meisten beeindruckte, durch seine Vortragskunst, durch seinen Witz, durch sein Schicksal.

Victor Klemperer, 1881 geboren und damals bereits im Emeritus-Alter, nahm außer seiner Professur in Berlin noch Pflichten in Halle wahr. Die erste Vorlesung, die ich von ihm hörte, galt der französischen Literatur im Spätmittelalter. Der Hörsaal im Gebäude des Melanchthoneum war regelmäßig überfüllt. Pünktlich zum Stundenviertel trat durch die Saaltür und wurde mit lebhaftem Geklopf begrüßt ein kleiner alter Herr. Er war ungewöhnlich klein. Er hatte sehr große und sehr dunkle Augen. Er war fast kahlköpfig. Ein wenig erinnerte er, in Statur und Gesichtsschnitt, an den Maler Pablo Picasso. Er verbeugte sich, gewissermaßen seitlich, die rechte Schulter nachdrücklicher in die Verneigung einbeziehend als die linke, gegen den Studentenapplaus, lächelte und begann mit der Vorbereitung zu seinem Kolleg.

Diese Vorbereitung war wie folgt: Er zog einen Zettel aus der Tasche. Der Zettel hatte die Größe einer Streichholzschachtel-Etikette und war die einzige schriftliche Unterlage, derer er zu seinem Vortrag bedurfte. Er stützte den rechten Ellenbogen auf die Platte des Pults, hielt in der linken Hand den streichholzetikettengroßen Zettel mit seinen Notizen und begann zu reden. Seine Stimme war sehr

Victor Klemperer und Studenten 1953

hell und sehr melodiös. Manchmal führte er seinen Zettel nahe an die Augen. Mehr als vier- oder fünfmal während einer Stunde geschah dies nicht.

Er sprach, wie ich bis dahin keinen akademischen Lehrer hatte sprechen hören. Er sprach in weit ausholenden Satzperioden, er sprach witzig, unterhaltsam, hielt sich doch immer nahe am Thema, hatte Titel und Jahreszahlen im Kopf, solche in Französisch und solche in Deutsch. Bloß für die genauen bibliografischen Angaben von Sekundärliteratur benötigte er hin und wieder den streichholzetikettengroßen Zettel. Unter seinen Händen wurde Literatur, die französische, die romanische, die Weltliteratur, zu einem dicht und anmutig verschlungenen Gewächs, lebendig, sich unentwegt fortverzweigend wie ein sehr alter Efeubaum.

Die Ältergedienten unter seinen Studenten mokierten sich gelegentlich über seine französische Aussprache, in der ziemlich viel Anklang an den Pariser Argot war. Man imitierte das mit einer onomatopoetischen Paraphrase, die sich am besten so wiedergeben lässt: *momomomomo-pas!*

Manchmal, in den Vorlesungs- und Seminarpausen oder wenn ihm besonders wohl zumute war, rauchte er kleine aromatische Zigarren. Manchmal erzählte er auch ganz einfach von Frankreich, von Paris, von Caféhäusern, von farcierter Pute, von *la dulce France*, dem süßen Frankreich, aus der *chanson de geste* von Hornbläser Roland.

Einmal, in einem anderen Rahmen, schilderte er die bürgerlich-konservativen Überzeugungen, die er seiner Herkunft zufolge lange mit sich herumgetragen hatte, bis zum Ausbruch der Hitlerei, in der diese Überzeugungen buchstäblich zertrümmert wurden: mit einer Eisenstange, die ihm einer von Hitlers Bütteln auf die Schultern geschlagen hatte. Seither hielt er den Kopf etwas geneigt. Seine auffällige Art, sich den Studenten gegenüber zu verbeugen, hatte einen schrecklichen Anlass.

Victor Klemperer hätte nicht überlebt, wenn seine nichtjüdische Frau Eva dem Druck der Nazis, sich scheiden zu lassen, nicht widerstanden hätte. In sogenannter privilegierter Mischehe kam der Gelehrte zunächst davon. Viele seiner Bücher hat er ihr gewidmet, und die Novellen Maupassants hat er mit ihr zusammen in ein schönes federndes Deutsch übertragen. Eva Klemperer starb 1951. Als ein paar Tage später Victor Klemperer den Hörsaal betrat, einen kleinen schwarzen Flor am Jackenaufschlag, erhoben sich wir hundertfünfzig Studenten von unseren Plätzen und standen lange still. Der kleine Mann sah es. Er ging zum Katheder, beugte sich etwas vor, die rechte Schulter nachdrücklicher als die linke, er blinzelte uns an und sagte nach einer Weile leise und traurig: »So setzen Sie sich doch, meine Freunde.«

Er selbst starb 1960. Die Erinnerung an ihn begann sich alsbald zu verlieren, seine Bücher wurden kaum mehr gelesen. Erst ein Vierteljahrhundert später änderte sich dies radikal, durch die Publikation seiner Tagebücher, deren zentraler Teil, unter dem Titel *Ich will Zeugnis ablegen bis zum letzten*, in Deutschland zu einer zeitgeschichtlichen Sensation wurde und buchhändlerisch zu einem Welterfolg.

Zu erfahren war ein mehr als ungewöhnliches Leben. Der Sohn eines Rabbiners fühlte sich in seiner Jugend als ein bildungsbürgerlicher Deutschnationaler, dem sowohl der Zionismus als auch die sämtlichen Spielarten linker Politik zuwider waren. Seine elementaren Vorbehalte gegen den Kommunismus blieben lange erhalten, noch zahlreiche Tagebuchnotizen nach 1933 beweisen es. Die Einträge aus jener Zeit erzählen vom Verlust der Stellung, vom Abrücken oder Fortgang einstiger Bekannter. Dem Gelehrten, der Adolf Hitler für einen peinlichen Emporkömmling hielt, wurden alle Sicherheiten genommen, eine um die andere, und er musste dem zusehen, rat- und hilflos und heimlich räsonierend, bis er am Ende ein gehetztes Opfer war. Während des alliierten Bombardements Dresdens im Februar 1945 gelang es ihm, der drohenden Deportation in ein Vernichtungslager zu entfliehen. Das furchtbare Sterben der Zwanzigtausend rettete, makaber genug, ihm das Überleben.

1945 trat er der KPD bei. In der Folge stieg er auf zum DDR-Vorzeigeintellektuellen, wurde Akademiemitglied, saß als Abgeordneter im ostdeutschen Pseudoparlament und erhielt den Nationalpreis. Eigentlich hatte er eine einflussreiche Verwandtschaft in der westlichen Welt, ein Leben dort wäre ihm problemlos möglich gewesen, doch er teilte wohl die von vielen Antifaschisten vertretene Überzeugung, die Kommunisten, als unerbittlichste Gegner des braunen Diktators, seien seine natürlichen Verbündeten.

Dabei erkannte er die Limitierungen des von Stalin deformierten Linkssozialismus von Anfang an. Der Marxismus-Leninismus als politische Doktrin interessierte ihn kaum, und wer die wissenschaftlichen Texte liest, die er in der Folge publizierte, wird nichts, aber auch gar nichts von marxistischer Ästhetik entdecken.

Warum also blieb er? Warum unterzog er sich den oft peinlichen politischen Ritualen bis hin zum Auftritt des alten Herrn im Blauhemd der stalinistischen Jugendorganisation FDJ, deren Erscheinungsbild ihn an die Hitlerjugend erinnerte?

Es geschah in einer sonderbaren Mischung aus Lebenshunger, Erschöpfung, Bequemlichkeit und Angst. Hitler hatte ihn um seine akademische Karriere gebracht, die er nun nachholen konnte: im Osten; der konservative Universitätsbetrieb des deutschen Westens hätte ihm allein aus Altersgründen keine Chance geboten; man muss sich erinnern, wie Golo Mann von der stockreaktionären Historikerzunft der damaligen Bundesrepublik vergrault wurde, und die Philologie verhielt sich darin um keinen Deut anders.

»Gestern Vorm. nahm ich zum erstenmal in meinem Leben eine Doctorprüfung vor. Mit 67 Jahren«, notierte er, gleichsam kopfschüttelnd, im Dezember 1947. Er durfte sein beträchtliches pädagogisch-wissenschaftliches Talent endlich ausleben. Er unternahm Reisen in für Ostdeutsche zu jener Zeit unzugängliche Länder wie Österreich, Frankreich, Italien, Belgien. Er konnte ungehindert veröffentlichen und die Anerkennung erfahren, nach der er hungerte. Die politische Anpassung sah er offenbar als den dafür zu entrichtenden Preis. Innerlich korrumpiert hat ihn das kaum. Eine seiner letzten Eintragungen lautet: »Deutschland ist ein in zwei Stücke zerfahrener Regenwurm; beide Teile krümmen sich, beide vom gleichen Faschismus verseucht, jeder auf seine Weise.«

Man kann, und so ist es vielfach geschehen, der Lebensentscheidung Victor Klemperers nach 1945 mit Unverständnis begegnen. Wer sein Schüler gewesen ist, mag sich sein Leben ohne diesen Mann nicht vorstellen. Die politischen Kompromisse und Opportunismen, in die er sich begab, wurden mehr als aufgewogen durch den Raum der geistigen Liberalität und der bürgerlich-humanen Bildung, den er uns öffnete, in dem wir aufatmen konnten und dessen Erinnerung uns blieb.

9

Eines der erheblichen intellektuellen Erlebnisse meiner Studentenjahre hatte mit Jean-Paul Sartre zu tun. Ich kannte seinen Namen schon länger. Als emsiger Leser von Berliner Premierenkritiken hatte ich von dem Skandal erfahren, der Ende der vierziger Jahre ausgebrochen war anlässlich einer Westberliner Inszenierung der *Fliegen*. Diesen Skandal hatten die Sowjets gewollt. Ein Ostberliner Theatermann verglich prompt das Stück mit einem zum Trinken gereichten Becher voll Eiter. Dabei wurde hier lediglich die alte Atriden-Geschichte von Orest und Klytämnestra erzählt, wobei die Eumeniden in Begleitung der titelgebenden Fliegen erschienen. Woher also die Wut?

Sartre, früher den Kommunisten nah, hatte inzwischen *Die schmutzigen Hände* verfasst, einen antisowjetischen Dramentext. Handlungsort war ein osteuropäisches Land, die kommunistische Partei gab einen politischen Mord in Auftrag an einem der ihren. Das Stück war effektvoll gemacht und beeindruckte mich. Trotzkis Ermordung und der Konflikt zwischen Tito und Stalin fanden sich in den Szenen wieder.

An Sartre haftete also der Geschmack des Verbotenen. Hinzu kam, dass französischer Existenzialismus zeitweilig die verbreitete Mode war: Man hielt auf eine Ästhetik der Verzweiflung und der schwarzen Textilien, rauchte unentwegt schlechte Zigaretten und lauschte den tieftraurigen Liedern von Juliette Gréco. In Westeuropa war diese Mode schon längst wieder vorbei, mit der systemüblichen Verspätung griff sie im Osten jetzt erst um sich und passte vorzüglich zu den immer noch reichlich umherstehenden Ruinen.

Nun war Sartre gerade im Begriff, sich den Kommunisten wieder anzunähern. Manche seiner Arbeiten wurden daraufhin im Osten zugänglich, so der Film *Die ehrbare Dirne*. Vor dem Halleschen Kino, das ihn spielte, warteten geduldig lange Besucherschlangen. Ich wartete mittendrin. Die Praxis der Leninisten, mit Leuten, die eben noch ihre Todfeinde waren, plötzlich die innigste Freundschaft zu schließen, sollte sich immer wiederholen.

Was aber war Existenzialismus? Er war, sagte Sartre, ein Humanismus. Die Schrift, in der er dies dartat, kam mir in die Hände. Die Menschen waren in ihre Existenz geworfen, doch konnten sie den Willen aufbieten, sich selber zu befreien. Die Marxisten formulierten etwas anders, doch auch sie propagierten die Emanzipation. Sartres ständige Entfernung vom Sowjetkommunismus, gefolgt von ständiger Wiederannäherung, ergab ein Muster, in dem ich mich wiederfinden konnte.

Der Import des Films *Die ehrbare Dirne* wurde erst möglich nach Stalins Tod. Die Martin-Luther-Universität Halle reagierte auf das Ableben des pockennarbigen Diktators mit einem Trauermarsch durch die Innenstadt. Bald darauf wurde die Junge Gemeinde der evangelischen Kirche, zuletzt verfolgt unter dem Verdacht, Agentur des Imperialismus zu sein, ganz offiziell rehabilitiert. Auch andere stalinistische Maßnahmen fielen fort, doch statt die kleinen Freiheiten zu genießen, die es jetzt gab, wollte die Bevölkerung mehr.

Ich habe lange die Meinung vertreten, der Volksaufstand vom 17. Juni 1953 sei eine Inszenierung von Walter Ulbricht gewesen. Sicher ist: Der deutsche Diktator stand bei Stalins Nachfolgern zur Disposition, was er wusste. Das militärische Eingreifen der Sowjets rettete die DDR und damit auch ihn; hätte man ihn geopfert, hätte es den Anschein eines Erfolgs der Aufständischen erweckt. In der Arbeiterbewegung erfahren, setzte Ulbricht auf eine radikale Erhöhung der Arbeitsnormen. Prompt empörten sich die Bauarbeiter der Berliner Stalinallee und traten in den Ausstand.

Von ihrem Protest vernahm ich über einen westdeutschen Sender. Am Abend übertrug das DDR-Radio eine öffentliche Rede des Ministerpräsidenten Grotewohl, es fielen ungewöhnliche Worte, gipfelnd in der Feststellung, wenn das Volk sich gegen die Regierung erhebe, sei die Schuld bei der Regierung zu suchen, nicht beim Volk.

Damals absolvierte ich an einer halleschen Schule ein Praktikum. Am Morgen des 17. Juni betrat ich den Klassenraum wie die Tage zuvor. Die Elfjährigen standen neben ihren Bänken, hoben die Arme und schrien: »Streiken! Streiken!«, außerdem »Heeme! Heeme!«, was das mitteldeutsche Dialektwort für »heim« oder »nach Hause« war. Ich konnte die Kinder nicht beruhigen. Ich ging in das Lehrerzimmer und hörte den Lärm aus den anderen Klassenräumen. Die Aufregung an der Schule war allgemein, die Lehrer waren verwirrt und ratlos, der Direktor entschied, den Unterricht ausfallen zu lassen. Meine Elfjährigen, denen ich dies ausrichtete, brachen in Jubel aus und stürzten davon.

Ich ging durch die Stadt. Auf dem Universitätsgelände begegnete mir ein junger Dozent, den ich als schneidigen Stalinisten kannte und der stets ein besonders protziges SED-Abzeichen trug. Jetzt hatte er es abgelegt. Als er mich sah, drehte er den Kopf beiseite. Ich ging zu dem Platz, an dem das Gebäude der SED-Bezirksparteileitung stand. Eine große Menschenmenge war versammelt, Türen und Fenster des Hauses standen offen, Akten wurden auf die Straße geworfen, unter dem Jubel der Menge.

Für den Nachmittag wurde zu einer Großkundgebung aufgerufen. Sie fand unter freiem Himmel statt, auf dem Hallmarkt im Stadtzentrum. Als ich dort eintraf, waren Tausende versammelt, sie standen dicht bei dicht, bis tief in die Einmündungen der Seitenstraßen hinein. Inmitten der Menge sah ich ein großes graugrünes Panzerfahrzeug sowjetischer Bauart. Seine Luke wurde geöffnet, aus dem Panzerturm wuchs der Oberkörper eines Rotarmisten. Er tauchte zurück und warf den Fahrzeugmotor an. Es gab ein dröhnendes Geräusch, das die Menge zurückdrängte, der Panzerturm schwenkte kurz hin und her, blaue Wölkchen von Dieselabgasen stiegen empor, dann erstarb der Motor. Der Rotarmist kroch erneut aus seiner Lukenöffnung und zeigte lachend seine schwarzen Zähne.

Am Rande des Platzes waren große Lautsprechersäulen aufgestellt. Üblicherweise standen sie bei offiziellen Massendemonstrationen, um Marschmusik zu übertragen, jetzt waren sie gegen ihre üblichen Benutzer installiert. Unmittelbar vor der Front des Polizeipräsidiums gab es eine Tribüne, vor ihr ein Mikrofon. Mehrere Redner traten auf, sie verlangten das immer Gleiche: Ende der SED-Herrschaft, freie Wahlen, gerechtere Entlohnung, Ende der Unrechtsjustiz, Wiedervereinigung. Jede dieser Forderungen erhielt starken Beifall. Ein Volkspolizist stellte sich hinter das Mikrofon, er trug noch seine Uniform, in ungelenken Worten berichtete er, bis zu diesem Morgen habe er sämtliche Anordnungen der ihm vorgesetzten Behörde gehorsam befolgt, nunmehr sei er fest entschlossen, den Dienst zu verweigern, denn niemals werde er gegen seine Landsleute vorgehen. Er erhielt besonders viel Zustimmung.

Ich wohnte zur Untermiete bei einem ehemaligen Missionsarzt. Meine Nachbarin war Angestellte eines großen Chemiewerkes in Bitterfeld, wo während des Tages, erzählte sie aufgeregt, sich ein Streikkomitee gebildet hatte. Es würde Verhandlungen aufnehmen mit der Regierung in Berlin. Am nächsten Tag hingen überall in der Stadt Plakate des sowjetischen Stadtkommandanten, die Versammlungen unter Strafandrohung verboten. Ich ging wieder zur Schule. Meine Fünftklässler waren vollzählig erschienen, sie zeigten sich unruhig, doch Unterricht war wieder möglich. Am Abend erzählte mir meine Nachbarin, die Proteste in ihrem Betrieb setzten sich fort, das Streikkomitee sei auf der Fahrt nach Berlin, zu politischen Verhandlungen, nichts sei verloren. Die Plakate des sowjetischen Stadtkommandanten hingen noch eine Weile. Der schneidige Dozent an der Universität hatte sein Parteiabzeichen wieder angelegt. Meine Nachbarin erzählte mir schluchzend, die zu Verhandlungen abgereisten Mitglieder ihres Streikkomitees seien verhaftet. Der Unterricht an der Schule, wo ich Praktikant war, fand wieder statt wie gewohnt.

10

Eine der letzten Tonaufnahmen Thomas Manns war eine Lesung der frühen Novelle *Tonio Kröger*. Ich hörte sie im Radio, gegen Ende meiner Studentenzeit, ich entzückte mich an der Art, wie der Dichter »Ing-ge, süße Ing-ge« artikulierte, wie er seinen Helden den Frühling verfluchen ließ; als ich die Sendung hörte, war eben Frühling, Thomas Manns achtzigster Geburtstag stand bevor, den ausführlich zu würdigen man in beiden deutschen Staaten feierlich entschlossen war.

Eine der ostdeutschen Gaben wurde die zehnbändige, von Hans Mayer betreute Thomas-Mann-Gesamtausgabe, die der Berliner Aufbau-Verlag herausbrachte und die ich mir alsbald zulegte. Den zu entrichtenden Preis hatte ich abgespart von meinem mageren Studentenbudget. Nun besaß auch ich ihn also vollständig und musste mir nicht mehr die westdeutschen Bände ausleihen, die mein Freund Martin besaß. Er war völlig vernarrt in den großen Alten, viel mehr noch und viel rückhaltloser als ich.

Martin Gregor-Dellin hieß eigentlich Martin G. Schmidt und war, als ich ihn kennenlernte, Lektor beim Mitteldeutschen Verlag in Halle. Er stammte aus Weißenfels und wohnte dort mit seiner Familie, im Haus seiner Eltern, einem alten Gebäude am Marktplatz, nicht weit entfernt von der Gaststätte, in der Heinrich Schütz seine Kindheit verbracht hatte.

Martin war nicht sehr groß gewachsen. Seine langen Haare kämmte er zurück, zwischen seinen oberen Schneidezähnen hatte er einen Spalt. Seinen Blick richtete er häufig, in einer Art von somnambuler Entrücktheit, schräg nach oben. Das Kriegsende hatte er als Soldat erlebt und war für eine kurze Zeit US-amerikanischer Kriegsgefangener gewesen. Er spielte Cello und besaß einige musikalische Kenntnis, was ihm später recht nützlich sein würde. Vorerst kümmerte er sich, dies war sein Brotberuf, um dem literarischen Nachwuchs, den der Mitteldeutsche Verlag zum Druck befördern wollte oder auch nicht.

Ein Autor des Hauses hieß Otto Gotsche. Seine Romane waren miserabel und wurden gleichwohl verlegt, da er der Sekretär von Walter Ulbricht war. Außer Martin gab es als weiteren Lektor Egon Günther, der es später als Filmemacher in beiden deutschen Staaten zu Prominenz bringen sollte. Vorerst ging es ihm wie auch Martin darum, das äußerst enge ästhetische Korsett, das der Mitteldeutsche Verlag, mehr noch als andere DDR-Häuser, anlegen musste, ein wenig zu lockern.

Zu diesem Zweck wurde eine kleine Experimentalreihe geschaffen, die den Titel *tangenten* trug. Sie musste bald wieder eingestellt werden, da ihr vorsichtiger Avantgardismus den SED-Kulturpolitikern gründlich missfiel. Immerhin war es noch die Zeit, da der ostdeutsche Staat sich gesamtdeutsch äußerte und nach Proselyten im anderen Deutschland suchte. Der eine oder andere Künstler wechselte daraufhin das Vaterland, um alsbald in schwere Turbulenzen mit der SED zu geraten, dies widerfuhr Peter Hacks ebenso wie Adolf Endler. Manche kehrten deswegen rechtzeitig zurück.

Zu ihnen gehörte der aus Schwaben angereiste Malerpoet Günter Bruno Fuchs. Er nistete sich ein in Martins Haus, wo ich ihm verschiedentlich begegnete. Er ließ sich von Martin durchfüttern und fiel außer durch seinen Leibesumfang dadurch auf, dass er ständig größere Mengen Alkohols zu sich nahm. Den DDR-Antifaschismus bediente er mit einem Gedichtzyklus, der die durch die Nazis verfolgten Roma aus der Slowakei bedachte. Irgendwann war es mit den gesamtdeutschen Bestrebungen der DDR dann vorbei, Martins Frau Annemarie mochte den lästigen Kostgänger nicht länger ertragen, weswegen Günter Bruno Fuchs nach Berlin-Kreuzberg wechselte, um sich dort mit den ähnlich gestimmten Kurt Mühlenhaupt und Robert Wolfgang Schnell in einer gemeinsamen Künstlergruppe zusammenzufinden. Als gebürtiger Berliner beherrschte er den Lokaljargon und begann mit dem Verfertigen reizvoller Dialektgedichte, die, wie ich meine, seine gelungensten Arbeiten sind. Meist geht es darin um Asoziale, um Penner und Trinker.

Ein anderer Freund Martins war Horst Bienek. Die beiden hatten sich bei irgendeinem Lehrgang kennengelernt; Bienek war dann Meisterschüler bei Bertolt Brecht, blieb das aber nur eine kurze Zeit, denn er wurde von der politischen Polizei verhaftet und wegen antisowjetischer Hetze zu fünfundzwanzig Jahren Arbeitslager verurteilt. Er kam nach Workuta. 1955 wurde er amnestiert und ging in die Bundesrepublik, wo er es als Redakteur und Verlagsmann, vor allem aber als Lyriker, Romancier und Essayist zu beträchtlichem Ansehen brachte. Seine Familie stammte aus Oberschlesien, und die vier Romane, die er über die Geschehnisse in seiner Geburtsstadt Gleiwitz schrieb, gehören zu den wichtigen Erzählbüchern deutscher Sprache im 20. Jahrhundert. Seinem alten Freund Martin konnte er behilflich sein, als der seinerseits den Entschluss fasste, ins andere Deutschland zu wechseln.

Vorher aber war Martin, noch mit ständigem Wohnsitz Weißenfels, zu Thomas Mann geeilt. Es hatte zwischen den beiden einen kleinen Briefwechsel gegeben, und nun sollte die persönliche Begegnung folgen. Als Transportmittel benutzte Martin seinen Wagen, ein Gefährt aus DDR-Produktion namens P 70, mit Zweitaktmotor und sehr viel Kunststoff. Darin war er 1955 in der Tat bis nach Kilchberg nahe Zürich gefahren und hatte dem Autor der *Buddenbrooks* dort seine Aufwartung gemacht.

Bald danach wurde er von der politischen Polizei verhört. Es ging nicht um seine heimliche Schweiz-Reise, es ging um irgendeinen ominösen Widerstandskreis, von dem er keinerlei Kenntnis hatte, zu dem man ihn offenbar aber zählte: die übliche Paranoia der Stasi. Wir trafen uns ein letztes Mal. Auf dem Rücksitz seines Wagens lagen ein paar Bände Kafka.

Er lebte fortan in Bayreuth und arbeitete dort bei einem Lokalblatt. Er hatte Zugang zu den Wagner-Gedenkstätten. Später wurde er einer der Herausgeber von Cosima Wagners Tagebüchern, und er schrieb eine Richard-Wagner-Biografie, die bis heute als die umfassendste und beste gelten darf und die ihm zu Recht viel Beachtung eintrug. Seinem alten Idol Thomas Mann blieb er insofern treu, als

Martin Gregor-Dellin 1980

er sich um die Herausgabe von Texten Klaus Manns verdient machte und dazu beitrug, dass der Älteste des Dichters heute einen Platz in der Literaturgeschichte einnimmt.

Mit Bayreuth hat auch unsere Wiederbegegnung zu tun. Die Verbindung zwischen uns, Folge von Mauerbau und Zweistaatlichkeit, war abgerissen; 1984 sollte ich für einen westdeutschen Radiosender meine Eindrücke von den Bayreuther Festspielen aufschreiben und erhielt hierfür die entsprechenden Premierenkarten. Zur ersten Vorstellung, es handelte sich um eine Produktion des *Fliegenden Holländer*, zwängte ich mich durch die mir zugewiesene Sitzreihe und stand plötzlich vor ihm.

Wir standen uns gegenüber. Wir schauten uns an. Sein Blick wirkte somnambul. Er war weißhaarig geworden.

Fortan sahen wir uns regelmäßig. Ich besuchte ihn in Gröbenzell, einer Ortschaft nahe München, in der er ein Haus besaß. Dann erkrankte er plötzlich, sehr schwer und unheilbar, er starb im Sommer 1988. Die Traueransprachen in der Friedhofskapelle von Gröbenzell hielten ein ständig und hörbar mit den Tränen kämpfender Walter Jens und der alte Freund Horst Bienek.

Mit seiner eigenen Belletristik hatte Martin längst nicht so viel Erfolg wie mit seinen nonfiktionalen Arbeiten. Das letzte Romanprojekt, das er anging, hieß *Die Nonnentrompete*, es hatte ihn schon in seiner Weißenfelser Zeit beschäftigt, ohne auch diesmal bewältigt zu werden. Aus seinem Nachlass erschien dann, im Jahre 2002, eine Erzählung, *Partheys völlig verfehlter Besuch bei Thomas Mann*. Parthey ist ein Name aus der Goethezeit. Der Träger diesmal ist eine etwas armselige Natur, die dem berühmten Romancier völlig verfallen ist. Unter beträchtlichen Mühen und Opfern gelangt er bis nach Kilchberg, wo er auch empfangen wird, aber nur flüchtig, der große Alte äußert ein paar inhaltsarme Worte. Der Verehrer setzt sich in seinen Wagen, um wieder heimzufahren, unterwegs gerät er in einen Verkehrsunfall, bei dem er stirbt.

11

Es ist hell in den Straßen, und in den Küchen und Stuben erlöschen die Glühbirnen. Hunderttausende steigen aus ihren Häusern hinab, gehen durch die Straßen, strömen über die Treppen von U- und S-Bahn, schwingen sich in Straßenbahnen und Omnibusse. Läden öffnen ihre Türen, eiserne Rolljalousien rasseln empor, Maschinen beginnen zu surren, Geschäftshäuser füllen sich mit Leben. ›Zurücktreten am Bahnsteig vier. Der Zug fährt nach Spandau über Westkreuz. Vorsicht am Zuge!‹ Dichte Blöcke von Menschenleibern schieben sich über die Bahnsteige. ›Berliner Zeitung, zehn Pfennig. Berliner Zeitung, zehn ...‹ ›Die Wechselstuben handeln heute eine Westmark mit 5,60 beziehungsweise 5,80 DM Ost‹, meldet Rias.«

Das Zitat entstammt einem Roman des damals sechsundzwanzigjährigen Erich Loest. Ich hatte den Schriftsteller persönlich erlebt, während eines Praktikums im Mitteldeutschen Verlag, wo er Autor war. Mit sich selbst, der SED und der DDR völlig einverstanden, irritierte er mich durch sein ebenso schneidiges wie kumpelhaftes Auftreten. Später kamen wir in näheren Kontakt und verstanden einander recht gut. Da lag seine bittere, siebeneinhalb Jahre währende Leidenszeit im DDR-Zuchthaus Bautzen II hinter ihm.

Sein Roman von 1952 hieß *Die Westmark fällt weiter*. Der Titel war eine Beschönigung: In Wahrheit wiesen die Kurse der D-Mark (West) zuverlässig nach oben. Zustände und Stimmungen im Berlin um 1950 fängt der wiedergegebene Romanpassus gleichwohl ziemlich genau ein, auch das Faszinosum, das sie darstellten, hält er fest, entgegen aller politischen Präokkupation des Verfassers.

Meine erste Begegnung mit den beiden Berliner Stadtteilen und mit Berlin überhaupt geschah im Herbst des Jahres 1950. Ich war eingeladen von Bekannten, die in Westberlin wohnten. Ich sah die Friedrichstraße, eine Landschaft aus Trümmern, Staub und rüder Geschäftigkeit. Ich fuhr bis zum Bahnhof Zoo und erlebte den Ansturm der westlichen Warenwelt. Man drückte mir ein bundesdeutsches Fünfmarkstück in die Hand, es fühlte sich schwer und solide an, anders als die Leichtmetallmünzen, die in der DDR umliefen. Das nahe Beieinander von zwei Währungen, zwei Wirtschaftsordnungen, zwei Lebenswelten war von verstörendem Reiz.

Ab 1955 lebte ich in Berlin. Die Stadt war geteilt und war es nicht. Sie zerfiel in unterschiedliche Welten und war gleichwohl eine Einheit. Sie brachte grelle Propagandatöne hervor, auf beiden Seiten, auch zunehmende polizeiliche Kontrollen, an den äußeren Stadtgrenzen ebenso wie an den Sektorenübergängen, zumal geschahen sie an den Grenzstationen von Stadt- und Untergrundbahnen, wo ein verbotener Warenschmuggel ebenso verfolgt werden sollte wie die illegale Übersiedlung von Bewohnern der DDR.

Der Handel mit den beiden Währungen erfolgte in Wechselstuben, von denen es viele gab, vornehme und lumpige, je nach Besitzer und Standort. Die Umtauschkurse wurden täglich neu festgesetzt und, wie Loest korrekt vermerkt, in den Nachrichten des Westberliner Senders RIAS stündlich gemeldet. Der Umtausch ermöglichte Ostmarkbesitzern den Einkauf in Charlottenburger Warenhäusern und setzte Westgeldbesitzer in den Stand, sich von Ostberliner Friseuren, in Buchhandlungen und Gaststätten bedienen zu lassen, für einen Spottbetrag. Der Besitz von Westgeld war Ostberlinern verboten und sollte strafrechtlich geahndet werden, aber niemand scherte sich darum. Am Ende musste in Ostgeschäften der Personalausweis vorgewiesen werden, ehe man mit heimischer Währung zahlen konnte, was den Westmark-Kurs noch höher trieb.

Auch kulturell rüstete man nach, auf beiden Seiten. Dies bereitete dem Osten vergleichsweise geringe Schwierigkeiten, da dort das bald weltberühmte Berliner Ensemble von Bertolt Brecht spielte. Dessen Ausstrahlung war beträchtlich. Die Tatsache, dass der Stückeschreiber immer wieder kulturpolitische Konflikte mit der SED auszutragen hatte, machte seine Dichtungen allein schon attraktiv, hinzu kam die Ästhetik, die er pflegte und die den sonst vorgegebenen bildkünstlerischen Regeln gründlich widersprach. Als demonstratives Zeichen ihrer Zustimmung ließen junge Männer, Intellektuelle voran, sich ihr Haar in Brecht-Manier frisieren.

Reizvolles Theater bot die andere Seite ebenso. Es war die große Zeit der staatlichen Bühnen Westberlins, des Schillertheaters samt Werkstatt und des Schlossparktheaters in Steglitz. DDR-Bürger zahlten hier, wie in den Kinos, mit ihrer heimischen Währung im Verhältnis eins zu eins. Ich saß oft jede Woche unter den Zuschauern. Ich erlebte Martin Held als John Osbornes Entertainer und Lucie Mannheim in der Bühnenfassung von Thomas Wolfes Roman *Schau heimwärts, Engel*. Ich sah Walter Franck als Krapp in Becketts *Letztem Band*. Ich lernte die gesamte damals wichtige Weltdramatik kennen, mit Autoren wie Christopher Fry, Jean Giraudoux und Jean Anouilh, die heute allesamt beinahe vergessen sind. Ich saß in Fritz Kortners Inszenierung von *Hamlet*, vor mir saß eine sehr gepflegte Dame, unverkennbar kam sie aus Zehlendorf, und als Titeldarsteller Erich Schellow seinen Sein-oder-Nichtsein-Monolog gesprochen hatte, seufzte diese Dame: »Hach, da liegt so viel Sinn drin. Beinah wie in Wilhelm Tell!«

Die großen Produktionen des Berliner Ensembles, die ich allesamt besuchte, blieben solitär. Brecht starb 1956, ein Jahr nach Thomas Mann. Erste Premiere seines Hauses nach seinem Tod war die *Dreigroschenoper*, inszeniert von Erich Engel, der am gleichen Ort schon die Uraufführung 1928 betreut hatte. Ich besuchte die Generalprobe. Es war eine glänzende Inszenierung. Es herrschte eine beklommene Atmosphäre. In der Nebenloge, sah ich, saß der Regisseur. Er blickte starr hinab auf die Bühne, noch als sich die Darsteller zum Schlussvorhang aufstellten. Es gab viel Applaus. Der Regisseur betrachtete ihn mit versteinerter Miene.

12

Bertolt Brecht hatte ein Gedicht geschrieben, das *Lob des Zweifels* hieß und diese Verse enthielt: »Du, der du ein Führer bist, vergiss nicht / Dass du es bist, weil du an Führern gezweifelt hast! / So gestatte den Geführten / Zu zweifeln!« Das Gedicht stammte von 1939 und war deutlich im Hinblick auf Josef Stalin verfasst. Stalins Geschöpfe regierten mittlerweile in Ostberlin.

Für die DDR erschienen Brechts Werke im Berliner Aufbau-Verlag. Dort hatte ich mich kurz vor meinem Examen beworben, mit einem formlosen Brief, und wurde zu einem Vorgespräch geladen. Mir gegenüber saß Günter Caspar, Lektor für deutschsprachige Belletristik, ein gebeugter Mensch mit schütteren rotblonden Haaren, der sonderbar dünnblütig wirkte. Wir redeten lange. Als ich ihm sagen konnte, wer Joseph Roth war und wer Ernst Weiß, damals in der DDR völlig unbekannte Autoren, grinste er zufrieden und empfahl meine Einstellung.

Das Haus verlegte zwei Zeitschriften, das Wochenblatt *Sonntag* und die Monatsschrift *Aufbau*. Bei letzterer, einem Magazin literarisch-kulturpolitischen Inhalts, handelte es sich um eine Gründung des unmittelbaren Nachkriegs. Der erste Chefredakteur war Klaus Gysi gewesen, vormals Frankreich-Emigrant und nach 1950 plötzlich in politische Ungnade gefallen, er musste sich dann mühsam als Korrektor in einem Schulbuchverlag durchbringen.

Beim *Aufbau* arbeitete ich ab dem Spätsommer 1955. Der Chefredakteur hieß jetzt Bodo Uhse, ein Schriftsteller, der sich bevorzugt in Extremen bewegte. Als junger Mensch hatte er politisch bei der äußersten Rechten gestanden und war Mitglied der Nazi-Partei geworden, 1930 hatte er sich den Kommunisten angeschlossen, war emigriert und hatte auf republikanischer Seite am Spanischen Bürgerkrieg teilgenommen. Später war er nach Mexiko gegangen und brachte von dort eine Amerikanerin mit, Alma. In der mausgrauen DDR-Welt fiel sie außer durch ihren angelsächsischen Akzent und ihre exotische Kleidung dadurch auf, dass sie sich ein Pferd hielt.

Von rechts: vorn Bodo Uhse, Anna Seghers, Erich Wendt, dahinter Walter Janka

Uhse war kleinwüchsig, trank viel und rauchte unentwegt. Wenn er im kleinen Kreise sprach, nuschelte er, hinter vorgehaltener Rechter, in der die brennende Zigarette klebte. Sein Gebiss war verbraucht. Sein Haupthaar war dünn. Er bewohnte ein geräumiges Haus im Ostberliner Nobelquartier Niederschönhausen und empfing dort Gäste aus aller Welt. Er hat ein paar ordentliche Bücher geschrieben, in denen er aus seinem Leben und von Mexiko erzählt, und ein paar ziemlich schlechte, die von Hitlers Kriegen handeln und in der DDR höchstes politisches Wohlgefallen erregten. Er mochte mich, und ich respektierte ihn. 1958 entschied er, die Zeitschrift *Aufbau* habe sich überlebt, er kündigte, ich kündigte auch, um anschließend freier Autor zu werden, und das Periodikum war Geschichte.

Exzessiver Genuss von Alkohol war im Aufbau-Verlag verbreitet. Der Cheflektor des Hauses, Max Schroeder, war berühmt für seine Technik, die völlig unpraktischen Verschlüsse ostdeutscher

Schnapsflaschen, dunkelbraune Plastikhütchen, in seiner Jackentasche mit dem Daumennagel problemlos zu entfernen. Auch Schroeder war, wie Uhse, ein heimgekehrter Westemigrant, und er hatte, wie Uhse, eine Amerikanerin zur Ehefrau. Der Kosmopolitismus des Führungspersonals im Verlag, ihre Vergangenheit, ihre Verbindungen über viele Grenzen hinweg gehörten zum Charme dieses Hauses, und jemand wie ich mit Herkunft aus der tiefsten Provinz musste dem bedingungslos erliegen.

Das erste Jahr meiner Tätigkeit gestaltete sich aufregend. Die DDR-Kulturpolitik erlebte eine ihrer vergleichsweise erträglichen Perioden. Die Zeitschrift *Aufbau* druckte Texte von Sartre und einen Auszug aus Ilja Ehrenburgs *Tauwetter*, jenem ästhetisch nicht besonders gelungenen Roman, der einer gesamten Periode im Ostblock seinen Namen gab. Der Polnisch-Lektor im Haus versorgte uns mit Informationen aus dem aufmüpfigen polnischen Studentenblatt *Po prostu* und mit Rohübersetzungen des damals in Polen ungemein populären Autors Marek Hłasko. Im Lektorat gab es einen Gast aus Ungarn, der uns von den spektakulären Veränderungen in seinem Heimatland erzählte.

Im Februar 1956 fand in Moskau der XX. Parteitag der dortigen Kommunisten statt. Nikita Chruschtschow hielt seine geheime Rede mit den Darstellungen von Stalins Verbrechen. Von ihrem Inhalt erfuhren die Angehörigen der SED in geschlossenen Versammlungen, andere hörten davon im Westberliner Radio, ich besorgte mir den Text in der Sonderausgabe einer Westberliner Tageszeitung, die ich an einem Kiosk des Stadtbahnhofs Gesundbrunnen erstand.

An einem Spätnachmittag im November 1956 gab es im Aufbau-Verlag eine kleine Zusammenkunft. Ort war jener zu ebener Erde gelegene Gemeinschaftsraum, wo man sonst das Mittagessen einnahm. Die Teilnehmer, allesamt Verlagsangehörige, erschienen freiwillig. Ihr Gesprächspartner war ein Buchautor des Hauses, Johannes R. Becher, Lyriker, Mitglied des SED-Zentralkomitees und amtierender Minister für Kultur der DDR. Die Verlagsleitung hatte ihn eingeladen. Mit ihm kam seine Ehefrau Lilly, eine anmutige Frau, die er, wie wir wussten, nach Kräften betrog.

Es ging bald ziemlich hoch her. Dem Mann aus dem Regierungsapparat wurden kritische Fragen gestellt, nach Grenzen und Freiheiten sozialistischer Kultur, nach Stalin, nach der deutschen Einheit, nach dem XX. Parteitag der sowjetischen Kommunisten. Es wurde über dessen mögliche oder notwendige Konsequenzen für die DDR geredet.

Als besonders hartnäckige Inquisitoren ihres Ministers erwiesen sich Walter Janka und Wolfgang Harich, der eine Direktor des Aufbau-Verlags, der andere Lektor. Auch Lilly Becher argumentierte bemerkenswert forsch. Becher schlug sich achtbar, obschon seine Antworten zögerlich kamen, was wohl bedingt wurde durch sein Regierungsamt. Am Ende sagte er, dass er über alles nachdenken wolle.

Walter Janka entstammte einer kommunistischen Familie und war in Spanien der jüngste Bataillonskommandeur der Republikaner gewesen. Seine heroische Vergangenheit versah ihn mit einem Mythos. Für viele verkörperte er den Idealtypus eines proletarisch-antifaschistischen Lebens, trotz seiner Vorliebe für teure Anzüge und flotte Automobile. Ich weiß, dass auch andere, zum Beispiel Erika Mann, seinem plebejischen Charme verfielen.

Wolfgang Harich kam aus einem bürgerlich-liberalen Haus und hatte das Kriegsende in der antifaschistischen Bohème des Schauspielers Victor de Kowa überstanden. Anschließend begann er eine glanzvolle Karriere als Publizist, eine Zeit lang galt er als wichtigster Theaterkritiker Berlins. Inzwischen, 1956, war er Lektoratsleiter für deutsche Klassik im Aufbau-Verlag, versah nebenher ein Lehramt an der Berliner Humboldt-Universität und leitete außerdem die *Deutsche Zeitschrift für Philosophie*.

Er war brillant und gebildet. Er war auch geschwätzig und ein wenig haltlos. Mit seiner lauten Stimme, die den Dichter Stephan Hermlin an ein Clairon erinnerte, konnte er umwerfende Sottisen streuen. Die beiden großen alten Männer des theoretischen Marxismus, Ernst Bloch und Georg Lukács, waren seine Autoren und innig verehrten Vorbilder.

Georg Lukács gehörte in Budapest zu jenem Kreise Oppositioneller, der als Petöfi-Klub die politischen Veränderungen Ungarns im Jahre 1956 vorbereiten half. Überall in Osteuropa erodierte erkennbar der Sozialismus. Sollte einzig die DDR davon ausgenommen sein?

Keine Fehlerdiskussion!, dekretierte Walter Ulbricht. Wir verabscheuten diesen Mann. Seine spießige Ausstrahlung, seine blutigen Hände waren uns eine Beleidigung, und die von seiner SED offiziell vertretene Auffassung, es habe in der DDR keinen Slánský- oder Rajk-Prozess gegeben, also sei auch keine Revision nötig, musste als Geschichtslüge gelten.

Der Ungar Rajk, der Tscheche Slánský waren in ihren Ländern führende Kommunisten gewesen, ehe sie wegen angeblicher Kollaboration mit dem amerikanischen Imperialismus verurteilt und hingerichtet wurden. Beide Funktionäre hatten in den dreißiger Jahren Kontakt mit dem Amerikaner Noel H. Field, der in der Schweiz ein Hilfskomitee unterhielt. Nach dem Kriege wurde Field zum amerikanischen Agenten ausgerufen, und alle, die mit ihm Kontakt hatten, waren Verräter. Wer wie Rajk Westemigrant oder wie Slánský jüdischer Herkunft war, hatte in Stalins Osteuropa seine politische Laufbahn, häufig genug auch sein Leben verwirkt.

Das galt in der DDR zum Beispiel für Paul Merker. Er war politischer Chef des mexikanischen Emigrationszentrums deutscher Kommunisten gewesen. Nach seiner Rückkehr arbeitete er zunächst in der SED-Parteiführung und als Verantwortlicher für die Landwirtschaft. 1950 wurde er aus der SED ausgeschlossen, man warf ihm vor, insgeheim ein Zionist zu sein. 1952 wurde er verhaftet und erst nach vier Jahren entlassen, als schwerkranker Mann. Ein enger Mitarbeiter Merkers in Mexiko wie in Berlin war Walter Janka gewesen.

Die Mitteilung, dass Noel H. Field doch kein amerikanischer Agent gewesen sei, stand irgendwann in Herbst 1956 als winzige

Mitteilung im SED-Blatt *Neues Deutschland.* Ihr Wortlaut war im gesamten Gebäude des Aufbau-Verlags mehrfach zu vernehmen, gebrüllt vom Verlagsleiter Walter Janka.

Am 27. November 1956 ging es im Gemeinschaftsraum des Aufbau-Verlags ein weiteres Mal um die gleichen Themen wie bei Bechers Besuch, aber nun, da kein Minister präsent war, gerieten die Fragen schärfer, die Forderungen radikaler. Harich war nicht zugegen. Wir wussten, er war nach Hamburg gefahren: Er wollte dort mit einflussreichen Journalisten verhandeln, so mit dem *Spiegel*-Herausgeber Rudolf Augstein, es ging um die mögliche deutsche Wiedervereinigung. Die Reise war sein persönlicher Einfall.

Das Gespräch im Aufbau-Verlag wurde von Janka geleitet. Er musste vor der Zeit aufbrechen und gab die Leitung an Bodo Uhse weiter. Ich sprach als Letzter. Ich versuchte zusammenzufassen, worin Übereinstimmung bestand: Es sollten personelle Veränderungen in der gegenwärtigen DDR-Führung stattfinden, die Gewerkschaften sollten gestärkt, die DDR-Landwirtschaft reprivatisiert und eine Arbeiterselbstverwaltung nach jugoslawischem Modell eingeführt werden. Walter Janka müsse in die SED-Parteiführung, Ernst Bloch in das Amt des DDR-Staatspräsidenten aufrücken. Bodo Uhse blickte in die Runde und sagte, das sei es wohl. Die Versammelten trennten sich.

Anschließend fuhr ich mit einem Bekannten aus dem Verlag eine gemeinsame Strecke in der S-Bahn. Der Mann war älter als ich, er hatte seine Erfahrungen. Mit trübem Lächeln blickte er mich an, als er sagte: »Und Sie haben das Programm formuliert.« Mir war, als berühre mich eine eisige Hand.

Zwei Tage später, erfuhren wir, wurde Wolfgang Harich verhaftet. Wenig später holten sie Walter Janka, die Festnahme erfolgte im Verlag. Was im Folgenden geschah, hatte Ähnlichkeit mit Geschichten des zu jener Zeit in der DDR offiziell noch verfemten Franz Kafka.

Wenn wir morgens zu unserer Arbeit gingen, wartete auf der Französischen Straße, dem Verlagseingang gegenüber, ein Personenkraftwagen vom Typ EMW. Neben dem Wagen stand ein bulliger Mensch in dunkelgrünem Ledermantel. Seine beiden Gefährten befanden sich bereits im Inneren des Verlagshauses. Sie würden einen der Angestellten abholen und fortbringen, in das Ministerium für Staatssicherheit. Der Aufenthalt dort würde einen gesamten Arbeitstag dauern, Zweck des Aufenthalts waren Vernehmungen. Am nächsten Morgen würde der Mann wieder an seinem Schreibtisch sitzen, wortkarg, mit blutleerem Gesicht. Einmal kehrte einer mit Prellungen zurück, als sei er geschlagen worden. Da war schon wieder der Nächste geholt worden, bei dem sich nicht absehen ließ, ob man ihn tags darauf wiedersehen würde und wie. Die Mitarbeiter des Hauses überspielten die Situation mit zynischem Gewitzel, dahinter lauerte die Angst.

Der Prozess gegen Wolfgang Harich fand statt im März 1957, vor dem Obersten Gerichtshof der DDR. Mit ihm zusammen angeklagt wurden zwei andere Wissenschaftler, Manfred Hertwig und Bernhard Steinberger, die wir nicht kannten. Eine Reihe von Verlagsangehörigen waren als Zeugen geladen. Zwei von ihnen, die beiden Chefredakteure der im Verlag erscheinenden Wochenzeitung *Sonntag*, Gustav Just und Heinz Zöger, wurden noch im Gerichtssaal verhaftet. Ihnen sollte später zusammen mit Walter Janka der Prozess gemacht werden.

Wolfgang Harich wurde zu zehn, Walter Janka zu fünf Jahren Haft verurteilt.

Nach dem Ende des Harich-Prozesses übernahm zunächst Erich Wendt die Verlagsleitung, jetzt Staatssekretär bei Becher, einst Jankas Vorgänger. Außerdem gab es für die Mitarbeiter eine abendliche Informationsveranstaltung. Es sprach der Generalstaatsanwalt der DDR, Melsheimer, vormals Nazi-Jurist. Genüsslich unterbreitete er uns Mitteilungen über das Sexualleben des verurteilten Harich und nahm es als Ausweis für dessen allgemeine Verworfenheit. Einige Diskussionsredner pflichten ihm bei. Bodo Uhse, er war während der Gerichtsverhandlungen unter den penibel ausgesuchten Zuschauern gewesen, trug in aller Öffentlichkeit eine weinerliche Selbstkritik vor, mit der er von seiner früheren Haltung abrückte.

Ich selbst kam noch einmal mit der Sache in Berührung anlässlich eines Kongresses, den der DDR-Kulturbund veranstaltete, im Gemeinschaftshaus des VEB Elektrokohle, Berlin-Lichtenberg, im Februar 1958. Ich saß für den *Aufbau* am Pressetisch, direkt unter dem Kongress-Präsidium. Genau über mir saß Walter Ulbricht.

Es war das einzige Mal, dass ich den Mann so nah erlebte. Der Minister Becher und sein Vize Abusch säuselten um ihn herum, es wurde recht ekelhaft. Ich besah mir Walter Ulbricht. Er hatte einen wächsernen Teint. Er schien auf eine tiefinnerliche Art zufrieden, hielt den Kopf leicht zur Seite geneigt und grinste. Er freute sich. Der langweilige Kongress, an dem er teilnahm, konnte der Grund dafür nicht sein. Erst am nächsten Morgen erfuhr ich den wahren Anlass seines Vergnügens. Ich las in der Zeitung, beim soeben beendeten 35. Plenum des ZK der SED sei die oppositionelle Gruppe Schirdewan/Wollweber entfernt worden. Sie hatten 1956, unter dem Eindruck des XX. KPdSU-Parteitags, gegen Walter Ulbricht aufbegehrt. Schaudernd begriff ich, dass die Ereignisse im Aufbau-Verlag viel größere Dimensionen besaßen, als mir bis dahin bekannt gewesen war.

Walter Janka verbüßte seine Strafe im gleichen Zuchthaus Bautzen, in dem er bereits als politischer Häftling unter Hitler eingesessen hatte. Um seine Familie kümmerten sich in dieser Zeit ein paar alte Gefährten, so der Schriftsteller Ludwig Renn. Nach seiner Entlassung wurde Janka Dramaturg bei der DDR-Filmgesellschaft DEFA, wo er ein paar wichtige Projekte betreute, darunter den Spielfilm *Goya* nach Lion Feuchtwangers Roman, in der Regie von Konrad Wolf. 1989 würde er die Erinnerungen an seinen Prozess als Buch herausbringen, in Hamburg. *Schwierigkeiten mit der Wahrheit* sollte bei den Auseinandersetzungen um das Ende der SED-Herrschaft dann eine erhebliche Rolle spielen.

Während seiner DEFA-Zeit hatte ich mehrfach mit ihm zu tun. Er wollte mich für zwei Filmprojekte gewinnen, die dann beide missglückten. Wir besuchten einander. Damals wohnte ich in einem Haus mit großem Garten und einem langen Gartenweg. Meine Nachbarin hielt sich einen großen Hund, der jeden meiner Besucher mit seinem wütenden Gekläff verfolgte. Wenn Janka in mein Haus kam, war er immer bleich, seine Hände zitterten, auf seiner Stirn stand Schweiß: Das Gekläff des Nachbarhundes hatte schmerzhafte Erinnerungen an seine Zeit in Bautzen zurückgeholt.

Walter Janka 1990

13

R. S. ist ein Mensch von nervös-multipler Interessiertheit. Sein Universitätslehrer Victor Klemperer wurde ihm zum Vorbild in eitlem Understatement und impfte ihn mit einer lebenslangen Zuneigung zu Frankreich. Von dorther bezog R. S. die für ihn ideale Bezeichnung seines Berufsbildes: *homme de lettre,* was mit ‚Literat' nur ungenügend übersetzt und als Wort für amtliche Dokumente leider völlig ungeeignet ist.

In Äußerungen über seine Person kann R. S. lesen, er sei vielseitig und äußerst produktiv. Verglichen mit anderen seinesgleichen ist er das wohl in der Tat. Er schreibt Dramatisches, Narratives und Essayistisches. Er hat gelegentlich Verse verfasst. Er hat übersetzt, Filme gemacht und für das Theater inszeniert. Immer wieder äußert er schriftliche Gedanken über die Politik wie über fast sämtliche Genres der schönen Kunst, von Architektur bis zu E-Musik. Sehr viel weiter können Interessen kaum auseinander driften.«

Die zitierten Sätze stammen von mir selbst. Ich schrieb sie in eine jener biografischen Auskünfte, um die Autoren gelegentlich ersucht werden; in diesem Falle schien es mir angezeigt, von mir selbst in der dritten Person zu handeln, wofür unter anderem die Autobiografie *Nachruf* von Stefan Heym die Anregung lieferte. Der auszugsweise zitierte Lebensabriss verschweigt, wieso R. S. wurde, was er wurde.

Dass ich einen Beruf wählen wollte, der mit schöner Literatur befasst sei, wusste ich, solange ich zu einem schlüssigen Nachdenken über meine Zukunft gelangte. Der Weg dorthin erfolgte nicht direkt. Gelegentlich spürte ich die Versuchung, eine akademische Lehrtätigkeit anzustreben, kam aber rasch davon ab und substituierte es, indem ich mich an Rezensionen und literarhistorische Abhandlungen setzte.

Meine Arbeitsmethode war umständlich. Ich schrieb Texte mit der Hand, kopierte sie in die Schreibmaschine und versah die Typoskripte mit derart vielen Änderungen, dass ich ein weiteres Mal die

R. S. 1965

Schreibmaschine bemühen musste. Der letzte Vorgang konnte sich wiederholen. Erst der Computer würde mich von solchen Prozeduren erlösen, doch bis zu dessen Erfindung und meiner Möglichkeit, ihn zu erwerben, sollte noch viel Zeit vergehen.

Die technischen Vorgänge waren, als ich zu schreiben anfing, die eine Mühsal. Die andere wurde bedingt durch kulturpolitische Regularien.

Ich lebte und verfertigte Texte in der DDR. Ich würde, wollte ich veröffentlicht werden, mit den obwaltenden Gegebenheiten rechnen müssen. Die Staatspartei SED und die von ihr kontrollierten Institutionen sahen in schöner Literatur wie in den anderen Künsten ein politisches Kampf- und Erziehungsmittel, das sie entsprechend ihren Vorstellungen und Zielen ausgestaltet wünschten. Die Vorgaben waren jene des Inhalts und jene der Form. Der Dachbegriff, unter den sie sich ordneten, hieß Sozialistischer Realismus.

Es handelte sich bei ihm um einen Import aus der Sowjetunion Josef Stalins. Die gängige Definition lautete, die nach dieser Methode hergestellten Kunstwerke hätten sozialistisch im Inhalt und volkstümlich in der Form zu sein. Volkstümlich meinte eine Ästhetik, die mit den Mitteln von Biedermeier und Naturalismus verfuhr; sozialistisch bedeutete, den Klassenfeind zu schmähen und die eigenen Zustände zu bejubeln.

Besonders Letzteres war unergiebig. Es setzte die Bereitschaft zu partieller Blindheit und Lüge voraus, dieweil die Resultate vom Publikum wenig gemocht wurden. Über das Einhalten der Grundsätze wachten Behörden, gern besetzt mit Dummköpfen und schon deswegen in ihren Entschlüssen unberechenbar.

Sich in jenem Korsett zu bewegen, war anstrengend. Anders als in der Hitlerzeit, zu der nicht bloß auf diesem Gebiet manche erschreckende Ähnlichkeit existierte, war das Ausweichen in die politikferne Unterhaltung nicht möglich. Für die DDR hatte selbst das Entertainment hochpolitisch zu sein; war es unpolitisch, war es feindlich. Eine der Nischen, in die flüchten konnte, wer dem ästhetischen Dogmatismus entgehen wollte, blieb die Kinderliteratur. Für sie fühlte ich mich ungeeignet. Eine andere Nische war der Rückgriff auf Geschichtliches. Ihn bevorzugte ich. Er bot die Gelegenheit zu heimlichen Parallelen. Parabeln waren eine Möglichkeit, sich zur DDR zu verhalten, ohne lügen zu müssen. Insgesamt führte dergleichen, nicht nur in meinem Falle, zu einem manieristischen Versteck- und Maskenspiel, getreu dem Karl-Kraus-Ausspruch, ein Satz, den der Zensor verstehe, werde zu Recht verboten.

Ein literarischer Großmeister des Parabolischen war Bertolt Brecht. Er lebte und arbeitete in der DDR. Er war aus der Emigration hierher zurückgekehrt, so wie andere namhafte Autoren, was den östlichen Staat auf angenehme Art von der benachbarten Bundesrepublik unterschied, in der weder Thomas Mann noch Carl Zuckmayer hatten heimisch werden wollen. Sprach das nicht für den östlichen Staat? War der Rigorismus des Sozialistischen Realismus unerschütterlich? In der Sowjetunion, seinem Ursprungsland, war er es offensichtlich nicht, da schon bald nach Stalins Tod in den Künsten begann, was mit dem Romantitel Ilja Ehrenburgs Tauwetter hieß. Also waren die Zustände veränderbar? Ich hoffte es, und es blieb dies eine der Utopien, die ich, immer wieder heimgesucht von Skepsis, für mich hegte.

14

Die St. Moritzkirche in Halle an der Saale ist ein spätgotisches Bauwerk, an dessen sandsteinernen Außenmauern der Ruß des industriellen Zeitalters haftet. Mit den Arbeiten an diesem Gotteshaus wurde Ende des 14. Jahrhunderts begonnen, der erste Architekt ist namentlich bekannt: Conrad von Einbeck, Baumeister und Steinmetz; er hat, damals noch unüblich, dem Gotteshaus sein Selbstporträt hinterlassen, als Büste eines bartlosen Menschen mit rundem Gesicht und grauer Kopfbedeckung.

In dieser Kirche trat ich, die feierlich-pathetische Wendung älterer Texte zu verwenden, einst vor den Traualtar. Ich litt an einer Angina und hatte leichtes Fieber. Die Trauung vollzog ein ehemaliger Schulkamerad, der mittlerweile als Vikar am halleschen Dom tätig war; seine Predigt klang weniger nach Neuem Testament als nach Existentialphilosophie. Hinterher fragte er mich grinsend, ob ich es denn zufrieden sei. Er wusste, dass er in mir er einen Agnostiker vor sich hatte.

Die kirchliche Trauung war mit Rücksicht auf die Familie meiner Frau Christine erfolgt, eine hallesche Goldschmiededynastie. Außer auf bürgerliche Manieren hielt sie auf strikten Antikommunismus, was ich als Haltung nicht billigen mochte, wiewohl viele Argumente mich beeindruckten. Sehr viel später würde ich in meinen Staatssicherheitsunterlagen lesen können, ich stünde unter dem negativen politischen Einfluss meiner Frau.

Kennengelernt hatten wir uns auf eine eher altmodische oder, wenn man so will, germanistische Art. Anlass war ein Kostümball, den die Fakultät, deren Student ich war, in der von Essengerüchen durchsäuerten Mensa der halleschen Universität ausrichtete. Ich entdeckte ein Mädchen, das exakt so gekleidet war wie eine der Frauen aus Illustrationen der manessischen Liederhandschrift. *minne ist zweier herzen wunne: / teilent sie geliche, sô ist die minne dâ.* Heißt es bei Walther von der Vogelweide. Liebe sei zweier Herzen Beglückung, und wenn sie gleichermaßen geteilt werde, sei es Liebe.

Dass unsere Hochzeit dann in der Stadt Halle stattfand, war nicht ganz selbstverständlich. Als im Jahr davor Staatssicherheitsleute den Aufbau-Verlag betraten, um mögliche Zeugen abzuholen, hätte auch ich dazugehören können. In meiner Berliner Bleibe stand eine fertig gepackte Reisetasche. Mit meiner späteren Frau hatte ich einen telefonischen Code vereinbart: Wir würden, wenn ich ihn aussprach, uns in Westberlin treffen, um für immer dort zu bleiben. Keinesfalls wollte ich mich als Belastungszeuge wider Harich und Janka benutzen lassen.

Die Staatssicherheit begann ihre Besuche im Ersten Stockwerk des Verlagshauses. Dies dauerte eine knappe Woche. Die Staatssicherheit begab sich in das zweite Stockwerk und danach in das dritte. Hier hatte sie offenbar genügend an verwendbarem Belastungsmaterial beieinander und stellte weitere Besuche ein.

Mein Arbeitsplatz befand sich im vierten Stockwerk. Ich konnte meine Reisetasche wieder auspacken. Ich konnte den vereinbarten Code vergessen. Ich wurde getraut in der spätgotischen Moritzkirche zu Halle an der Saale, unter den steinernen Augen des Baumeisters Conrad von Einbeck.

Es war dies das letzte religiöse Zeremoniell, das ich an mir vornehmen ließ. Die beiden Kinder, die aus meiner Ehe hervorgingen, würden nicht getauft werden, sie würden nicht das Initiationsritual der Konfirmation erfahren, sie würden Agnostiker werden wie ihre Eltern. Dass wir zunächst noch Kirchenmitglieder blieben, hatte außer mit bürokratischer Trägheit auch damit zu tun, dass wir dieser ständig den Repressalien des Staates DDR ausgesetzten Institution eine Art von stiller Solidarität erweisen wollten. Irgendwann, die ärgsten Auswüchse des DDR-Kirchenkampfes waren vorüber, fanden wir unsere Haltung widersinnig und erklärten unseren Austritt. Es gab andere Möglichkeiten, der Kirche in der DDR den ihr gebührenden Respekt zu bezeugen.

Für einen Agnostiker, so meine ich, kenne ich mich in Sachen Christentum einigermaßen aus. Ich bin leidlich bibelfest. Ich kann die zehn Gebote aufsagen und das Vaterunser in seinem altevan-

Christine S.

gelischen wie seinem ökumenischen Wortlaut. Eine Weile wohnte ich in unmittelbarer Nachbarschaft eines katholischen Nonnenstiftes; die Vornamen meiner Töchter, Katharina und Therese, waren das ständige Entzücken der frommen Schwestern. Zu meiner näheren Bekanntschaft gehören zahlreiche Theologen, auch wichtige Personen des ostdeutschen Kirchenbetriebs kannte ich gut, Albrecht Schönherr etwa und Gottfried Forck, Manfred Stolpe und Friedrich Schorlemmer.

Ich liebe das Deutsch von Luthers Bibelübersetzung. Ich mag die Texte der Luther-Choräle, die Bach-Oratorien, die Lyrik von Paul Gerhardt. Mehr als Museen, Schlösser und Theater habe ich Sakralbauten aufgesucht, aus kunsthistorischem, nicht aus religiö-

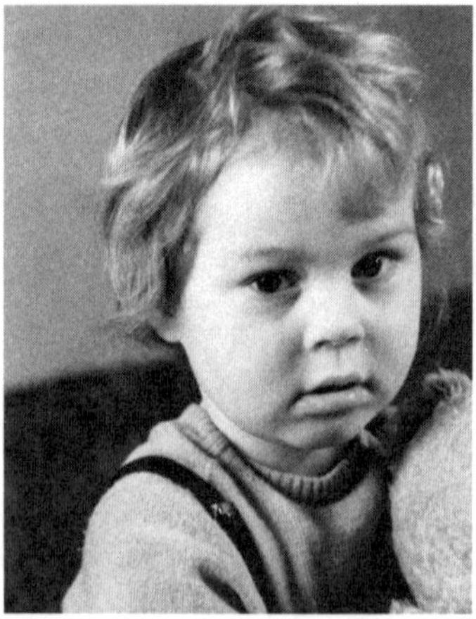 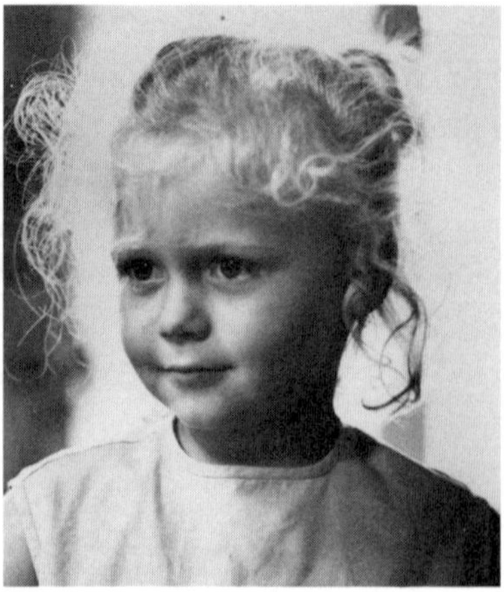

Die Töchter: Therese und Katharina

sem Interesse, doch lässt sich das eine vom anderen so völlig trennen? Die Bildende Kunst zweier Jahrtausende wurde geprägt durch die Religion, ohne deren Kenntnis ihre Werke nicht begreifbar sind, weshalb ich stets für den Religionsunterricht als schulisches Pflichtfach eingetreten bin. Wenn ich St. Peter in Wien oder Notre-Dame-de-Paris betrete, kaufe ich eine Opferkerze und entzünde sie.

Die großen christlichen Kirchen waren von elementarer Bedeutung für das geistig-gesellschaftliche Leben in der DDR. Sie boten einen anderswo nicht vorhandenen Freiraum. Sie übten Toleranz, sie leisteten Hilfe, manchmal am Rande oder jenseits der Legalität. Sie eröffneten eine zu den steril gewordenen DDR-Verhältnissen alternative Kultur. In ihr bildeten sich jene Milieus, die dann den politischen Wechsel von 1989 betrieben.

Die Kirchen in der DDR waren arm, aber mächtig. Kaum fiel der äußere Druck auf sie fort, begannen ihre Angehörigen mit wechselseitiger Beschuldigung des Verrats und der Kollaboration. Inzwischen sind die Kirchen in Ostdeutschland nicht mehr arm, aber machtlos. Seine wahre Kraft erfährt das Christentum immer bloß in Situationen des Widerstands.

15

Es geschah noch in Wernigerode, und ich war noch Oberschüler, als ich, eher zufällig, im Radio eine Übertragung des Konzerts für Orchester von Béla Bartók hörte. Ich lauschte atemlos. Nie zuvor und nie mehr danach hat mich die Begegnung mit einem Musikstück derart überwältigt. Fortan würde dieser Komponist mein musikalischer Abgott sein, und um seinetwillen vernachlässigte ich meine bisherigen Favoriten Peter Tschaikowski und Claude Debussy (man erkennt einen gewissen Hang zu spätromantischem Zuckerguss).

Ich suchte nach weiteren Kompositionen Bartóks und stieß auf seine Instrumentalkonzerte, seine Quartette, seine Stücke für Klavier, die er unter dem Titel *Mikrokosmos* versammelte, die Gesamtaufnahme auf Langspielplatten, eingespielt von seiner Frau Ditta Pásztory, war als Import aus Ungarn in der DDR erhältlich. Ich übertrug meinen Enthusiasmus in einen kleinen Gedichtzyklus, ungefähr in der Manier, wie Gottfried Benn mit Chopin, Klabund und dem jungen Hebbel verfuhr.

Ich schickte, da lebte ich schon in Berlin, das Manuskript an die Redaktion der Zeitschrift *Sinn und Form* und erhielt die Auskunft, mein kleiner Zyklus solle gedruckt werden, was auch geschah. Zudem lud mich der Chefredakteur Peter Huchel ein, ihn gelegentlich aufzusuchen.

Sinn und Form, gegründet von Johannes R. Becher, war (und ist) ein alle zwei Monate erscheinendes buchdickes Heft, dessen Name und Anspruch an Thomas Manns Exilzeitschrift *Maß und Wert* erinnern wollte. Im Ästhetischen anspruchsvoll, sollte es dem ostdeutschen Staat als kulturelles Aushängeschild dienen und das Bild einer toleranten, intellektuell neugierigen DDR suggerieren, was mit dem realen Staat Walter Ulbrichts nur sehr wenig übereinstimmte. Nach außen hin mochte das einige politische Vorteile schaffen, die größere Aufmerksamkeit und stärkere Wirkung hatte *Sinn und Form* im Inland. Der grelle Widerspruch zwischen ihren Inhalten und der Staatswirklichkeit wurde von den Herrschenden mürrisch ausgehalten, solange sie noch gesamtdeutschen Ehrgeiz verfochten und Becher noch lebte.

Die Redaktion befand sich in Potsdam-Wilhelmshorst, wo Huchel auch wohnte. Er war ein hochgewachsener Mensch, hatte eine schneidende Stimme und eine beträchtliche Fähigkeit zu Hohn und Sarkasmus. Sein knorriger Stolz war ein familiäres Erbe. Gerne erzählte er von seinem märkischen Großvater, der mehrere Jahrzehnte lang mit einem Nachbarn prozessiert hatte, wegen irgendwelcher Nichtigkeiten, ich glaube, es ging um einen Baum.

Als Autor gehörte Huchel zu den sensibelsten Lyrikern, die während der letzten sechs Jahrzehnte in deutscher Sprache geschrieben haben, ranggleich mit Brecht, Benn, Celan, Nelly Sachs und der Bachmann. Sein poetischer Kosmos war weit. Er schloss die kriegsverwüstete Ukraine ebenso ein wie die Gestade des Mittelmeers. Ihr Mittelpunkt war und blieb das wendische Dorf seiner Vorfahren, bei ihm habe ich begriffen, dass die westslawische Grundierung der Landschaften zwischen Havel und Oder keine folkloristische Behauptung ist, sondern eine mystische Unumstößlichkeit, und er, Huchel, wusste es am besten, da er, als er dann fortgegangen war, hatte fortgehen müssen, sich verzehrte in schmerzlicher Sehnsucht eben danach.

Der Vorwurf, dass Huchels Zeitschrift ein privilegiertes kulturpolitisches Sonderdasein führen dürfe, rumorte untergründig im Kulturbetrieb der DDR die gesamten fünfziger Jahre hindurch. Laut wurde er dann nach Bechers Tod. *Sinn und Form* sah sich immer häufigeren Attacken ausgesetzt, bis ein Plenum des Zentralkomitees der SED einen frontalen Angriff gegen Huchel vortrug. Die Zeitschrift sei elitär und huldige der ideologischen Koexistenz. Beides waren Urteile zum politischen Tode. 1962 verlor Huchel die Chefredaktion und lebte fortan in beträchtlicher Isolierung, bis ihm 1971 die immer wieder beantragte Ausreise aus der DDR endlich gelang.

Sein Nachfolger als Chef von *Sinn und Form* wurde übrigens Bodo Uhse. Er lud mich zur Mitarbeit ein, die ich ihm verweigerte, aus Solidarität zu Huchel. Uhse war erkennbar verärgert. Er be-

Peter Huchel 1969

treute ein paar Hefte, 1963 starb er. Die Chefredaktion übernahm jetzt Wilhelm Girnus, ein gefürchteter Kulturstalinist; merkwürdigerweise hat er nicht *Sinn und Form* verändert, sondern *Sinn und Form* veränderte ihn (bei Uhse hatte es sich ähnlich verhalten). Betrachtet man die Ausgaben der Zeitschrift zwischen 1962 und 1989, sieht man, dass sich die Tendenz und die früheren Ansprüche weitgehend erhalten haben. Die Prägung durch Peter Huchel war unaufhebbar.

Ich erinnere mich, dass ich, als ich im SED-Blatt *Neues Deutschland* die tödlichen Angriffe auf ihn las, sofort zum Telefonhörer griff, um ihn anzurufen. Er sagte, als er meine Stimme hörte: »Sie sind der Erste.« Ich war ein wenig stolz darauf. Als dürfe man auf das eigentlich Selbstverständliche auch noch stolz sein.

In den folgenden Jahren habe ich ihn immer wieder getroffen, meistens in seinem Hause in Wilhelmshorst, jener etwas brüchigen Villa mit Mauern von schmuddeligem Schönbrunnergelb, gelegen in einem verwilderten Garten. Dort weidete eine kleine Landschildkröte, Huchel saß auf einem Gartensessel und streckte die Beine weit von sich, sein Stiefsohn Roger Melis, der später als Fotograf sehr bekannt wurde, belagerte ihn mit seiner Kamera. Drinnen im Haus hingen an den Wänden Ikonen, die er von einer seiner Russlandreisen mitgebracht hatte, hingen Zeichnungen von Emil Orlik, den er in den zwanziger Jahren gut gekannt hatte. Mit vor Hohn knarrender Stimme erzählte er von den Annäherungsversuchen, die der Staat DDR in Gestalt einzelner Würdenträger bei ihm gelegentlich unternahm, auch sein alter Gefährte Stephan Hermlin war darunter. Sie wollten Huchel zum kulturpolitischen Einlenken bewegen, zu einer Geste des Respekts gegenüber der politischen Obrigkeit. Er verweigerte es alles. Er fühlte sich zu tief verletzt. Es wäre gegen seine Selbstachtung gegangen, wenn er nachgegeben hätte.

Auf der anderen Seite des Hubertuswegs, wo er wohnte, war ein Mann damit beschäftigt, die Zulassungsnummern jener Autos zu notieren, die vor Huchels Haus hielten. Sein kleiner Sohn Stefan wurde in der Schule schikaniert. Irgendwelche Kommissionen suchten den Dichter heim und wollten in seinen Archiven stöbern. Auf lokalen politischen Versammlungen wurde er öffentlich denunziert. Einfache Leute aus dem Ort steckten ihm heimlich seltene Waren zu. Unentwegt erschienen Neugierige aus dem deutschen Westen und suchten seine Begegnung. Er wurde ein wenig starrsinnig. Das Interesse an ihm jenseits der Grenze blieb seine Ermutigung, von der er zuletzt abhängig war wie von einer Droge.

Einmal wollte Heinrich Böll ihn treffen. Ich war ein wenig behilflich, dass die Begegnung zustande kam. Böll erschien, er betrat eine öffentliche Gaststätte des Berliner Stadtteils Karlshorst und machte einen ziemlich aufgelösten Eindruck. An der Innerberliner Grenze war er in eine ausführliche Kontrolle durch DDR-Zöllner geraten. Man hatte den weltbekannten Autor hochnotpeinlich hergenommen wie irgendeinen Schmuggler, er war nicht mehr gesund, er erlitt schließlich einen Kreislaufkollaps, die Folgen waren noch jetzt an ihm wahrzunehmen, an seinem blutleeren Gesicht, dessen Haut verschwitzt glänzte. Mit zitternden Fingern nahm er Tabletten aus einem Döschen und warf sie sich in den Mund. Grund aller Aufregung aber war: Er trug eine größere Geldsumme bei sich, für Peter Huchel, und auf die Vorwürfe, wie er ein solches Risiko auf sich nehmen könne, bei seinem Gesundheitszustand, gab er grinsend die Antwort: Er selber sei an einer Grenze aufgewachsen und, wörtlich, im schönsten köllnischen Singsang: »Da muss man einfach schmuggeln!«

Als Peter Huchel schließlich Ausreisepapiere erhielt für sich und seine Familie, setzte ich mich in meinen Wagen, um ihn zum letzten Mal in Wilhelmshorst zu sehen. Auf dem Berliner Autobahnring, zwischen den Abfahrten Rangsdorf und Ludwigsfelde, setzte plötzlich der Motor aus. Ich ließ mich zur nächsten Werkstatt abschleppen und telefonierte von dort mit Wilhelmshorst. Huchels Zug würde schon in wenigen Minuten fahren. Keine Chance mehr für mich, ihn wenigstens auf dem Bahnhof zu treffen. Meine letzte Erinnerung an Peter Huchel in der DDR ist ein nach Motorenöl stinkender Telefonhörer, aus dem die vertraute knarzige Stimme klang, ein wenig zerstreut und schon sonderbar weit entfernt.

16

Seit dem Herbst 1957 wohnte ich in Schöneiche, einem Vorortdorf am südöstlichen Berliner Stadtrand. Die Hauptstadt der DDR hatte ein striktes Zuzugsverbot verhängt, also musste ich, nunmehr verheiratet, mir eine Bleibe außerhalb Berlins suchen.

Mein neuer Wohnort besaß eine bescheidene literarische Tradition, durch den Literaten Eberhard Meckel, der sich hier ein Haus errichtet hatte, in dem ihn seine Freunde Günter Eich und Horst Lange gelegentlich besuchten und in dem sein Sohn Christoph die Kindheit verbrachte. »Der Weg durch das Kieferngehölz und der Weg zu den Weiden, singen und pfeifen im Regen macht glücklich. Die Freundlichkeit der Sonne, die Trauer des Mondes, die Neugier des Winters, der bewusstlose Schnee.« So Christoph Meckel.

Seine euphorisierte Erinnerung spart das Ortsbild aus. Dem märkischen Bauerndorf verordnete ein geschäftstüchtiger Bauunternehmer in den dreißiger Jahren viele Einfamilienhäuser nebst zugehörigen Gärten. Bis 1945 gab es auch ein Schloss. Ein stalinistischer Bürgermeister ließ es sprengen, als Demonstration wider Junker und Kapitalisten, dabei waren die letzten Schlossbewohner keine Aristokraten gewesen, sondern, und dies lange schon, die Eleven einer staatlichen Landwirtschaftsschule. Die Sprengung hinterließ ein barockes Kirchlein, einen verwilderten Park und eine Menge Delfter Fliesen, die, eilends aufgeklaubt, später in Westberliner Antiquitätengeschäften auslagen.

1945 wurde die Mark Brandenburg zu einem geopolitischen Torso. Das Herzstück Berlin kam ihr ebenso abhanden wie die Altmark, aus der sie, historisch genommen, einst hervorging, und die Neumark, mit der sie früher über die Oder griff. An die flache Landschaft mit ihren Birken, ihren zerfallenen Zisterzienserabteien und Eiszeitgewässern, ihren zerwühlten Sandwegen, Kiefernwäldern und grauen Feldsteinkirchen, ihren geduckten Dörfern und ihrem kühlen norddeutschen Licht konnte ich mich nur allmählich gewöhnen.

An einem Samstag im August traf ich mich mit einem Verwandten in der Berliner Innenstadt. Der Verwandte wohnte in der Provinz, war aber jetzt heimgekehrt von einer Reise: Er hatte die südschwedische Insel Öland aufgesucht, was als außerordentlich gelten durfte für einen Staatsangehörigen der DDR. Als Laienornithologe konnte er diese Reise antreten, da der Kulturbund der DDR, dessen Mitglied er war, die Organisation übernommen hatte.

Wir saßen im Franziskaner, jener riesigen, stets überfüllten Gaststätte direkt unter dem Gleisbett des S-Bahnhofs Friedrichstraße. Wir hörten, wie über uns Züge anfuhren, alle zwei Minuten, es teilte sich Möbeln, Gläsern und Handflächen jedes Mal als nervöse Erschütterung mit. Wir aßen, Fleisch und Gemüse, das Gericht war lieblos zubereitet, doch äußerst billig. Mein Verwandter erzählte von den Ereignissen seiner Reise, von der Topografie der Insel Öland, von der schwedischen Menschenfreundlichkeit.

Wir zahlten unsere Rechnung und verließen die Gaststätte. An der Stirnseite des Bahnhofs lief ein illuminiertes Schriftband mit politischen Meldungen, die niemand beachtete. Ich begleitete meinen Verwandten bis zum Ostbahnhof, bei seiner Abreise winkten wir einander zu. Ich kehrte zur S-Bahn zurück und fuhr jetzt in Richtung Westen.

Am Bahnhof Friedrichstraße verkündete eine weibliche Lautsprecherstimme, dies sei die letzte Station im demokratischen Berlin. Auf dem Bahnsteig stand eine Doppelstreife DDR-Bahnpolizei in dunkelblauer Uniform. Ich musterte meine Mitreisenden. Manche hatten schwere Koffer neben sich gestellt, dabei lasen sie angestrengt in einer Zeitung oder blickten starr vor sich hin. Die Bahnpolizisten hätten jetzt einsteigen können. Sie hätten die Besitzer der Koffer auffordern könnten, mit ihnen den Wagen zu verlassen, eine eingehende Kontrolle und Befragung würde sich anschließen, im Dienstraum der Bahnhofspolizei, mit ungewissen Folgen für die Befragten. Nichts dergleichen geschah. Die Polizisten schauten aus müden Gesichtern ins Leere. Die S-Bahn fuhr an. Sie passierte das Gebäude der Charité und überquerte eine Brücke. Sie hielt auf dem

Lehrter Stadtbahnhof. Die Kofferbesitzer ließen ihre Zeitung sinken, atmeten auf und blickten einander mit erschöpftem Lächeln an.

Ich stand im Bahnhof Zoo. Das Gebäude, wusste ich, gehörte der DDR-Reichsbahn, ein realsozialistisches Eiland mitten im Spätkapitalismus. Auch hier gab es dunkelblau uniformierte Bahnhofspolizisten, doch an diesem Ort wirkten sie sonderbar verloren. Der Bahnhof war schmutzig. Ein Betrunkener taumelte zum Ausgang.

Ich ging über den Kurfürstendamm. Ich sah die neue Gedächtniskirche, deren Bau fast vollendet war, aber noch stand sie in ihren Baugerüsten. Vor dem Café Kranzler saßen Leute im Freien, viele ältere Damen, Hüte über grauviolett gefärbten Locken. Es war ein sonniger Tag, etwas windig und nicht zu warm. Ich dachte daran, dass jemand den Kurfürstendamm einen zärtlichen Boulevard genannt hat. Das war lange her, drei oder vier Jahrzehnte. Die Damen mit den grauvioletten Locken stachen ihre Kuchengabeln in große bunte Tortenstücke.

Ich ging bis zur Buchhandlung Schöller. Ich blickte auf die Auslagen mit den Neuerscheinungen des Herbstes. Hinter den Scheiben klebten, von der Sonne etwas vergilbt, etliche Zeitungsausschnitte mit Buchrezensionen. Begehrlich betrachtete ich einen Band der neuen Proust-Ausgabe, las den Preis und multipliziere ihn mit fünf: Die Summe war hoch. Ich verzichtete auf den Erwerb der *Wiedergefundenen Zeit*, ich verschob ihn auf später. Ich wusste nicht, dass dieser Verzicht endgültig war.

Ich betrat eine Apotheke. Ich kaufte ein Päckchen Trockenmilch, meine Tochter, kaum ein halbes Jahr alt, vertrug die in der DDR erhältliche Babynahrung nicht, wir mussten sie mit einem Schweizer Produkt versorgen. Wie viele Geschäfte in Westberlin akzeptierte auch diese Apotheke beide deutsche Währungen. Die Verkäuferin beugte sich über eine der täglich von Banken ausgestellten Tabellen mit den Umrechnungskursen.

Ich warf einen Blick auf die Auslagen eines Kinos, wo der Film *Misfits* mit Marilyn Monroe lief. Ich wollte mir den Film ansehen, ganz gewiss in der kommenden Woche. Es würde nicht dazu kommen.

Vor dem Bahnhof Zoo erstand ich noch Bananen und frische Möhren, auch für mein Kind. Ich gönnte mir eine Blechschachtel mit süßem Pfeifentabak der Marke *Golden Mixture*. Ich fuhr mit der S-Bahn zurück, Richtung Erkner, wieder wurde an der Station Friedrichstraße nicht kontrolliert. Ich blickte aus dem Fenster und sah alte Häuser, neue Häuser, Ruinen, Grünflächen, Hässliches und Idyllisches, das übliche Bild, das ich seit Langem kannte, das ich fast täglich wahrnahm. Ich lebte seit sieben Jahren in der Region, ich mochte die Widersprüche, den Wahnsinn, die Unvollkommenheiten, Überraschungen, Brutalitäten und Schlampereien Berlins, das wie keine andere Stadt war auf dieser Welt, und mit keiner anderen Stadt dieser Welt hätte ich sie tauschen mögen.

Ich fuhr heim. Das Wetter blieb sonnig und warm. Am nächsten Tag, dem 13. August 1961, begann die DDR mit dem Bau der Berliner Mauer.

17

Es war der Sommer 1956. Auf meinen Schreibtisch in der Redaktion des *Aufbau* geriet das Manuskript einer Rohübersetzung aus dem Ungarischen. Ich sollte sie in lesbares Deutsch bringen, was einigermaßen mühselig war. Der Autor des Textes hieß Georg Lukács.

Natürlich kannte ich ihn. Ich kannte ihn seit Langem: nicht von Angesicht, doch durch seine Bücher. Die hatten, mehr und nachdrücklicher als die Veröffentlichungen anderer Literarhistoriker, meine Universitätsstudien im Fach Germanistik begleitet. Ich verfiel der spröden Dialektik seiner Darstellungsweise. Ich mochte die bei aller marxistischen Grundsätzlichkeit höchst verständnisvolle und geradezu zärtliche Art, mit der er etwa über Thomas Mann schrieb.

Der Text, den ich jetzt zu redigieren hatte, trug den etwas umständlichen Titel *Der Kampf des Fortschritts und der Reaktion in der heutigen Kultur*. Lukács äußerte sich ausführlich und durchaus respektvoll zur Religion, zur Kirche, auch zum Papst, er äußerte sich über Krieg und Frieden und über das Nebeneinander der beiden großen politischen Lager in der damaligen Welt.

Ich schickte den redigierten Text nach Budapest, Lukács autorisierte ihn. Der Beitrag erschien im September. Es würde für lange Zeit die letzte Veröffentlichung von Lukács in der DDR sein, und auch ihretwegen galt fortan der Autor als politischer Verräter. Man zieh ihn eines Verbrechens namens ideologische Koexistenz.

Damals war er 71 Jahre alt. Der Spross eines großbürgerlich-jüdischen Elternhauses hatte einst in Deutschland studiert und mit einem Essayband debütiert, der *Die Seele und die Formen* hieß; darin ging es um ästhetische Leitfiguren der damaligen Moderne, der Text war ein Bekenntnis zu Morbidezza oder dem, was Lukács Dekadenz nannte. Das Buch machte ihn bekannt. Thomas Mann wählte ihn zum Vorbild einer seiner Romanfiguren: ein »kleiner, magerer Mann«, der von »scharfer, man möchte sagen: ätzender Hässlichkeit« war; es handelte sich um Naphta aus dem *Zauberberg*. »Alles war scharf an ihm: die gebogene Nase, die sein Gesicht beherrschte, der schmal zusammengenommene Mund, die dickgeschliffenen Gläser der im übrigen leichtgebauten Brille, die er vor seinen hellgrauen Augen trug, und selbst das Schweigen, das er bewahrte und dem zu entnehmen war, dass seine Rede scharf und folgerecht sein werde.«

Naphta ist Jesuit. Lukács wurde Marxist. Dies geschah während des Ersten Weltkriegs, nach dessen Ausgang er Minister in der kurzlebigen ungarischen Räteregierung war und als politischer Armeekommissar Deserteure erschießen ließ. Hernach lebte er in Wien und Berlin. *Geschichte und Klassenbewusstsein,* 1923 erschienen, wurde sein vermutlich einflussreichstes Buch, ein Monument des Neomarxismus, in den zwanziger Jahren von beträchtlichem Einfluss etwa auf die Autoren der Frankfurter Schule. Lediglich die orthodoxen Kommunisten Deutschlands und Ungarns waren damit nicht einverstanden und nannten es idealistisch. Ihre Kritik beeindruckte schließlich selbst den Autor, der sich daraufhin von seinem Werk distanzierte.

Mit der spätbürgerlichen Welt hatte er zugleich die dort vorherrschende Ästhetik verabschiedet. Nunmehr bezog er seine künstlerischen Maßstäbe aus dem 19. Jahrhundert, von den europäischen Klassikern und Realisten. Viele Künstler, die sich der kommunistischen Bewegung zurechneten, stimmten ihm darin nicht zu, zumal die Vertreter des vor und nach dem Ersten Weltkrieg in Deutschland vorherrschenden Expressionismus. Lukács' Kontroverse mit ihnen wurde öffentlich ausgetragen und blieb zunächst unentschieden.

Ab 1934 ließ Stalin die sowjetische Kunstavantgarde als formalistisch verdammen. Viele ihrer Repräsentanten, sofern sie in Sowjetrussland lebten, wurden festgenommen und umgebracht. Die ästhetischen Normen, die fortan gelten sollten, stammten ihrerseits aus dem 19. Jahrhundert; Lukács, inzwischen Emigrant in Moskau, durfte sich in verblüffender Übereinstimmung sehen mit einer zum ausschließlichen Maßstab erhobenen Kunstdoktrin.

Die Chance, kunsttheoretischer Präzeptor des Stalinismus zu werden, sollte sie je bestanden haben, wurde von ihm ausgeschlagen. Zeitgleich mit der stalinistischen Kunstpolitik liefen die stalinistischen Säuberungen. Es kam zu massenhafter Verfolgung und Exekution der alten Bolschewiki. Lukács' Stiefsohn wurde verhaftet und bald darauf auch Lukács selbst. Nach seiner Entlassung durfte er weiter arbeiten. Marx und Lenin blieben die Lichtgestalten seiner politischen Überzeugung, um derentwillen, wie er meinte, es sich lohne, zu der Sache zu halten. Er brachte es auf die saloppe Formel, selbst der schlechteste Sozialismus sei immer noch besser als der beste Kapitalismus.

Nach dem Ende des Zweiten Weltkriegs kehrte er in seine ungarische Heimat zurück. Er wurde Hochschullehrer, es erschienen seine Bücher zur Literaturgeschichte. Ungeachtet ihres spröden Tones sind sie von äußerster Genauigkeit, wie die Untersuchungen über Kleist, über Gottfried Keller, über Balzac, über Goethe, über Tolstoi, glänzende Beispiele einer angewandten Literatursoziologie. Die Bücher erschienen in der DDR, da ihr Autor dort gewichtige Anhänger im kulturellen Establishment hatte: Anna Seghers und, vor allem, Johannes R. Becher. Lukács wurde in der DDR sakrosankt.

In seinem Geburtsort Budapest standen die Dinge anders. Dort blieb er umstritten. Die Hochschüler, die er ausbildete, fielen auf durch unbequeme Gedanken und aufsässige Haltung, für die kritische Intelligentsia im Land wurde er zum heimlichen Mittelpunkt. 1956 bahnten sich Ungarns reformkommunistische Veränderungen an, ihr geistiges Zentrum war die Intellektuellenvereinigung Petöfi-Club, von Georg Lukács ins Leben gerufen und von ihm geleitet. Schließlich bildete sich eine reformkommunistische Regierung unter dem Premier Imre Nagy. Georg Lukács amtierte als ihr Kultusminister.

Im Sommer 1956 setzte die Sowjetunion ihre Armee in Marsch, um die Reformbewegung niederzuschlagen. In Budapest gab es Straßenkämpfe. Die Mitglieder des Kabinetts Nagy wurden verhaftet. Der letzte Hilferuf des Premiers an die UNO, über das Radio

Anna Seghers und Georg Lukács 1951

verbreitet, erschütterte die Welt. Ich erinnere mich, wie ich sie hörte, in meiner Berliner Bleibe, das Ohr am Lautsprecher desselben Apparates, den ich schon als Student im Gebrauch hatte, so am 17. Juni 1953.

Als die Nachricht von Lukács' Verhaftung im Aufbau-Verlag bekannt wurde, weilte eben der andere große Mann des DDR-Marxismus im Haus, Georg Lukács' alter Gefährte Ernst Bloch. Er sückelte an seiner Pfeife und murmelte dann, mit Pfälzer Dialektanklang: »Wär ich zynisch, würd ich sagen, dies ist die Rache dafür, dass der Lukács den Becher immer für einen größeren Dichter gehalten hat als den Brecht.«

Georg Lukács wurde, wie die anderen Mitglieder der Regierung Nagy, in Rumänien interniert. Der Premier wurde hingerichtet, Lukács blieb fast ein Jahr lang in Haft. János Kádár, gleichfalls Minister unter Nagy, hatte rechtzeitig die Gnade der Sowjets gefunden und war jetzt neuer starker Mann im Land. Lukács pflegte zu erzählen: Bei der entsprechenden Abstimmung im Kabinett Nagy habe er selbst für den Verbleib Ungarns im sowjethörigen Militärbündnis Warschauer Pakt gestimmt, Kádár aber dagegen.

Allen anfänglichen Lähmungen infolge der blutigen Niederschlagung des Aufstandes zum Trotz erwies sich das Ungarn des János Kádár als das liberalste Land Osteuropas, als, wie die damals gängige Wendung lautete, die lustigste Baracke im Ostblock. Mitte der sechziger Jahre reiste ich dorthin. Walter Janka, mein ehemaliger Verlagsleiter, hatte seine Zuchthausstrafe von 1956 hinter sich; wir standen in persönlichem Kontakt. Er hatte mir Grüße an Lukács aufgetragen, und so trat ich, in Budapest angelangt, nach einer telefonischen Vereinbarung meinen Besuch bei ihm an.

Er wohnte am Belgrad-Kai, einer breiten Avenida direkt am Donauufer, im fünften Stockwerk eines großen Mietshauses. Die Wohnung war dämmerig. Eine alte Dame mit bandagierten Beinen öffnete mir, ich erfuhr nicht, wer sie war. Sie sprach mit leiser Stimme und trat später nur noch einmal auf, um Kaffee zu servieren, türkischen Mokka. Georg Lukács empfing mich in seinem Arbeitszimmer, an dessen Wänden bis unter die hohe Zimmerdecke Bücherregale standen. Der Schreibtisch lag voller Papiere. Er hatte seinen Sessel neben den Schreibtisch gerückt, zwischen uns stand ein Servierwagen, der in vielen Fächern unendlich viele sehr unterschiedliche Zigaretten enthielt, von denen Lukács immer wieder nahm, da er fortwährend rauchte.

Ich saß dem alt gewordenen Naphta gegenüber. Ich saß dem Gott meiner Studententage gegenüber. Er war ein kleiner Mann, der sich sehr gebeugt hielt, mit großem Kopf, auf dem das weiße Haar glatt nach hinten gekämmt war. Neben der markanten Nase war in seinem Gesicht auffällig die Unterlippe, die auf eine gleichsam habsburgische Weise herabhing und eine kleine blutbraune Warze zeigte. Die Stimme war heiser. Der ungarische Akzent blieb unverkennbar.

Er sagte, ich sei der zweite Mensch aus der DDR, der ihn seit 1956 aufsuche, vor mir sei bloß Stefan Heym bei ihm erschienen. Er fragte nach Janka. Wir sprachen über Franz Kafka, den er inzwischen, anders als früher, einigermaßen gnädig beurteilte. Wir unterhielten uns über Robert Musil, den ich bedeutsamer fand als er. Wir sprachen über Max Frisch, dessen Konjunktur er mit Spott bedachte, ebenso wie jene Adornos, dessen Denken, höhnte er, bloß ein Ausfluss von *Geschichte und Klassenbewusstsein* sei.

Wir sprachen über die Renaissance des Marxismus, die sich in westdeutschen Intellektuellenkreisen anbahnte und von der auch seine Arbeiten erfasst wurden; er sollte bald einer der geistigen Führer der Studentenbewegung sein, neben Adorno, neben Herbert Marcuse, neben Ernst Bloch; der hatte 1957 seine Professur an der Leipziger Universität verloren und lebte seit 1961 in Tübingen. Lukács ging es darum, die Erschütterungen und Beschädigungen, die dem Marxismus durch Josef Stalins Herrschaft entstanden waren, zu bewerten und zu kommentieren. Er berief sich dabei auch auf Alexander Solschenizyn. Er plante zwei große Essays über den Autor des *Iwan Denissowitsch*, der ihm als vollkommener Realist galt und als legitimer Nachfolger Leo Tolstois. Ich erkannte: Er war völlig bei seinen alten ästhetischen Positionen geblieben, ohne Einschränkung; hätte er dem zugestimmt, was er leicht abschätzig die Avantgarde nannte, wäre er zurückgekehrt zu dem Lukács von 1910, was er nicht wollte, sein gesamtes späteres Dasein wäre dann nichts als ein blutiger Irrtum gewesen.

Wir sprachen mehrere Stunden. Am Ende begleitete er mich zur Tür. Auch an den Wänden des Korridors standen überquellende Bücherregale bis unter die Decke. Wir verabschiedeten uns. Sein Händedruck war trocken und kraftlos.

Ein paar Jahre danach erkrankte er schwer, an Lungenkrebs, Folge seines hemmungslosen Tabakkonsums. Er wurde in ein Budapester Krankenhaus eingeliefert, wo er starb. An seiner Beerdigung auf dem Budapester Kerepesi-Friedhof nahmen um die fünftausend Trauergäste teil: Gefährten aus der Zeit der Räterepublik von 1919, Gefährten aus der Zeit der sowjetischen Emigration, Bewunderer Thomas Manns, die das Urbild des Naphta betrauerten, Mitarbeiter der Regierung Imre Nagy, Gaffer, Opportunisten und die offiziellen Vertreter der Staatsmacht, die, so der Schriftsteller György Dalos, »waren ihm dankbar einfach deswegen, weil er endlich gestorben, also nun für sie berechenbar war«.

Die kulturelle Koexistenz, die große Idee des alten Georg Lukács, zielend auf einen friedlichen Wettbewerb der beiden Weltsysteme, sie endete, anders als von Lukács vermutet oder erhofft, mit der Niederlage des Realsozialismus und mit dem Sieg des bürgerlich-kapitalistischen Systems. Ich wüsste gern, wie er dies gesehen und kommentiert hätte.

18

Der 13. August 1961 war ein warmer lichtdurchfluteter Sonntag. Als ich an diesem Morgen das Radio einschaltete, erfuhr ich, die Regierung der DDR habe den freien Zugang nach Westberlin gesperrt, durch den Bau einer Anlage, die sie fortan antifaschistischer Schutzwall nennen würde, die von der übrigen Welt freilich jenen Namen erhielt, der ihr zukam: Mauer, Berliner Mauer.

Ich schaltete das Fernsehgerät ein. Ich verbrachte fast den gesamten Tag davor. Ich sah die Reportagen von Ost und von West. Ich erfuhr von Fluchtversuchen. Ich erfuhr vom Einsatz der Betriebskampfgruppen. Ich hörte Kommentare, triumphierend die einen und voller Entsetzen die anderen. Die bewegten Bilder von der wachsenden Grenzanlage wiederholten sich. Die Beklemmung, die sie auslösten, wuchs mit jedem Male. Ein junger DDR-Soldat, Helm auf dem Kopf, sprang beherzt über Hindernisse. Verzweifelte Menschen sprangen aus Fenstern auf die Westseite der Brunnenstraße.

Für mehrere Tage war es unmöglich, aus unserem Wohnort nach Berlin zu gelangen. Wer es versuchte, wurde an der Stadtgrenze von uniformierten Grenzsoldaten zurückgewiesen. Später war der Zugang wieder freigegeben, doch blieb er weiterhin bewacht. Die aus Berlin kommenden Straßenbahnen mussten an der Stadtgrenze anhalten. Uniformierte betraten die Waggons und kontrollierten die Ausweispapiere der Fahrgäste. Der gleichen Prozedur sahen sich die Insassen von Automobilen ausgesetzt.

In unserem Ort lebten Menschen, die bis dahin ihrer Arbeit in Westberlin nachgegangen waren. Dies hatte sie in eine überaus privilegierte Situation versetzt, da sie einen Teil ihres Einkommens in der begehrten Westmark erhielten. Äußerungen der staatlich gelenkten Ostzeitungen, die sie als Grenzgänger beschimpften, ertrugen sie mit lächelndem Stolz. Nunmehr sahen sie sich, von einem Tag auf den anderen, nicht bloß um ihren materiellen Vorteil, sondern ebenso um ihre Arbeitsstelle gebracht. Sie mussten mit Beschäftigungen vorlieb nehmen, die sie als Benachteiligung, wenn nicht als Strafe empfanden.

Die allgemeine Stimmung im Land blieb depressiv. Lediglich ein paar Intellektuelle fanden, die Flüchtlingsströme, die vor dem August '61 die Existenz der DDR zu einem Provisorium gemacht hätten, seien nunmehr beendet, die Entwicklung könne sich fortan in gesicherten Bahnen vollziehen und auch ein Mehr an geistiger Freiheit bringen. Ich habe diese Ansicht niemals geteilt. Ich empfand die Innerberliner Grenze als das, was sie war: als Gefängnisschranke. Das gedankliche Spiel, man könne, wenn erforderlich, durch den Erwerb einer S-Bahnfahrkarte das deutsche Vaterland wechseln, war obsolet geworden.

Für eine Weile schien es dann, der Bau der Mauer habe tatsächlich etwas Liberalität gebracht. Obschon die gesamtdeutschen Bestrebungen der DDR-Politik längst beendet waren, begann eine Art vorsichtiger kultureller Annäherung von Ost und West. Es gab Schriftstellerreisen zu Lesungen in die Bundesrepublik und nach Westberlin. Westdeutsche Verlage übernahmen Bücher aus der DDR. Im Rahmen solcher Erleichterungen konnten 1965 mehrere Autoren aus der DDR an einer Tagung der Gruppe 47 teilnehmen.

Ort war das Literarische Colloquium am Berliner Wannsee. Die Reisepapiere erhielten wir am Vorabend des Termins. Alle Eingeladenen durften fahren bis auf Manfred Bieler, dem aus nicht mitgeteilten Gründen die Erlaubnis verweigert wurde. Ich stellte die Frage, ob wir alle nicht solidarisch sein und die Reise ausschlagen sollten. Die anderen, Günter Kunert, Karl Mickel und Franz Fühmann, verwarfen meine Idee. Ich verwarf sie dann auch, Ziel und Zweck waren allzu verlockend. Bieler betrank sich währenddessen mit einer Literflasche Himbeergeist.

Die Gruppe 47 ist inzwischen ein ferner Mythos. Er hat, wie alle Mythen, seine Fundamentalkritiker gefunden, die in ihr eine Fortsetzung von Nazi-Denken und Nazi-Sprache erkannten. Manche der Gründer fielen unter moralischen Generalverdacht. Daran ist gerade so viel richtig, dass die Teilnehmer der ersten Tagungen allesamt Heimkehrer aus Hitlers Weltkrieg waren und ein paar Schlacken ihrer Vergangenheit naturgemäß mit sich trugen. Gleichwohl hatten sie sich von aller braunen Pathetik weit entfernt und verfertigten ihre Poesie und Prosa im Gestus der Ernüchterung.

Hervorgegangen war die Gruppe aus der Redaktion einer von der US-Militärregierung verbotenen Zeitschrift. Die Autoren stellten ihre Texte daraufhin mündlich vor. Das Zusammentreffen, auf dem es geschah, erschien ihnen so fruchtbar, dass sie die Wiederholung vereinbarten. Mündlicher Textvortrag und darauf reagierende Kritik blieb die Praxis der Gruppe bis zuletzt.

Sie hatte keine förmlichen Mitgliedschaften. Wer zu den Tagungen erschien, hatte zuvor eine Postkarte mit der Einladung erhalten, ausgestellt von Hans Werner Richter. Der aus dem vorpommerschen Bansin gebürtige Schriftsteller war, wie man richtig gesagt hat, der einzige wirkliche Gruppenangehörige. Er leitete die Zusammenkünfte, die in der Regel drei Tage dauerten, manchmal mit der Verleihung eines Preises und immer mit einem Fest abgeschlossen wurden.

Die Prozedur bestand darin, dass Hans Werner Richter, vor der Versammlung sitzend, einen Autor aufrief, der sich daraufhin neben ihn setzte und einen unveröffentlichten Text vorlas. Danach wurde das Vorgetragene beurteilt. Es gab vier Namen, die von Richter dazu üblicherweise als erste genannt wurden: Joachim Kaiser, Marcel Reich-Ranicki, Walter Jens und Walter Höllerer. Sie gaben so etwas wie eine vorläufige Generalmeinung vor, die durchaus gnadenlos ausfallen konnte. Danach durften sich andere äußern. Die Kritik galt ausschließlich der Sprache und der Form, Inhalte blieben ausgespart. Der Autor durfte sich zu den vorgetragenen Meinungen nicht äußern, er saß stumm, dabei erbleichend, errötend oder grinsend neben Richter auf einem Sessel, genannt der elektrische Stuhl.

Die Gruppe wurde schon bald, ab den fünfziger Jahren, zu einer Institution. Feuilletons besprachen die Tagungen, es gab Übertragungen im Radio, Verleger erschienen, die Tagungen gerieten zu einer Art Börse, die Gruppe selber wurde zu einer Macht. Die schöne Literatur der Bundesrepublik Deutschland bis 1965 ist ohne sie nicht denkbar, wichtige Autoren debütierten hier und fühlten sich ihr stets zugehörig, Heinrich Böll und Günter Grass, Martin Walser, Hans Magnus Enzensberger, Uwe Johnson, Ingeborg Bachmann, Ilse Aichinger, Peter Weiss. Gelegentlich hat sie sich fürchterlich geirrt. Paul Celan trug hier seine *Todesfuge* vor, er wurde völlig verrissen.

Die Gruppe 47 bestand zwanzig Jahre. Bei ihren letzten Tagungen wurden grundsätzliche Proteste laut, der linksradikale Geist der Studentenrevolte hatte einige Gruppenangehörige erfasst, Hans Werner Richter sah für das Unternehmen keine Zukunft mehr. Es war eine Tragödie vor allem für ihn. Sein beträchtlicher Ruhm hing allein an der Gruppe, mit seinen eigenen Büchern hatte er wenig Erfolg. Es gab, auch durch ihn, ein paar Versuche, Tagungen unter anderen Vorzeichen zu stiften. Sie führten nicht weit.

Gruppe 47 am Wannsee 1965. Vorn rechts Erich Fried, dahinter Peter Weiss und Siegfried Unseld. R. S. hinten rechts, halb verdeckt

Die Tagung, an der ich teilnahm, war eine der letzten, die unwidersprochen noch dem alten Ritual gehorchte. Im Literarischen Colloquium, einer ehemaligen Fabrikantenvilla, von der Ford Foundation umgewandelt zum Veranstaltungsort, gab es einen kleinen Saal für hundert Zuhörer. Nebenan befand sich eine Theke, wo reichlich Wein zu haben war. Auf den Gängen wurde heftig geraucht. Hans Werner Richter, ein rundlicher Mensch mit weißem Haarschopf, trug eine Glocke umher und läutete die nächste Runde ein.

Ich war von den zugereisten DDR-Autoren der erste, der sich auf den elektrischen Stuhl setzen musste. Ich las eine kleine Geschichte aus dem Angestelltenmilieu, Reich-Ranicki, Kaiser und Erich Fried lobten sie, Fritz J. Raddatz hatte Einwände, Hans Mayer klopfte mir anerkennend auf die Schulter. Die Tage waren winterlich kalt. Am dritten Tag fiel Schnee, der die Berliner S-Bahn lähmte. Wir Teilnehmer aus der DDR, die jeden Abend nach Ostberlin hatten zurückkehren müssen, trafen diesmal erst verspätet ein und versäumten so die Preisvergabe an den Schweizer Peter Bichsel.

Während des abschließenden Festes führte ich eine lange Unterhaltung mit dem angetrunkenen Uwe Johnson. Wir sprachen über Brecht, über Linguistik und über die DDR, dabei strich er mir fortwährend über die Haare. Anna Grass, damalige Ehefrau des Autors der *Blechtrommel*, drehte sich emsig Zigaretten. Erich Fried sagte mir, in den dreißiger Jahren, in der britischen Emigration, sei er zusammengewesen mit Kurt Bartel, der später, als Kuba, in der DDR schreckliche Parteihymnen schrieb. Bartel, sagte Fried, habe nach den Moskauer Schauprozessen 1936 aus der Kommunistischen Partei austreten wollen. Er, Fried, habe ihn überredet, in dieser schwierigen Situation die Partei nicht zu verlassen. Anklagend hob Fried die Hände und rief: »Ich bin schuld an Kuba!«

Der Kabarettist Wolfgang Neuß, noch nicht von Drogen ruiniert, gab eines seiner Soli. Den von DDR-Grenzern erschossenen Peter Fechter ernannte er zum neuen Hitlerjungen Quex, worauf Günter Grass einen gellenden Pfiff ausstieß. Insgesamt wurde viel geraucht. Insgesamt wurde viel getrunken. Irgendwann, da war es schon Abend, erschien der Regierende Bürgermeister von Berlin Willy Brandt, begleitet von Ehefrau Rut. Hoheitsvoll durchschritt er die Menge der alkoholisierten deutschsprachigen Schriftsteller, drückte hier und dort ein paar Hände und entfernte sich wieder. Draußen hatte es aufgehört zu schneien. Die Straßen waren sehr glatt.

19

Kurze Zeit danach hätten wir zur Gruppe 47 nicht mehr fahren können. Das Zentralkomitee der Staatspartei SED veranstaltete eines seiner Plenartreffen, das XI., es geriet zur Generalabrechnung mit jeglicher Form von kritischer Kunst in der DDR. Die Vorwürfe lauteten: Nihilismus, Skeptizismus, Pornografie. Es wurden Namen genannt. Ihre Träger, das war die präventiv abschreckende Praxis, würden für etliche Jahre verfemt bleiben. Es wurden Titel genannt: von Büchern, von Theaterstücken, von Filmen.

Der Hauptredner hieß Erich Honecker, damals zweiter Mann hinter Parteichef Ulbricht. Er rief: »Unsere DDR ist ein sauberer Staat. In ihr gibt es unverrückbare Maßstäbe der Ethik und Moral, für Anstand und gute Sitte.«

Der volle Wortlaut aller Reden im Plenum war jeweils anderntags nachzulesen, in der Tageszeitung *Neues Deutschland*. Ich war auf sie nicht abonniert. Allmorgendlich fuhr ich jetzt ins nahe Berlin, um an einem Kiosk das Parteiblatt zu kaufen. Noch auf der Straße stehend schlug ich es auf und überflog die Spalten, auf der Suche nach meinem Namen. Es gab Anzeichen, dass auch ich betroffen sein könnte. Diesmal wurde ich ausgelassen.

Was dann folgte, war eine Periode der ästhetischen Reglementierung. Dergleichen fand in der DDR immer wieder statt, aufs Ganze gesehen haben solche Reglementierungen länger gedauert als alle Abschnitte der bescheidenen Liberalisierung. Gefordert, gefertigt und belohnt wurde jetzt nur mehr die plumpe Affirmation. Die Zustände waren dazu angetan, jedes künstlerische Leben verdorren zu lassen. Vielfach geschah das, aber es geschah nicht umfassend. Ausnahmen fanden statt, und diese Ausnahmen waren erstaunlich: Die zweite Hälfte der sechziger Jahre, die für viele entsetzliche Zeit nach dem XI. Plenum des ZK der SED, wurde zur anderen großen Zeit des Sprechtheaters in der DDR und da zumal in Ostberlin.

Das Berliner Ensemble zeigte weiter die letzten großen Produktionen der Brecht-Schüler, voran den ausgezeichneten *Coriolan* in Manfred Wekwerths Inszenierung. Einer jener Schüler war der Frankoschweizer Benno Besson, der jetzt am Deutschen Theater arbeitete. Dort war Intendant der Österreicher Wolfgang Heinz, bis 1945 engagiert am Zürcher Schauspielhaus, dem großen Sprechtheater der antifaschistischen Emigration, mit den Uraufführungen von Stücken Brechts und Zuckmayers. Jetzt erlebte das Haus in der Ostberliner Schumannstraße eine seiner Glanzzeiten. Wolfgang Heinz brachte, zusammen mit Adolf Dresen, eine spektakuläre Aufführung des ersten Teils von Goethes *Faust* heraus. Sie war höchst eigenwillig. Bei den Mächtigen stieß sie auf Missbilligung, wurde verändert und verlor dabei nichts von ihrer Brillanz.

Alles wurde übertroffen durch Benno Bessons Inszenierung des *Drache* von Jewgenij Schwarz. Der Autor galt und gilt als ein Klassiker des Kindertheaters, was ein Missverständnis ist, freilich half es Schwarz, die Zeiten des sowjetischen Antisemitismus und der stalinistischen Kunstdiktatur zu überstehen. Er hat vorwiegend Märchenstücke geschrieben. Märchen gelten als Kinderkram. Schwarz' Märchenstücke sind zu einem Gutteil Stücke für erwachsenes Publikum.

Der Drache war eine Parabel auf Opportunismus und Widerstand in totalitären Ordnungen. Dass sie selber gemeint sein könnten, begriffen die DDR-Aufpasser nicht oder wollten es nicht begreifen, da der Stückeschreiber aus der geheiligten Sowjetunion kam. Wenn die furchterregende Drachenkonstruktion des Kostümplastikers Eduard Fischer sich verwandelt hatte und ein krummer verbrauchter Greis auf seinem Sessel hockte, sah ich darin eine Manifestation des DDR-Polizeistaats und des Diktators Walter Ulbricht.

Wenigstens einmal im Jahr reiste ich in den Harz. Zumeist wohnte ich in Schierke. Die Häuser dort, hingedrückt in ihr Tal, waren zur Gänze mit farbigem Holz umkleidet und zeigten an der Wetterseite Wände mit Schindeln oder Platten aus Zink. Die Hänge wirkten riesig. Sie trugen große Fichten oder bloß noch irgendein knöchelhohes Grün, zwischen grau verwitternden Baumstümpfen und schütterem Gestein. Die Leute waren mager und mürrisch. Sie lebten unter anderem von den Wäldern, wo sie mit ihren Schrotsägen Bäume fällten. Die Späne rieselten ins Moos, quollen auf, streuten Geruch aus, der streng und überwältigend war und für mich die einfachste, die immateriellste Entsprechung dessen, was man Glück nennt.

Es gab einen Wander- und Gestellpfad mit Namen Glashüttenweg. Er hieß so nach einer Manufaktur, die einst nahe Schierke stand. Auf ihm verlief die direkteste Route einer Brockenbesteigung: prahlerischer Euphemismus für eine Wanderung, die mählich bergan führte. Ich ging vorüber an weißen Schildern mit einer grünen Tanne und mit Buchstaben in schwarzer Fraktur. Wanderziele wurden darauf mit pedantischen Kilometerangaben vermerkt. Die Schilder waren verwittert, da die Institution, die für sie Sorge trug und Harzverein hieß, hier schon längst nicht mehr tätig war.

Ich ging durch Hochwald und über Lichtungen. Finkenschlag war in der Luft und das Kreischen von Eichelhähern. Zwischen den Fichtenstämmen türmte sich graues Gestein, an den Wegrändern wuchsen struppige Blaubeersträucher. Der Glashüttenweg endete an einem Brockentor geheißenen Plateau. Hier gab es abseits der Wege Hochmoore mit Wollgras und schwirrende Insekten über schwarzen Wasserlachen. Jeder Schritt in diese Richtung erregte gieriges Schmatzen unter den Sohlen. Und es gab eine breite Straße, Abweichungen von ihr waren streng untersagt, der Asphalt zeigte Spuren von Kettenfahrzeugen und wurde allmählich von Schmelzwässern zernagt. Schnee lag in den Senken noch bis tief ins Jahr. Die Fichten wurden zottiger und schwärzer, manchmal war Sturm eingefahren und hatte Stämme gebrochen und Wurzeln ausgehoben. Die Wolken gingen niedriger. Die Luft wurde kälter. Die Sonne, sofern sie schien, strahlte heftiger. Gelegentlich lärmte ein Jeep mit Militärpersonal vorbei oder ein Dienstfahrzeug des meteorologischen Amtes oder auch nur ein Förster auf einem Motorrad. Oft geschah das nicht. Leer und hellgrau lag das Straßenband in seinen Windungen.

Brockenkuppe

Bis dann die Bergkuppe sichtbar wurde. Sie hatte ihre zwei Türme und ein paar flache Häuser, sie war kahl, die Klippensteine lagen nackt und wahllos umher. Das Brockenhotel, eine noble Herberge dereinst, war zertrümmert, niemand mehr betrieb dort Gastlichkeit als umsatzstarkes Geschäft. Wer sich dort oben aufhielt, tat es zu dem einzigen Zwecke der Aufmerksamkeit, wetterkundlicher zum Beispiel, aber auch sonstiger.

Es blieb für jeden anderen, der dort hinanschaute, bei einem Anblick auf Distanz, die sich auf ungefähr 100 Meter Höhenunterschied und vielleicht 500 Meter Luftlinie belief. Ein gelbes Schild verbot das Weitergehen. Es gab ein Wachtgebäude aus grauem Beton. Ungenutzt verrosteten die schmalspurigen Geleise der Brockenbahn, Gras wuchs zwischen den Schwellen.

Während eines Februars wohnte ich für zwei Wochen in Schierke. Viel Schnee war gefallen. Ski unter den Schuhen, lief ich einen östlich vom Tal der Kalten Bode befindlichen Gestellweg entlang. Es fing wieder zu schneien an. Ich lief an einem Schatten vorbei.

Ich wusste später, dass es ein Schlagbaum gewesen sein musste. Der Schneefall wurde sehr dicht. Ich lief in eine Senke hinein und geriet an ein Hinweisschild, dem ich entnehmen konnte, dass ich versehentlich die Grenze überschritten hatte. Ich konnte mir vorstellen: weitergleiten, die Schräge des Hanges hinab, in zehn Minuten der Ortsrand von Braunlage, ich bin in einer anderen Welt. Flocken fielen als dichtes Weiß aus dem dunkelgrauen Himmel. Ich drehte um und lief in meiner bloß noch undeutlich erkennbaren Spur zurück.

20

Die DDR nach dem Herbst 1961 war insgesamt ein Gefangenenlager. Das Gelände hatte freilich genug an Ausdehnung, um die Insassen ihre fehlende Bewegungsfreiheit nicht täglich spüren zu lassen, außerdem gab es weitere Nöte, die, verglichen damit, noch quälender erscheinen mochten. Wie in anderen Lagern bestand die Möglichkeit zu bewachten Freigängen. Gegen gutes Geld und mit zuvor erhältlichen Visen durften Regionen aufgesucht werden, die südlich und östlich der Grenzen lagen und sich in einer der DDR verwandten politischen Situation befanden.

Für diese Reiseziele existierte so etwas wie eine heimliche Hierarchie. Die Tschechoslowakei und Ungarn rangierten ganz vorn, Rumänien und die Sowjetunion ganz am Ende. Nur wenig besser stand es um das unmittelbar angrenzende Polen, Gründe dafür waren eine seit Generationen überlieferte Arroganz der Deutschen, eine verbreitete antideutsche Aversion bei den Polen und ungute deutsche Erinnerungen an die Zeit der Vertreibung.

Ich habe das Land bewundert seit meiner ersten Fahrt dorthin. Ich trat sie 1957 an, zwölf Jahre nach Kriegsende. Bei meinen Gängen durch das damals noch weitgehend ruinöse Warschau wagte ich nicht, mich auf Deutsch zu verständigen. Ich sprach französisch.

Es gab vieles in Polen, das mich tief beeindruckte. Vor allem dort sah ich die Filme von Andrzej Wajda, Andrzej Munk, Aleksander Ford und Wanda Jakubowska. Der Schauspieler Zbigniew Cybulski schien alle Genialität und alle Verzweiflung des polnischen Nachkriegs in seiner Person zu vereinen; stets, also auch in seinen Rollen, trug er eine Sonnenbrille; es habe noch keinen Schauspieler gegeben, der spielen konnte, ohne seine Augen zu gebrauchen, hat Marlene Dietrich über ihn gesagt. Er rebellierte und träumte und trank. Er wiederholte das Schicksal einer der von ihm gespielten Figuren, des Maciek aus dem Film *Asche und Diamant*, als er viel zu früh starb: Ein Eisenbahnzug überrollte ihn. In Breslau, seinem Todesort, hängen gleich zwei Denkplaketten für ihn, eine am

Perron 3 des Bahnhofs, wo das Unglück geschah, die andere an einer Gebäudewand nahe der Jahrhunderthalle. Sein Denkmal in Kattowitz zeigt ihn mit in Bronze gegossener Sonnenbrille.

Ich bewunderte die funkelnde Intelligenz der modernen polnischen Belletristik: der Lyrik von Zbigniew Herbert, der Aphoristik von Jerzy Stanisław Lec, der Dramatik von Sławomir Mrożek, der ideologiekritischen Texte von Leszek Kołakowski. Ich bestaunte, auch wenn ich sie kaum lesen konnte, die polnischen Kulturzeitschriften; mit Biegsamkeit, List und Trotz widerstanden sie einer Zensur, die vielleicht nachsichtiger, vielleicht schlampiger war als die vergleichbaren Einrichtungen in der DDR.

Ich wurde neidisch auf die Leistungen des polnischen Denkmalschutzes. Die DDR ließ ihre Altstädte und historischen Baudenkmäler verrotten. Das ungleich ärmere Polen brachte es fertig, die nicht mehr vorhandenen Altstädte von Warschau und Danzig neu zu errichten und in Thorn an der Universität ein Institut für Konservierung und Restaurierung zu betreiben, das bald Weltruf genoss.

Ich liebte Krakau. Die alte Königsstadt am Oberlauf der Weichsel, die den letzten Weltkrieg leidlich überstanden hatte, war von einer ähnlichen Anmut und von ähnlichem kunstgeschichtlichen Rang wie die tschechische Kapitale Prag, ohne eine vergleichbare Prominenz zu genießen und auf eine ebensolche touristische Neugierde zu stoßen. Der deutsche Renaissance-Bildschnitzer Veit Stoß, der sich in Krakau polonisiert Wit Stwosz nannte, hat hier sein Hauptwerk geschaffen, den Hochalter in der Marienkirche; man muss ihn im Original gesehen und davor gestanden haben, um zu wissen, welche ästhetische Wucht er hat.

Östlich der Krakauer Altstadt liegt Kazimierz, die Krakauer Judenstadt. Ich bin dort gewesen. Das geschah lange vor Steven Spielbergs Film über Oskar Schindler, der dem Quartier eine neue Prominenz und eine vermehrte denkmalspflegerische Aufmerksamkeit bescheren sollte. Die Bethäuser dort wirkten verlassen. Die Schilder an den Häusern trugen polnische Namen. Die Tür zur Synagoge war verschlossen. Dem jüdischen Rathaus war seine einstige Bestimmung nicht anzusehen. Auf dem Marktplatz gab es die Reste von abgebauten Verkaufsständen.

Ich fuhr von Krakau mit dem Linienomnibus in das nahe gelegene Oświęcim. Ich stieg um in ein Taxi. Der Fahrer fragte gleichmütig: »Muzeum?«, und ich bejahte. Das Taxi fuhr aus der Stadt hinaus, das Licht war südlich, die Landschaft von beträchtlicher Anmut. Fortwährend passierte der Wagen Hinweisschilder mit der Aufschrift *Muzeum*. Oświęcim ist der polnische Name für Auschwitz.

Ich kannte es von Filmen, von Bildern, von hundert Beschreibungen: den Zaun, das Tor, die Metallhalterung über dem Eingang, an der Buchstaben befestigt waren, die Buchstaben ergaben drei deutsche Worte, sie lauteten »Arbeit macht frei«. Vor dem Tor gab es einen Stand für den Verkauf von Druckschriften, die meisten davon polnisch oder russisch, englisch oder französisch, der geringste Teil in Deutsch. Ich musste mir, um mich zurechtfinden zu können, einen englischen Katalog kaufen.

Das Areal des deutschen Konzentrationslagers Auschwitz zeigte einen rechteckigen Grundriss. Es gab drei Reihen von Gebäuden, zwischen ihnen verliefen die asphaltierten Lagerstraßen. Außerhalb dieses rechteckigen Areals standen die Verwaltungsgebäude der deutschen Wachmannschaft, das Aufnahmegebäude für die Neuankömmlinge, das Krematorium. Es existierten achtundzwanzig Blocks in gleichartiger Ausführung. Das Baumaterial war dunkler Backstein. Von den Gebäuden war die Hälfte zugänglich gemacht für Besucher. Sie zu betreten, darin umherzugehen, die Exponate zu betrachten kostete Kraft.

Es war ein heißer Tag. Vor dem Lager war die Luft trocken und staubig, in Auschwitz wuchsen Bäume, die Schatten warfen, im Inneren der Blocks war es kühl. Der Geruch des Leidens war gewichen. Es war genügend Zeit dafür gewesen. Die Wände waren weiß gekalkt. Die Stufen zu den oberen Stockwerken klangen hölzern. Es gab vergrößerte Fotografien mit grobem Korn. Es gab Faksimiles von Dokumenten, Anordnungen der deutschen Reichsbehörden, manche in deutscher Sprache, manche auf Polnisch. Es gab Vitrinen mit einzelnen Ausstellungsstücken darin: die übliche Kleidung der Häftlinge, ihre Schuhe, die tägliche Speiseration, die karg war.

Es gab Inschriften. Es gab Zahlen. Es gab Abrechnungen: den Wert der hier einbehaltenen Textilien betreffend, die ins Deutsche Reich geschickt worden waren, um der Kriegswirtschaft zugeführt zu werden, den Wert des einbehaltenen Goldes betreffend, in der Form von Schmuck, in der Form von Zahnkronen, es ging alles den gleichen Weg.

Es gab Räume in den Blocks von Auschwitz, die geteilt wurden durch eine große Glasfläche. Hinter den Scheiben lagen Effekten. Es gab eine Anhäufung von Schuhen, das mochten Tausende sein, verbrauchte Schuhe, sie hatten Falten, sie hatten gekrümmte Sohlen, ihre Farben waren ausgebleicht, ihr Glanz war dahin, als sie noch warme lebende Füße umschlossen, hier lagen sie, wie man sie zuletzt gefunden hatte, aufeinander geworfen und unansehnlich, Tausende von Schuhen.

Es gab, aufbewahrt in der gleichen Art wie die Schuhe, einen Berg von Koffern, es waren billige Gepäckstücke zu erkennen, abgeschabte, viel benutzte, daneben vornehme, ehedem kostspielige, der Preis war ihnen allen noch abzulesen und mit dem Preis das Schicksal und die Vergangenheit jener, denen sie gehört hatten, sie lagen hier aufgehäuft, sie wurden geleert vor langer Zeit, sie lagen hier hinter Glas, Tausende von Koffern.

Es gab, aufbewahrt in der gleichen Art, einen Berg von kleinen Blechschachteln, es war einst Seife darin gewesen oder Hautcreme oder Tabak, war es vielleicht jetzt noch, war trocken und ranzig geworden, die bunten Farben auf dem Metall waren verblasst, sie zeigten Sprünge, die Sprünge durchliefen die Bilder und Buchstaben, und manche von den Bildern kannte ich, sie trugen jetzt noch bekannte Namen, noch immer verbrauchten lebendige Menschen die Inhalte solcher Schachteln, sie ahnten oder erinnerten sich nicht, wie sollten sie, wer brachte das schon fertig, sie erinnerten sich nicht der Existenz dieser Schachteln hier, Tausender von

Schachteln, angehäuft, wie man sie fand, mit trocken und ranzig gewordenem Inhalt, es würde sie keiner mehr öffnen.

Es gab, aufbewahrt in der gleichen Art, einen Berg aus Krücken und künstlichen Gliedmaßen, den Nachbildungen von Füßen. Das dünne lederne Polster, gedacht, dass ein lebendiger Mensch sich darauf stützte. Gestreckte Hölzer mit einem Gummipfropf am Ende, der die Erschütterungen auffangen sollte, wenn der tote Ersatz eines verlorenen Beines auf den Boden stieß. Die sich mit diesen Hilfswerkzeugen auf das Lager zu bewegt hatten, waren verletzte, verletzliche Menschen gewesen, unsicher und humpelnd hatten sie ihre Schritte auf das Bahngelände des Lagers gesetzt, getrieben von den Zurufen der schwarz gekleideten Aufseher, umhechelt von Hunden, selektiert durch die Ärzte, die vorgedruckte Aufforderung hatte ihnen eine Umsiedlung verheißen, aber hier humpelten sie an ihren Krücken in den Tod, der ein namenloser war, ihre Asche wurde in die nahe Weichsel geschüttet, wo sie davonschwamm, gleichgültig und schmerzlos, und bloß dies war von ihnen geblieben, ihre Hilfe zum Gehen, eine Verbindung aus zwei und drei Hölzern, angehäuft mit seinesgleichen zu Tausenden.

Hinter allen diesen Glasscheiben arbeiteten kleine Apparaturen, sie maßen die Luftfeuchtigkeit, sie waren installiert, um die ausgestellten Gegenstände vor dem Zerfall zu bewahren, letzte Erinnerung an Menschen, die nicht mehr lebten, die bloß noch Namen waren in einer Aufstellung von Millionen Namen, zuverlässig registrierten die Zeiger die aufgenommenen Werte, es geschah nicht anders als in Museen, wo empfindliche Gemälde auf diese Weise geschützt werden, exzeptionelle Leistungen des menschlichen Geistes, hier waren es die Zeugnisse exzeptionellen Martyriums, Schuhe und Koffer, Blechschachteln, Krücken.

Es gab eine kleine Vitrine, die nichts enthielt als die Habseligkeiten eines kleinen Mädchens, ein wenig Spielzeug, eine abgegriffene Puppe, das war ein Anblick, der die Kehle zuschnürte, es lagen Blumen auf dem gläsernen Kasten, der die Form eines kleinen Sarges hatte, ich sah eine alte Frau, die ein paar Rosen zu den anderen Blumen legte, sie weinte hemmungslos, vielleicht hatte sie das Kind gekannt, vielleicht hatte sie selber ein Kind, das hierher gebracht worden war nach Auschwitz, es wäre jetzt über dreißig Jahre alt, es hätte selber Kinder gehabt.

Ich ging durch die Räume der geöffneten Gebäude, ich kletterte die hölzernen Stufen hinauf und hinab, ich verließ das Gebäude, um das nächste zu betreten, draußen waren Hitze und Staub und Schatten, es gingen Menschen über den Asphalt, ihre Gesichter waren bleich.

Ich ging in das Gebäude am Ende der ersten Lagerstraße. Es trug über der Tür die Ziffer elf, das war der Todesblock, in seinem Keller befanden sich die Todeszellen, in seinem Keller befanden sich die Vorrichtungen für das Einlassen des Gases, in einer Vitrine waren Metallbehältnisse ausgestellt, in denen die weißen Kristallbröckchen aufbewahrt wurden, Zyklon B.

Ich verließ den Todesblock. Ich trat vom Eingang ein paar Schritte zurück. Zwischen diesem und dem vorigen Block gab es eine mauerartige Verbindung, sie war dunkel, anthrazitfarben, sie war verkleidet mit einem strohartigen Geflecht, geeignet, die Projektile von Gewehren aufzufangen und verspritzendes Blut. Dies war die schwarze Wand. Sie wird erwähnt in vielen Berichten von Auschwitz. Sie war der Ort der Erschießungen. Es lagen Kränze dort und Blumen. Es sollen zwanzigtausend Menschen getötet worden sein allein an dieser Stelle.

Die Luft blieb staubig. Die Sonne brannte unverändert. Ich ging die Lagerstraße zurück bis zum Krematorium. Ich sah den niedrigen Raum, der geschwärzt war von Rauch. Ich sah die Stahltüren zu den Öfen. Ich sah die metallenen Schieber, mit deren Hilfe die Leichen in die Brennkammern der Öfen geschoben worden waren. Ich sah Blumen auch hier. Ich begann sie zu hassen. Sie waren die immer selben Versuche, der Erschütterung Ausdruck zu geben, aber die Blumen waren anmutig, und worauf sie hinweisen sollten, war hässlich gewesen, wie Leiden und Tod immer hässlich sind, es gab kein Zeichen dafür, es gab keinen Namen dafür.

Ich sah einen Galgen, an dem ein einziger Mensch gestorben war. Er hieß Rudolf Höß. Er war der erste Kommandant des deutschen Konzentrationslagers Auschwitz, und er war es für die längste Zeit. Ein Buchhalter des Todes, ein dumpfer pedantischer Mann, der tat, was ihm befohlen war, pedantisch nannte er alle Zahlen, an dieser Stelle hier wurde ihm das Urteil vollstreckt.

Auschwitz, das Lager, ist erst der Anfang gewesen. Das Gelände war noch übersichtlich. Das Morden musste gelernt werden. Das Lager von Auschwitz war eine Manufaktur des Tötens. Die Fließbänder entstanden anderswo, kaum zwei Kilometer entfernt, der Ort hieß Brzezinka, mit deutschem Namen Birkenau. Die Zahl der Häftlingsgebäude in Auschwitz betrug achtundzwanzig. Die Zahl der Häftlingsgebäude in Birkenau betrug mehr als tausend. Es starben zwei Millionen Menschen an diesem Ort. Zwei Millionen. Es wurde das schrecklichste Schlachthaus der Menschheitsgeschichte, es wurde ihr größtes Grab. Schwer, hier umherzugehen, und man weiß, man trägt einen deutschen Namen.

Auschwitz-Birkenau

21

Vergangenheit lässt sich auch an Rundfunkprogrammen festmachen. Es hat Zeiten gegeben, da Radiosendungen völlig unverzichtbar waren, das galt zumal für die ersten Jahre nach dem Kriegsende 1945. Die deutschen Stationen wurden von den Siegermächten kontrolliert. Wenn ich den Apparat einschaltete, hatte ich die Wahl zwischen dem britisch lizenzierten Nordwestdeutschen Rundfunk und dem sowjetisch lizenzierten Berliner Rundfunk. Auch das amerikanisch lizenzierte Radio München konnte ich empfangen und empfing ich regelmäßig, einmal in sieben Tagen, wenn dort *Johnny mit den zehn der Woche* lief.

Es handelte sich um etwas, das ich bislang nicht kannte, was heute als Chart oder Hitliste jedem Konsumenten geläufig ist. Die wöchentliche Sendung von Radio München war eine Wiederholung der US-amerikanischen Schlagerparade. Moderator Johnny, unüberhörbar ein Bayer, zeigte sich dialektbedingt unbegabt, stimmhafte Zischlaute zu erzeugen, sodass er den Namen, unter dem er sich vorstellte, als »Tschonnie« aussprach.

Alles beherrschendes Lied, unabhängig von Johnny und seinen zehn der Woche, war der Glenn-Miller-Schlager *In the mood*. Es wurde von allen Radiostationen gespielt, auch den sowjetisch lizenzierten, und stieg auf zur heimlichen Hymne des deutschen Nachkriegs. *In the mood* war Swing, und Swing war Jazz, und Jazz war Freiheit: Genau so empfand ich es und war darin nicht allein. Selbst der sowjetisch lizenzierte Berliner Rundfunk spielte damals US-amerikanischen Swing und hielt sich dafür eine eigene Big Band. Das endete nach ein paar Jahren. Der sowjethörigen Presse galten jetzt Swing und Jazz als amerikanisch-imperialistischer Kommerz, von dem man sich abzusetzen hatte, und so war ich, um Swing und Jazz zu hören, auf die Wellen des Nordwestdeutschen Rundfunks angewiesen.

Der belieferte mich außerdem mit jenem Kunstprodukt, das ganz radioeigen war und dem ich bald völlig verfiel: bis zu einem

Grad, dass ich mich, später, in dieser Literaturform, dem Hörspiel, selber ausprobieren wollte und ausprobieren würde. Ich erlebte Wolfgang Borcherts *Draußen vor der Tür*. Die Ursendung erfolgte in Hamburg, Hans Quest sprach mit heiserer Stimme den Kriegsheimkehrer Beckmann, der verzweifelt nach Auskunft über Schuld und Mitschuld an den eben überstandenen Kriegsgräueln suchte. Später verliebte ich mich in die Stücke von Günter Eich mit ihren bizarren Traumwelten und in die Texte von Friedrich Dürrenmatt, zumal in das inzwischen fast vergessene Hörspiel *Im Zeichen der Venus*, einer Science-Fiction-Geschichte mit tief pessimistischer Botschaft.

Die Sender des Staates, in dem ich nunmehr lebte und der sich Deutsche Demokratische Republik nannte, ließ ich nicht aus. Ein Stück, an das ich mich gut erinnere, trug den Titel *General Landt* und stammte von Hedda Zinner. Es handelte sich um die nur mäßig verfremdete Geschichte des zwischen Anpassung und Opposition schwankenden Nazi-Fliegergenerals Ernst Udet. Carl Zuckmayers Theaterstück *Des Teufels General* behandelt die nämliche Figur, und beide Dramatiker, Zinner wie Zuckmayer, griffen auf einen Roman der Amerikanerin Martha Dodd zurück, *Die den Wind säen*. Die Autorin war Tochter des US-amerikanischen Botschafters in Hitlers Berlin, sie hatte Udet persönlich gekannt. Ihre Erinnerungen wurden in ihrem Heimatland ein Bestseller. Sie war eine engagierte Antifaschistin und geriet dann während der antikommunistischen Kampagne des Senators Joseph McCarthy in den Verdacht, Spionin der Sowjets zu sein. 1957 hat sie die USA verlassen.

Da herrschte schon der Kalte Krieg, der auf deutschem Boden unter anderem elektronisch ausgetragen wurde. Inzwischen hatte sich das Fernsehen etabliert, es schränkte die Wirkungsmacht des Hörfunks ein, ohne sie völlig zu verdrängen. In der hermetisch geteilten Stadt Berlin blieb als probate Quelle für Information und Entertainment weiterhin das Radio und hier zumal die Sendeanstalt RIAS. Sie war eine amerikanische Einrichtung, gegründet 1948 zur Zeit der sowjetischen Blockade und der amerikanischen Luftbrücke. Ihre Sendungen waren vorzüglich gemacht und von den politisch

Verantwortlichen im Osten derart gefürchtet, dass sie den Empfang außerhalb Berlins mit Störsendern verhinderten. In Ostberlin funktionierte das nicht.

Das DDR-Radio versuchte gegen den übermächtigen Wettbewerber anzusenden. Auf den Feldern Information und Schlagermusik glückte das kaum, auf anderen Gebieten glückte es in Maßen. Die DDR besaß eine gewisse Kompetenz in Sachen Wortkunst für Kinder. Noch bis tief in die siebziger Jahre hinein waren Kindertheater und Kinderbelletristik in Ostdeutschland wie auch sonst im Ostblock sorgfältiger gemacht als im deutschen Westen, der Kinderfunk des DDR-Radios profitierte davon.

Dann gab es das Hörspiel für Erwachsene. In der DDR erfuhr es, nicht anders als bei den Sendern der Bundesrepublik, seine stärkste Publikumswirkung in den Jahren vor der Dominanz des Fernsehens. Später kam ihm der vergleichsweise Nischenstatus des DDR-Radios insgesamt zugute, und es lieferte Texte, die auch jenseits der DDR-Grenzen Beachtung fanden. Bei der Realisierung konnte auf die vorzüglichen Darsteller der DDR-Theater und da zumal jener in Ostberlin zurückgegriffen werden.

Während der Tagung der Gruppe 47, an der ich teilnahm, kam ich, in einer der Pausen, ins Gespräch mit dem Dramaturgen eines westdeutschen Senders. Ich erzählte ihm von einer Idee, die ich hatte, und er zeigte sich interessiert. Er bat mich um das fertige Manuskript, ich sagte ihm zu. Ich schrieb den Text und verschickte ihn. Das Stück wurde produziert und erhielt 1967 den Hörspielpreis der Kriegsblinden, eine angesehene Auszeichnung, ich war ihr erster Preisträger aus der DDR. Was danach anhob, war eine Szenerie mit gelegentlich absurden Zügen.

Mitarbeiter des DDR-Radios wollten mich dazu bewegen, den Preis abzulehnen. Man lockte mit allerlei Angeboten: Ich sollte eine der DDR-Kunstauszeichnungen erhalten, man wollte das Stück seinerseits produzieren und senden. Ich lehnte das ab. Danach war vorerst Stille. Ich vermute, der Fall wurde in irgendwelchen Gremien beraten.

Sodann sprachen Abgesandte des Schriftstellerverbandes mit mir. Sie fragten, ob ich wüsste, dass üblicher Ort für die Preisübergabe das Gebäude des Bundesrates in Bonn sei. Ich wusste es. Ihrerseits wussten die Kriegsblinden, dass dieser Ort für mich problematisch werden könne, und also entschieden sie von sich aus, die Übergabe anderswo vorzunehmen. Ich teilte dies den Abgesandten des Schriftstellerverbandes mit. Sie zeigten sich überrascht. Wir vertagten uns.

Es war üblich, dass der Preisträger nach erfolgter Übergabe eine von allen westdeutschen Radiostationen übertragene Dankesrede hielt. Bei einer weiteren Zusammenkunft ersuchten mich Abgesandte des Schriftstellerverbandes, ihnen den Wortlaut der Rede, die ich zu halten gedächte und die, falls ich nicht fuhr, verlesen werden sollte, zur vorherigen Lektüre zu überlassen. Ich zögerte zunächst und kam diesem Begehren dann nach, achselzuckend. Inzwischen rätselten westdeutsche Feuilletons, ob ich die Reise würde antreten können oder nicht. Das wurde von den DDR-Behörden registriert. Noch am Tag vor der Preisübergabe wusste ich nicht, ob ich die Erlaubnis erhalten würde. Erst am Abend erschien ein Bote und händigte mir meinen Reisepass mit dem gültigen Ausreisevisum aus.

Anderntags fuhr ich, nachdem ich die Kontrollen am Bahnhof Friedrichstraße hinter mich gebracht hatte, zum Flughafen Tegel. Ich setzte mich in eine Passagiermaschine der Fluggesellschaft PAN AM. Ort der Preisverleihung sollte das Funkhaus in München sein. Ich betrat einen Sendesaal jener Radiostation, die zwanzig Jahre zuvor Johnny oder Tschonni und die zehn der Woche ausgestrahlt hatte.

Die Laudatio hielt der Intendant des Bayerischen Rundfunks. Er redete mich mehrfach als Rolf Richter an. Der Vorsitzende des Bundes der Kriegsblinden, ein freundlicher Herr mit dicker Sonnenbrille, überreichte mir eine von einem Verbandsmitglied verfertigte Tonskulptur. Ich hielt meine Rede, später wurde Sekt ausgereicht. Am Nachmittag versorgte mich die Ehefrau des Verlegers, der mei-

Übergabe des Hörspielpreises der Kriegsblinden 1967 an R. S.

ne Bücher für die Bundesrepublik herausbrachte, mit geräucherter Forelle und Chardonnay. Am Abend gab sie in ihrem Haus eine kleine Gesellschaft, bei der ich mich mit dem Feuilletonchef eines großen Tageblatts über Ernst Jünger stritt. Der Kritiker Joachim Kaiser, den ich von der Gruppe 47 kannte, setzte sich an den Flügel und spielte aus den Kinderszenen von Robert Schumann. Die DDR war sehr weit weg.

22

Im August des Jahres 2008 fand in Prag eine von Deutschen und Tschechen besuchte Veranstaltung statt. Ich nahm daran teil. Ort war das Goethe-Institut, ein pompöses Jugendstilgebäude am rechten Moldau-Ufer, bis 1989 hatte es als Botschaft der DDR gedient. Die Mission der Bundesrepublik befand sich damals (und befindet sich immer noch) auf der anderen Moldauseite, im Palais Lobkowitz, berühmt geworden durch den Ansturm von DDR-Flüchtlingen im Herbst 1989; die Bilder, wie Außenminister Genscher ihnen die Ausreise nach Westdeutschland verkündete, gingen um die Welt.

Bei der Veranstaltung im Goethe-Institut war auch Hans-Dietrich Genscher zugegen. Es ging um das Ende des Prager Frühlings genau vier Jahrzehnte zuvor. Die tschechische Republik hatte sich, gleichsam in letzter Minute, doch noch entschlossen, jenes Ereignisses zu gedenken, mit Ausstellungen und mit ausführlichen Fernsehprogrammen.

Das Ende des Kommunismus sei 1989 über völlig antriebslose Menschen gekommen, »die Leere der Zukunft« habe »ihre Kräfte erschöpft, ihren Mut erstickt und diesen Zeitraum von zwanzig Jahren so feige, so erbärmlich gemacht«. Die Sätze stammen von Milan Kundera, dem in Brünn geborenen Schriftsteller, sie stammen aus dem Roman *Die Unwissenheit*, erschienen 2000, nach Kunderas Besuch in der alten Heimat. Die Feigheit und Erbärmlichkeit, die er konstatierte, war mit der samtenen Revolution von 1989 nicht vergangen.

Zur Gänze war sie es jetzt noch nicht, weitere zwei Jahrzehnte später, wie es sie auch lange zuvor schon gegeben hatte, in der Zeit nach der kommunistischen Machtübernahme 1948. Inzwischen begriffen viele Tschechen jene Ereignisse, die unter dem Begriff Prager Frühling 68 firmieren, als ein eher marginales Zwischenspiel der nationalen Geschichte, einer besonderen Zuwendung nicht wert. Manche taten es als bloße Auseinandersetzung ab zwischen

Mitgliedern der kommunistischen Führung. Jüngere Jahrgänge verbanden mit den Namen und Daten von 1968 wenig oder nichts. Die damals Beteiligten musste das schmerzen.

In manchem ähnelte die Veranstaltung im Prager Goethe-Institut einem Veteranentreffen. Aktivisten von einst waren zahlreich erschienen, manche in recht gebrechlichem Zustand. Marta Kubišová sang, die bekannteste Stimme im Prager Frühling 1968. Sie sang *Gebet an Marta*, eine sentimentale Ballade, eigentlich entstanden für eine tschechische TV-Adaption des Alexandre-Dumas-Schmökers *Der Graf von Monte Christo*. Das Lied wurde dann zur Hymne der politischen Umwälzung von 1968. Pavel Kohout war zugegen, Antonín Liehm, Ota Filip und Ludvík Vaculík. Der Autor des berühmten Manifestes der 2000 Worte, das den Führungsanspruch der Kommunisten in Frage stellte, sagte grinsend zu mir und zu jedem, der es hören wollte, der spektakuläre Text sei eher zufällig entstanden, und sein eigener Name stehe darüber, da es halt einen Autorennamen gebraucht habe.

Das Manifest war eines der markanten Zeugnisse jener Veränderungen, die in der Tschechoslowakei, mit unendlichen Schwierigkeiten, mit partiellen Rückschlägen, zu Beginn des Jahres 1968 eingesetzt hatten. Der ursprünglich im Konflikt zwischen Hardlinern und Reformern als Verlegenheitskandidat gekürte Slowake Alexander Dubček wurde Führer der Kommunistischen Partei und erwies sich als überraschend stark. Hinter ihm versammelte sich eine Riege erstklassiger Leute mit Charisma und vernünftigen Ideen, Šik, Smrkowsky, Svoboda,Černík sind einige der Namen. Sie wollten die schwerfällige und uneffektive Planwirtschaft modernisieren und profitabel machen. Demokratie sollte einziehen bei allen Gliederungen der Administration und der politischen Exekutive. Es sollte Meinungsfreiheit herrschen. Die Künste wurden aus der Zensur entlassen. Es ging, so die anspruchsvolle Formel, um einen Sozialismus mit menschlichem Antlitz. Damals hoffte ich, wenn in alldem die ČSSR erfolgreich blieb, würde es auf die übrigen sozialistischen Länder abstrahlen.

Schon zu Zeiten des Stalinisten Novotný war das Land liberaler als Walter Ulbrichts Staat. Hier wurde Rockmusik produziert, in Ostdeutschland war sie verboten. Die in der DDR als formalistisch verfemte Avantgarde um Picasso und Léger hing in einem Museum auf der Prager Burg, ich ging regelmäßig dorthin, gleichsam ausgehungert, ich ging dorthin bei jedem meiner Aufenthalte in der Stadt. Die Geschäfte am Wenzelsplatz boten westliche Waren an, nach denen der gewöhnliche DDR-Konsument lechzte. Man konnte in Prag westdeutsche Zeitungen an ihrem Erscheinungstag lesen.

Der Literaturwissenschaftler Eduard Goldstücker hatte 1963 eine Kafka-Konferenz ausgerichtet, auf dem böhmischen Schloss Liblice. Sie diskutierte über die Aktualität des Dichters für das gegenwärtige Osteuropa. Kafka wurde als Paraboliker des Totalitarismus auch sowjetischen Zuschnitts vorgestellt, die offiziellen Feuilletons der DDR machten wütend gegen diese Deutungen mobil. Der SED-Kulturgewaltige Alfred Kurella, ein ehemaliger NKWD-Denunziant, verfasste eine wüste Polemik. Kafka blieb für Ostdeutschland verboten.

Sorgen um die politische Erneuerung, die nach einem lokalen Musikfestival den Namen Prager Frühling trug, begleiteten mich den gesamten Sommer 1968 hindurch. Die Befürchtung, den Tschechoslowaken könne widerfahren, was wir Ostdeutschen 1953 und die Ungarn 1956 erleben mussten, wurde genährt durch feindselige Kommentare zumal in Nachrichtenmedien der DDR. Meine tschechischen Freunde erinnerte ich an die sowjetischen Interventionen in der DDR und in Ungarn. Man beruhigte mich. Man unterhalte ein ausgezeichnetes Verhältnis zu den Sowjets, hieß es, wegen der Befreiung 1945 durch die Rote Armee, dazu sei Parteichef Dubček eng befreundet mit dem sowjetischen Kommunistenchef Leonid Breschnew, beide hätten gemeinsam studiert, und keinesfalls wolle man den Warschauer Pakt oder das sozialistische System verlassen. Derlei wurde mit jenem arglosen Lächeln vorgetragen, das an den braven Soldaten Schwejk erinnerte, Romanfigur des tschechischen Anarchisten Jaroslav Hašek.

Außerdem hatte die Tschechoslowakei, anders als die DDR, anders als Ungarn, sich ihr kommunistisches Regime durch den demokratischen Mehrheitsentscheid seiner Bevölkerung selber beschert, 1948, in der bürgerlichen Beneš-Republik. Auch während der Zwischenkriegszeit waren die Kommunisten bereits eine politische Größe von außerordentlicher Macht gewesen. Die Autorenschaft des Landes stand seit jeher links, von Karel Čapek und Jiří Wolker bis zu dem späteren Literatur-Nobelpreisträger Jaroslav Seifert. Dass jemand wie der Bildungsbürgersohn Milan Kundera als junger Mensch der KPČ beitrat, geschah nicht aus Opportunismus, sondern aus Überzeugung. Ein Großteil der damals jungen tschechischen Literatur-Avantgarde wie Pavel Kohout, Ludvík Vaculík und Ota Filip handelte ebenso.

Nunmehr, 1968, ging es um nichts anderes, als den Sozialismus, diesen durch Verbrechen und Irrtümer blutig entstellten Entwurf einer Gesellschaft der sozialen Gerechtigkeit, endlich so zu reformieren, dass er bewahrenswert wurde für jene, die in ihm, und erstrebenswert für jene, die in anderen Zuständen lebten. Den alten Stalinisten, die wussten, dass die realsozialistische Ordnung bloß mit Terror zusammenzuhalten war (und die, wie man heute weiß, darin Recht behielten), bedeuteten die Signale aus Prag eine existentielle Bedrohung.

Die politische Zukunft der ČSSR sollte bei einem Treffen kommunistischer Spitzenfunktionäre entschieden werden. Es fand statt in dem kleinen slowakischen Grenzort Čierna nad Tisou, unter der Führung von Leonid Breschnew. Das war Ende Juli. An jenem Tag hielt ich mich im Privathaus meines westdeutschen Kollegen Peter Härtling auf. Wir mussten Verlagsdinge verhandeln, doch immer wieder kam das Gespräch auf die tschechischen Zustände. Gegen Mitternacht verkündete der Hessische Rundfunk das Resultat: Breschnew habe den besonderen Weg Alexander Dubčeks und seiner Partei gebilligt. Ein Rotweinglas in der Hand, hüpfte ich umher und schrie: »Der Dubček hat's geschafft! Der Dubček hat's geschafft!« »In Prag ist Pariser Kommune«, sang jubelnd Wolf Biermann. »Wir atmen wieder, Genossen«, sang er. »Wir lachen die faule Traurigkeit raus aus der Brust.«

Am 21. August 1968 machte ich mit meiner Familie Ferien in einem etwas schäbigen Hotel an der DDR-Ostseeküste. Zu den Gästen des Hauses gehörte eine größere Gruppe von Touristen aus der Tschechoslowakei, unbeschwerte Leute, die sich der gewandelten Zustände in ihrem Heimatland herzlich zu freuen schienen. Am Morgen jenes denkwürdigen Mittwoch war der Radioapparat in der Frühstückshalle des Hotels so weit aufgedreht, dass seine Sendung noch in entferntesten Winkeln des Raumes deutlich zu vernehmen war. Ein Sprecher des DDR-Rundfunks teilte mit, seit den Nachtstunden befänden sich Truppen des Warschauer Paktes auf Vormarsch in der ČSSR. Sie würden einem Hilfeersuchen dortiger Kommunisten entsprechen. Es gehe darum, die Konterrevolution niederzuschlagen.

Die Tschechen in der Frühstückshalle erstarrten. Dann eilten sie zum Ausgang, versammelten sich im Freien und berieten, was nun zu unternehmen sei. Ob sie die Heimreise antreten sollten. Ob diese Heimreise überhaupt möglich war. Etliche Stunden später brachen sie auf, in einem aus Fahrzeugen der Marke Škoda bestehenden Konvoi.

Später begegnete ich zwei Bekannten. Mit strahlendem Lächeln fragten sie mich, ob ich Radio gehört hätte, endlich habe es mit diesem Spuk in Prag ein Ende. Ich verweigerte eine Antwort. Ich hatte an der Hand meine kleine Tochter, die an einer Mageninfektion litt und fortwährend mit Übelkeit kämpfte, ihr Gesundheitszustand entsprach meinem seelischen Befinden.

Dem Einmarsch von Truppen des Warschauer Paktes in die ČSSR, entsprechend einem Ersuchen, dessen Verfasser der slowakische Stalinist Bílak war, folgten quälende Verhandlungen in Moskau. Dubček und Svoboda meinten, einen Kompromiss herausgeholt zu haben, aber es handelte sich nur um eine Kapitulation auf Raten. Am Ende wurde Dubček abgesetzt und der Slowake Husák neuer erster Mann.

Man weiß inzwischen, vornehmlich Walter Ulbricht hatte auf eine militärische Intervention gedrängt und den anfangs unentschlossenen Breschnew schließlich mitgezogen. Dass, wie es zunächst den Anschein hatte, wie es auch die offiziellen Verlautbarungen nahelegten, Soldaten der ostdeutschen Armee in Böhmen einmarschiert waren, entsprach nicht den Tatsachen. Allein die offenbare Ähnlichkeit der NVA-Uniformen mit denen der Hitler-Wehrmacht verbot den Einsatz. Die 7. Panzerdivision und 11. Motorisierte Schützendivision der DDR verharrten auf der deutschen Seite des Erzgebirges, wie vom sowjetischen Oberkommandierenden Jakubowski befohlen.

Damals wusste ich von alldem nichts. Damals hatte ich die peinigende Vorstellung von ostdeutschen Panzern, die über das von Hitlers SS ausgelöschte Lidice rollten. Die Schriftsteller Stephan Hermlin und Franz Fühmann, der aus Böhmen stammte, begaben sich zur Berliner Botschaft der ČSSR. Sie hinterlegten Briefe, in denen sie ihre Solidarität mit Alexander Dubček und seiner Partei erklärten. Die DDR-Obrigkeit nahm es schweigend hin, die beiden waren zu prominent.

Anderen erging es übler. Gelegentliche Studentenproteste an DDR-Hochschulen endeten mit Relegierung. Thomas Brasch, Sohn eines stellvertretenden DDR-Kulturministers, verfertigte mit seiner Freundin Sanda Weigl Flugblätter gegen den Einmarsch und legte sie in Wohnhäusern aus. Er wurde von seinem Vater angezeigt, erhielt ein Strafverfahren und wurde verurteilt zu zwei Jahren und drei Monaten Freiheitsstrafe. Auch zwei Söhne des Dissidenten Robert Havemann kamen in Haft. Nach einer Mitteilung, herausgegeben vom DDR-Ministerium des Innern, wurden zwischen dem 21. August und dem 4. September 1968 in der DDR 1075 Täter festgestellt und 468 davon festgenommen. Die DDR-Presse druckte Erklärungen, die das Vorgehen des Warschauer Paktes billigten. Zu den Unterzeichnern gehörte, unbegreiflicherweise, die Autorin Christa Wolf. »Du, lass dich nicht erschrecken / In dieser Schreckenszeit«, sang Wolf Biermann. Seine Aufforderung blieb folgenlos.

23

Die in der DDR erhältlichen Tageszeitungen gehörten zu den ödesten im gesamten Ostblock. Um mich von ihnen zu erholen, hatte ich, weil dies möglich war, das Zentralorgan der französischen Kommunisten abonniert, *l'Humanité*. Es erreichte mich immer mit großer Verspätung, gewöhnlich zweimal die Woche, als ein großer Packen bedruckten Papiers. Ich las mich durch die Novitäten des Pariser Kulturlebens, an denen ich nicht teilhaben konnte, ich informierte mich über die Haltung der Redaktion zum Weltgeschehen, ich besah den etwas infantilen Comic *Pif le chien* und überflog die Immobilienanzeigen. Dort wurden Pariser Wohnungen mit zwei oder drei Zimmern angeboten, *deux ou trois pièces*, manchmal träumte ich mich in eine Existenz, da ich ein solches Appartement bezöge und im vierten oder achten Pariser Arrondissement wohnen würde, vielleicht als Kulturkorrespondent für Zeitungen und Radio.

Sinnlose Wünsche. Natürlich wusste ich das. Meine Vorstellungen von Frankreich und seiner Hauptstadt blieben eine Phantasmagorie aus schöner Literatur, Zeitungsartikeln, Kinofilmen, Liedern von Georges Brassens und Schwärmereien meines Universitätslehrers Victor Klemperer. Dann, nach mehreren gescheiterten Versuchen, stellte mir die DDR 1967 ein Visum aus zum einmaligen Besuch der Französischen Republik.

Ich verdankte es der Einladung von Gilbert Badia. Er war ein französischer Kommunist, er lehrte deutsche Sprache und Literatur an einer von dreizehn Pariser Universitäten. Der Sohn bettelarmer spanischer Einwanderer ins Languedoc war vor 1944 Angehöriger der Résistance gewesen, später hatte er zusammen mit Louis Aragon ein kurzlebiges kommunistisches Boulevardblatt redigiert. Er übersetzte regelmäßig aus dem Deutschen, Karl Marx und Bertolt Brecht vor allem und dann auch mich. Gelegentlich kam er nach Ostberlin und wohnte dort im SED-Gästehaus neben dem Märkischen Museum. Einige aus der deutschen Parteispitze, ehemalige

Frankreich-Emigranten, kannte er persönlich, offenbar hatte sein Wort bei ihnen Gewicht.

Ich durfte also reisen. Ich flog von Ostberlin mit einer aus Warschau kommenden Maschine des Unternehmens LOT, in Begleitung etlicher Polen, die ihre Verwandtschaft in Lothringen besuchen wollten. Stolz zeigten sie sich gegenseitig den Inhalt ihres Handgepäcks vor. Er bestand aus vielen Wodka-Flaschen.

Gilbert ließ mich bei sich übernachten. Er und seine liebenswürdige Frau Simone besaßen eine kleine Wohnung an der Rue Charlemagne, im sechsten Arrondissement, das ist der Marais, ein damals weitgehend vergessenes und entsprechend unansehnliches Quartier; die schönen alten Adelspalais, inzwischen allesamt restauriert, faulten noch vor sich hin. Nahe Gilberts Wohnhaus befand sich eine kleine polnische Kneipe, wo neben Bigos und Borszcz auch jene Art von Wodka angeboten wurde, den ich bei den polnischen Passagieren der Fluggesellschaft LOT gesehen hatte.

Paris 1984

Ich wanderte die Rue St-Paul hinab bis zur Place des Vosges. Ich besuchte das Stadtmuseum des Hôtel Carnavalet, wo zur Zeit Ludwigs XVI. die Marquise de Sévigné gewohnt hatte, berühmt für ihren Salon und ihren Epistolar. Ich setze mich in ein Kellerlokal der Rue de la Huchette, wo es vorzüglichen Jazz gab. Ich begab mich in ein Theater an den Champs-Élysées, das die eher mittelmäßige Inszenierung einer Komödie von Jean Anouilh zeigte.

Ich stellte mich, auf dem Friedhof von Montmartre, vor die letzte Ruhestätte Heinrich Heines. Ich betrachtete die von dem dänischen Bildhauer Ludvig Hasselriis verfertigte Marmorbüste, ich las die in die Grabplatte auf Deutsch eingemeißelten Strophen eines Nachlassgedichts. Karl Marx hatte in seiner Pariser Zeit Heinrich Heine gut gekannt, der dem linken Denken zugeneigt war und dessen brutale Konsequenzen fürchtete, da er das gute Leben liebte. »Wo wird einst des Wandermüden / Letzte Ruhestätte sein? / Unter Palmen in dem Süden? / Unter Linden an dem Rhein?« Die letzte Ruhestätte wurde ein riesiges Gräberfeld im Pariser Norden, wo eine verwirrte alte Frau stinkende Fischreste auslegte, um die zwischen den Grabsteinen umherstreunenden Katzen zu füttern.

Ich fuhr nach Versailles. Ich stand im Spiegelsaal des Schlosses und dachte daran, dass 1871 hier das Deutsche Reich ausgerufen worden war, Fuß im Genick des besiegten Nachbarn. War mit diesem chauvinistischen Übermut der eigene Untergang nicht schon vorgegeben? Mit der Bahn fuhr ich in die Normandie und stand in Rouen auf jenem Platz, wo sich 1431 die arme Jeanne d'Arc hatte verbrennen lassen. Im Musée des Beaux-Arts betrachtete ich Bilder der örtlichen Kathedrale, gemalt von Claude Monet. In den Gassen roch es nach Urin von Trinkern des normannischen Apfelschnapses Calvados.

Gilbert und Simone nahmen mich mit in den Süden, in die zu jener Zeit noch völlig vergessene Landschaft der Cevennen. Die Weingärten waren aufgelassen. Die Weinstöcke waren verdorrt oder hatten sich ausgewachsen zu Bäumen, inmitten eines Waldes voller Maronengehölz. Wir bewohnten ein dreihundert Jahre altes

Haus, das angeblich Vauban errichtet hatte. Die Cevennen waren ein Rückzugsgebiet der in Frankreich verfolgten Protestanten. Ihre Toten hatten sie in ihren Häusern beigesetzt. Ich schlief zwei Stockwerke über einem Keller mit in den Boden eingelassenen Grabstätten.

Nahe der Pariser Place de la Bastille gab es eine kommunistische Buchmesse. Damals war die französische KP noch mitgliederstark, mächtig und selbstbewusst. Ich sah viele Stände, viele Druckschriften, viel Publikum, ich erkannte den prominenten Kommunistenführer Jacques Duclos, der seine Bücher signierte, ein dicklicher Mann mit Baskenmütze und weißem Schnurrbart. Er erinnerte mich an SED-Funktionäre. Es war etwas sonderbar, dergleichen in Paris anzutreffen.

War es sonderbar? Die französischen Kommunisten hatten, anders als ihre romanischen Nachbarn, sich lange, allzu lange der sowjetischen KP ergeben. Gilbert trug mit seiner Partei ständig Konflikte aus, noch mehr Simone, die ihr Mitgliedsbuch schließlich zurückgab. Gilbert blieb, offenbar scheute er sich, etwas aufzukündigen, das sein halbes Leben mitbestimmt hatte. Vielleicht scheute er das intellektuelle Alleinsein, in das er sich dann begeben hätte, und er scheute den Triumph seiner Gegner. Es gab sie von rechts, und es gab sie von links.

Der übliche französische Sammelname für Anarchisten, Trotzkisten, Maoisten lautete Gauchistes. Gilbert nahm mich mit in die Universität von Vincennes, an der er unterrichtete. Ich ging vorüber an Mauern, die besprüht waren mit revolutionären Parolen. Ich durchwatete Pfützen aus fortgeworfenen Flugblättern. Seine Studenten, vor denen ich auftrat, waren schlecht gelaunte junge Leute mit langen Haaren und bleichem Teint.

Allenthalben konnte ich in Paris die Anzeichen der studentischen Rebellion spüren. Auf der Place St-Michel bewegten sich lächelnde junge Menschen. Auf ihren Gitarren klimperten sie Lieder von Bob Dylan und Joan Baez. Sie rauchten, lachten, tranken und küssten sich. Mit ihrem Aufstand würden sie den autokratischen

Staatspräsidenten Charles de Gaulle aus seinem Amt jagen und anschließend ihren Sieg genießen. Das linke Seine-Ufer war so etwas wie das Gelände einer alternativen linken Zivilisation geworden, frei von den Schrecknissen des Stalinismus, frei von Zwängen aller Art.

24

Das Jahr des Prager Frühlings war auch das Jahr der Studentenrevolte. Sie ging von Kalifornien aus und erreichte Mailand, Paris und Frankfurt am Main. In Ostberliner Buchhandlungen traf ich auf Studenten des Otto-Suhr-Instituts in Berlin-Dahlem, die für ihr umgetauschtes Geld die dunkelblauen Bände der Ostberliner Marx/Engels-Ausgabe erwarben.

Ich wusste: Die westdeutsche Jugendrevolte von 1968 hatte sich an der Adenauer-Restauration entzündet, an der politischen Vergangenheit der Elterngeneration, am Krieg gegen Vietnam. Für ihr intellektuelles Selbstverständnis bemühte sie die bis dahin obsoleten Texte von Karl Marx. In der DDR-Staatsdoktrin, an Schulen und Universitäten und im Parteilehrjahr für Erwachsene gepredigt, galten sie den meisten als tote Materie, quälend zu lernen und irrelevant für das Leben.

Die plötzliche Aktualität jener Bücher bei der akademischen Jugend des Westens kam für alle überraschend. Dass, nach dem Antikommunismus der Hitlerei und, anschließend, dem der Adenauerjahre, eine so entschiedene Hinwendung zum theoretischen und praktischen Räterepublikanismus geschah, geschehen konnte, verwirrte Gemüter beidseits des Eisernen Vorhangs. Auch die führenden Leute der SED mussten sich, nach anfänglicher Verwirrung, zu einer Entscheidung bequemen.

Sie fiel zwiespältig aus. Heimliche Unterstützung war die eine Haltung. Man wollte mithelfen, die bürgerlich-kapitalistischen Verhältnisse beim (wie es hieß) westdeutschen Klassenfeind zu erschüttern. Für das eigene Land ging es um Abwehr.

Denn die alternativen sozialistischen Vorstellungen der westdeutschen Rebellen trafen den Nerv von kritischen Intellektuellen in der DDR, hier wirkte so etwas wie eine grenzüberschreitende Solidarisierung. Die jungen Leute übernahmen die kulturellen Accessoires der anderen Seite: lange Haare, Jeans, Bärte, Parkas. Sie probierten sich in Äußerungsformen wie *teach-in*, sie sangen ähnliche Lieder, sie begeisterten sich für Rock'n'Roll. In den todlangweiligen Seminaren des marxistisch-leninistischen Pflichtunterrichts an ostdeutschen Universitäten wurde plötzlich von Studenten mit den Frühschriften von Karl Marx argumentiert.

Es blieb nicht dabei. Die geistigen Väter der westdeutschen Revolte hießen neben Marx und Engels vor allem Ernst Bloch, Theodor W. Adorno, Max Horkheimer, Herbert Marcuse und Karl Korsch. Bloch war 1961 in Unfrieden aus Leipzig emigriert. Karl Korsch galt den deutschen Kommunisten schon seit der Republik von Weimar als Abweichler und Renegat. Ebenso waren ihnen die Angehörigen der Frankfurter Schule bloß marxistische Revisionisten, mit denen man nichts zu schaffen hatte. Der SED-eigene Dietz-Verlag brachte eine ganze Schriftenreihe heraus, in der die Repräsentanten des Sozialwissenschaftlichen Instituts polemisch abqualifiziert wurden. Ich kaufte sie mir und las darin, kopfschüttelnd.

Nirgends waren die Stalinisten empfindlicher als in vermuteten oder tatsächlichen Abweichungen von der durch sie vertretenen reinen Lehre. Die theoretische Abweichung galt als Verrat an der gemeinsamen Sache, als verbrecherische Kollaboration mit dem Klassenfeind. Zweifel und Abweichungen waren ihr ein Anzeichen für konterrevolutionäre Absichten, für die Gefährdung der eigenen Macht. Bei grundsätzlichen Diskussionen und Zweifeln drohten Auflösung und Machtverlust, was sich nicht hinnehmen ließ.

Ich beobachtete die Renaissance linker Ideen in Ost und West mit ebenso viel Sympathie wie Skepsis. Gelegentlich kam es vor, dass, umhüllt vom Rauch schwarzer Zigaretten, Westberliner Studenten, die ich in den Privatwohnungen gleichaltriger Ostberliner traf, mich über Karl Marx belehren wollten, den ich sehr viel länger und meist auch etwas besser kannte als sie. Das konnte quälend sein. Ihre zivilisatorischen Gepflogenheiten blieben mir fremd, da ich entscheidende Jahre älter war. Die verkrampfte Juvenilität von anderen meines Alters, die sich, um ihren biologischen Zustand zu maskieren, jener Protestgeneration äußerlich anglichen, fand ich peinlich. Wenn das verkarstete Links-Establishment in der DDR zum Tanzen gebracht wurde, war das gewiss erfrischend, doch zugleich ahnte ich, dass der Überschwang und Triumph jener Aktivisten sich bald erschöpfen, dass er wenig verändern und insgesamt bloß gesellschaftliche Trümmer hinterlassen würde.

Es gab Verbindungen zwischen der 68er-Bewegung in Westeuropa und den Ereignissen in Prag. Sie blieben dürftig. Der Studentenführer Rudi Dutschke reiste einmal in die böhmische Hauptstadt, ohne jedwede Konsequenzen. Die SDS-Angehörige Sibylle Plogstedt schmuggelte nach dem Einmarsch trotzkistische Schriften ins Land, was ihr anderthalb Jahre Aufenthalt in tschechischen Gefängnissen eintrug. Zusammen mit böhmischen Huren, ihren Zellengenossinnen, sang sie die Lieder von Marta Kubišová.

Auf die kommunistische Bewegung im Westen hatten die tschechischen Ereignisse immerhin Einfluss. Die KP-Führer in Rom, Paris und die der damals noch illegalen Partei Spaniens sahen sich zu Haltungen genötigt, die eine Distanzierung von Moskau bedeuteten.

Die Ereignisse in Prag und an den westlichen Hochschulen hatten gemeinsam, dass es sich um linke Utopien handelte. Beide sind gescheitert. Gilbert Badia schrieb zu jener Zeit an einer großen Monografie über Rosa Luxemburg. Ich besprach sie für eine Hamburger Wochenzeitung und begann die Rezension mit den Worten: »Ein Gespenst geht um in Europa: das Gespenst des Eurokommunismus.« Er war es, auf den ich damals meine Hoffnungen setzte. Meine Hoffnungen waren vergeblich. Auf meine Rezension erfuhr ich in der DDR keinerlei Reaktion.

25

Walter Ulbricht wurde entmachtet. Offizielle Fotos zeigten eine Gratulationscour bei ihm, zu seinem Geburtstag, die Parteigewaltigen waren anmarschiert und besahen ihn, von oben herab, denn er saß vor ihnen auf einem Stühlchen, im Schlafrock und mit Pantoffeln an den Füßen, es war ein höchst lächerlicher Anblick.

Der neue erste Mann hieß Erich Honecker, politischer Architekt der Berliner Mauer. Ausweislich der Hackordnung im SED-Politbüro war er der Kronprinz, und demnach bedeutete seine Kür keine Überraschung. Ulbricht, hatte es den Anschein, wurde substituiert durch eine blassere und armseligere Kopie, deren einziger Vorzug die jüngeren Jahre waren.

Also bestand Grund zum Pessimismus, doch zunächst wurde alles nicht so schlimm. Mehr noch: Anfangs gab es ein paar freundliche Überraschungen. Der lächerliche und sinnlose Utopismus der Ulbricht-Jahre, da man immer bloß von einem unerfüllbaren Programm zum nächsten hetzte, machte einem gewissen Pragmatismus Platz. Es wurde nicht mehr so viel versprochen. Manches Versprochene wurde sogar gehalten. Die Künste erhielten ausgerechnet vom Exekutor des 11. Plenums Freiheiten zugestanden, von denen sie zuvor kaum zu träumen gewagt hätten.

Aus einer späteren Perspektive erwies sich die Zeit zwischen 1971 und 1975 nicht nur als die gute Etappe der Honecker-Herrschaft, sondern als der glücklichste Abschnitt der DDR-Geschichte überhaupt. Damals hegte ich, wieder einmal, die unsinnige Hoffnung, die programmatisch-utopischen Glücksverheißungen des Sozialismus leninistischer Prägung könnten vielleicht doch noch zu einer Wirklichkeit werden.

Ein einziges Mal sah ich den neuen ersten Mann aus der Nähe. Ort war die Kongresshalle am Alexanderplatz, die Gelegenheit war ein Schriftstellerkongress der DDR. Erich Honecker saß für einen Tag in dessen Präsidium, heftig umworben vom Verbandsfunktionär Hermann Kant.

Honecker hörte den Reden zu. Er wirkte nicht übermäßig interessiert. Er hielt nicht viel auf die schöne Literatur, und das war ihm zugestanden, wenn er uns nur vor gesellschaftlicher Schikane bewahrte. Ein einziges Mal schien er aufmerksam: als der Schriftsteller Jurek Becker sich der Aufgabe unterzog, den imperialistischen Klassenfeind und dessen Einmischung in Dinge der DDR-Kultur rednerisch zu schmähen. Da lächelte Erich Honecker. Er sah rosig aus. Womöglich dachte er an eine morgendliche Pirsch in der Schorfheide und an das Erlegen eines kapitalen Rehbocks.

Die guten Jahre der Honecker-Herrschaft hatten unter anderem mit der außenpolitischen Öffnung des Staates zu tun. Die DDR wurde jetzt diplomatisch anerkannt auch von nichtsozialistischen Ländern. Ausländische Botschaften eröffneten und gaben Empfänge, ihre Angehörigen suchten Kontakt außerhalb der offiziellen Gegebenheiten.

Aus dem westlichen Ausland, vor allem aus der Bundesrepublik Deutschland stammende Journalisten erhielten ihre Akkreditierungen. Auch sie, mehr noch als die Diplomaten, suchten Kontakt außerhalb der offiziellen Gegebenheiten, Künstler und da zumal Literaten waren mögliche Anlaufadressen.

Eines der ersten Korrespondenzbüros gehörte dem Hamburger Nachrichtenmagazin *Der Spiegel*. Ich hatte gelegentlich in diesem Blatt publiziert. Das Büro befand sich im Erdgeschoss eines gewöhnlichen Wohnhauses, und dort stellte ich mich für gewöhnlich einmal die Woche ein, um die neueste Ausgabe der Zeitschrift abzuholen. Ich plauderte mit dem Korrespondenten. Wir tranken Kaffee. Gelegentlich ratterte laut das Telex-Gerät, das in der Küche stand.

Im damals edelsten Restaurant Ostberlins, dem Ermelerhaus, wollte *Der Spiegel* einen Empfang geben. An der Einladungsliste, soweit sie den Kulturbetrieb betraf, wirkte ich ein wenig mit. Etliche Botschaften baten sich hernach diese Liste aus, um sie ihrerseits zu befolgen. Botschaftsempfänge wurden bald zu einer regelmäßigen Einrichtung für Ostberlins Kulturschickeria.

Die ersten Missionschefs aus Westeuropa und Übersee erwiesen sich durchweg als vorzügliche Leute. Ihre Aufgabe war es, das lebhafte Interesse ihrer Regierungen an dem putzigen ostelbischen Kleinstaat zu befriedigen. Die USA schickten einen Afroamerikaner, ehedem erfolgreicher Leichtathlet und Olympiateilnehmer, die in der DDR verbreitete Annahme, die Vereinigten Staaten seien ein durch und durch rassistisches Gemeinwesen, konnte er durch seine bloße Anwesenheit widerlegen. Er war ein kluger, witziger und sehr geselliger Mensch. Seine Botschaft war untergebracht in einem Gebäude, das vordem als Bankfiliale gedient hatte, ich kannte es gut, denn ich war dort Kunde gewesen. Jetzt saß an der Pforte ein finster dreinblickender Marine in dunkelblauer Uniform, die einstige Schalterhalle war der Lesesaal einer kleinen Präsenzbibliothek. Einmal im Monat wurde ein neuer Hollywood-Film gezeigt. Ich sah dort *New York, New York* mit Robert de Niro, und ich sah Steven Spielbergs *E.T.*, neben mir saß kopfschüttend der Dramatiker Heiner Müller und sagte, solche Scheiße sei offensichtlich die Zukunft der Künste.

Zum 4. Juli, dem US-Nationalfeiertag, gab der Botschafter in seiner Residenz einen Empfang. Offizielle Abgesandte der DDR-Administration und Leute aus dem Dissidenten-Milieu standen dort nebeneinander. Ähnlich ging es an den Staatsfeiertagen der Briten, der Franzosen und der Österreicher zu. DDR-Offizielle waren stets daran zu erkennen, dass sie sich abgesondert, steif, eng und ängstlich beieinander hielten.

Die Botschafter-Residenzen befanden sich durchweg im Berliner Ortsteil Niederschönhausen. In vielen war ich irgendwann zu Gast. Beim Abendessen saß ich neben einer griechischen Diplomatengattin, die mir mitteilte, die deutsche Hauptstadt heiße Amsterdam, oder neben einem berühmten Ostberliner Gerichtsmediziner, der mir gestisch dartat, wie er im Inneren eines ausgetrockneten Menschenkadavers wühle. Freundliche Erinnerung bewahre ich an einen brasilianischen Missionschef, der sehr an avantgardistischer Kunst interessiert war und sie eifrig sammelte. Überall an den

Wänden bei ihm und dicht an dicht hingen Bilder, auch auf der Gästetoilette.

Ausdrücklich keine Botschaft, doch in Rang und Funktion einer Botschaft gleichgestellt war die Vertretung der Bundesrepublik Deutschland in der DDR. Ihr erster Leiter hieß Günter Gaus. Man kannte ihn aus dem Fernsehen, wo er über mehrere Jahre eine der intelligentesten Interviewsendungen ausgerichtet hatte, ein kühler Intellektueller mit unüberhörbar ostniedersächsischem Akzent. Aus Verehrung für Willy Brandt war er aus dem Journalismus in die praktische Politik gewechselt oder, in seinen Worten, vom Merker zum Macher. Jetzt versuchte er, zu dem ostdeutschen Staat, mit dem ihn zunächst wenig verband, ein Verhältnis zu finden.

Erstmals traf ich ihn bei einem Hamburger Journalistenehepaar, das seinen Wohn- und Dienstsitz in der Leipziger Straße von Berlin-Mitte hatte. Günter Gaus saß etwas steif in einem Fauteuil und rauchte. Er wirkte überaus distanziert. Er rauchte unentwegt. Er sprach ausführlich von den komplizierten gesundheitlichen Problemen eines Reitpferds, das er sich daheim in seinem Wohnsitz hielt, nahe Hamburg. Ich habe Günter Gaus später noch oft getroffen. Er rauchte weiterhin sehr viel, doch über sein Reitpferd hat er sich nie mehr geäußert.

Stattdessen fing er an, sich in das Leben, in das Selbstverständnis, in die Vergangenheit, in die Schwierigkeiten der DDR und ihrer Bewohner zu vertiefen. Er verfuhr darin sehr gründlich. Bald verfiel er diesem neuen Feld seiner Tätigkeit in einem Maße, dass es an Obsession grenzte. Später, nach dem Ende der DDR, würde er dem maroden ostdeutschen Staat geradezu nachtrauern.

Er war streitbar, verletzlich und in seinem Amt sehr tüchtig. Die Verhandlungen und Abkommen, die er zu betreuen hatte, nutzten beiden Seiten und haben, von heute her gesehen, das Sterben der SED-Diktatur befördert. Die Ständige Vertretung an der Hannoverschen Straße in Berlin-Mitte, ein auffälliges Gebäude ganz in Weiß, lud zu Kunstausstellungen. Horst Janssen und Joseph Beuys waren erstmals in der DDR hier zu sehen.

Der bundesdeutsche Nationalfeiertag fiel auf den 17. Juni und galt der Erinnerung an den ostdeutschen Volksaufstand 1953. Die Ständige Vertretung konnte ihn nicht gut begehen, ohne die DDR-Regierung zu brüskieren, weswegen sie sich zu einem anderen Gedenktag entschließen musste, dem Jahrestag der Verkündung des Grundgesetzes. Dass sich später auch die DDR unter dasselbe stellen sollte, war von niemandem vorauszusehen.

Die Geladenen zogen vorbei an einem vor dem Gebäude postierten DDR-Wachmann in Uniform. An der nahen Straßenecke standen die jedem DDR-Menschen wohlbekannten zwei jungen Männer in Zivil, mit einem Ledertäschchen am Handgelenk, worin sich, einem Gerücht zufolge, kleine Tonbandgeräte befanden. Auf der Treppe des Gästehauses warteten die Gratulanten. Sie wurden empfangen vom Leiter der Ständigen Vertretung und dessen Ehefrau. In den oberen Räumen drängten sich die Leute. Es konnte geschehen, dass der bekannte, vom Publikum weitgehend verachtete Polit-Kommentator Karl-Eduard von Schnitzler mit dem bekannten, vom SED-Establishment weitgehend verachteten Romancier Stefan Heym Rücken an Rücken stand. Einmal war ich Zeuge, wie ein älterer Herr Stefan Heym zu dem Buch *Dialektik ohne Dogma* gratulierte. Der Romancier reagierte säuerlich. Der Gratulant hatte Stefan Heym mit Robert Havemann verwechselt.

26

Robert Musils *Drei Frauen* erhielt ich 1952 als Geschenk, der Band war Nummer 64 der rororo-Taschenbücher. Die Lektüre wurde für mich zu einer Initiation gleich in mehrfacher Hinsicht: Ich verfiel diesem Autor, und ich begann mich in das Milieu zu vertiefen, das ihn hervorgebracht hatte, die untergegangene k.u.k.-Monarchie. Die Geschichten erzählten von eindrücklichen, auch ein wenig rätselhaften Frauengestalten. Zwei der Geschichten spielten in Südtirol, eine begann in Böhmen, Landschaften also, die bis 1918 zu Österreich gehört hatten. Jedes Mal ging es um einen vermuteten oder tatsächlichen sexuellen Betrug, die beteiligten Männer spielten dabei keine sehr gute Rolle.

Bis dahin verliebt in den getragen-ironischen Prosaton Thomas Manns, begegnete ich hier einem Stilisten, der nicht minder kunstvoll zu formulieren verstand, der aber anders war, raffinierter, melodiöser, kühner, moderner. Er nahm mich völlig gefangen. Er verzauberte mich. Es gibt, denke ich, wenige Erzählanfänge, die sich mit dem Eingang von *Tonka* vergleichen können:

»An einem Zaun. Ein Vogel sang. Die Sonne war dann schon irgendwo hinter den Büschen. Der Vogel schwieg. Es war Abend. Die Bauernmädchen kamen singend über die Felder. Welche Einzelheiten! Ist es Kleinlichkeit, wenn solche Einzelheiten sich an einen Menschen heften? Wie Kletten!? Das war Tonka. Die Unendlichkeit fließt manchmal in Tropfen.«

Ich wollte über Robert Musil promovieren. Als Doktorvater hatte ich Hans Mayer gewonnen, damals prominentester und auch bester Literarhistoriker in der DDR. Er war ein geistvoller und liberaler, dabei auch recht eitler Mann. Eng befreundet mit Ernst Bloch, der aber nun in Tübingen lebte, und mit dem Historiker Walter Markov, den die SED verstoßen hatte, befand sich Mayer seinerseits ständig in politischen Schwierigkeiten. Als er 1963 zu den Bayreuther Festspielen reisen durfte, zog er es vor, in die DDR nicht zurückzukehren. Meine Dissertation war da schon fast fertig.

1975, in der vergleichsweise liberaleren Phase von Honeckers Kulturpolitik, bat mich der Ostberliner Verlag Volk und Welt, eine Musil-Ausgabe für die DDR zu betreuen. Sie ist auch erschienen, in drei sehr schönen Bänden und einem zusätzlichen Kommentarband. Deren Text war jener meiner nicht zustande gekommenen Dissertation.

Der damalige Botschafter der Republik Österreich in der DDR war ein hochgescheiter und überaus rühriger Mann. Er interessierte sich für die schönen Künste: unter anderem, da dies seine berufliche Pflicht war. Die ostdeutsche Edition eines wichtigen Erzählers der klassischen österreichischen Moderne erregte seine Aufmerksamkeit. Er erbat sich von mir ein Exemplar der Ausgabe, ließ es durch mich signieren und schickte es nach Wien, an den Ballhausplatz, zu Händen seines Regierungschefs Bruno Kreisky, der, was er wusste, seinerseits an Robert Musil innig interessiert war.

Kreisky war von der Sache offensichtlich angetan. Es geschah, dass ich eines unvermuteten Tages Post aus dem österreichischen Bundeskanzleramt erhielt. Ich setzte mich hin und verfasste eine Antwort. Schließlich erreichte mich vom Kanzler ein freundlicher Brief des Inhalts, ich möchte, wenn mir danach zumute sei, und möglichst gemeinsam mit meiner Familie, sein Land besuchen, damit wir einander persönlich kennenlernten. Die Botschaft Österreichs in der DDR sei angewiesen, bei der Sache behilflich zu sein.

Ich begab mich zu den für solche Angelegenheiten zuständigen Behörden der DDR. Ich erlebte es, wie Briefkopf und Signatur des Kanzlers eine Devotheit erzeugten, die fast schon widerlich war. Als ich die Reisepässe entgegennahm, trug man mir auf, dass ich nach meiner Ankunft in Wien bei der dortigen DDR-Botschaft vorsprechen möge.

Dies tat ich. Der amtierende Missionschef, ein Mensch von etwas zappelnder Weltläufigkeit und schrill sächsischem Akzent, fütterte mich mit niederösterreichischem Landwein, zuckte nervös mit der Schulter und kam mit einer sonderbaren Bitte heraus. Für ihn selbst sei es aus mancherlei Gründen derzeit schwierig, einen

Termin bei Bruno Kreisky zu bekommen. Nun habe man Kenntnis, der österreichische Regierungschef gedenke demnächst in die DDR zu fahren. Ich sollte zu eruieren versuchen, was es mit dieser Absicht auf sich habe und wann gegebenenfalls der Termin sei. Ich fand das Ansinnen komisch. Andererseits konnte ich daran nichts Ehrenrühriges entdecken, also sagte ich zu.

Anderntags ging ich zum Kanzleramt. Bürger eines Staates, der noch in den entlegensten Provinzstädten jede halbwegs offizielle Dienststelle mit einem Riegel bärbeißiger Polizeikräfte sichern ließ, erschien mir der legere Stil, der mich am Ballhausplatz empfing, ebenso überraschend wie angenehm. Ich nannte meinen Namen und mein Begehr. Der Mann im Eingang telefonierte kurz, dann wies er mich in das Stiegenhaus. Auf halber Treppe kam mir ein Referent entgegen, stellte sich vor und brachte mich an das Zimmer des Kanzlers. Ich öffnete die Tür, und da also war ich.

Ich befand mich in einem Raume, wo über mehrere Jahrhunderte hinweg österreichische Politik exekutiert worden war. Der gegenwärtige Amtsinhaber würde nicht versäumen, mich darauf aufmerksam zu machen. Auf seinem Platz hatten vor ihm schon die Kanzler Kaunitz und Metternich gesessen. Österreich war einmal ein Weltreich gewesen. Dies bedenkend, erschien mir das Kabinett, aus dem heraus es regiert worden war, von auffälliger Bescheidenheit.

Wir redeten auch darüber, über das ehemalige Weltreich. Kreisky sagte mir, wie er mit zunehmendem Alter sogar einen gewissen Respekt vor dem Kaiser Franz Joseph entwickle. Natürlich wusste ich von der sonderbaren, nur als lustvolle Selbstquälerei verständlichen Fixierung der modernen Österreicher an diese Vater-Imago, und so erstaunte mich nur, wie auch der kluge linke Kreisky daran teilnahm. Die Gründe begreife ich inzwischen. Es handelte sich um die Identifikation mit seinen Österreichern. Denn er liebte sie, aus tiefer Überzeugung, er war Politiker geworden nicht aus einem erotischen Verhältnis zu Macht, sondern aus Passion für dieses Land.

Ich stellte ihm gehorsam die Frage, wie er es denn halte mit einer möglichen Reise in die DDR. Jaja, sagte er und sagte, er sei der Meinung, im Frühjahr 1977 würde er das kleinere Deutschland aufsuchen. Die Auskunft betreffend den Staatsbesuch gab ich hernach weiter an meinen Botschafter. Der Diplomat war sichtlich beschwingt und orderte Champagner.

Der Staatsbesuch fand statt zum vorgesehenen Termin. Er war die erste eindeutige Gebärde eines nichtkommunistischen Spitzenpolitikers zugunsten der DDR.

Die dortige Führungsschicht glaubte, nunmehr sei ihr der Sprung in die weltweite Reputation geglückt. Sie wähnte sich fortan im Zustand einer unerschütterlichen Stabilität, ohne zu sehen, dass nicht außenpolitisches Ansehen, sondern innenpolitische Legitimation die Stabilität eines Landes macht. Mich aber hatte die Nachricht erreicht, der Kanzler würde sich freuen, während seines Aufenthaltes in Berlin gemeinsam mit mir zu frühstücken.

Bruno Kreisky 1978 in Ostberlin, neben Ihm Willi Stoph

Eines Vormittages brach ich auf, um nach Niederschönhausen zu fahren.

Dort standen, in einem ausgedehnten Park, ein schlichtes Barockschloss und daneben ein reichlich fantasielos gebautes Hotel, das als Gästehaus für hohe ausländische Besucher diente. Ich war mit dem Wagen gekommen. Ich stellte ihn ab nahe der Mauer, die den Park umgab. Wachhabende musterten mich. Ich wollte ihnen meinen Ausweis vorzeigen. Sie schienen nicht nur die Nachricht über mein Erscheinen, sie schienen auch mein Konterfei zu kennen. Mit steifen Gesten winkten sie mich weiter.

Dreimal durchlief ich einen solchen Check, dann stand ich unterm Eingang des Gästehauses. Österreichs Nationalfahne wehte vom Dach. Neben der Tür bewegten sich irgendwelche DDR-Offizielle in dunklen Anzügen. Ich durchschritt den Eingang. Der österreichische Botschafter drückte mir die Hand und brachte mich in den Speisesaal. Eine Glastür schloss sich, und ich befand mich in Wien.

Denn ich war umgeben von lauter Österreichern. Ich hörte ihren Sprachklang, ich freute mich ihrer milden Zynismen, ich erblickte verschiedene ihrer amtierenden Minister, darunter den Premier. Mir war, der bleierne preußische Himmel über Berlin würde etwas lichter. Bruno Kreisky zog mich neben sich an eine lange Tafel, wir begannen zu speisen.

Ich hatte Fragen zu beantworten nach dieser und jener Einzelheit. Der Kanzler erzählte mir von einem offiziellen Essen, das er den Tag davor mit dem DDR-Ministerpräsidenten gehabt hatte. Die Kellner servierten Lachs und kalten Aufschnitt. Sie waren die einzigen DDR-Menschen im Raume außer mir. Als ich von meinem Teller aufblickte, entdeckte ich hinter der Glasscheibe der Tür zum Speisesaal meinen Außenminister. Er wartete. Er starrte herüber zu der Tafel, von der er ausgeschlossen war. Dieser Umstand schien ihn zu verdrießen. Bruno Kreisky redete jetzt über soziale Gesinnung.

Er hatte, wie alle erfolgreichen Politiker, ein gesundes Verhältnis zur Macht. Einer seiner Lehrmeister, der bedeutende Otto Bauer, Österreichs Sozialistenführer in der ersten Republik, war unter anderem daran gescheitert, dass er keinerlei Machtinstinkt besaß und höchste Kontrollinstanz für ihn immer bloß die Moral war. Sein Austromarxismus durfte als die radikalste und unbestechlichste Kraft in der seinerzeitigen Sozialistischen Internationale gelten. Außer dem bemerkenswerten Umstand, dass es ihm gelang, die Kommunistische Partei im Land stets im minimalistischen Zustand einer Sekte zu halten, wurde das erheblichste Ergebnis seiner Politik der Bürgerkrieg.

Bruno Kreiskys Regiment an der Spitze der SPÖ bedeutete eine Abkehr von der ideologischen Radikalität und eine Hinwendung zum Pragmatismus. Er beendete den jakobinischen Schneid in der Partei, der so hochfahrend wie gnadenlos war. Der nicht sehr große und etwas rundliche Mann hatte, wie jemand schrieb, das Gesicht »eines zur Unzeit geweckten Papageien«. Sein rötliches Kraushaar würde später weiß werden, und er würde einen weißen Vollbart tragen.

Er war ein überaus menschlicher Mensch, Kauziges und Sonderbares immer eingeschlossen. Seine Intelligenz äußerte sich nicht durch Brillanz, sondern in einer gelegentlich schon barocken Bedächtigkeit. Bekannt wurde das Gespräch mit einem aufdringlichen Journalisten, der ihm die Frage stellte, wie denn die Weltlage einzuschätzen sei. Kreiskys Auskunft: »Sie ist schlecht.« Der Frager wollte eine nähere Erläuterung hören. Bruno Kreiskys Antwort: »Ich pflege den Gehalt meiner Antworten dem der Fragen anzugleichen.«

Der Schritt des jüdischen Großbürgerkindes in die Arbeiterbewegung verstand sich nicht als gesellschaftliches Abenteuer noch als versuchter Vatermord, er geschah aus Erschütterung über die materielle Elendssituation des österreichischen Proletariats. Dies war unter anderem ein Bildungsproblem. Ähnlich wie Willy Brandt in Westdeutschland hat Kreisky einen Wandel des bis dahin höchst elitären österreichischen Erziehungssystems bewirkt und Aufstiegschancen für Kinder aus sozialen Unterschichten geschaffen. In den

Proletariervierteln rund um die Simmeringer Hauptstraße in Wien, einer ehernen SPÖ-Wählerregion, wurde er förmlich angebetet.

Österreichs Übergang in eine Wohlstandsgesellschaft mit sozialem Regelwerk vollzog sich unter seiner Ägide. Auch die zunehmende Versöhnung der beiden tief verfeindeten politischen Lager im Land, der Christsozialen und der Linken, ist vornehmlich sein Werk. Dies hatte alles nichts mit Opportunismus zu tun, sondern mit Nachsicht, mit Verzeihenkönnen und mit Güte.

Damals, bei seinem Staatsbesuch in der DDR, unternahm er noch einen Ausflug durch Ostberlin. Er begab sich, *homme de lettre*, der er war, in die größte Ostberliner Buchhandlung, die nach Karl Marx hieß, stellte sich vor die Regale und verlangte nach einem Buch von mir. Es war auch eines da. Man hatte vorgesorgt. Als sein Tross dann gleichfalls ein Buch von mir kaufen wollte, war keins mehr da. Man hatte nicht genügend vorgesorgt.

Im Frühsommer 1979 erhielt ich eine Einladung, bei den Wiener Festwochen aufzutreten. Die DDR-Behörden verweigerten mir das erforderliche Ausreisevisum. Darauf wurde der Wiener DDR-Botschafter ins Außenministerium am Ballhausplatz einbestellt, um ein offizielles Befremden zu vernehmen. Die DDR hatte in den internationalen Zeitungen ein paar negative Schlagzeilen mehr.

Wir haben uns, Bruno Kreisky und ich, später immer wieder einmal gesehen, meistens flüchtig. Der gemeinsame Plan, dass wir zusammen ein langes Gespräch für das westdeutsche Fernsehen führen, ist nie zustande gekommen, die Sache verschob sich, bis er zu krank geworden war für solche Vorhaben. Er litt an Nierenversagen und musste sich dreimal die Woche zur Blutwäsche begeben, anderthalb Jahrzehnte lang.

Ich erinnere mich an sein Auftreten bei der Beerdigung des Schriftstellers Friedrich Torberg. Er hielt dort die von allen Reden kürzeste, und es wurde jene, die mich am meisten bewegte. Er begann mit den denkwürdigen Worten: »Ich war mit Friedrich Torberg oft nicht einer Meinung.« Er erwähnte, tadelnd und triumphierend, dass es die zuständigen Instanzen der Republik Österreich eben noch fertiggebracht hätten, den Großen Staatspreis für Literatur an Friedrich Torberg zu vergeben. Er schloss mit den Worten: »Schalom, Friedrich Torberg.«

Der tote Schriftsteller ruht in der ersten Abteilung des Wiener Zentralfriedhofs. Statt des nasskalten Winters von damals gab es Anfang August 1990, als Bruno Kreisky starb, einen glühenden balkanischen Sommer. An Trauergästen erschienen diesmal noch sehr viel mehr. Wieder ist es sehr melancholisch zugegangen und sehr feierlich.

27

An einem Januartag des Jahres 1975 erlitt die jüngere meiner beiden Töchter einen Unfall. Eine Zeitlang war zu befürchten, sie könne eine Querschnittlähmung davontragen. Am Telefon meldete sich Anna Seghers, damals Vorsitzende des DDR-Schriftstellerverbandes; sie wollte mich trösten, sie bot mir Hilfe an, sie besorgte eine Ärztin, die sich um mein Kind kümmern würde. Am Telefon riet sie mir noch, einen Hund anzuschaffen. »Kinde möche Hunde«, sagte sie, in ihrem Mainzer Tonfall, »e Hund kann helfe.«

Ich hatte auch später mit ihr zu tun. Ich war gebeten worden, das Drehbuch zu einer Verfilmung ihres Romans *Die Toten bleiben jung* zu schreiben. Ich begann mit der Arbeit, die sich bald als überaus mühselig erwies und mich dazu brachte, den Auftrag zurückzugeben. Ich suchte Anna Seghers auf. Ich wollte ihr meine Absicht mitteilen und rechnete damit, dass sie mich tadeln oder versuchen würde, mich umzustimmen. Sie nickte bloß, zuckte mit den Achseln, lächelte wie abwesend und setzte mir, wie bei meinen früheren Besuchen, überbackenen Camembert auf Brötchen vor.

Sie lebte ziemlich einfach. Ihre Wohnung im plebejischen Berliner Stadtviertel Adlershof befand sich in einem schmucklosen Mietblock. Manchmal huschte ein älterer Mann durch den Korridor, es war ihr Ehemann, den sie Rodi nannte. Manchmal erwähnte sie ihren Sohn Pierre, der in Frankreich lebte und den sie ihrer in Berlin wohnhaften Tochter deutlich vorzog.

Dem Staat DDR diente sie als Star- und Vorzeigeautorin. Daneben besaß sie eine nicht dekretierbare Popularität noch bei Leuten, die dem Regime innerlich fern standen. Von den zahlreichen literarischen Remigranten, die nach dem Ende des letzten Weltkriegs in das östliche Deutschland gezogen waren, war sie nächst Bertolt Brecht am prominentesten. Mit Brecht hatte sie gelegentlich unter einem Dach gewohnt, und er betreute die szenische Uraufführung ihres zunächst für das Radio verfassten einzigen dramatischen Textes, über den Prozess gegen Jeanne d'Arc.

Dass sie sich der Gestalt des lothringischen Hirtenmädchens annahm, war insofern kein Zufall, als der Typus der geduldigen und duldsamen Heldin, für den unter anderem Frankreichs Nationalheilige steht, sich auch sonst in ihrem Werk immer wieder findet. Zumeist tragen solche Figuren den Namen Marie; die heimliche Nähe zu Maria oder Marjam, Mutter des Religionsstifters Jesus, bleibt unübersehbar. Die Gestalt war ihr geläufig aus ihrer katholischen Geburtsstadt Mainz, wo ihr Vater, ein Antiquitätenhändler, enge kommerzielle Beziehungen zu den Sammlungen des berühmten Doms unterhielt. Isidor Reiling selber war, wie auch seine Familie, kein praktizierender Katholik, sondern gehörte zur orthodox israelitischen Kultusgemeinde in der Stadt.

Netty, sein einzige Kind, wuchs auf unter behüteten Umständen. Nach dem Abitur begann sie ein Studium der Sinologie und der Kunstgeschichte. Der Schriftsteller Carl Zuckmayer, gleichfalls in Mainz beheimatet, erinnerte sich ihrer als »sehr still, fast schüchtern und – wie lässt sich das sagen – in einer ganz unkonventionellen Weise hübsch und schön ... Die Augen, achatbraun, verbargen ihre Klugheit hinter einem immer etwas kindlich-erstaunt wirkenden, manchmal auch etwas schläfrigen Ausdruck.«

Das alles war ihr geblieben: die Schönheit, die mit zunehmendem Alter immer eindrucksvoller wurde, und jene etwas somnambule Zerstreutheit, mit der sie einen unüberwindlichen Abstand um ihre Person schuf.

Sie begann neben ihrer akademischen Arbeit zu schreiben, unter einem Pseudonym, das zunächst nur Seghers hieß (nach einem niederländischen Bildkünstler der Rembrandt-Zeit) und wozu sie später den weiblichen Vornamen Anna setzte. Ihre Konversion zum Kommunismus geschah wesentlich unter dem Einfluss ihres Mannes László Radványi, der seine politische Prägung in der ungarischen Räterepublik von 1919 erfahren hatte. Sie wurde und blieb eine gehorsame Parteisoldatin, nach außen hin solidarisch, und sofern sie widersprach, was immer wieder geschah, tat sie dies so sanft, dass die Partei problemlos damit umgehen konnte.

Weltruhm erlangte sie mit ihrem Roman *Das siebte Kreuz*, der Geschichte einer Flucht aus einem oberrheinischen KZ bald nach Beginn der Hitlerei. Der andere große Roman, der von ihr bleiben wird, heißt *Transit* und erzählt vom Schicksal deutscher Hitlerflüchtlinge im Marseille des Jahres 1941; der tote Schriftsteller, der darin vorkommt, steht für Ernst Weiß, den jüdischen Autor aus Prag, mit dem sie in Paris eine Affäre hatte. Zu den anderen Arbeiten, auf deren fortdauernden Bestand man rechnen darf, gehören die Erzählungen *Aufstand der Fischer von St. Barbara* und *Ausflug der toten Mädchen*; letztere, die in Mexiko geschriebene Erinnerung an das Mainz ihrer Kindheit, ist einer der wenigen unmittelbar autobiografischen Texte, die es von ihr gibt. Sonst hat sie ihre Person lieber verhüllt und versteckt, das geschah in ihren Büchern nicht anders als im realen Leben.

Ihre literarischen Vorbilder waren, unter anderem, John Dos Passos und Franz Kafka. Zu den Höhepunkten der stalinistischen DDR-Kulturpolitik galten beide als feindlich und dekadent; die Seghers hat an ihren Leitfiguren leise und beharrlich festgehalten. In dem Prozess gegen Walter Janka hatte sie im Zuschauerraum gesessen. Während der Verhandlung äußerte sie nicht die mindeste Regung des Protestes, was ihr Janka verübelte; sie hätte, meinte er, dies risikolos tun können. Doch sie war eine scheue Person, was jeder wusste, der sie kannte; Mut gehört nicht zur notwendigen Grundausstattung bedeutender Schriftsteller. Auch Brecht war ein Feigling, wie sein Verhalten gegenüber Stalin, Ulbricht und McCarthy beweist.

Der Spagat zwischen Parteigehorsam und besserer Einsicht, den sie ihr gesamtes Leben hindurch probierte, führte zu Selbstbeschädigungen, am nachdrücklichsten bei jenen Büchern, in denen sie von der DDR-Wirklichkeit erzählen wollte; sie sind ästhetisch missglückt. Sie war unbegabt für die Lüge, wie sie eigentlich unbegabt war für die plakative Politik. Ihr stärkstes Mittel war und blieb die Unauffälligkeit, ihre wichtigste Botschaft handelte, mit dem Titel eines ihrer Bücher, von der Kraft der Schwachen. Eigentlich war sie

Anna Seghers 1968

eine Dichterin des sozialen Mitleids und befand sich darin in einer Tradition, die für Deutschland mit den Naturalisten begann.

»Ich habe große Sehnsucht nach einer Welt, in der man arbeiten und atmen und sich manchmal wie verrückt freuen kann«, schrieb sie einmal, in einem Brief. Sie hat diese Welt immer gesucht und niemals gefunden.

Zuletzt lebte sie in einem DDR-Altersheim. Meine Tochter, der einst ihre Fürsorge galt, hat dort, als Schülerin, eine Weile Pflegedienst getan. Sie fand die Zustände bedrückend.

Anna Seghers starb 1983. Begraben wurde sie auf dem Dorotheenstädtischen Friedhof in Berlin. Davor, an der Chausseestraße, versammelten sich Hunderte von Kondolenten, ich stand unter ihnen. Alle waren freiwillig gekommen. Nun mussten sie, ehe sie zum offenen Grab gelangen konnten, um der Toten die letzte Reverenz zu erweisen, eine lange Zeit warten. Drinnen auf dem Friedhof, streng abgeschirmt durch zwischen den Grabsteinen balancierende Sicherheitskräfte, absolvierten die Spitzen des SED-Staates ihren parteioffiziellen Auftritt. Es wurde auch Salut geschossen, über das offene Grab hinweg.

28

An einem Dienstag im November 1976 erhielt ich kurz vor 18 Uhr einen Telefonanruf. Ein Bekannter aus Köln, Redakteur beim Westdeutschen Rundfunk, wollte von mir wissen, was ich zur Ausbürgerung Wolf Biermanns zu sagen hätte. Ich wusste überhaupt nichts. Ich stammelte irgendwas, legte den Hörer auf und schaltete das Radio ein. Der Nachrichtensprecher teilte mit, dem zu einem Gastauftritt in Westdeutschland weilenden Sänger Wolf Biermann hätten Behörden der DDR seines Verhaltens wegen die Staatsbürgerschaft entzogen.

Ich telefonierte mit Stefan Heym. Er kannte die Nachricht, schien eher gelassen und wollte mich beruhigen. Ich rief Stephan Hermlin an, damals Vizepräsident des Internationalen PEN. Sein Anschluss war besetzt und blieb es den gesamten Abend. Ich beschloss, ihn am nächsten Morgen aufzusuchen, wie bei früheren Gelegenheiten schon.

Am 17. November erschien das SED-Zentralblatt *Neues Deutschland* mit einem Kommentar zu Biermann, verfasst von dem stellvertretenden Chefredakteur Kertzscher, einem einstigen Jung-Nazi. »Um den Grad der Unverschämtheit dieses sogenannten Liedermachers zu ermessen, muss man sich vergegenwärtigen, auf welcher Bühne sich das alles abgespielt hat«, hieß es. »Er verschwindet in der dunklen Masse der antikommunistischen Krakeeler.« Solche Äußerungen, auch im Radio vernehmbar, verstärkten meine Erbitterung.

Die Hermlins bewohnten eine etwas heruntergekommene Villa im Berliner Bezirk Niederschönhausen. Die Haustür war wie üblich unverschlossen. In der Garderobe hängte ich meinen Mantel neben das dort lehnende Jagdgewehr. Ich betrat das Wohnzimmer, in dem bereits zahlreiche Besucher saßen: das Ehepaar Gerhard und Christa Wolf, Sarah Kirsch, Volker Braun, Günter Kunert (mit Ehefrau Marianne), Heiner Müller und auch Stefan Heym, dazu noch eine mir unbekannte Dame. Sie äußerte den gesamten Vormittag über kein Wort; später sagte mir Hermlin, auf meine Frage hin, dies sei Katja, Ehefrau des Westberliner Verlegers Klaus Wagenbach, der, da er außer Hermlin auch Biermann gedruckt hatte, selber in die DDR nicht einreisen durfte.

Heym hatte einen Text formuliert, der in zwei groben Sätzen gegen Biermanns Ausbürgerung protestierte und die Rücknahme der Maßnahme verlangte. Hermlin hatte einen anderen Text formuliert, der den gleichen Inhalt unterbreitete, im Wortlaut etwas ausführlicher. Wir einigten uns auf Hermlins Fassung, zu Heyms Verdruss. Volker Braun meinte, das von Hermlin verwendete Marx-Zitat entstamme nicht dem *Kapital,* sondern dem *18. Brumaire.* Hermlin schlug nach, und Braun behielt recht; unvorstellbar, wir hätten uns da blamiert.

Die nicht anwesenden Franz Fühmann, Erich Arendt und Jurek Becker ließen telefonisch wissen, dass sie den Protest mittrügen, in welchem Wortlaut auch immer. Hermlin wünschte, sein krank zu Bett liegender Nachbar, der Bildhauer Fritz Cremer, solle zu den Signataren gehören. Er verließ das Haus, den Nachbarn zu besuchen. Wir anderen tranken derweil den von Irina Hermlin bereiteten Tee, wir redeten durcheinander, lautstark, es herrschte eine fast euphorische Stimmung. Hermlin kehrte zurück und sagte, Cremer stimme zu, vorausgesetzt der Text würde gemildert. So geschah es, dass der letzte Satz nun verlangte, die Biermann betreffende Maßnahme nicht »zurückzunehmen«, sondern »zu überdenken«.

Es bestand Einigkeit, dass der Text auch an die westliche Öffentlichkeit gelangen sollte. Hermlin verfertigte auf seiner Schreibmaschine mehrere Exemplare, eines für jeden der Anwesenden, zwei für die Presse. Sein Automobil, sagte er, sei defekt. Ich bot mich für den Transport an. Derart fuhren wir, Hermlin und ich, zunächst zur Zentralredaktion des *Neuen Deutschland* nahe dem Ostbahnhof. Hermlin stieg aus und betrat das Gebäude. Ich wartete. Der Pförtner hinter seiner Scheibe beäugte mich. Hermlin kehrte zurück, mit grandseigneuralem Lächeln, er sagte, die Chefredaktion, bei der er aufgetreten sei, habe sich überrascht gezeigt und ihm den Weitertransport des Textes versichert. Er stieg wieder ein. Wir fuhren weiter zur Französischen Botschaft Unter den Linden.

Der 17. November 1976 war laut Kalender protestantischer Buß- und Bettag, in Westdeutschland arbeitsfrei, in der DDR nicht; jedenfalls wäre es unsinnig gewesen, das Büro der Nachrichtenagentur dpa zu kontaktieren, wo vermutlich niemand saß. Stattdessen besuchten wir, Hermlin und ich, den uns beiden gut bekannten französischen Kulturattaché in seinem Büro. Hermlin überreichte unser Papier mit den wie nebenher gemurmelten Worten: *Voilà un petit texte* ... Der Attaché las und zeigte sich beeindruckt. Er versprach, das Papier an die französische Nachrichtenagentur AFP weiterzureichen, vereinbart war eine Sperrfrist bis 18 Uhr am gleichen Tag.

Sie wurde nicht eingehalten. Bereits gegen 17 Uhr vermeldeten Westberliner Radiosender unsere Aktion, was freilich nicht an den Franzosen lag, sondern daran, dass Stefan Heym, ohne unser Wissen, den Text der britischen Agentur Reuters zugespielt hatte. Am Abend war die Sache dann erste Meldung in der Tagesschau des westdeutschen Fernsehens.

Keiner von uns hatte das Ausmaß der Reaktionen vorhergesehen. Unser Text klang eher vorsichtig; allerdings: Vergleichbares hatte es in der überwiegend friedhofsstillen DDR lange nicht gegeben. Die Folgen bestanden zunächst darin, dass weitere Personen sich unserem Protest anschlossen, namhafte Künstler darunter, die Zahl schwoll täglich an, auf zuletzt um die hundert. Auch in studentischen Kreisen gab es Unterstützung. Spätestens jetzt befürchteten die DDR-Offiziellen offenbar eine drohende Massenbewegung, und so hub in den Medien des Landes, voran im Parteiblatt *Neues Deutschland*, eine Welle von Gegenerklärungen an. Unser Protest wurde verurteilt, ohne dass er abgedruckt worden wäre. Die Ausbürgerung Biermanns wurde verteidigt und gelobt. Die Formulierungen waren teils grobschlächtig, teils listig, teils voller Zynismen. Man unterstellte uns, wir würden uns beim Klassenfeind (gemeint war unser westdeutsches Publikum) anbiedern wollen. Unter denen, die sich äußerten, war Fritz Cremer, der sich damit von seiner vorherigen Haltung distanzierte.

Die Motive der sogenannten Erstunterzeichner (ein Papier mit Unterschriften hat nie existiert) waren von unterschiedlichster Art. Die Maßnahme der DDR folgte dem unguten sowjetischen Muster des Umgangs mit Alexander Solschenizyn. Eine von einem deutschen Staat vorgenommene Ausbürgerung zeigte sich schon wegen vergleichbarer Aktionen Nazideutschlands, die einst auch Stephan Hermlin und Stefan Heym betroffen hatten, als kontaminiert. Zudem galt sie hier dem Kind eines in Auschwitz ermordeten jüdischen Kommunisten. Es hatte mit Selbstachtung zu tun, dass man nicht schwieg.

Manche, etwa Jurek Becker, glaubten ernsthaft, die Petition bringe Wolf Biermann in die DDR zurück. Außerdem schien das Land eben in einer Phase kultureller Liberalisierung befindlich, die jetzt bedroht war und verteidigt werden wollte. Heym brachte es für sich auf die Formel, das Ausbürgern dürfe sich nicht einbürgern.

Von den sogenannten Erstunterzeichnern war ich der einzige, der nicht in Berlin lebte. Am nächsten Morgen wollte ich meine kleine Tochter zur Schule begleiten. Es war noch dämmerig. Ich entdeckte, dass auf der Straße, an der wir wohnten, zwei Doppelstreifen Uniformierter patrouillierten, mit umgehängten Kalaschnikows. An der nächsten Straßenkreuzung wartete ein offener Mannschaftswagen mit Soldaten, Patrouillen standen an jeder weiteren Straßenkreuzung. Ich lieferte mein Kind an der Schule ab und ging weiter. Inzwischen war es heller geworden. Der Ort ist von Wald umgeben. Ich bemerkte Doppelstreifen am Eingang jedes Jagenwegs. Ich kehrte heim und holte meinen Wagen aus der Garage, um in einen Nachbarort zu fahren. In einiger Entfernung folgte mir ein Militärfahrzeug, das mochte Zufall sein oder nicht.

Die militärische Observation unseres Ortes währte den ganzen Tag. Ich erklärte sie mir damit, dass aus einer Kaserne in der Umgebung ein Rekrut desertiert sei, den man nun suchte. Später erfuhr ich, dass bereits während der Nacht verschiedentlich Informationen über mich und meine Lebensgewohnheiten eingeholt worden seien. Die stärkste Massierung von Uniformierten sei in der unmittelbaren Nähe des von mir bewohnten Hauses erfolgt.

Allmählich begriff ich, dass dieser Einsatz von Angehörigen des MfS-Wachregiments Feliks Dzierzynski nichts anderes zum Anlass hatte als meine Person. Ich dachte über das Motiv nach. In einem Nachbarort lebte der Dissident und Biermann-Freund Robert Havemann, den ich persönlich kannte. Offenbar wollte man eine mögliche Kommunikation zwischen uns beiden unterbinden. Der Einsatz von mehreren hundert Militärangehörigen gegen einen einzelnen Literaten mit Familie und Hund erschien mir unverhältnismäßig und bizarr. Er war komisch.

Tags darauf wurde das Militär abgezogen. Dafür fuhren jetzt ständig zwei Personenkraftwagen an unserem Haus vorüber, Stunde um Stunde. Einmal besuchte mich demonstrativ, nachdem er sich zuvor telefonisch angemeldet hatte, der Leiter der Ständigen Vertretung der Bundesrepublik Deutschland in der DDR, Günter Gaus. Es war ein heller Vormittag. Das Dienstfahrzeug von Gaus zog einen Konvoi von vielen anderen Wagen hinter sich her. Als ich meinen Besucher zurück zum Gartentor brachte, sah ich sie parken, einen um den anderen, die gesamte, über einen Kilometer lange Vorortstraße entlang.

Dann wurde gegenüber meiner Toreinfahrt ein Wohnwagen postiert, wie ihn Bauarbeiter benutzen. Es gab im Umkreis unserer Straße keine Baustelle. Ich sah niemals einen Arbeiter den Wagen betreten. Seine Fenster waren verhängt, nur manchmal zeigte sich hinter den geblümten Vorhängen etwas Bewegung. Zwischen dem Gartentor und unserer Haustür lag ein Weg von fast dreißig Metern Länge. Unmittelbar vor dem Haus wuchs eine dichte Hecke aus Immergrün. Von meinem Fenster aus war der Bauarbeiterwagen nicht zu erkennen, und ich beschloss, ihn zu vergessen, was mir nach kurzer Einübung auch gelang.

Die sogenannten Erstunterzeichner trafen sich noch einmal im Hause Hermlin, am 22. November, um ihre Erlebnisse auszutauschen. Aus Stasi-Unterlagen weiß ich, dass diesmal ein Spitzel zugegen war. Unsere ohnehin lose Gemeinschaft zerbrach bald, an Argwohn und an Egoismen. Einige hatten Kontakt zur Parteispitze. Einige bedauerten ihr Vorgehen in halböffentlicher Form. Fast alle erlebten Repressionen. Viele Namenlose wurden festgenommen und inhaftiert, auch hier lag die Zahl um die hundert.

Die SED-Mitglieder unter den Petenten erhielten Parteistrafen bis hin zum Ausschluss. Viele kehrten schließlich der DDR den Rücken und lebten fortan in der Bundesrepublik. Wenn einige von ihnen diese Emigration als Strafe begriffen, konnten Leute, die für sich nichts dringlicher ersehnten als eine solche Übersiedlung, dies nicht nachvollziehen. Ein führender SED-Funktionär Berlins, mit Namen Müller, tat den Ausspruch: »Wir haben für jede Ratte eine Behandlung. Die eine streicheln wir, der anderen zeigen wir das Loch, aus dem sie gekommen ist. Keine Ratte bleibt unbehandelt.«

29

Stephan Hermlin beging seinen 65. Geburtstag. Ich begab ich mich in sein Haus, um ihm zu gratulieren; zahlreiche Gäste waren schon zugegen, darunter ein bekannter Verleger aus Leipzig. Als noch später Heiner Müller und Volker Braun erschienen, sagte der Verleger zu seiner Frau: »Drei sind genug.« Das Ehepaar erhob sich und verließ das Haus. Mit den dreien, die er erwähnt hatte, waren die Biermann-Petenten gemeint. Es wurde dann, erinnere ich mich, noch ein anregender Nachmittag.

Ich kannte Stephan Hermlin schon lange. Ich hatte ihn erstmals als Abiturient erlebt, als er in einem Prominenten-Hotel des Ostharzer Ortes Schierke logierte. Regelmäßig veröffentlichte er in der Zeitschrift *Aufbau*, wo ich seine Texte zu betreuen hatte. Später traf ich ihn immer wieder.

»Dieser hochgewachsene helläugige Mensch glich einem Schmetterling, der gegen das Fenster schlägt, um in die vom Sommerregen gereinigte Welt hinauszufliegen.«

Die Worte stammen von dem Sowjetschriftsteller Ilja Ehrenburg, der mit Hermlin befreundet war. Ehrenburgs Äußerung klingt nicht nur verkitscht, sie ist außerdem falsch: Hermlin war gerade mittelgroß, nicht hochgewachsen, vielleicht mochte er so wirken. Er legte Wert auf sein Äußeres. Eine übliche Nachrede behauptete, zumeist mit höhnischem Unterton, dass er schön sei.

Er entstammte einem bürgerlich-jüdischen Elternhaus. Wie andere junge Leute aus solchen Milieus und zu jener Zeit lief er den Kommunisten zu. Er war Mitglied der von Erich Honecker angeführten Jugendvereinigung der KP-Bürgerkriegstruppe Rotfrontkämpferbund. Die Weimarer Republik hatte durch Notverordnungen beide Organisationen verboten.

Später ging er in die Emigration, nach Frankreich und in die Schweiz. Er kehrte nach Deutschland zurück und war zunächst Redakteur beim amerikanischen lizenzierten Radio Frankfurt, gemeinsam mit Golo Mann und Hans Mayer. 1947 zog er nach Ostberlin. Er wurde ein Vorzeige-Intellektueller der jungen DDR, er dichtete Paul Éluard nach, Langston Hughes und Nazım Hikmet, er veröffentlichte eigene Lyrik und Prosa, ästhetisch anspruchsvolle Arbeiten mit erkennbaren Einflüssen des französischen Surrealismus. Es gibt Verse auf Stalin von ihm.

Ähnlich Anna Seghers probierte er ständig den Spagat zwischen Parteigehorsam und künstlerischem Eigenwillen. Anders als die Seghers trug er das nicht heimlich aus, sondern in der Öffentlichkeit. Das Aufsehen, das er damit erregte, tat ihm gut. Da er, je älter er wurde, immer unproduktiver war, benötigte er dies auch zu seiner Selbstbestätigung. Er war gebildet und hochmütig. Mit Honecker verband ihn außer der gemeinsamen politischen Vergangenheit die Freude an der Jagd. Einmal nannte er sich einen Großbürger. Er bewunderte Ernst Jünger, von dem ihn politisch vieles trennte, der ihm ästhetisch wie moralisch aber nahe stand.

Daheim bei ihm lagen westliche Presseerzeugnisse auf dem Tisch, *Le Monde, The International Herald Tribune*. Er saß im Präsidium des Internationalen PEN und reiste zu den entsprechenden Zusammenkünften. Von seinem mütterlichen Erbe hatte er sich ein westdeutsches Automobil gekauft. Seine Sommerurlaube verbrachte er regelmäßig im Tessin.

Im Dezember 1962 veranstaltete er in der Akademie der Künste eine öffentliche Lesung neuer Lyrik. Er stellte dabei Wolf Biermann, Sarah Kirsch, Karl Mickel und Volker Braun vor. Die Sache erregte viel Aufsehen und fand die Missbilligung der SED-Kulturpolitik, Hermlin verlor sein Amt als Sekretär der Sektion Dichtkunst und sollte Selbstkritik üben. Das tat er dann auch. Er tat es auf unnachahmliche Weise, ich war ein zufälliger Zeuge.

Man hatte mich in das Gebäude des SED-Zentralkomitees entsandt. In dessen großem Sitzungssaal fand eine allgemeine Aussprache über die DDR-Kunstpolitik statt. Höchst unterschiedliche Leute waren versammelt, der berühmte Opernregisseur Walter Felsenstein mit Wohnsitz in Westberlin lieferte eine parteifromme Erklärung. DDR-Staranwalt Friedrich Karl Kaul, der nebenher

Erzählbücher schrieb (keine guten), schwärmte davon, wie er, als Verteidiger der KPD bei deren Verbotsprozess vor dem westdeutschen Bundesverfassungsgericht, immer wieder Texte von Erwin Strittmatter gelesen habe, um sich seelisch aufzuwärmen. Mit Texten von Stephan Hermlin, sagte er höhnisch, wäre ihm dergleichen nicht widerfahren.

Hermlin entgegnete. Es sei niemals sein Ehrgeiz gewesen, das Wohlgefallen von Friedrich Karl Kaul zu finden. Was aber die umstrittene Lyrik-Veranstaltung in der Akademie der Künste anlange, so habe er zu akzeptieren, dass seine Partei ihm dies als Fehler anrechne. Freilich wisse er von sich, dass ihm derartige Fehler immer wieder unterlaufen würden. Alles das erklärte er mit unbewegter Miene und unüberhörbarem Hochmut. Auf der Tribüne saß der damals noch allmächtige Walter Ulbricht und hörte das an.

1963 weilte Nikita Sergejewitsch Chruschtschow, Generalsekretär der sowjetischen Kommunisten, bei Walter Ulbricht zu Besuch. Es gab eine vom ostdeutschen Fernsehen übertragene Großveranstaltung, mit leichten Liedern und heiteren Wortbeiträgen, im Publikum saßen Chruschtschow und Ulbricht. Der Conférencier Heinz Quermann machte sich über Stephan Hermlin lustig. Er nannte ihn den schönen Stephan. Man kenne ihn doch, den schönen Stephan? Das Publikum johlte, und Walter Ulbricht genoss es.

Einige Zeit später veranstaltete der DDR-Rundfunk in der Kongresshalle am Berliner Alexanderplatz ein großes Fest. Es gab Reden, es gab ein kaltes Buffet. Ich saß mit Stephan Hermlin an einem Tisch, wir unterhielten uns, da erschien Heinz Quermann. Er rang die Hände und sagte, es sei nun an der Zeit, dass man sich miteinander vertrage, Hermlin und er. Nein, sagte Hermlin, er werde sich nicht vertragen, Herr Quermann solle sich entfernen. Der tat das auch, hochroten Kopfes. Hermlin lächelte und genoss seinen Sieg.

In derselben Kongresshalle veranstaltete er 1983 ein Friedenstreffen deutschsprachiger Intellektueller. Ich führte damals gegen die Militarisierung der DDR-Schulen, das Unterrichtsfach hieß

Wehrerziehung, einen einsamen Kampf. Für eine Hamburger Publikumszeitschrift, den *stern*, hatte ich in einem Text meine ablehnende Haltung formuliert. Umgehend erreichte mich ein Bote des DDR-Kulturministeriums. Ich wurde vorgeladen. Ich traf auf einen Staatssekretär, eine rote Ledermappe in den Händen, aus der er mir einen vorformulierten Text aufsagte. Ich wurde des Verstoßes gegen gültiges DDR-Gesetz beschuldigt, es wurde mir das mögliche Strafmaß mitgeteilt, das auf mehrjährigen Freiheitsentzug lautete. Ich entgegnete, ich nähme den Wortlaut zur Kenntnis, könne ihn freilich nicht billigen. Die Stimmung blieb frostig. Ich verließ das DDR-Kulturministerium mit weichen Knien.

Jetzt hatte mich Stephan Hermlin zu seinem Friedenstreffen geladen, und ich war entschlossen, meine Kritik des Wehrkundeunterrichts zu wiederholen, und erhielt dazu die Möglichkeit. Unmittelbarer Anlass für diese Unternehmung war der allgemeine Protest gegen die Stationierung von Mittelstreckenraketen in Europa, worin Hermlin mit der damaligen sowjetischen Außenpolitik völlig übereinstimmte. Bei dem Treffen zugelassen waren Journalisten, Radio- und Fernsehstationen aus beiden deutschen Staaten. Unter den Teilnehmern befanden sich der inzwischen DDR-flüchtige Jurek Becker und der regimetreue Hermann Kant, der österreichische Lautpoet Ernst Jandl und der deutsche Atomspion Klaus Fuchs.

Die Sache war extraordinär. Die Medien in beiden deutschen Staaten berichteten gemäß ihrer politischen Interessenlage. Das Protokoll erschien in Ost und West, in der Bundesrepublik als ein von jedermann erwerbbares Taschenbuch, in der DDR als Drucksache mit streng limitiertem Verteiler. Der Beschluss der Bundesregierung, Mittelstreckenraketen gegebenenfalls zu stationieren, wurde durch die Aktion nicht erschüttert. Alleiniger Profiteur des Unternehmens war Stephan Hermlin, der eine Art Gelehrtenrepublik oder intellektuelle Volksfront geschaffen hatte und sich dessen, wie flüchtig es auch gewesen sein mochte, herzlich erfreute.

»Ich sage manchmal zu Freunden, dass ich kein richtiger Schriftsteller bin, sondern eine Art von Liebhaber«, ist eine seiner

Stephan Hermlin 1978 vor dem Bild seiner Mutter, gemalt von Max Liebermann

Äußerungen. Sie war als kokette Reaktion auf seine immer mehr versiegende Schaffenskraft gedacht. Er hat dann doch noch eine neue Arbeit vorgelegt, eine seiner gelungensten. Sie heißt *Abendlicht* und ist eine Art Autobiografie.

Man darf sie nicht wörtlich nehmen, wiewohl sie dazu einlädt. Hermlin hat seine Vergangenheit gerne geschönt und heroisiert bis zu einem Grad, dass er selbst irgendwann daran glaubte. *Abendlicht* ist eine Wunschbiografie, wie auch *Die Ästhetik des Widerstands* von Peter Weiss eine Wunschbiografie ist.

Ich glaube, seine Haltungen, seine Masken, seine Irrtümer, seine Lebenslügen und Umwege waren Versuche, sich zu seiner jüdischen Identität zu verhalten. Gelegentlich erwähnte er Ilja Ehrenburg und dessen heimliche Angst vor dem Weltpogrom. Er selbst sagte, die jüdische Erfahrung aus zweitausend Jahren sei die feindliche Umwelt, die feindlich bleibe, selbst wenn sie sich manchmal freundlich zeige und scheinbar alles normal sei. »Aber es ist nie, niemals ist es normal. Die Alternative ist: der Pogrom! Das kann immer aufstehen, das kann immer da sein.«

30

1979 häuften sich im geistigen Leben der DDR die Konflikte. DDR-kritische Bücher von DDR-Autoren waren ausschließlich in der Bundesrepublik erschienen. Stefan Heym erhielt eine Geldstrafe wegen vorgeblicher Devisenvergehen, ein Halbdutzend anderer Schriftsteller solidarisierte mit ihm. Die meisten von ihnen lebten in oder um Berlin und waren also Mitglieder in der dortigen Organisation des DDR-Schriftstellerverbands.

Im wichtigsten Tagesblatt der DDR, dem *Neuen Deutschland*, erschienen zwei Beiträge zur Sache. In beiden Fällen waren die Verfasser schöngeistige Autoren des Landes. Die erste Veröffentlichung fand auf der Titelseite Platz, ihr Autor war der Romancier Dieter Noll. Er hielt es für angezeigt, dem ranghöchsten DDR-Politiker Erich Honecker einen offenen Brief zu schreiben, in dem er seine Ergebenheit mitteilte und, zu Zwecken des Kontrastes, drei seiner Kollegen als »kaputte Typen« beschimpfte, was die damals übliche Bezeichnung für Drogenkranke war. Die drei waren Stefan Heym, Joachim Seyppel und ich.

Bald darauf wurden wir, vervollständigt durch weitere Namen wie Adolf Endler, Klaus Schlesinger und Karl-Heinz Jakobs, zum Thema eines zweiten Artikels, der zwar lediglich im Inneren des *Neuen Deutschland* Platz fand, dafür sehr viel ausführlicher geriet. Verfasst vom Schriftstellerverbandspräsidenten Hermann Kant, war der Text ursprünglich eine Rede gewesen und trug die umständliche Überschrift »Zu wissen, wo man steht in den politischen Kämpfen unserer Zeit«. Er gipfelte in dem Satz »Meinungsstreit ist Lebensteil.« Man würde sehen, was damit beabsichtigt war.

Der Berliner Schriftstellerverband hatte für die weitere Behandlung der Angelegenheit eine Versammlung seiner Mitglieder einberufen. Vorher sollte mit jedem der in Kants Text namentlich genannten Autoren ein Gespräch geführt werden. Mich erreichte die Aufforderung dazu in Gestalt eines Telegramms. Ich setzte mich in meinen Wagen, um in die Berliner Innenstadt zu fahren. Kurz zuvor war ein Gewitter niedergegangen, verschiedene Straßen erwiesen sich als gänzlich unpassierbar, ich musste zeitraubende Umwege nehmen. In den Räumen des Berliner Schriftstellerverbandes langte ich mit Verspätung an.

Die Leute, die mit mir reden sollten, befanden sich bereits im Aufbruch. Über mein Erscheinen waren sie sichtlich betrübt. Wir setzten uns um einen riesigen Tisch. Jene waren ein halbes Dutzend, ich war allein. Einer, ranghöchster aller angestellten Verbandsfunktionäre, ausgestattet mit dem Gemüt eines Geheimpolizisten, führte bei sich eine Mappe mit mich betreffenden Presseausschnitten. Er trug daraus vor. Ich sollte mich äußern zu irgendwelchen Sätzen, die, häufig ungenau zitiert, als Verlautbarungen meiner Person jenseits der Grenze abgedruckt worden waren. Ich hatte keine Lust, mich zu äußern. Das Gespräch schleppte sich hin. Ich begriff, dass ich zu einer Mitteilung der Reue aufgefordert war. Ich hatte nichts zu bereuen. Das Gespräch wurde beendet.

Die entscheidende Versammlung sollte bereits am nächsten Tag stattfinden. Ich konnte daran nicht teilnehmen, da ich Partei in einem zivilrechtlichen Prozess war, dessen erste Verhandlung vor dem Bezirksgericht Frankfurt an der Oder genau zum gleichen Zeitpunkt angesetzt war. Statt zu Hermann Kant ins Berliner Rote Rathaus fuhr ich mit meinem Wagen in die Geburtsstadt Heinrich von Kleists. Auf einem Korridor des dortigen Bezirksgerichts, einem Bau aus den Gründerjahren, wartete ich mit meinem Anwalt, bis der Termin aufgerufen wurde. Mein Prozessgegner war nicht erschienen. Die Vorsitzende bestimmte einen neuen Termin und schloss die Verhandlung. Auf diese Weise kam ich um das sinnliche Erlebnis meines Ausschlusses aus dem Schriftstellerverband der DDR.

Ich habe mir den Verlauf aus allerlei Zeugnissen hinterher zusammentragen können. Ich weiß, dass der Sitzungssaal im Roten Rathaus gut besucht war. Man will viele Leute gesehen haben, die niemand je als Schriftsteller identifiziert hatte. Die Auszuschließenden erhielten Gelegenheit zu öffentlichen Erklärungen. Zwei davon, jene Stefan Heyms, jene Klaus Poches, sind später gedruckt worden, im Westen, und lasen sich eindrucksvoll. Zwei andere Autoren, Stephan Hermlin und Christa Wolf, haben in der Versammlung gegen das Ausschlussverfahren plädiert. Unter Wortführung des präsidierenden Hermann Kant wurden ihre Argumente beiseite getan.

Ein Redner erging sich in Mutmaßungen, die Auszuschließenden hätten gewiss im Auftrag westlicher Geheimdienste gehandelt: eine der schlimmsten Nachreden, die sich zu jener Zeit in der DDR denken ließen, und ein Urteil zum politischen Tode. Dabei kannte mich der Redner aus gemeinsamen Universitätstagen. Wir waren befreundet gewesen, eines meiner Bücher war ihm zugeeignet.

Die Versammlung votierte mit Mehrheit für die Ausschlüsse. Hinterher soll ein kaltes Büffet auf die Teilnehmer gewartet haben.

Ich hörte vom Ergebnis der Abstimmung im Radio. Ich hatte, arglos bis zuletzt, bloß mit einer Rüge oder Verwarnung gerechnet. In meiner Wohnung hing ein kleiner farbiger Steindruck des französischen Postsurrealisten Jean Dubuffet. Er zeigt einen menschlichen Kopf mit großen dummen Augen. Meine Familie behauptet, bei der Rundfunk-Nachricht über meinen Ausschluss hätte ich genauso ausgesehen.

Was nun geschah, war mir durch Ereignisse nach dem November 1976 einigermaßen vertraut. Ein Wohnwagen fuhr nicht wieder vor. Dafür waren, wie man mir zuflüsterte, meine beiden Nachbarn beauftragt, sämtliche Besucher meines Hauses sowie die Zulassungsnummern aller vor meinem Gartentor haltenden Kraftfahrzeuge sorgfältig zu registrieren. Post aus der Bundesrepublik und dem Ausland erreichte mich jetzt nur mehr einmal die Woche, am Donnerstag. Bei Telefonaten hatte ich den Eindruck, die Leitung liege unter Wasser. Menschen, die ich seit Langem kannte, wechselten bei meinem Anblick erst die Gesichtsfarbe, dann die Straßenseite. Viel geschriebener und gedruckter Unrat erreichte mich. Irgendwann hatte ich den Eindruck, dass ich diese massierte Widerwärtigkeit nicht mehr lange aushalten würde.

Inzwischen war es Sommer geworden. Im Reisebüro Čedok am Strausberger Platz in Ostberlin fragte ich nach einem Ferienplatz. Man hatte noch einen, in Mittelböhmen, in einer zur Touristenherberge umgebauten Mühle. Ich buchte sofort. Wir packten und brachen auf. Wir fuhren mit dem Wagen, Tálský mlýn war anders nur schwer zu erreichen. Gelegen nahe einem eher gesichtslosen tschechischen Industrieort, befand sich Tálský mlýn am Ufer eines Stausees, inmitten ausgedehnter Mischwälder auf hügeligem Gelände. Außer der umgebauten Mühle gab es noch allerlei Holzbungalows, die verstreut waren über eine weitläufige Wiese, sowie einen riesigen Campingplatz, auf dem es muffig roch. Das Wasser des Sees empfahl sich nicht zum Baden. Bei Spaziergängen im Wald zogen wir Schwärme blutgieriger Insekten mit uns. Also fuhren wir die Umgebung ab und entdeckten die böhmischen Schlösser, die zahlreich waren, meist gut erhalten und überwiegend von hoher kulturhistorischer Delikatesse.

Wann immer wir zu einem jener Schlösser aufbrachen, begleitete uns ein roter Personenkraftwagen des Fabrikats Fiat. Er folgte uns in einigem Abstand. Schon seiner Farbe wegen war er kaum zu übersehen, wahrscheinlich sollten wir ihn auch nicht übersehen. Sein Fahrer hat dann, zusammen mit uns, zur Kenntnis nehmen können (sofern er es nicht schon vorher wusste), wie prächtig die Renaissance in Mittelböhmen gebaut hat, wie reich und anmutig die umgebende Landschaft ist.

Nach zwei Wochen verließen wir Tálský mlýn und fuhren nach Prag. Mein tschechischer Übersetzer Jiři holte uns im Hotel ab und wanderte mit uns zum Hradschin. Franz Kafka hat eine Weile dort gewohnt, im sogenannten Goldmachergässchen, auch sein berühmtester Roman *Der Prozess* spielt zu Teilen auf der Prager Burg. Im St. Veitsdom erzählte mir Jiři, dass während der letzten Tage wiederholt Beamte der tschechischen Geheimpolizei bei ihm erschienen seien, um ihn nach Gründen meines Besuches zu fragen. Ob ich politische Verbindungen knüpfen wolle? Zur Charta 77? Jiři zeigte sich erkennbar enerviert über diese Besuche.

Er sagte noch, die DDR-Botschaft in Prag lasse den tschechischen Verlagen Aufstellungen mit den Namen missliebiger DDR-Autoren zukommen. Dies habe die Form einer informellen Mitteilung und die Wirkung eines Befehls. Seit drei Jahren stehe mein Name auf jener Liste. Wie zur Bestätigung trat eben jetzt hinter einer Säule des Veitsdoms ein Berliner Bekannter hervor, um mich lächelnd zu begrüßen. Niemals hätte ich erwartet, ihn hier zu treffen. Er selbst hatte solche Erwartung wohl gehabt, jedenfalls war sein Verhalten anders nicht zu erklären.

Den nächsten Tag fuhren wir aus Prag wieder hinaus, in östlicher Richtung. Statt des Fiats folgte uns nunmehr ein Wagenkorso, der länger wurde, je näher wir dem Riesengebirge kamen. Ich erinnerte mich, dass der Dramatiker Václav Havel dort ein Sommerhaus besaß. Ich kannte Havel flüchtig, seit den sechziger Jahren, da arbeitete er noch als Dramaturg beim Prager Theater am Geländer. Wir redeten damals miteinander, er auf Russisch und ich auf Englisch, sitzend auf zwei Hockern, zwischen den Kulissen seines Stücks *Das Gartenfest*, das eben uraufgeführt worden war.

Statt zu Havel fuhren wir zu Wallenstein. Wir fuhren statt nach Hrádeček nach Frýdlant, oder Friedland, einem düsteren Bauwerk auf hohem Fels. Außerdem war Friedland, und hier rundeten sich harmonisch die Erlebnisse unserer Reise, eben jenes Schloss, das Franz Kafka sich in seinem gleichnamigen Roman zum Modell erwählt hatte.

Wir kehrten heim. Wir erfuhren, dass wir uns wirtschaftlich hinfort würden einschränken müssen. Bestimmte DDR-Verlagshäuser, mit denen ich bisher zu tun gehabt hatte, lehnten eine weitere Zusammenarbeit mit mir ab. Bei Rundfunk und Fernsehen, wurde mir zugeflüstert, lag eine Weisung der SED-Zentrale vor, mit den Ausgeschlossenen keinesfalls zu kooperieren, lediglich mein Rostocker Verlag würde mich weiterhin publizieren wollen. Insgesamt sanken, wie sich später erwies, meine finanziellen Einkünfte in der DDR auf den fünften Teil meiner früheren Jahreseinkommen, und dabei würde es bleiben.

Auch andere Ereignisse setzten mir zu. Eines davon habe ich in einem Text benannt, abgedruckt in der von einem österreichischen Verlag herausgebrachten Anthologie *Briefe an mein Kind*. Ich schilderte darin das Schicksal meiner jüngeren Tochter, die im Berliner Stadtteil Friedrichshagen eine zum Abitur führende Oberschule besuchte. Sie hatte sich angefreundet mit der Tochter eines evangelischen Pfarrers, der, in Grünheide wohnhaft, als einziger Außenstehender Zugang hatte zu dem verfemten Robert Havemann. Unter jungen Leuten in der DDR gab es eine pazifistische Bewegung. Die Herrnhuter Brüdergemeine hatte ihr das Logo beschert, mit dem textilen Abbild einer sowjetischen Plastik, die das Bibelwort »Schwerter zu Pflugscharen« wiedergab. Die Stoffabzeichen wurden vielfach am Jackenärmel getragen. Die Angehörigen der DDR-Volksbildung hatten dafür zu sorgen, dass die Abzeichen augenblicklich entfernt würden. Im Weigerungsfall war mit Relegierung zu rechnen.

Die Schule meiner Tochter hatte eine Direktorin, die befreundet war mit dem SED-Chef von Berlin, einem gefürchteten Scharfmacher. Gegen den Aufnäher »Schwerter zu Pflugscharen« ging sie mit der Schere vor. Sie dürfe beanspruchen, schrieb ich in meinem Brief, »ganze Gräberfelder zerstörter jugendlicher Schicksale hinter sich zu wissen. Schüler; die am Rande eines Nervenzusammenbruchs in ihren Bestrebungen aufgaben; die aus ebensolchen Gründen sich entschlossen, die Berliner Mauer zu überklettern. Dies sind bloß die spektakulären, die sichtbaren Opfer solcher Praxis gewesen; niemand kennt die Zahl der heimlichen Verwundungen, die verursacht wurden, an denen man ein Leben lang leiden kann, ohne dass sie heilen. Diese Genossin Unrat hat aus ihren Schülern Opportunisten und Krüppel produziert.« Beherrscht werde die Szene durch die Mechanismen aus Anpassungsdruck und Schrecken, ihr Resultat seien Schultragödien. Auf dem Schulhof stünden zwei junge Mädchen beieinander, völlig allein, die massive Agitation des Lehrkörpers habe dafür gesorgt, dass Handlungen des Mitgefühls oder der Solidarität bei den Mitschülern unterblieben. »Ich muss

Dir nicht sagen«, schrieb ich meinem Kind, »dass eines der beiden jungen Mädchen, das Kind des vermeintlichen Dissidenten, Du selbst gewesen bist. Ich habe damals einiges unternommen, auf diese Demütigung Deiner Person zu reagieren. Ich bin damit gescheitert.« Ich schloss: »So habe ich mich bei Dir zu entschuldigen: für mein Scheitern und für die Umstände, welche dazu führten, dass Du in jene Situation geraten bist; sie hatten ausschließlich mit mir zu tun.«

31

Am 21. August 1978 starb im Krankenhaus von Bruneck, Siebentausend-Seelen-Gemeinde des Südtiroler Pustertals, ein einunddreißigjähriger Mann. Als Todesursache wurden Lungenödem und Leberversagen in der Folge von Alkoholismus festgestellt.

Zwei Tage später erfolgte die Beisetzung. Zur Trauergesellschaft gehörten der Grafiker Paul Flora und der Wiener Kulturredakteur Hans Haider, zwei gebürtige Tiroler. Im Anschluss an die Beerdigung versprachen sie einander, die schriftliche Hinterlassenschaft des Toten herauszugeben. Der Name des Verstorbenen war Norbert Conrad Kaser.

Das geplante Buch erschien im folgenden Jahr, in einem kleinen Innsbrucker Verlag. Seither besitzt Südtirol einen bedeutenden modernen Dichter, die Linksalternativen zwischen Etsch und Eisack erhielten eine Identifikationsfigur, und die deutschsprachige Poesie hat ein starkes eigentümliches Talent mehr.

Geboren wurde Kaser 1947 als uneheliches Kind. Der Ort war Brixen, die alte Bischofsstadt, schwer von Geschichte, Kultur und römisch-katholischer Frömmigkeit. Seine Mutter würde ein halbes Jahr nach der Entbindung heiraten, nicht den Kindsvater, sondern einen schwerbeschädigt aus dem Kriege heimgekehrten Mann.

Der kleine Norbert befand sich zu jener Zeit noch in Obhut bei den Grauen Schwestern der heiligen Elisabeth. Später kam er zu seiner Mutter. Die Familie wohnte in der Stadtgasse von Bruneck. Die Zustände waren weder idyllisch noch human, allenfalls ehrlich insofern, als die Region damals mit sich selbst einigermaßen identisch blieb.

Später hat der Tourismus Reichtum selbst in die entlegensten und ärmsten Bergdörfer Südtirols getragen. Der Preis, dort wie überhaupt, war die Aufgabe kultureller Ursprünge zugunsten einer austauschbaren Fremdenverkehrszivilisation. Solcher Wandel fiel mitten in Kasers Biografie, er hat ihn mit Worten des Abscheus bedacht: »mein lieber boden will mich nicht mehr tragen & keine trotzmauern wollen mich umfangen«. Er spricht vom »flutlicht des fremdenverkehrs & wie maulwurf maus & ratz verkriecht der buerger sich der handwerksmann nur fett & feist im sonnenlicht der guten gassen steht der wirt«.

Er sah das von außen, da er davon ausgeschlossen blieb. Der invalide Stiefvater war gelernter Tischler, konnte seinen Beruf nicht mehr ausüben und wurde Pförtner bei einer Schafwollfabrik. Die Familie erhielt eine Dienstwohnung. Kaser hat das Milieu lyrisch vermessen: »großmutter bauchgrippe / tante schnitt am knie / mutter gesprengter arm / vater war betrunken / zu hause«.

Er litt an einer schweren Nierenerkrankung. 1953 wurde er eingeschult. 1958 trat er in die Mittelschule ein, drei Jahre später ins Gymnasium. Damit war er nahe der heranwachsenden Elite von Bruneck, die sich nicht durch intellektuelle Vorgaben definierte, sondern durch den elterlichen Wohlstand. Norbert blieb der Außenseiter: Er war das Kind armer Leute.

Hier begann sein lebenslanger Kampf, mit solchem Handicap fertig zu werden. Seine erste Anstrengung war die einer außerordentlichen intellektuellen Strebsamkeit. Er las. Er sammelte Bücher. Mit den bescheidenen Mitteln seiner Familie konnte er seine Lektüren nicht alimentieren, um Geld zu haben, musste er in den Schulferien arbeiten, was er über mehrere Jahre tat, als Autowäscher, als Handlanger in einem Geschirrladen, als Hilfskraft in einer ligurischen Pension, einmal als Hilfskontorist bei den Pfalzwerken in Ludwigshafen, im deutschen Rheinland-Pfalz.

Zweimal, 1966 und 1967, ließ man ihn das Abitur nicht bestehen. Er habe sich, hieß es, bei dieser Gelegenheit äußerst störrisch betragen. Als sicher darf gelten, dass den Prüfern seine intellektuelle Begabung ebenso auffällig war wie sein gesellschaftlicher Außenseiterstatus; wenn er schon wollte, dass man ihn akzeptierte, wollte man ihn demütig haben. Die Verwundung bei dem jungen Kaser saß tief. Er sah seine Mitschüler davonziehen, auf die Universitäten, er selbst wurde 1968 als Frater Christoph Kaser a Brunopoli Novize in einem Kapuzinerkloster.

Norbert Kaser. Anonyme Zeichnung

Man ließ ihm dort etliche Freiheiten. Inzwischen hatte er Sammlungen eigener Lyrik zusammengestellt. Anfang 1969 durfte er, zusammen mit drei Brunecker Mitbrüdern, zu einer öffentlichen Lesung nach Innsbruck reisen. Ein paar Wochen später nahm er an einer Tagung der Cusanus Akademie in Brixen teil, wo ihn ärgerte, wie jede linke Strömung im Land ignoriert wurde.

Ostern 1969 trat er aus dem Orden wieder aus. Die Gründe dafür teilt er in einem Briefgedicht mit: »Ich will fort.« Jetzt endlich, im dritten Anlauf, bestand er das Abitur und begann er der Universität Wien zu studieren. Das Fach war Kunstgeschichte. Er besaß kaum Geld, mit seiner Familie hatte er sich entzweit. Er bewohnte ein Schrebergartenhaus, weil das am billigsten kam. Er verschuldete sich. Er hatte ein paar öffentliche Lesungen, bei einer Monarchistentagung fungierte er als Dolmetsch, er versuchte sich an anspruchsvollen Nachdichtungen aus dem Italienischen, Leopardi und Quasimodo.

1971 brach er sein universitäres Studium ab und lebte fortan wieder in Südtirol. Er übernahm Gelegenheitstätigkeiten. Verschiedentlich war er Supplent, das ist Aushilfslehrer, in Grundschulen nahe Meran und in Flaas am Tschögglberg. Er hing an den Kindern. Aus Protest gegen die unerträglichen Texte in offiziellen Fibeln entwarf er eigene Lesestücke und Kinderverse, die zum schönsten gehören, was er verfasst hat. Es schien, die Pädagogik könne so etwas wie eine reale Existenzchance für ihn werden, er besaß Neigung und Talent. Er scheiterte infolge einer anderen seiner Eigenarten.

Er war ein hemmungsloser Trinker, schon seit Längerem. Die Verse über Bierzelte, Wirtshäuser, Gastwirte, über Suff und dessen Folgen sind unter seinen Gedichten häufig, viel häufiger als Verse über die Liebe. Bereits 1974 musste er sich in ärztliche Behandlung begeben. Während der Unterrichtsstunden in Flaas stand immerfort eine Rotweinflasche auf seinem Pult.

Im Sommer 1975 wurde er ins Bozener Krankenhaus eingewiesen, wegen Hepatitis und wegen schwerer psychischer Störungen. Er war nicht mehr dienstfähig. Er wurde Patient einer Veroneser Klinik für Psychiatrie und unterzog sich einer Entziehungskur, »ach ich bin in ein richtiggehendes narrenhaus geraten verona ist eine bigotte stadt & unsympathisch«. Die Kur hatte wenig Erfolg.

Er hasste das deutschnationale katholische Establishment südlich des Brenners und dessen selbstgerechte Tüchtigkeit. Er schrieb italienische Verse und Prosa. Überhaupt verstärkte er die Verbindungen zur verachteten Welt der »Walschen«, da er ihre Angehörigen in ähnlichen Umständen des Deklassements sah wie sich selbst. Mit selbstzerstörerischer Hartnäckigkeit kehrte er auch sonst heraus, was sein Außenseitertum betonte, einschließlich seiner homosexuellen Erfahrungen.

Den gewaltsamen Tod des schwulen Dichters und Filmregisseurs Pasolini erfuhr er wie einen persönlichen Schicksalsschlag. Die neue Kirche, der er jetzt beitrat, war der PCI, Italiens kommunistische Partei. Durch ihre Vermittlung erhielt er einen Kuraufenthalt in der DDR, im thüringischen Bad Berka. Er lernte dort eine Mitpatientin kennen, ein einfaches Mädchen aus Ostberlin, nach seiner Rückkehr schrieb er ihr lange zärtliche Briefe. In Bruneck musste er sich bald ins Krankenhaus begeben, dort ist er gestorben.

Er war ein radikal plebejischer Lyriker, darin gewiss der begabteste im gesamten deutschen Sprachraum und in seiner Generation. Seine Sprache ist schmucklos, unsentimental, genau. Häufig hält sie sich nahe an Umgangssprache und Dialekt. Seine Verse handeln von alltäglichen Dingen, von Natur und Leuten, von Verhunzung und Grausamkeit, von Hass, Lethargie, Lüge, von Sehnsüchten. »gott hat sein aug verloren / in einem hochmoorsee / dort liegt es frischgeboren / zwischen flachs & schnee / ganz blau / in gelb & weiß«

Der 1979 erschienene Nachlassband trug den Titel *eingeklemmt*. Mein Freund Hans Haider fragte mich, ob ich etwas für das Büchlein tun könne. Eine große Hamburger Wochenzeitung druckte meine ausführliche Rezension, die, da in Österreich Ruhm erst jenseits der Grenzen beginnt, große Beachtung fand.

Inzwischen ist Kaser in Südtirol Schullektüre. Ein Literaturpreis trägt seinen Namen. Wiederholt fanden öffentliche Ehrungen und Symposien statt, eine dreibändige Gesamtausgabe erschien, sein Heimatort Bruneck ließ Verse von ihm auf Metallstelen ätzen, die im Stadtbild stehen. Ich meine, dass ich etwas mitgewirkt habe an diesem Nachruhm, der nördlich der Alpen freilich abbricht, allen gegenläufigen Bemühungen zum Trotz.

Kaser war fünfzehn Jahre jünger als ich. Persönlich bin ich ihm nie begegnet. Außer seinem Talent berührten mich die Extreme seiner Biografie, die, ungeachtet aller persönlichen und Südtiroler Besonderheiten, in ihren Utopien, Irrläufen und Zweifeln die meinen spiegeln.

32

Unter meiner Donnerstagspost fand ich die Einladung eines westdeutschen Theaters, für einige Zeit sein Mitarbeiter zu werden. Ohne große Hoffnung reichte ich den Brief weiter an das für mich zuständige Ministerium. Ich erhielt umgehend die Antwort, der Einladung könne entsprochen werden. Ich sollte mich an die Künstleragentur der DDR wenden, wo man einen entsprechenden Vertrag ausfertigen werde.

Die Agentur war ein staatliches Monopolunternehmen, beauftragt, Interpreten aller Art ins Ausland zu vermitteln, einzeln oder in Gruppen, Orchester und Chöre ebenso wie Schlagersänger und Artisten. Für den Devisenhunger des ostdeutschen Staates wurde sie eine unverzichtbare Quelle, da sich hier, bei minimalem Aufwand an materieller Eigenleistung, bedeutende Beträge in harter Währung einholen ließen. Ich kann das an meinem Beispiel dartun. Von der Gage, die ich in der Bundesrepublik erhielt, musste ich die Hälfte der Künstleragentur abliefern, die ihrerseits davon nochmals die Hälfte als Vermittlungsgebühr behielt, während sie mir die andere Hälfte in der Relation eins zu eins transferierte.

Ich musste das Geld in bar einzahlen. Es sollte, zum Vorteil der DDR, nicht über den offiziellen deutsch-deutschen Waren- und Zahlungsverkehr laufen. Einmal im Monat begab ich mich also mit zweitausend Westmark in Scheinen zum Kassenschalter der Agentur und kehrte von dort mit eintausend Ostmark zurück. Das war etwas schmerzlich. In Westberlins Wechselstuben, die es immer noch gab, lautete der Kurs, wie zu Zeiten des Erich-Loest-Romans, eins zu fünf bis eins zu sieben. Übrigens war und blieb ich der einzige von der Künstleragentur der DDR vermittelte Schriftsteller, man ordnete mich, da ich irgendwie registriert sein musste, in die Unterabteilung »Ernste Konzertsolisten«, zu den Pianisten, den Sologeigern und den Tenören.

Insgesamt habe ich neun Jahre lang als Dramaturg und Regisseur an Theatern im deutschen Westen gearbeitet. Die Städte waren

Mainz und Nürnberg. Außerdem habe ich in dieser Zeit ein paar Fernsehfilme gedreht und für den Hörfunk inszeniert; befragt, wieso ich dergleichen unternahm, war meine übliche Antwort: um zu sehen, ob und wie ich es kann. Wichtiger war: Ich konnte bei solchen Gelegenheiten mit Menschen zusammenarbeiten. Die Schriftstellerei ist ein einsames Geschäft, und gelegentlich verspürte ich das Bedürfnis, mich daraus zu entfernen.

Meine Familie blieb während dieser Jahre in der DDR, und auch ich lebte dort, wenn meine Arbeitssituation mir dies erlaubte. Man hat mich oft gefragt, wieso ich diese existentielle Spreizung überhaupt vollzöge. Ich hatte Mühe, meine Haltung plausibel zu erklären. Sie hatte zunächst mit Trotz zu tun: Ich wollte dem Druck aus Banausentum und Intoleranz, dem ich in der DDR ausgesetzt war, nicht nachgeben. Sie hatte auch mit Bindungen zu tun, an Menschen, an Landschaften, an Politik. Schließlich war ich mit jenem unglückseligen Ein-Drittel-Deutschland großgeworden. Ich hatte mich vielfach an ihm gerieben, was auch bedeutete, dass ich von seiner Färbung abbekam.

Ich passierte, wenn ich zu meiner neuen Arbeit aufbrach, zunächst Grenzkontrollstellen der DDR. Ich würde sie ebenso passieren müssen, wenn ich zurückkehrte. Sie waren Beton und Baracken gewordene Festungen des staatlichen Misstrauens. Ich fuhr, wenn ich mit dem Wagen kam, bis zu einem Schlagbaum und hielt an. Ich drehte das Wagenfenster herab. Ein uniformierter Grenzposten trat neben mich, nahm meinen DDR-Reisepass mit eingetragenem Visum und blickte hinein, um das darin enthaltene Passbild mit meinem Gesicht zu vergleichen. Er reichte mir den Pass zurück. Er öffnete die Schranke. Ich durfte einfahren in den eigentlichen Kontrollbereich.

Ich hielt vor einer Baracke und verließ meinen Wagen. Ein DDR-Zöllner empfing den ausgefüllten Vordruck mit meiner Angabe zu mitgeführten Geldbeträgen. Ich öffnete die Motorhaube und den Verschluss des Gepäckraums. Der Zöllner inspizierte. Ich öffnete ihm die hintere Wagentür, er drückte auf die Sitzpolster. Er schob einen auf kleinen Rädern laufenden Spiegel unter die Karosserie. Er gab mir die Zollerklärung zurück.

Ich begab mich zu einem Schalter, wo ich meinen Reisepass ablieferte. Ein uniformierter Grenzpolizist legte ihn, Seiten mit Namen und Passbild nach unten, auf eine Glasscheibe. Erhielt er das entsprechende Signal, versah er das Visum mit einem Stempel. Ich durfte zurückkehren zu meinem Wagen und, in einem Slalom um mehrere Betonbarrieren herum, weiterfahren bis zum Ausgangstor. Es war von einem hohen Wachturm flankiert. Zum letzten Male öffnete sich für mich ein Schlagbaum.

Die DDR-Grenzkontrollanlagen verfügten, sofern zugelassen für den Kraftfahrzeugverkehr, über verschiedene Fahrspuren. Eine war ausländischen Diplomaten vorbehalten sowie besonders privilegierten Personen aus der DDR. Sie wurden weder vom Zoll noch von den Passbeamten kontrolliert. Für Reisende minderen Ranges wie mich verlief die Abfertigung oft schleppend. Es blieb genügend Zeit, die Fahrzeugspur für Diplomaten zu betrachten. Ein Wagen, den ich häufig durchfahren sah, war die goldlackierte Limousine des DDR-Rechtsanwaltes Wolfgang Vogel. Eine andere Limousine der gleichen Art, doch mit schwarzem Lack, transportierte den katholischen Berliner Erzbischof Joachim Meisner, im Kardinalsornat.

Nicht lange nach dieser Grenzpassage stand ich auf dem Flugplatz Tegel, am Schalter der Montagmorgenmaschine Richtung Frankfurt. Ich stand zwischen dunkel gekleideten Herren, deren Hälse gerötet waren von Rasur, Alkohol und hastiger Liebe. Mit schnarrender Stimme warfen sie einander Informationen und alberne Witze zu. Ihr Grinsen peinigte mich. Ich wusste, sie und diese etwas heruntergekommene Betonburg waren meine Welt auch nicht.

Bei meiner Rückkehr vollzogen sich an der Grenzkontrolle die Vorgänge, bei leichten Abweichungen, in der umgekehrten Reihenfolge. Der Reisepass wurde flüchtiger geprüft, dafür gerieten die Nachforschungen des Zolls sehr viel eingehender. Die im Westen erworbenen Gegenstände mussten auf der Zollerklärung angegeben werden. Statt des Motorraums wurden die mitgeführten Gepäckstücke inspiziert. Es konnten auch Leibesvisitationen erfolgen. Hierzu musste ich einen metallenen Verschlag betreten, in dem ich durchleuchtet wurde. Die Einführung von Druckerzeugnissen war untersagt. Ich habe immer wieder gegen dieses Verbot verstoßen. Ich führte Zeitschriften ein und Bücher, die ich im Wagen versteckte. Manchmal wurden sie entdeckt. Ich habe auf diese Weise eine mehrbändige Gottfried-Benn-Ausgabe und Alexander Solschenizyns *Archipel Gulag* eingebüßt.

Einmal wollte ich den einsam vor der Grenze stehenden Schauspieler Armin Mueller-Stahl in meinem Wagen durch die Kontrollen mitnehmen. Er war gleich mir in der DDR um seine Arbeit gebracht, er war noch längst nicht in Hollywood berühmt und wirkte ziemlich verloren. Er schüttelte traurig den Kopf und lehnte ab. Einmal nahm ich den Prälaten des katholischen Erzbischofs Meisner in meinem Wagen mit. Ich kannte ihn von den Botschaftsempfängen in Ostberlin. Er war gehbehindert, sein Bein war steif. Er war ein geistvoller Mann, den ich gut leiden konnte; den Erzbischof, seinen Dienstherrn, mochte er nicht.

Als US-Präsident Ronald Reagan, Erfinder der Strategic Defense Initiative, nach Deutschland kam, sollte in Westberlin eine Kundgebung gegen ihn stattfinden. Zu den Initiatoren gehörte der protestantische Kirchenmann Helmut Gollwitzer. Ich wurde gebeten, auf dieser Kundgebung zu sprechen, und sagte zu. Als ich am Tag der Kundgebung, meinen Redetext in der Tasche, den Berliner Grenzkontrollpunkt Invalidenstraße passieren wollte, eilte gleich hinter dem ersten Schlagbaum ein hoher Offizier, den ich noch nie gesehen hatte, mir entgegen und sagte, meine Ausreise sei nicht möglich. Als ich zu einer Erwiderung ansetzen wollte, fiel er mir ins Wort und wiederholte, meine Ausreise sei nicht möglich. Kein Kommentar.

Ich stieg in meinen Wagen, kehrte um und fuhr zum Ostberliner Korrespondentenbüro der ARD. Dort berichtete ich, was ich erlebt hatte, übergab mein Redemanuskript und bat darum, es an die

Veranstalter weiterzureichen. Am Abend sendete das westdeutsche Fernsehen eine Reportage über die Kundgebung. Meine Abwesenheit wurde erklärt. Meine Rede wurde verlesen. Es gab Beifall. Ich trank viel Gin. Am nächsten Tag durfte ich wieder ausreisen wie gewohnt.

33

Mainz war uralter keltisch-lateinischer Kulturboden, während in der Region, aus der ich kam, erst das Hochmittelalter nennenswerte geschichtliche Spuren hinterlassen hatte. Paris lag an Mainz näher als Berlin, nicht bloß geografisch, auch mental. Hier hatte die Französische Revolution ihren einzigen deutschen Ableger erlebt, es waren ein Freiheitsbaum gepflanzt und ein Jakobinerclub gegründet worden, alles recht kurzlebig und eher die Sache von Intellektuellen, der weitgereiste Georg Forster wurde Deputierter zum Pariser Nationalkonvent und musste erfahren, wie seine Utopie einer gerechteren Gesellschaft im Blutrausch der Schreckensherrschaft verkam. Mainz bewahrte Erinnerungen an jene Zeit, ohne dass es den Teilnehmern noch bewusst war, bewahrte sie in seinem Karneval, der hier Fassenacht heißt. Die drei tollen Tage versetzten die Stadt in einen von Alkohol durchsäuerten Ausnahmezustand. Wer nicht der Prinzengarde angehörte, hatte in Mainz kaum eine soziale Aufstiegschance.

Ich suchte die Spuren von Anna Seghers, die es freilich kaum noch gab. Hitlerei und Zweiter Weltkrieg hatten fast alles ausgelöscht. Mehr als den alles beherrschenden Dom von St. Martin mochte sie, das wusste ich, die gotische Kirche St. Stephan. Der aus chassidischem Milieu stammende Marc Chagall hatte sie mit katholischen Bildfenstern versehen.

Ich ging auf den jüdischen Friedhof von Mainz mit seinen uralten hebräischen Grabsteinen. Im Mittelalter war das jüdische Magenza eine über die Stadtgrenze bekannte Stätte wirtschaftlichen Fleißes und mosaischer Gelehrsamkeit gewesen, bis dann die Pogrome der Kreuzzugszeit alles zerstörten. Eine Bildgruppe im Dom zeigte Juden mit dem spitzen Hut. Ich besuchte noch einen weiteren Friedhof, dort gab es die pompösen Erbbegräbnisse der örtlichen Sektfabrikanten und die Gräber französischer Soldaten. Bis 1930 war Mainz von Frankreich besetzt gewesen. Viele der Grabstelen trugen den muslimischen Halbmond, da die hier beigesetzten

Toten aus Nordafrika stammten, aus den damaligen französischen Kolonien Algerien, Marokko und Tunesien.

Ich fuhr zur Ruine des Hambacher Schlosses, wo sich 1832 dreißigtausend Menschen zusammengefunden hatten, befeuert durch die Pariser Juli-Revolution des vorvergangenen Jahres, sie begehrten bürgerliche Freiheiten und warben um Unterstützung für das aufständische Polen. Es scheint, darf man zeitgenössischen Zeugnissen trauen, eine eindrucksvolle Veranstaltung gewesen zu sein. Sie war einigermaßen folgenlos. Verblieben sind ein paar schwärzliche Mauern und ein paar bunte im Wind flatternde Fahnen.

Ich fuhr nach Saarbrücken und absolvierte eine Lesung in der linken Buchhandlung *Lenchen Demuth*. So hieß die Haushälterin der nach London emigrierten Familie von Karl Marx. Der Hausherr hatte ihr ein Kind gemacht, das er als das seine nicht anerkennen mochte, weswegen der Freund Friedrich Engels Vaterschaft und Zahlungen übernahm.

Nach Nürnberg kam ich durch die Vermittlung von Hermann Glaser, damals Schuldezernent in der Stadt und einer der raren Kulturpolitiker von Rang, die es in der bundesdeutschen Sozialdemokratie gegeben hat. Er hat zahlreiche Bücher herausgebracht zur Kulturgeschichte des bundesdeutschen Nachkriegs, er war ein großer weißhaariger lebhafter Mensch mit deutlicher Neigung zu bildungssatten Sprechblasen.

Ich kannte Nürnberg von einem früheren Aufenthalt. Damals hatte ich den Justizpalast aufgesucht, Schauplatz des spektakulären Prozesses der siegreichen Alliierten gegen die deutschen Hauptkriegsverbrecher, an dem als journalistischer Berichterstatter Markus Wolf teilgenommen hatte, später Chef der Auslandsspionage im Ministerium für Staatssicherheit der DDR. Der Justizpalast beherbergte längst wieder ein normales Landesgericht. Der Verhandlungssaal gegen Göring und andere konnte bei Nachfrage besichtigt werden. Er war viel kleiner, als es die schwarz-weißen Dokumentarfilmaufnahmen von 1946 erscheinen ließen. Jetzt war er leer. Er roch nach Bohnerwachs und Staub.

Die Nürnberger Altstadt wies damals noch die Narben des letzten Krieges vor. Der Wiederaufbau war Fragment. Ich fuhr zum Dutzendteich und besah mir die dekorativ geborstenen und bemoosten Reste des Reichsparteitagsgeländes; in jenen Jahren zeigte sich die Stadt bemüht, möglichst alle Erinnerungen an Julius Streicher und Albert Speer, an Rassengesetze, Massenaufmärsche und das Antisemitenblatt *Der Stürmer* zu verstecken, zugunsten einer romantischen Mittelalter-Apologie, von der doch jeder, der des Historischen mächtig war, einigermaßen genau wusste, dass sie auch eine ideologische Wurzel des von Adolf Hitler exekutierten deutschen Chauvinismus gewesen war. Die Düsternis der Patrizierhäuser verstörte mich ebenso wie die Unfröhlichkeit des Nürnberger Publikums. Der hier gesprochene Dialekt klang meinen untrainierten Ohren hart, kantig und bös.

Die Rekonstruktion der Altstadt, wie immer man sie kulturhistorisch qualifizieren mochte, war inzwischen deutlich vorangekommen. In rosigem Sandstein trat aus den Baugerüsten etwas ans Licht, die Irritation durch Wolkenkratzer, wie sie in anderen wiederhergestellten westdeutschen Großstädten selbstverständlichen waren, gab es hier nicht. Diese Stadt blieb überwiegend auf der Erde.

Ich fing zu begreifen an, dass, Nürnberg für den braunen Sündenfall der Deutschen stellvertretend in Anspruch zu nehmen, ein Akt von gesamtgesellschaftlicher Willkür war. Die Stadt hatte das nicht eigentlich verdient. Ihr Mittelalter war nicht anders und nicht finsterer gewesen als das Mittelalter in Europa irgendwo. Sie hatte besonders viele kulturhistorische Erinnerungen daran bewahren können, was gleichermaßen mit der einstigen Größe wie mit der späteren Stagnation zusammenhing. Der usurpatorische Rückgriff der Nazis auf Nürnberg war wie alle ihre anderen Ansprüche gewesen: von blutiger Einseitigkeit. Was konnte diese Stadt dafür, dass der deutsche Diktator eine Oper des Kursachsen Richard Wagner und eine Operette des ungarischen Militärkapellmeisters Franz Lehár besonders gerne in einer Loge des hiesigen Theaters genoss?

Nürnberg war eine ziemlich normale Stadt geworden. Nach den schneidigen Überforderungen ihrer jüngsten Vergangenheit war es wohl das Beste, was ihr widerfahren konnte. Die Altstadt hat ein paar reizende Winkel, die Ruine der Katharinenkirche etwa oder den Henkersteg, und noch immer strahlt in mildem Gold und sehr weit oben in der Lorenzkirche der englische Gruß des Veit Stoß, um Gnade, Erlösung und etwas gänzlich Unerwartetes zu verkünden.

Bei einer Veranstaltung, die Hermann Glaser ausgerichtet hatte, erfuhr ich von einem fast untergegangenen fränkisch-jüdischen Dialekt, dem Lachoudischen, einer auf Basis des Hebräischen entwickelten, mit jiddischen und fränkischen Entlehnungen angereicherten Minoritätssprache, die ausschließlich in einer kleinen Region des östlichen Franken verstanden und gesprochen wurde. Lachoudisch, wenn man es denn überhaupt noch kannte, existierte nur mehr in einem Dorf namens Schopfloch, wo es ursprünglich und über eine lange Zeit hinweg der Verständigung von Juden und Nichtjuden gedient hatte, als eine Art von Geheimjargon, verwendet vor allem für den kommerziellen Zweck. Die jüdischen Viehhändler des Ortes, wegen Restriktionen an der vollen Ausübung ihres Berufes gehindert, ließen sich durch Christen vertreten. Die Anweisungen, Absprachen, heimlichen Vereinbarungen sollten für Außenstehende nicht verständlich sein. Medium war das Lachoudische.

Ich bin nach Schopfloch gefahren. Es erwies sich als ein ziemlich unauffälliges Dorf, hatte eine alte weiße Kirche und viele neue, mit Klinkern verblendete Häuser. Die Straßen waren blank und menschenleer. Die Sonne schien, Fliegen summten, es war später Sommer. Die Leute, musste ich annehmen, gingen draußen auf den Feldern ihrer Arbeit nach. Ich hielt vor einer Kneipe, stieg aus und betrat den Schankraum. Es war dämmerig, es roch nach Zigarrenrauch, ich setzte mich und sah einen Stammtisch mit vier alten Männern. Ich bestellte ein Bier. Ich fragte den Wirt, ob er vielleicht Lachoudisch verstünde. Lachoudisch, murmelte der Mann und blickte mich fassungslos an, lachoudisch. Als hätte ich soeben von ihm verlangt, ein Lied zu singen oder Kopfstand zu machen. Lachoudisch, sagte er nochmals, schüttelte dann den kahlen Kopf und sagte, Lachoudisch könne er nicht. Dazu sei er viel zu jung. Aber da drüben, die alten Männer am Stammtisch, die verstünden vielleicht noch Lachoudisch. Er rief dann zu ihnen hinüber: Hier sei einer, der wolle Lachoudisch hören.

Die alten Männer lachten. Lachoudisch, sagten nun auch sie, einer nach dem anderen und in einem Ton, als hätte man sie nach einem längst vergessenen Märchen gefragt oder nach einem Menschen, der schon seit Jahrzehnten tot ist. Sie schoben einander mit trägen Blicken die Initiative zu. Schließlich begann einer von ihnen zu reden. Er sagte einen Satz. Der Akzent klang wie das übliche Fränkisch, aber es war kein Fränkisch, es waren fremde Worte, hebräische Worte, artikuliert mit fränkischem Akzent. Es sei nicht mehr viel, was er wisse, sagte der Mann. Ein zweiter begann jetzt zu reden. Er nannte einen Gruß, guten Tag und auf Wiedersehn. Er sagte die Namen für Bier, für Schnaps, für Essen, für Liebe. Er sagte ein paar erotische Derbheiten, die das beifällige Gelächter seiner Freunde hervorriefen. Ach, sagte er, das meiste habe er längst vergessen, man brauche das ja nicht mehr.

Ich nickte. Die alten Männer wandten sich wieder dem Dorfklatsch zu, bei dem ich sie unterbrochen hatte. Ich trank aus meinem Bierglas, legte Geld auf die Tischplatte. Ich sollte mir doch den Judenfriedhof ansehen, sagten die alten Männer, der sei sehr gepflegt. Sie beschrieben mir, wie ich dorthin käme.

Ich brach auf. Ich ging eine steile Straße hinab und stand schließlich vor einem Zaun, hinter dem ich mehrere Reihen von schräg stehenden Grabsteinen erkannte. Das Tor ließ sich öffnen. Ich trat ein.

Eine große, mit viel gärtnerischer Sorgfalt behandelte und schräg den Hang hinabgehende Anlage. Steine mit hebräischen Lettern und mit lateinischen. Ich las Namen, die sehr jüdisch klangen, und andere, die auf keinem christlichen Friedhof aufgefallen wären. Geburts- und Todesdaten aus einhundert Jahren. Ein paar, sehr wenige, reichten bis in die unmittelbare Gegenwart.

Ich ging zwischen den Gräbern umher, Vögel sangen, die Sonne verstreute Licht und Schatten. Ich dachte an den wunderlichen Dialekt, der einstmals hier gesprochen worden war. Ich dachte an den Ausspruch des zionistischen Philosophen Franz Rosenzweig, Sprache sei mehr als Blut. Ich erinnerte mich der Worte des alten Mannes in der Dorfwirtschaft: Das meiste habe man vergessen, man brauche es doch nicht mehr. Junge Amseln sprangen gefräßig durchs Gras, im Himmel trieben zerfaserte Wolken.

34

1982 wurde ich von der westdeutschen Fernsehanstalt ZDF gebeten, einen Film über jene Landschaft anzufertigen, in der ich aufgewachsen war. Das Ostberliner Studio des Senders sollte gemeinsam mit mir die Aufnahmen im Ostharz machen. Wir zogen mit Kamera und Mikrofon durch Quedlinburg. Wir wurden ständig beobachtet von zwei Zivilisten, die uns in einigem Abstand folgten. Am zweiten Tag der Arbeiten wurde der Leiter des Ostberliner Studios in das DDR-Presseamt beordert. Man teilte ihm mit, wenn das Studio sich weiterhin mir zur Verfügung stelle, riskiere es seine Zulassung. Die Leitung der Fernsehanstalt entschied, die Arbeiten im Ostharz seien abzubrechen.

Ich fuhr in den Westharz, zusammen mit einem anderen Aufnahmeteam. In Braunlage begaben wir uns an die deutsch-deutsche Grenze. Auf der östlichen Seite des Sperrzauns erschien eine bewaffnete Streife DDR-Soldaten. Die Männer musterten uns, sie konnten nicht wissen, dass ich in der Tasche einen Reisepass jenes Staates trug, den sie bewachen sollten. In der Ferne erkannte ich Schierke und dort jenes Haus, in dem ich nur drei Wochen zuvor gewohnt hatte. Es war eine absurde Situation.

Der Kameramann des Teams sprach einen unüberhörbaren Dresdner Akzent. Er erzählte mir von seinem inzwischen verstorbenen Vater, der Fotograf und Kunstmaler gewesen war. Ich kannte seinen Namen nicht. Der Kameramann erzählte von seiner Mutter, die in Rostock lebte und in Ahrenshoop an der Ostsee. Ich solle ihr, sagte er, wenn ich mich dort aufhielt, einen Besuch abstatten, gewiss würde sie sich freuen.

Ich besuchte die alte Dame. Ihre Räume waren vollgestopft mit Arbeiten ihres verstorbenen Mannes, ich betrachtete sie und war beindruckt. Ich verfasste einen langen Bericht über den Maler für die Wochenendausgabe einer großen westdeutschen Tageszeitung. Die Reaktion war, dass sich bundesdeutsche Galeristen zu interessieren begannen und sofort auch der staatliche Kunsthandel in der

DDR. Die alte Dame hatte plötzlich viel Geld. Sie konnte endlich in die Nähe ihres Sohnes übersiedeln, nach Murnau am bayerischen Staffelsee, wo sie den weiteren Lebensabend verbrachte.

Ihr Mann, Edmund Kesting, lebte von 1892 bis 1970. Den Kunstinteressierten ist er auch als Fotograf bekannt, seine Lichtbildaufnahmen befinden sich in vielen bedeutenden Museen und erzielen auf Auktionen gute Preise. Er war außerdem ein produktiver Maler und Grafiker, in seinem Selbstverständnis war er vor allem dies. Das Fotografieren diente ihm als Ausgleich, als Experimentierfeld, als Broterwerb und, zweimal in seinem Leben, als Überlebensmittel.

Ausgebildet an der Dresdner Akademie, gelangte er, über den Expressionismus seines guten Bekannten Oskar Kokoschka, rasch zu Abstraktion und Gegenstandslosigkeit. Herwarth Walden wurde sein Förderer und Galerist, El Lissitzky sein naher Freund. Ähnlich László Maholy-Nagy experimentierte er mit der Fotografie, um sie seinem Stil anzunähern, er nannte das chemische Malerei. Daneben versuchte er der vorgegebenen Zweidimensionalität des gemalten Bildes zu entkommen, indem er bemalte Leinwände verschränkte, bis Falten entstanden, die er effektvoll inszenierte.

Seine Holzschnitte erschienen in avantgardistischen Zeitschriften wie Waldens *Sturm*. El Lissitzky wollte ihn überreden, eine Lehrtätigkeit in Leningrad zu übernehmen; ehe es dazu hätte kommen können, begann in Deutschland die Herrschaft Adolf Hitlers, und statt sich der kleinbürgerlichen Kunstdiktatur von Josef W. Stalin und Andrej A. Schdanow auszuliefern, erlebte Kesting die nicht minder kleinbürgerliche Kunstdiktatur von Joseph Goebbels und Alfred Rosenberg. Seine Bilder galten als entartet. Er hatte Malverbot und brachte sich und seine Familie damit durch, dass er verstärkt zur Kamera griff. Er schuf Werbeaufnahmen, die heute als Klassiker gelten. Er fotografierte das alte Dresden, auch diese Bilder sind heute eine dokumentarische Kostbarkeit.

Das Jahr 1945 brachte ihm die endliche ästhetische Befreiung. Die 1. Allgemeine deutsche Kunstausstellung im Dresden des Jahres 1946 betreute er als Kurator, er war dort auch mit eigenen Bildern vertreten. Kurze Zeit später ging auf dem Territorium des östlichen Deutschland die Rehabilitierung der klassischen Moderne zu Ende.

Fortan wurde das Schicksal der Künste in der DDR bestimmt durch Bevormundung, Deformation und Verfolgung. Verbindlich war nur mehr jene Richtung, die Sozialistischer Realismus hieß. Die Inhalte hatten affirmativ politisch zu sein und die Kunstmittel naturalistisch. Malerei und Plastik verkamen zu einem Agitationsgewerbe von biedermeierlicher Anmutung. Die formalen Übereinstimmungen mit der in Hitler-Deutschland verfertigten Bildkunst waren erschreckend, was jetzt Formalismus hieß, war weitgehend identisch mit dem, was die Nazis entartete Kunst genannt hatten.

Es betraf die gleichen Arbeiten, und es betraf die gleichen Künstler, darunter zahlreiche, die, vor 1933, in der KPD-nahen Künstlergruppe ASSO organisiert gewesen waren. Nunmehr sahen sie sich in der Pflicht, ihre bisherigen Arbeiten zu verwerfen. Zum spektakulären Fall wurde eine Arbeit des kommunistischen Malers Horst Strempel. Sein Wandbild im Berliner Bahnhof Friedrichstraße musste, kaum fertiggestellt, wieder entfernt werden, da es offiziell als formalistisch und volksfremd galt.

Manche der Betroffenen wechselten daraufhin, wie Strempel, in den politischen Westen. Andere verblieben in der DDR, wo sie sich entweder verbogen oder verbargen. Die rigide Kunstkontrolle der Staatspartei blieb erhalten bis 1989, und wenigstens bis 1971, bis zum Abgang Walter Ulbrichts, stand die Bildende Kunst unverändert unter dem Diktat des Kulturstalinismus.

Die Zahl der damals beschädigten oder ruinierten ostdeutschen Künstlerkarrieren ist beträchtlich. Ein Beispiel sei Hans Grundig. Dieser außerordentliche Maler, Häftling in Hitlers Konzentrationslagern, hatte alles Zeug, ein Surrealist von Weltformat zu werden, vergleichbar Leuten wie Giorgio de Chirico oder Yves Tanguy. Es kam nicht dazu. 1948 verlor er Rektorat und Lehramt an der Dresdner Kunstakademie. Die Formalismus-Drohung machte ihn erstarren. Er flüchtete sich in die Buchgrafik und illustrierte Texte von François Villon, Adolf Glaßbrenner und Jorge Zalamea.

Ein anderer Dresdner war Curt Querner. Der Altkommunist kam aus der Neuen Sachlichkeit, von der er sich niemals lösen mochte. Seine Bilder erinnern an George Grosz und Lucian Freud. Jahrelang ignoriert, erreichte ihn erst in den siebziger Jahren die gebührende Aufmerksamkeit, von der er nicht mehr viel hatte, da er 1976 starb.

Der im sächsischen Erzgebirge beheimatete Willy Wolff hat mit bewundernswerter Energie versucht, an der Weltkunstentwicklung zu partizipieren. Der Otto-Dix-Schüler begann in der Nachfolge seines Lehrers, probierte sich später in Collagen, Assemblagen und Abstraktionen, um schließlich tote Gegenstände zu malen, was verblüffend an Konrad Klapheck erinnert, von dem er vermutlich nichts wusste. Er war ein überragendes Talent. Der DDR-Kunstbetrieb grenzte ihn beharrlich aus. Sein Brot hat er sich als Polygraf oder Museumsführer verdienen müssen.

Auch Edmund Kesting wurde von dem Vorwurf erreicht, ein Formalist zu sein. Sein enger Freund Will Grohmann verließ Dresden und begab sich nach Westberlin, wo er zu einem unerbittlichen Hohepriester der Gegenstandslosigkeit aufrückte. Die Freunde Alexander Camaro und Bernhard Heiliger wollten Kesting zu einem Wechsel in den deutschen Westen bewegen, doch er zögerte. Abermals betrieb er seine Malerei nur mehr für sich. Öffentlich trat er wiederum bloß als Fotograf in Erscheinung.

Er wurde ein bekannter Porträtist. Seine schwarz-weißen Mehrfachbelichtungen erregten Aufsehen und wurden heftig nachgefragt. Die gesamte Kunstschickeria der DDR setzte sich vor seine Kamera, von Helene Weigel bis Heinrich Ehmsen. Sein Ruhm hatte sich schließlich selbst bei SED-Chef Walter Ulbricht herumgesprochen, der verlangte, dass Kesting ihn fotografiere, was dann auch geschah. Die Aufnahmen dienten als Vorlage für in der DDR millionenfach verklebte Briefmarken und gefielen dem Diktator so gut, dass er dem Bildkünstler eine besondere Belohnung

Edmund Kesting: Selbstporträt

versprach: Edmund Kesting sollte ein Sommerhaus in Ahrenshoop erhalten.

Die ehemalige Künstlerkolonie war ein Aufenthaltsort für Schöngeister geblieben. Zuletzt, unmittelbar vor dem Ende des Zweiten Weltkriegs, hatte Gerhard Marcks hier gelebt. Nunmehr verliebte sich der Staatsdichter und Minister Johannes R. Becher in das pittoreske Dorf auf der Halbinsel Fischland, weswegen er es vor den zivilisatorischen Verheerungen des üblichen DDR-Ferienbetriebs bewahrte und dafür sorgte, dass allerlei staatsfromme Intellektuelle hier eine Sommerbleibe erhielten. Auf dem Hohen Ufer über dem Ortsteil Althagen, auf einer einstigen Viehkoppel, wuchs eine kleine Siedlung aus Sommerhäusern, vorwiegend von Günstlingen des Regimes bewohnt. Unter ihnen befand sich der als Maler verfemte, doch als Fotograf geschätzte Edmund Kesting.

Er arbeitete hier viel, und der Ertrag war beträchtlich. Seinen expressionistischen und abstrakten Anfängen blieb er treu, doch in einer Art, wie sie später etwa der Dresdner Gerhard Richter pflegte, kehrte er immer wieder zum Gegenständlichen zurück. Daneben experimentierte er mit neuen Formen und Techniken, so mit dem Abstrakten Expressionismus Jackson Pollocks, dessen *drip painting* er zu überraschenden Lösungen führte. Bei aller Abstraktion blieben Geist und Stimmung des Fischlands und des anschließenden Halbinselabschnitts Darß erhalten.

Die Strände und Steine, die Bäume und Baumgerippe, die Gewächse und Verwachsungen, der Himmel, die Koppeln und Felder der Ostseelandschaft taten es ihm an. Er malte sie in vielfachen Formen der Verfremdung zwischen Gegenstandnähe und Gegenstandlosigkeit. Er malte Wasser, das des Bodden und das der See. Die Wellen und Lichtreflexe waren kein romantisches Tableau, sondern eine Abfolge abstrahierender oder abstrakter Zeichen.

1988, als die stalinistische DDR bereits im Koma lag (ihre einstigen Feldzüge wider den Formalismus hatte sie aufgegeben und gnädig verdrängt), veranstaltete das Albertinum seiner Heimatstadt Dresden eine Retrospektive seiner Malerei, auf der die Ostseebilder dominierten. Der Weg in Ahrenshoop, an dem Kestings Haus stand, erhielt seinen Namen. Dies alles stützte eine öffentliche Anerkennung, die überfällig war. Wie so oft in der Kunstgeschichte erreichte auch diese nur noch einen Toten.

35

Liebe Sandra S.,

Sie wollen, schreiben Sie, über mich eine schriftliche Arbeit verfertigen. Für den Betroffenen ist das zunächst schmeichelhaft, doch ein wenig irritierend auch, da es Blicke auf das Ich eröffnet, die mit der eigenen Wahrnehmung kollidieren können. Ich weiß dies von früheren Gelegenheiten, da ich die Resultate teils erstaunt, teils unter Kopfschütteln zur Kenntnis nahm.

Um sachlichen Irrtümern zu entgehen, stellen manche der Verfasser Fragen, wie jetzt Sie in Ihrem Brief.

Einige davon sind recht intim, Sie selbst wissen und sagen das, entschuldigen sich dafür und stellen mir anheim, die Auskunft zu verweigern. Etwa die nach Liebesbegegnungen. Wie soll ich hier antworten? Soll ich sagen, dass es sie gab, flüchtige und längere, erfüllte und schmerzliche, gemäß dem Heinrich-Heine-Vers, es sei eine alte, doch immer neue Geschichte, geeignet, das Herz entzweizubrechen? Literaten sind öffentliche Personen, doch haben auch sie ihr Recht auf Privatheit. Bei manchen gehört der Exhibitionismus zur poetischen Grundausstattung, ich zähle zu ihnen nicht, ich bin nicht vom Zuschnitt der Henry Miller und Michel Houllebecq.

Sie wollen wissen, ob ich jemals SED-Mitglied gewesen sei. Nein, ich war es nicht. Als sehr junger Mensch hatte ich zweimal die Absicht, jener Staatspartei beizutreten: aus eigenem Antrieb und blanker Überzeugung. Das erste Mal lag der Aufnahmeantrag schon auf meinem Schreibtisch, da begann die Partei mit einer Mitgliederüberprüfung, die Neubewerbungen vorübergehend untersagte. Beim zweiten Mal verhielt es sich ähnlich, und da fand ich, das Schicksal stelle sich wohl gegen meine Absicht. Später war ich diesem Schicksal dankbar, da es mir eine Menge Konflikte und Demütigungen ersparte.

Sie fragen nach dem Literaturbetrieb in der DDR. Sie wollen wissen, wie kompliziert es gewesen sei, ein Buch herauszubringen, wie es um die materielle Ausgestaltung der Autoren bestellt war, Sie fragen nach Zensur, Rezeption und Verlagen.

Die DDR war ein Buchleseland. Solche Eigenart teilte sie mit anderen realsozialistischen Staaten, in denen die schöne Literatur Fluchtort, Lebenshilfe, Nachrichtenquelle und Konterbande war in einer Umgebung der allgegenwärtigen Reglementierung. Der Staat ließ es gewähren. Er folgte damit seiner Art von repressiver Toleranz.

DDR-Bücher erschienen in hohen Auflagen, die Preise waren niedrig, der Verkauf ging zügig, die Nachfrage war stets größer als das Angebot (was sich mit den meisten Waren so verhielt). Viele Autoren in der DDR hatten gute Einkünfte und lagen damit über dem Bevölkerungsdurchschnitt, was sie in dem Bewusstsein ihrer eigenen Bedeutsamkeit bestätigte. Vornehmlich drei Verlagshäuser waren für sie zuständig: Aufbau, Mitteldeutscher und Hinstorff Verlag. Ich hatte mit allen dreien irgendwann zu tun, am nachhaltigsten mit Hinstorff, der den Ruf einer gewissen Unangepasstheit genoss, durch Autoren wie Jurek Becker, Franz Fühmann, Klaus Schlesinger und Ulrich Plenzdorf.

Gab es in der DDR eine literarische Zensur? Sie hieß nicht so, aber es gab sie. Es gab sie in mehrfacher Form: zunächst im Kopf der Autoren und im Entscheidungsprozess der Lektorate. Jede Neuerscheinung bedurfte zweier Gutachten, eines verlagseigenen und eines externen, die bei der Hauptverwaltung Verlage und Buchhandel beim Ministerium für Kultur der DDR (barocke Titel waren eine DDR-Spezialität) zusammen mit dem Manuskript einzureichen waren. Dort wurde manchmal noch ein weiteres Gutachten eingeholt, ehe schließlich die Druckgenehmigung erfolgte. Sie stand, mit Nummer und Jahreszahl, im Impressum des Buches.

Solch aufwändiges Verfahren schloss nicht aus, dass ein bereits ausgelieferter Titel auf höchstoffizielle Missbilligung stieß. Dann gab es viel internes oder öffentliches Rumoren, die ausgelieferten Exemplare wurden eingezogen, eingestampft oder an verlässliche Adressen verteilt, an die Nationale Volksarmee etwa oder an Minis-

R. S. 1979

terien. Der Schaden für alle Beteiligten war beträchtlich, und dies nicht bloß materiell.

Büchermachen in der DDR war ein riskantes, ein spannendes, ein manchmal fast kafkaeskes Geschäft. Hinstorff hatte den Vorzug, im Berlin-fernen Rostock zu sitzen und mit seiner politisch verordneten Hinwendung zu Skandinavien auch ein wenig von der dortigen Liberalität einatmen zu dürfen. Vor allem aber profitierte das Haus von seinen ausgezeichneten Lektoren, deren Chef in entscheidenden Jahren Kurt Batt hieß.

Wir waren befreundet. Wir hatten manches gemeinsam: den literarischen Geschmack, die linke Gesinnung, die Nichtzugehörigkeit zur SED, die Zynismen, das Pfeifenrauchen. Er stammte aus Teterow, einem Städtchen in Mecklenburg, dem, vermutlich zu Unrecht, der Ruch eines niederdeutschen Schilda anhängt. Er sprach Plattdeutsch und betreute eine große Fritz-Reuter-Ausgabe; über diesen Autor hatte er auch promoviert, bei Hans Mayer in Leipzig.

Er war nicht sehr groß gewachsen. Sein dünnes Haar und seine Wimpern waren weißblond, er litt an der Sonnenempfindlichkeit aller Hellhäutigen. Ich liebte sein dröhnendes Gelächter. Er verabscheute *pommes frites* und mochte die klaren Schnäpse seiner norddeutschen Heimat. Er wohnte in einem Rostocker Neubauquartier, wo er eines Nachts einen Herzinfarkt erlitt; seine Frau, eine Ärztin, suchte verzweifelt nach einem Telefon, Fernsprechanschlüsse waren in der DDR eine Rarität, wie so vieles; als die medizinische Hilfe endlich eintraf, war ihr Mann schon tot. Wir haben ihn in Teterow begraben.

Kurt Batt hat ein Halbdutzend meiner Bücher als Lektor betreut; sie alle sind dann auch in Westdeutschland erschienen, manche parallel zu den DDR-Ausgaben. Diese Art Literaturexport wurde von den DDR-Behörden nicht bloß geduldet, sie wurde gewollt, wegen der dadurch einkommenden Devisen, deren der ostdeutsche Staat dringend bedurfte; am liebsten wurde gesehen, wenn die DDR-Druckerei die westdeutsche Ausgabe gleich mit produzierte, da dies weitere Deviseneinkünfte brachte. Gelegentlich durften die Autoren ihren exportierten Produkten hinterherreisen, zu Buchmessen, zu Lesungen, es war dies ein weiteres Privileg ihrer Existenz.

Meine Eindrücke von jenem anderen Deutschland? Der materielle Überfluss, der sich von den ostdeutschen Zuständen gründlich abhob, war so verführerisch wie obszön. Die obwaltende Vielfalt faszinierte mich. Die zwischenmenschliche Härte stieß mich ab, aus der DDR war ich jene dumpfe Brüderlichkeit gewohnt, wie sie aus der Not entsteht. Vor allem aber sah ich: Dies war ein schönes, ein reiches Land, reich an Geschichte und Kulturhistorie, ich erinnere mich, wie ich zum ersten Male am Tübinger Neckarufer vor dem Hölderlin-Turm stand und sofort wusste, dies könne unmöglich Ausland sein, es war vielmehr Teil meiner Identität.

Sie fragen mich, wie die Reaktionen auf meine Texte ausfielen. In der DDR gab es eine gedruckte Literaturkritik nur dem Namen nach. In der Bundesrepublik gab es sie reichlich, die Urteile waren unterschiedlich und von politischen Mutmaßungen niemals frei. Immerhin erbrachten sie, nicht bloß in meinem Fall, eine grenzüberschreitende Bekanntheit, die auch ein Schutz war. Wer darüber nicht verfügen konnte, war in der DDR ärmer dran.

Ob ich Neider hatte? Gewiss hatte ich sie. Es gab sie allenthalben, auch im Literaturbetrieb; Neid ist eine Darstellungsform des Nicht-leiden-Könnens, der zwischen Literaten das Übliche ist. Wir sind Einzelgänger und Einzelproduzenten, in der kollektiven und arbeitsteiligen Moderne ein Anachronismus, wir sind Nischenbewohner, mit oft unangemessenen Bedürfnissen und skurrilen Interessen. Wie andere Zeitgenossen leisten wir uns Klatsch, üble Nachrede, Unterstellungen und Intrigen. Ich, um das noch zu erwähnen, habe mir ein paar bösartige Feinde zugelegt, beidseits der einstigen deutsch-deutschen Grenze.

Freilich gab es auch Solidarsierungen, und es gab Freundschaften. Sie nennen den Namen Peter Huchel. Ich meine, dass wir Freunde waren, von Beginn an, als er der prominente Zeitschriftenchef war und ich der namenlose Debütant. Sein literarischer Ruhm (der dabei ist zu verblassen) kam erst mit dem Band *Chausseen Chausseen* von 1963, bis dahin war er als Lyriker lediglich bekannt durch seine Jugendgedichte, 1948 erschienen, längst vergriffen und von ihrem Verfasser nicht mehr sehr gemocht. Mit einiger Mühe habe ich ihn überreden können, eine westdeutsche Neuauflage zuzulassen, sie erschien 1967, unter dem Titel *Die Sternenreuse*.

Sie wollen wissen, welche meiner Arbeiten ich als die wichtigste ansehe? Auf diese Frage, die mir häufig gestellt wird, pflege ich zu antworten: immer die letzte. Das kommerziell erfolgreichste meiner Bücher war *Die Reise nach Jarosław*, die Geschichte einer jugendlichen DDR-Aussteigerin, die in das Nachbarland Polen flüchtet; das Buch, an dem ich besonders lange geschrieben habe, nämlich (mit ausführlichen Unterbrechungen) insgesamt zwanzig Jahre, heißt *Marienbrücke* und ist die Geschichte eines gescheiterten DDR-Intellektuellen. Das meistgespielte meiner Bühnenstücke ist *Sommer in Nohant*, es erzählt die Liebesgeschichte von George Sand mit Frédéric Chopin.

Einige meiner Arbeiten sind ausschließlich in der Bundesrepublik erschienen, fast immer zur Missbilligung der DDR-Obrigkeit, bei meinem Roman *November* von 1979 führte dies zum Eklat. Meine Texte handeln gerne von Historischem, in narrativer oder essayistischer Form, häufig treten andere Schriftsteller auf, wie Gentz und Goethe, Franz Kafka und Arthur Schnitzler, ich habe eine produktive Neigung zur Literaturliteratur. Eine meiner frühesten Publikationen waren literarische Parodien, eine betraf Peter Huchel, der sie übrigens mochte.

Der verstorbene ungarische Autor István Eörsi hat nach dem Zusammenbruch des Ostblocks über unseren Berufsstand gesagt:

»Früher hatten wir die Zensur und Geld. Heute haben wir keine Zensur und kein Geld.«

Es scheint mir das passende Wort, diesen Brief zu beenden.

36

Kaum eine Zwangsmaßnahme hat Bewohner der DDR annähernd so gepeinigt wie die fehlende Reisefreiheit. Der Eintritt ins Rentenalter, der für jedermann Reisen in die Bundesrepublik ermöglichte, wurde zu einem heiß ersehnten Datum. Reisebücher von Schriftstellern waren eine begehrte Ware, da sie die virtuelle Überquerung der hermetischen Staatsgrenzen ermöglichten. Die Schriftsteller, oder doch viele von ihnen, zählten neben Außenhandelsvertretern, Sportlern und Diplomaten zu jenem privilegierten Personal, das sich am Besitz eines Reisepasses mit Ausreisevisum für nichtsozialistische Länder erfreuen durfte.

Wer belletristische Reiseliteratur aus Zeiten der deutschen Zweistaatlichkeit überblickt, erkennt als Hauptreiseziel von DDR-Autoren die Sowjetunion, während Hauptreiseziel westdeutscher Schriftsteller die USA waren. Überraschend ist das nicht. Beide Staaten fungierten als jeweils politisch-militärische Schutzmacht. Dass es in Jahren des Kalten Krieges einen Autor aus der DDR in die Vereinigten Staaten verschlug, blieb eher die Ausnahme.

Ich erhielt diese Möglichkeit 1984. Zuvor musste ich einen umfänglichen US-Fragebogen ausfüllen, der mich nach eventuellen Krankheiten und einer möglichen Mitgliedschaft in NS-Organisationen befragte. Die Fluglinie, die mich über den Atlantik bringen sollte, gehörte dem damals noch existierenden Staat Jugoslawien; um sie nutzen zu können, musste ich zuvor von Ostberlin nach Belgrad fliegen. Es war Frühherbst. In den USA standen Präsidentschaftswahlen bevor. Die deutschsprachige Welt beging den 225. Geburtstag Friedrich Schillers.

Ich reiste mit einem Flugzeug, dessen Passagiere zu Teilen serbische Bauern waren. Sie wollten ihre Verwandtschaft in den Vereinigten Staaten besuchen und sie durch mitgebrachte Nahrungs- und Genussmittel aus eigener Herstellung erfreuen. Bei der Einwanderung wurden ihnen alle Würste, alle Schinken und Pflaumenschnapsflaschen beschlagnahmt. Sie klagten darüber und wollten verhandeln, die Zöllner zeigten sich unerbittlich, schon da sie nichts verstanden, darüber verging viel Wartezeit.

Meinen ersten Eindruck von der technologischen Überlegenheit der USA erhielt ich durch das Taxi, das ich am New Yorker Flughafen John F. Kennedy bestieg. Der Gepäckraum der riesigen gelben Limousine war derart flach, dass sich mein Koffer darin nicht unterbringen ließ. Auf halbem Wege in die Stadt blieb das Gefährt dann mit Motorschaden stehen. Ich musste in den Wagen eines Limousine Service wechseln, was mich viel Geld kostete.

Ich nächtigte im Chelsea Hotel. Es lag an der 23rd Street West, Downtown Manhattan, zwischen Seventh und Eighth Avenue. Der von einem vornehmen Londoner Stadtteil entlehnte Name, den das gesamte Viertel nördlich von Greenwich Village trug, wurde zunächst nur durch dieses Hotel beansprucht. Das Gebäude war betagt: Es stand seit hundert Jahren, was für das sich ständig erneuernde New York ein fast schon mythisches Alter bedeutete.

Der erste Hotelbetreiber war ein Immigrant aus Ungarn. Er habe gern kreative Menschen um sich, pflegte er zu sagen, weswegen Künstler bei ihm Kredit hatten, wochen- und monatelang, immer in der Hoffnung auf einen endlichen Verdienst und damit auf Rückerstattung der Schulden. Manchmal kam es vor, dass die Künstler auszogen, ohne ihre Rechnung zu begleichen. Zum Ausgleich hinterließen sie eine ihrer Schöpfungen. Die Sache konnte sich durchaus rentieren, wie im Falle des Verpackungskünstlers Christo.

Die Liste der Künstler, die hier logiert hatten, las sich eindrucksvoll: Mark Twain, Sherwood Anderson, Sarah Bernhardt, O. Henry, Ernest Hemingway, Eugene O'Neill, Tennessee Williams, Dylan Thomas, Thomas Wolfe, Jewgenij Jewtuschenko, Jackson Pollack, Willem de Kooning, Jean Tinguely, Vladimir Nabokov, John Lennon, Jimi Hendrix, Bob Dylan, Sinéad O'Connor. Brendan Behans Frau war hier schwanger geworden. Dies geschah nach vielen resultatlosen Versuchen anderswo, worauf der damalige Portier meinte, die Atmosphäre des Chelsea sei so kreativ, dass sogar Nutten schwanger würden. Behan selbst soff sich in dem Hotel zu Tode. Andy Warhol hatte hier gedreht, für seinen Film *Chelsea Girls*. Leonard Cohen schrieb für Janis Joplin *I remember you well / in the Chelsea Hotel, / you were talking so brave and so sweet*. Den späteren amerikanischen Präsidenten Bill Clinton beeindruckte das Lied derart, dass er seine Tochter danach benannte: Chelsea.

»Ich fühlte mich beinahe sofort zu Hause und überließ mich dem Charme des Hotels und seiner einzigartigen Atmosphäre unaufhaltsamen Zerfalls«, schrieb Arthur Miller. Insgesamt hat er sechs Jahre lang hier gewohnt, nach der Trennung von seiner Frau Marilyn Monroe. »Das Chelsea war die Bastion des Surrealen, lange bevor sein Geist sich durch den Vietnamkrieg zu radikalen Protesten aufraffte.«

Der Vietnamkrieg lag, als ich ankam, acht Jahre zurück. Ich stand vor einem etwas heruntergekommenen Gebäude, gefertigt aus dunkelbraunen Backsteinen und mit schmiedeeisernen Balkongittern an der Straßenfront. In der Hotelhalle hing oder stand allerlei avantgardistische Kunst. Eine riesige weiße Puppe saß auf einer am Plafond befestigten Schaukel. In den Sesseln hockten ein paar abenteuerlich kostümierte Gestalten, darunter ein schwarzer Transvestit; im Halbdunkel, denn es war Abend, ließ sich zunächst nicht erkennen, ob es sich bei ihm um eine Installation handelte oder um einen Menschen aus Fleisch und Blut.

Die Liftkabine war winzig. Beim Fahren ächzte und klapperte sie. Mein Zimmer lag im fünften Stockwerk, das Fenster ging auf die 23. Straße. Die Matratze des Kingsize-Bettes reagierte auf Belastungen mit Krächzen. Die Antenne des Fernsehapparates bestand aus einem der in den Staaten üblichen Drahtkleiderbügel. Das Bad roch nach Chlor, die Griffe der Wasserhähne waren lose, die Wanne changierte in allerlei Farben zwischen grau und gelb. Als ich das Bett aufdeckte, entdeckte ich im Laken zwei von Zigaretten verursachte Brandlöcher. Ich schlief die erste Nacht schlecht, was nicht bloß an der Zeitumstellung lag, sondern auch an meiner Angst vor Ungeziefer. Ich wälzte mich, die Matratze antwortete lautstark, ich schwor mir, gleich am nächsten Tag eine andere Bleibe zu suchen.

Als ich erwachte, war ich weder von Wanzen zerbissen, noch hatten mich Kakerlaken besucht. Das TV-Gerät lieferte mir ein ordentliches Bild, der Wettermann vom CBS-Frühstücksfernsehen sagte einen sonnigen Tag voraus. Ich fuhr im Lift gemeinsam mit einer nicht mehr jungen Frau, die grell geschminkt war, am Leib einen mottenzerfressenen Nerz und im Arm einen Schoßhund der Rasse Chihuahua. Sie blickte mich mit leerem Lächeln an und murmelte unverständliche Sätze.

Das Chelsea hatte keinen Frühstücksraum. Um etwas zu mir zu nehmen, musste ich den Coffee Shop an der nächsten Straßenecke aufsuchen. Ich bestaunte Leute, die zu dieser frühen Stunde frische Bratkartoffeln verzehrten. Auf dem gefliesten Fußboden lagen Zigarettenkippen. Bei Arthur Miller würde ich später nachlesen können, dass auch er während der Jahre seines Aufenthaltes im Chelsea hier zu frühstücken pflegte.

Bei ihm las ich außerdem über den »uralten Staub in den Vorhängen und Teppichen, die verrosteten Rohre, den leckenden Kühlschrank, die Klimaanlage, in die man ständig Wasser füllen musste«. Miller hatte es alles klaglos hingenommen, und auch ich nahm es bald klaglos hin; entgegen meinem nächtlichen Vorsatz suchte ich mir keine andere Bleibe. Ich blieb zehn Tage hier wohnen, ich kannte meine Nachbarn, und als ich mich später erneut in New York aufhielt, stieg ich abermals im Chelsea Hotel ab. Als mein Rückflug in die Welt hinter dem Eisernen Vorhang bevorstand und ich packen musste, zerriss es mir vor Wehmut fast das Herz.

Ich hatte mich in New York City verliebt. Ich hatte mich an Straßen gewöhnt, deren überhohe Häuser nur einen schmalen Streifen Himmels freigaben. Ich mochte die pragmatische Hast der Leute und ihren routinierten Optimismus, der noch einem bettelnden Krüppel die Auskunft entlockte, es gehe ihm großartig. Ich besuchte das Museum of Modern Art und brachte viele Stunden dort zu, zwischen Exponaten der klassischen Moderne, die mir das Land

In New York City

meiner Herkunft überwiegend vorenthielt. Ich ging durch Spanish Harlem, ich sah den Zerfall der Häuser, die Apathie, die materielle Verelendung, die lauernde Aggression der dort lebenden Menschen. Wieso hatte es in den USA eigentlich niemals eine nennenswerte sozialistische oder sozialdemokratische Bewegung gegeben?

Meine Absicht war es gewesen, einen Leihwagen zu nehmen und von Küste zu Küste zu fahren. Ich besaß keine Kreditkarte, die Leihwagenfirmen akzeptierten weder Banknoten noch Reiseschecks, da beides im Verdacht der Geldwäsche stand. Ich musste mir ein anderes Transportmittel suchen. Ich wählte die Fernlinien-Omnibusse des Unternehmens Greyhound.

In dessen schäbigen Stationsgebäuden hockten Wartende in Schalensitzen aus Kunststoff. Nach Einwurf einer Geldmünze konnten sie auf kleinen Monitoren TV-Programme sehen. Sie rauchten dabei Zigaretten und tranken Büchsenbier. Ich dachte an den Film *Bus Stop* mit Marilyn Monroe, dort wurde der Omnibus durch Schneegestöber zu einem Aufenthalt gezwungen, mit schicksalsschweren Folgen. Jetzt war es noch nicht die Jahreszeit für Schneegestöber, und sie wurden meteorologisch unwahrscheinlicher, je weiter ich nach Süden fuhr. Häufig stiegen jetzt Fahrgäste mit dunkler Hautfarbe zu. Ich dachte an die Freedom Riders, die nach 1961 das Ende der Rassentrennung in öffentlichen Verkehrsmitteln erzwangen. Einer ihrer Wortführer war der schwarze Geistliche Martin Luther King gewesen.

Er wurde ermordet in Memphis, Tennessee, eine an den Ufern des Mississippi konturlos ausgegossene Stadt. Ich ließ mich von einem Taxi dorthin fahren, wo die Bluttat geschah. Der Fahrer war Afroamerikaner. Er war nicht erstaunt, als ich ihm das Ziel nannte. Er antwortete höflich auf alle meine Fragen. Der Wagen fuhr durch eine Slumgegend mit schmutzigen Gassen, mit verbeulten Häusern und hielt vor einem Motel mit Namen *Lorraine*. An der Rezeption händigte man mir einen Schlüssel aus. Ich stieg die Stufen hinauf zum ersten Stockwerk. Neben einer Tür hing ein Kranz aus staubigen Blumen, daneben eine schmucklose Tafel mit der Auskunft, dies sei eine Gedenkstätte für Martin Luther King.

Ich öffnete die Tür. Im Zimmer war alles so belassen worden wie an jenem 4. April 1968, als sich das Attentat zutrug. Das Bett war zerwühlt. An den Garderobehaken hingen Textilien. An der Wand klebten ein paar Fotos, sie zeigten einen strahlend lachenden Jimmy Carter, der zur Zeit seiner Präsidentschaft hierhergekommen war. Das Fenster ging auf den Balkon. Dort draußen hatte Martin Luther King gestanden, als ihn die Kugeln trafen. Ich schmeckte die abgestandene Luft. Ich musste die Gefühle von Indiskretion und

Scham abschütteln, die mich heimsuchten beim Anblick von so viel jäh abgebrochener Privatheit. Der Portier blickte nicht auf, als ich ihm an der Rezeption den Schlüssel zurückbrachte. Er las in einer Tageszeitung. Neben ihm auf dem Tisch stand eine angebrochene Limonadenbüchse.

»Our passion is just as great as the power you have to do us harm«, hat er gesagt. »Unsere Leidenskraft ist ebenso groß wie eure Macht, uns Leid zuzufügen. Tut mit uns, was ihr wollt, wir werden euch trotzdem lieben.« Es war die Haltung der Bergpredigt Jesu Christi, der absoluten Gewaltlosigkeit; trotz des blutigen Endes dessen, der sie hier vertrat, hat sie schließlich gesiegt und dies nicht nur hier.

Im Herbst 1984 herrschte Wahlkampf. Der amtierende Republikaner Ronald Reagan kandidierte für eine zweite Präsidentschaft, zusammen mit Vizepräsident George Bush, Gegner waren die Demokraten Walter Mondale und Geraldine Ferraro. Ich trug einen Sticker mit deren beider Namen auf meiner Umhängetasche. In New Orleans ging ich zu einer Wahlkundgebung mit Geraldine Ferraro. Auf ein riesiges Freigelände waren Tausende von Menschen gekommen. Ihre Reaktionen wirkten lustlos und wie einstudiert. Wo ich stand, sah ich von der Rednerin nicht viel.

Den Wahltag erlebte ich in Chicago, in einem Hotel, das unmittelbar über jenem Konferenzgebäude lag, wo 1969 John F. Kennedy zum Präsidentschaftskandidaten gekürt worden war. Abends saß ich in meinem Zimmer vor dem laufenden TV-Gerät, ich verfolgte, wie die einzelnen Bundesstaaten abgestimmt hatten, einer nach dem anderen fiel den Republikanern zu, zwei Stunden nach Mitternacht war deutlich, dass Reagan gesiegt hatte. Ich betrank mich mit einer Flasche kalifornischen Rotweins.

Eingeladen hatte mich in die USA die Universität von Charlottesville, Virginia. Sie war die Gründung von Thomas Jefferson, dem Verfasser der Unabhängigkeitserklärung und dritten Präsidenten der USA. Der Leiter des German Department war ein österreichischer Emigrant, ein Wiener jüdischer Herkunft, und der Autor, der ihn am meisten beschäftigte, war Franz Kafka. Er führte mich über den Campus. Er zeigte mir das Haus, in dem, als *writer in residence*, der alternde William Faulkner gelebt hatte, ein Alkoholiker und Gentleman. Bei einem Abendessen, das er gab, setzte er mich neben den Altgermanisten des Departments, der eines unserer mittelalterlichen Literaturdokumente, *Meier Helmbrecht* von Wernher dem Gärtner, aus dem Mittelhochdeutschen ins amerikanische Englisch übersetzt hatte. Er war Afroamerikaner, sein Großvater hatte noch als Sklave gelebt.

Ich fuhr nach Monticello, Thomas Jeffersons Landsitz auf einer Anhöhe, fünf Kilometer südöstlich von Charlottesville. Der dritte US-Präsident war nicht nur Diplomat, Jurist, Biologe, Philosoph, Schriftsteller und Theologe gewesen, sondern außerdem ein begabter Architekt. Monticello hat er selbst entworfen, nach Vorbildern des italienischen Renaissance-Baumeisters Palladio, und vier Jahrzehnte daran gebaut, keine Farbe, kein Holz, keine Wandverkleidung wurden verwendet ohne seine ausdrückliche Billigung. Das Haus füllte er mit Zeugnissen seiner Gelehrsamkeit und Tüftelei. Er hatte einen Polygraphen erfunden, eine Chiffriermaschine und den Kleiderbügel. In seinem Küchengarten wuchsen zwanzig von ihm selbst gezüchtete Erbsensorten.

Als die Gesamtanlage schließlich vollendet war, nach vierzig Jahren, war Jefferson hoch verschuldet. Seine sechseinhalbtausend Bände umfassende Privatbibliothek hatte er schon zuvor veräußern müssen, sie bildeten den Grundbestand der Library of Congress in Washington. Als sein letzter Besitz blieben ihm seine zweihundert Sklaven, die er, Mitautor der französischen Menschenrechtsdeklaration, unverdrossen behielt. Sie besaßen ihren festen Marktwert entsprechend Alter, Geschlecht und Eignung. Erst im Augenblick seines Sterbens ließ er fünf von ihnen frei. Die schöne Mulattin Sally Hemings, seine Geliebte, von der er ein Kind hatte, befand sich nicht darunter.

»Wie erhaben«, schrieb er einmal, »herabzusehen in die Werkstatt der Natur.« Was war damit gemeint? Jefferson meinte »Wolken und Hagelschauer, Schnee, Regen und Donner, die alle hergestellt werden zu unseren Füßen. Und die rühmliche Sonne, wenn sie aufgeht, als tauche sie aus einem fernen Gewässer ...«

Dergleichen Empathie teilte er mit seinem deutschen Zeitgenossen, dem Verfasser des Lieds an die Freude. Aus Anlass des 225. Geburtstags von Friedrich Schiller veranstaltete man ein Kolloquium. Ich war dazu eingeladen.

Es fand statt auf Long Island bei New York, in Räumen der privaten Hofstra Universität. Es gab die übliche angelsächsische Dramaturgie: Ein wechselndes Panel rief die einzelnen Beiträger auf, die nicht länger als eine Viertelstunde sprechen sollten, anschließend durften sich kurz die Zuhörer zu Worte melden. Es wurde viel von naiver und sentimentaler Dichtung geredet. Zum ersten Mal in meinem Leben hörte ich den Namen des französischen Dekonstruktivisten Jacques Derrida.

Am Abend fand eine Podiumsdiskussion statt, zu deren Teilnehmern ich gehörte. Sie wurde auf Deutsch geführt. Neben mir saß der Autor Joel Agee.

Ich kannte ihn. Ich kannte ihn als Stiefsohn meines Chefredakteurs Bodo Uhse von der Zeitschrift *Aufbau*, damals ein dürrer schlaksiger Junge mit großen Ohren, der seiner Mutter Alma sehr ähnlich sah. Zusammen mit ihr, das wusste ich, war er in sein Geburtsland zurückgekehrt und hatte dort wieder den Nachnamen seines leiblichen Vaters angenommen, des in den Staaten angesehenen Romanciers James Agee. Joel hatte später seine Erinnerungen an die DDR aufgeschrieben, unter dem Titel *Zwölf Jahre – Eine amerikanische Jugend in Ostdeutschland.* Ich hatte das Buch gelesen, und es hatte mich sehr angerührt. Nun saß ich neben dem Verfasser.

Er war immer noch lang und dürr. Er trug graues langes Haar und einen grauen Vollbart. Er erinnerte sich an mich wie ich mich an ihn, wir fielen uns um den Hals, es wurde recht sentimental.

Sein Deutsch war völlig akzentfrei. Gleichwohl erschien es mir fremd: Es bewahrte den Jargon der fünfziger Jahre, den es so nicht mehr gab, unsere Sprache hatte sich in den vergangenen drei Jahrzehnten verändert, ohne dass wir heimischen Sprecher es besonders wahrgenommen hätten.

Er lebte jetzt in Brooklyn. Er hatte Heinrich von Kleist und Friedrich Dürrenmatt ins Englische übersetzt. Er erzählte von Stefan, seinem jüngeren Bruder, Bodo Uhses leiblichem Sohn, auch ihn hatte ich gekannt, einen ständig kränkelnden Jungen, 1973 hatte er sich das Leben genommen. Wir redeten über die Vergangenheit, über die DDR, über verblasste Ideale, »dass der Mensch von Natur aus gut ist und trotz des entstellenden Drucks der Geschichte vervollkommnungsfähig; dass alle Menschen das gleiche Recht auf ein gutes Leben haben; dass es besser ist, zusammenzuarbeiten als zu konkurrieren; edler, anderen zu helfen, als sich selbst zu bereichern; dass niemand besitzen sollte, was andere zum Leben und zum Glück brauchen«. So stand es in seinem Erinnerungsbuch. Es waren Ideen, denen er sich einmal zugeneigt hatte ebenso wie ich. Sie waren, wussten wir, bloß ein Vorwand gewesen für politische Willkür und politische Verbrechen.

37

Der Fortschritt ist halt wie ein neuentdecktes Land; ein blühendes Kolonialsystem an der Küste, das Innere noch Wildnis, Steppe, Prärie. Überhaupt hat der Fortschritt das an sich, dass er viel größer ausschaut, als er wirklich ist.«

So steht es in der 1847 geschriebenen Posse *Der Schützling* von Johann Nepomuk Nestroy. Dieser Autor, außerhalb Österreichs nur gelegentlich gespielt, gilt in Wien als Klassiker, als heimischer Molière, was schon deshalb zutrifft, da er, gleich dem Autor des *Tartuffe*, Darsteller, Theaterprinzipal und Stückeschreiber in einer Person war. Der Unterschied zu Molière besteht darin, dass der Ruhm Nestroys an Österreichs Grenzen endet, was allein mit der Sprache zu tun hat. Nestroy war kein üblicher Dialektdichter, er schuf sich, auf Grundlage des Wienerischen, sein höchst eigenes Kunstidiom, dessen Witz, Verspieltheiten, Melancholien zur Gänze verständlich nur in Österreichs Hauptstadt sind. Die Sprache ist gewichtiger als die Handlung, die Nestroy gerne von französischen Farcen übernahm und auf seine heimischen Verhältnisse übertrug.

Hinzu kommt, dass, anders als in Deutschland, wo Gottsched und Lessing die lustige Figur von der Bühne verbannten, ein ähnlicher Versuch des Aufklärers Sonnenfels in Österreich gescheitert ist. Das Wiener Vorstadttheater, dessen König Johann Nestroy war, pflegte den Hanswurst noch in Zeiten des Biedermeier und veredelte ihn zu jenen Figuren, die der Autor in aller Regel selber spielte.

Der Hanswurst starb in Wien erst unter dem vorletzten Kaiser Franz Joseph. Nestroy wurde vergessen, bis der große Karl Kraus ihn wiederentdeckte und in umjubelten Soiréen vortrug. Ein Biograf von Karl Kraus war Hans Weigel, und wie Karl Kraus war Hans Weigel ein leidenschaftlicher Propagandist des Johann Nepomuk Nestroy.

Ich lernte Hans Weigel kennen auf einer der sommerlichen Nestroy-Tagungen in Schwechat. Dem internationalen Publikum ist diese Stadt geläufig wegen des ihres Flughafens, während das österreichische Publikum von ihr außerdem als Fabrikationsstandort einer großen Brauerei weiß, die mit dem unsäglichen Reim »Schwechater? / Recht hat er« Werbung betreibt. Nahe Schwechat steht ein reizendes Barockschlösschen, das eigentlicher Ort der Nestroy-Tagungen war, die erwähnte Brauerei finanzierte sie.

Verlesen wurden dabei die üblichen Philologen-Texte, manche erhellend und manche verschroben. Hans Weigel, eine Tabakpfeife zwischen den Zähnen, hörte zu und sprach dann selbst. Er sprach anders als die anderen. Er sprach verständlich und in Sätzen, die stilistisch so vollkommen waren, dass mancher wünschen mochte, sie würden ihm wenigstens unter die Feder kommen.

Längere Zeit war er Theaterkritiker gewesen, der einflussreichste in Wien. Er wusste, wie man Nestroy zu spielen hatte und sagte es jetzt: »Wörtlich.« Ich kannte seinen Namen. Ich wusste, dass er einmal, eines Verrisses wegen, von der zu Zeiten hochberühmten Schauspielerin Käthe Dorsch geohrfeigt worden war. Die daraufhin von den Wienern Watschen-Kathi Geheißene hatte, aus gleichem Grund, ebenso den mir gut bekannten Wolfgang Harich geohrfeigt.

Darüber sprachen wir, Weigel und ich. Wir sprachen über vieles. Wir saßen beieinander während eines Empfangs, den der Schwechater Bier- und Senffabrikant gab. Später saß an diesem Tisch noch eine ältere Dame, einst Solotänzerin an der Wiener Staatsoper und später damit beschäftigt, über Ballett, dessen Geschichte und Ästhetik zu lesen und zu schreiben. Als einmal in unserer Unterhaltung der Name Hitler fiel, fragte sie erstaunt: »Wer ist das?« Die Frage war kein alberner Witz. Die Frau wusste es wirklich nicht. Selbst die sechs Jahre, in denen Österreich Ostmark der Nazis gewesen war, hatte sie sich ausschließlich mit Ballett, dessen Geschichte und Ästhetik befasst.

Hans Weigel wurde nicht mehr Zeuge dieses Wortwechsels, da er rechtzeitig gegangen war. Als ich ihm anderntags davon erzählte, erläuterte er mir die Techniken des österreichischen Autismus.

Derart freundeten wir uns an. Es war eine Freundschaft über die zeitliche Distanz einer Generation und über zwei geografische

Hans Weigel

Grenzen hinweg. Wann immer ich jetzt nach Wien kam, stand er in Schwechat am Flughafen und wartete auf mich. Er setzte mich in seinen Wagen, und wir fuhren nach Maria Enzersdorf, einen Wohn- und Winzerort hinter der Wiener Stadtgrenze, in dem sein Haus stand.

Dort saßen wir und redeten lange. Vor den Fenstern hatte das Licht jenen Glanz, der meinen norddeutschen Augen bereits südlich und jedenfalls sehr österreichisch erschien. Er zeigte mir einen verschnörkelten, mit dunkelrotem Samt bezogenen Sessel, der von seinen Eltern stammte. Eine Hilfskraft hatte ihn gerettet, als 1938 die Räume der jüdischen Wohnung geplündert worden waren. Sie hatte das Möbelstück aufbewahrt und dem aus der Emigration Heimgekehrten übergeben.

Hans Weigel musste auch fliehen, weil er, in der Ersten Republik, politisch engagiert gewesen war. Damals schrieb er Texte für linkes Kabarett, andere Autoren waren Peter Hammerschlag und Jura Soyfer. Man konnte von solchen Beiträgen nicht leben, und so schrieb er außerdem Texte für musikalische Lustspiele von Ralph Benatzky. Nach 1945, als der Kalte Krieg anhob, boykottierte Österreich Bertolt Brecht. Hans Weigel war einer der Wortführer. Er meinte Stalin bekämpfen zu können, indem er Mackie Messer das Singen verbot. Josef Stalin, seinerseits ein Mackie Messer mit prächtigen Haifischzähnen im Gesicht, war dadurch nicht zu beeindrucken.

Hans Weigel hat dies später öffentlich als Irrtum bekannt. Das freimütige Geständnis von Fehlern ist eine rare Sache und zeugt vom Charakter dessen, der es vorträgt. Wer die übrigen, inzwischen als Buch erschienenen Theaterkritiken Weigels aus jener Zeit liest, wird entdecken, dass er sich seiner Aufgabe fleißig, gewissenhaft und mustergültig unterzog, in der Form wie im Urteil.

Ich erinnere mich seines fünfundsiebzigsten Geburtstages. Am Nachmittag hatte er sein Haus für seine Freunde geöffnet. Es wurden Blumen überreicht, einander wildfremde Menschen lernten sich kennen, Literaten vor allem, Linke und Rechte, Alte und Junge, Schwätzer und Grübler; das Einzige, was sie verband, war dieser Jubilar, der auf seiner Gartenbank saß, eine getönte Brille trug, leicht zerstreut wirkte und öfters milde lächelte.

Am Abend gab es einen Festakt. Er fand in Wien statt, im Saal eines großen Kreditinstituts. Festreden wurden nicht gehalten, da der Jubilar sie sich verbeten hatte. Er ließ stattdessen einen Schauspieler Texte vorlesen, die er liebte, und er wollte die Zuhörer an seiner Liebe teilhaben lassen. Darunter war Gottfried Kellers *Abendlied* mit der Eingangszeile »Augen, meine stillen Fensterlein«. Hans Weigel saß still da und hörte zu, im Gesicht die Brille mit den dicken Gläsern, und ich wusste, wie die meisten im Saal es wussten, dass er keine sehr gesunden Augen hatte, schon seit seinen jungen Jahren nicht.

»Die Vergangenheit ist mein Kapital, und die Erinnerungen sind die Interessen, die ich verzehre«, heißt es bei Nestroy.

Hans Weigels Interessen finden sich in seinen Büchern. Er hat über die Schweiz geschrieben und immer wieder über Österreich. Er hat Stilkritiken und Parodien verfasst. Er hat Molières Stücke übersetzt, seine Fassungen sind die schönsten, die es in deutscher Sprache gibt. Der österreichischen Nachkriegsbelletristik diente er als Geburtshelfer, durch Zeitschriften und Anthologien, die er betreute, Ilse Aichinger, Ingeborg Bachmann, Christine Busta und Paul Celan wurden erstmals vorgestellt durch ihn.

Das Österreich jener Jahre war ein mit sich selbst zutiefst unzufriedenes Land. Es hatte zwei Diktaturen hinter sich: die der Austrofaschisten Dollfuß und Schuschnigg und die des gebürtigen Oberösterreichers Adolf Hitler. Bis 1918 war man eine Großmacht gewesen, nach Russland die zweite auf dem europäischen Festland, durch den Friedensvertrag von St-Germain war man ein wirtschaftlich kranker Kleinstaat geworden, der fortwährend durch Bürgerkrieg heimgesucht wurde. Als ich erstmals nach Wien kam, Ende der sechziger Jahre, wirkte die Stadt noch grau, mürbe und schmuddelig, ihre spätere Prachtmeile, die Kärntner Straße, verfügte noch über eine Fahrbahn für den Autoverkehr, bei Dämmerung traten auf den Bürgersteigen massenhaft die Huren auf.

Der Aufstieg Österreichs zu einem der reichsten Länder der Welt vollzog sich sehr allmählich. Die Generation, die dem untergegangenen Großreich und dem mit seinen Aufgaben völlig überforderten Kaiser Franz Joseph nachweinte, ging mit den Jahren davon. Das Land profitierte von seiner Lage an der Nahtstelle zwischen den beiden verfeindeten Machtblöcken in Europa; außenpolitisch neutral, wurde es Drehscheibe für den Warenaustausch und, natürlich, auch für Agenten. Sein wachsendes Selbstbewusstsein nährten, außer dem Politiker Bruno Kreisky, seine erfolgreichen Schriftsteller und seine erfolgreichen Wintersportler. Wien putzte sich heraus. Salzburg wurde glänzender als Bayreuth. Der mehr als mangelhafte Umgang mit der eigenen Rolle in der braunen Diktatur erledigte sich durch das Wegsterben der Protagonisten. Die beißende Kritik der Intellektuellen und ein allgemeiner Hang zur Larmoyanz sorgten dafür, dass man nicht größenwahnsinnig wurde. Österreich profitierte vom Kalten Krieg, materiell wie immateriell, und würde das Ende dieses Weltkonflikts als Einbuße erfahren.

Hans Weigel hat das noch miterlebt, Friedrich Torberg nicht. Ich kannte auch ihn recht gut. Ich habe ihn in Altaussee getroffen, einem Dorf im steirischen Salzkammergut, wo er sein Sommerhaus hatte; der Ort besitzt eine ehrwürdige literarische Tradition, Hermann Broch hat hier gelebt und gearbeitet, Leopold Andrian auch, Jakob Wassermann liegt auf dem Friedhof neben dem See begraben. Wir gingen, Torberg und ich, gemeinsam ein Stück um diesen See herum, langsam, denn das Gehen bereitete ihm Mühe, dabei war er als junger Mensch Sportler gewesen, Mitglied der erfolgreichen Wasserballmannschaft im jüdischen SC Hakoah. Er hatte auch als Sportreporter gearbeitet, für das *Prager Tagblatt*, bekannt geworden durch seine Mitarbeiter Max Brod und Egon Erwin Kisch.

Sein Name war ein Pseudonym. Er hatte es collagiert aus den Geburtsnamen seiner Eltern, Kantor und Berg. Da sein neuer Name an eine bekannte dänische Biermarke erinnerte, wurde er einmal gefragt, ob seine Familie skandinavische Wurzeln habe. Seine Antwort: »Ja. Mein Urahn war Schiffsrabbiner bei den Wikingern.«

Sein literarisches Debüt war der Roman *Der Schüler Gerber hat maturiert*. Matura ist der österreichische Name für jenen schulischen Abschluss, der in Deutschland Abitur heißt. Das Buch behandelt eine Schülertragödie jener Art, wie sie auch Robert Musil in *Die Verwirrungen des Zöglings Törleß* und Hermann Hesse in *Unterm Rad* beschreiben. Das Buch machte den Zweiundzwanzigjährigen so bekannt, dass der Spott das Verbum des Titels in »masturbiert« abwandelte. Der Autor ließ es in späteren Ausgaben einfach fort.

Die wichtigsten Jahre seines Lebens wurden ihm durch Adolf Hitler beschädigt, denn statt mit der ruhigen und peniblen Herstellung von epischen Geschichten befasste er sich mit dem militanten

Friedrich Torberg

Antifaschismus, als Soldat in Uniform, als Verfasser von Artikeln in Emigrantenblättern, als Schreiber von Auftragsarbeiten in der Filmstadt Hollywood, denn von irgendwas musste er leben. Die Militanz jener Jahre trug er unverändert in den Nachkrieg, der schon bald ein Kalter Krieg geworden war. Witzig ist Torberg dabei allemal geblieben, aggressiv auch, ich hätte damals nicht mit ihm zu tun haben mögen, aber als ich ihn das erste Mal sah, war der Kalte Krieg fast vorbei.

Er hat den zweiten großen literarischen Erfolg seines Lebens erst wieder gegen dessen Ende gehabt, mit einem Buch, das *Die Tante Jolesch* heißt. Der Untertitel lautet *Der Untergang des Abendlands in Anekdoten,* und es handelt sich bei diesen Anekdoten ausschließlich um solche aus dem austriakisch-jüdischen Milieu. Friedrich Torberg selbst war ein Jude von streitbarer Gesinnung und schneidendem Stolz. Die Inhalte seiner Anekdoten sind alle als realistisch verbürgt, und die Pointen sind umwerfend. Unvergesslich die Geschichte von Ignaz Petschek, dem schwerreichen Besitzer der böhmischen Kohlengruben und Vater von mehreren sehr hässlichen Töchtern. Einmal, während des sonntäglichen Korsos, zeigt ein Prager seinem auswärtigen Besucher einige promenierende Damen und erklärt, die seien die Töchter des berühmten Petschek. Der Besucher schaut und sagt: »Gott ist gerecht.«

Einmal hatte mich Torberg in ein böhmisches Gartenrestaurant im Prater eingeladen, zu gebackenem Karpfen und Pilsner Bier. Ich bestaunte, wie er mühelos mit dem Wirt tschechisch sprach. Eigentlich war da kein Anlass zur Verwunderung, denn seine Familie stammte aus Prag, er hatte dort entscheidende Jugendjahre zugebracht. Wieder, das geschah nicht zum ersten Mal, redete er auf mich ein, ich solle diese scheußliche DDR endlich hinter mir lassen, ich solle mit meiner Familie nach Österreich kommen, ich hätte Freunde hier und würde Hilfe finden, ich sei doch schon ein halber Wiener. Ich entgegnete, ich wolle darüber nachdenken. Die Versuchung war in der Tat nicht gering, sie erreichte mich immer wieder. Torberg sagte dann noch, er werde sich in zwei Tagen einem kleinen chirurgischen Eingriff unterziehen, nichts Bedeutendes, eine Ader sei zu entfernen, wir würden uns bald wiedersehen. Ich fuhr zurück nach Ostberlin. Torberg ging in sein Krankenhaus. Ein paar Tage später rief mich eine Sekretärin der österreichischen Botschaft in der DDR an und sagte mir, Friedrich Torberg sei verstorben. Er sei aus der Narkose nicht wieder erwacht. Es sei ein gnädiger Tod gewesen.

An einem kaltnassen Wintertag flog ich zu seiner Beerdigung. Auch in Wien waren Schnee und Regen, mehr Regen als Schnee. Ich fuhr mit einem Taxi in der Begleitung eines vergrippten Taxi-Chauffeurs in die Innere Stadt. Wir passierten die lange Mauer des Wiener Zentralfriedhofs mit den vielen Toren. Ich dachte daran, dass ich morgen durch eines dieser Tore würde gehen müssen.

Am nächsten Tag hatte der Schneeregen nicht aufgehört. Ich fuhr zur Beerdigung. Der Regen hatte sich verstärkt. Das Taxi hielt neben einem Übertragungswagen der österreichischen Television. Ich ging durch das Tor. Ich war einer der ersten Kondolenten.

Ich entdeckte, dass Friedrich Torbergs Grab neben jenem von Arthur Schnitzler liegen würde. »Gelt«, sagte triumphierend Marietta, Friedrich Torbergs Witwe, »das hätt ihn gefreut.« Immer mehr Leute traten durch das Tor. Es waren Stühle aufgestellt worden, auf der einen Seite vom Grab für die Männer, auf der anderen Seite vom Grab für die Frauen. Die Fernsehleute installierten ihre Kameras. Ein Angehöriger der Kultusgemeinde teilte schwarze Käppchen aus.

Die Erde war weich vom Regen. Zuletzt standen viele hundert Menschen im Schlamm. Die Männer der Begräbnisbruderschaft trugen den Sarg heran, eine rohe Holzkiste, die Träger sahen aus wie gesunde Bauernbuben aus Niederösterreich, wahrscheinlich waren sie es. Ein Lautsprecher knatterte. Der Rabbiner sang das Kaddisch, es wurde gepredigt, es wurden die Nachrufe verlesen. Der Regen ging weiter. Ich stand in einer Pfütze und musste viel Aufmerksamkeit darauf verwenden, dass ich niemanden mit meinem Schirm verletzte. Vor mir stand ein Kabelschlepper des österreichischen Fernsehens, der Regen hatte seine Kippa aufgeweicht, schwarze Farbe rann ihm aus der Kopfbedeckung übers Ohr in den Nacken. Dann waren die Reden zu Ende, der Sarg wurde versenkt, die Leute gingen hin und warfen Erde in die Grube. Ich meinte, den toten Torberg in seiner Kiste kichern zu hören. Ich warf einen nassen Klumpen Erde zu ihm hinab.

38

Schriftsteller handeln üblicherweise von dem, was sie kennen. Was sie am besten kennen, sind allemal sie selbst. Schöne Literatur ist häufig nichts als maskierte Autobiografie, wofür als berühmtes Beispiel das Werk von Thomas Mann steht. Daneben gibt es Autoren, die, wie Anna Seghers, in ihren Büchern jeglichen Rückschluss auf ihr eigenes Leben verweigern.

R. S. neigt letzterem zu. Wenn er die Geschichte abklopfte, um Erhellendes für die Gegenwart zu finden, musste er sich von seiner Biografie entfernen. Welchen selbstreferentiellen Bezug unterhielte er, um ein Beispiel zu nehmen, zu Joseph Fouché? Der hemmungslose Opportunist unter sechs einander folgenden Regimen in Frankreich war der Erfinder und erste Leiter einer modernen Geheimpolizei. R. S. wollte mit ihm, das geschah 1984, von der Herkunft und den Methoden eines in der DDR allmächtigen Ministeriums erzählen.

Zur Beerdigung seines verstorbenen Wiener Freundes Friedrich Torberg reiste er mit gebrochenem linken Arm, einem märkischen Grabbukett und einem offiziellen DDR-Visum. Dass ihm dies die Behörden erteilt hatten, war grotesk. Torberg hasste die Kommunisten, was weithin bekannt war. Nur die DDR-Behörden wussten es nicht. Sie waren ungebildet.

R. S. hat dies dem Staat, in dem er lebte, immer zum Vorwurf gemacht. Er hält Dummheit für ein kardinales Verbrechen, und die DDR war außerordentlich dumm. Dazu gehört auch die dort gepflegte Haltung zum öffentlichen Effekt literarischer Erzeugnisse. Die SED fürchtete, Dichter seien begabt, durch ihr Wort Revolten auszulösen, weshalb sie es streng kontrollierten. Solche Furcht gründete auf Geschehnisse im 19. Jahrhundert und da zumal in Osteuropa, wo der literarische Gebrauch der Muttersprache das Streben nach nationaler und sozialer Selbstbestimmung beförderte, man denke an Adam Mickiewicz und Polen, Leo Tolstoi und Russland, Jan Neruda und Tschechien.

Die DDR lag nicht in Osteuropa. Das Jahrhundert war das zwanzigste. Das Bewusstsein betreffend die gesellschaftliche Wirksamkeit von Belletristik teilten Ostdeutschlands Kommunisten mit ihren Literaten, die sich dadurch in ihrer Eitelkeit bestärkt sahen. R. S. erkannte darin eine Lebenslüge und hat das öffentlich geäußert.

Wieso er bei alledem Bürger des Staates DDR geblieben ist, wurde er gelegentlich gefragt. Als Inhaber eines der nach der Biermann-Ausbürgerung inflationär ausgeteilten Ausreisevisen für Intellektuelle hat er insgesamt neun Jahre lang in der alten Bundesrepublik gearbeitet. Wieso ist er nicht endgültig dorthin verzogen?

Zur Antwort erwähnte er zunächst den Umstand, dass er, einziger Angehöriger seiner betagten Mutter, diese nach einer endgültigen Aussiedlung nicht hätte wiedersehen können, was für die alte Dame wohl letale Folgen gehabt hätte. Außerdem wolle er sich von niemandem, seinen politischen Widersachern zuletzt, seinen Wohnsitz vorschreiben lassen. Auch der Ausspruch ›Was finge ich denn ohne meine Feinde an?‹ kam ihm gelegentlich über die Lippen.

Darüber hinaus unterhielt er eine Art zähneknirschendes Attachment zu jenem Gesellschaftsexperiment, das die DDR sein wollte und das ihr so gründlich misslang. Ihm saß der Linkssozialismus gleichsam in den Genen. Nach wie vor hält er, wiewohl dies zu sagen gegenwärtig etwas unzeitgemäß ist, Karl Marx für einen bedeutenden Anreger, und jedenfalls war der Marxismus jene Lehre, mit der er das politische Denken erlernte.

Seine reflexhafte Zuneigung zu jener östlichen Welt hatte demnach etwas Selbstquälerisches. Er war auch immer ein Radikalpazifist und immer ein Anhänger der deutschen Wiedervereinigung, was ihn mit der DDR selbst ohne Biermann-Ausbürgerung in Gegensatz bringen musste. Sah er das denn nicht? Er verhielt sich, wie er sich verhielt. Der Mensch ist ein widersprüchlich Ding; nehmen wir gnädig an, dass es dergleichen Widersprüche sind, die produktiv machen.

Über seine privaten Umstände ist zu sagen, dass er eine Schwäche für gute, im Zweifelsfall romanische Mahlzeiten hat. Seit seinem dreiundvierzigsten Lebensjahr ist er Nichtraucher. Öffentliche Ehrungen verabscheut er.«

Dies ist ein weiteres Zitat aus dem an anderer Stelle erwähnten autobiografischen Abriss. Ihm ist nichts hinzuzufügen.

39

Es geschah, dass ich in beiden Deutschländern irgendwie zu Hause war und in keinem wirklich. Ich hatte äußerlich keinerlei Mühe, mich in der jeweiligen Umgebung wie selbstverständlich zu bewegen. Es waren dies die Maskeraden einer mich immer mehr ergreifenden Unbehaustheit. Ich sammelte eine Unmenge an Kenntnissen und Eindrücken, ich bezahlte sie mit zunehmender innerer Leere. In der DDR schlug mir gelegentlich dumpfer Neid entgegen wegen meiner offenbar mühelosen Grenzüberschreitungen, ich konnte ihn gut verstehen, obschon er mich gänzlich verfehlte.

Manchmal trat ich in Kirchen auf. Es waren die einzigen öffentlichen Anlässe, die ich in der DDR problemlos wahrnehmen konnte. Ich saß den tiefernsten jungen Leuten gegenüber, die, bescheiden, grüblerisch, arglos, an ihren alternativen Lebensentwürfen zimmerten, ich fühlte eine bohrende Sehnsucht nach ihrer Existenz, die mir auf immer versperrt blieb.

Einmal fuhr ich mit der S-Bahn zum Bahnhof Friedrichstraße. Mir gegenüber saß ein älterer Mann. Er las in einer Morgenzeitung. Er trug einen grauen Filzhut. Er zeigte ein gleichfalls graues, überaus mürrisches Gesicht. Mit Interesse verfolgte ich, wie gewisse Falten der Verkniffenheit neben seinen Mundwinkeln sich ständig vertieften. Missfiel diesem Manne die Lektüre? Hatte er es vielmehr an der Galle? Oder war er einfach ein Misanthrop, entschlossen, das Leben ärgerlich und jeden neu beginnenden Tag als eine Zumutung zu empfinden? Ich wusste es nicht. Ich würde es niemals erfahren. Immerhin dachte ich darüber nach; in dieser Beschäftigung erreichte ich mein Ziel. Ich verließ den S-Bahnzug und vergaß den Mann. Ich durchlief die erforderlichen Checks und Kontrollen an der Grenze, ich fuhr mit der Untergrundbahn nach Westberlin und entdeckte, dass ich bis zum Start meiner Maschine noch zwei Stunden Zeit hatte.

Ich fuhr bis zum Potsdamer Platz. Ich fand mich wieder in einer Gegend aus schmutzigen Hinterhäusern, rattenverdächtigen Ruinen und allerlei hoch wucherndem Unkraut. Eine rohe Aufschrift wies mir den Weg zur Grenze. Ich ging auf einem Trampelpfad und sah schließlich die Mauer.

Ich sah einen aus Metall und Brettern gemachten Aussichtsstand. Ich sah neben dem Aussichtsstand einen Verkaufskiosk für Zigaretten, Schokolade und Souvenirs mit dem Wappen Berlins, mit Ansichten Berlins, darunter solchen der Mauer. Im Kiosk saß eine ältere Frau. Sie strickte an einem grauen Schal. Sie trug ein Kopftuch; ihr verdrossenes Gesicht erzählte mir etwas über die Umsätze, die sie an Tagen wie diesem erzielte. Der Tag war trübe, später Oktober, Wind wehte stark und kalt, er zerrte an den Disteln. Von der Aussichtsplattform stieg eine Schülergruppe herab, lärmend und schwäbelnd, von den Souvenirs des Kioskes nahm sie keinerlei Kenntnis. Oben war nun Platz. Ich stieg die Stufen hinauf, trat auf abgelöste Bierflaschenetiketten, ich erreichte die Plattform, ich ging bis zur Brüstung und schaute hinab.

Potsdamer Platz um 1963

Es war ein melancholisch stimmender Anblick. Trostlos und menschenleer lag vor mir die Grenze, und der Himmel über mir wurde noch ein wenig trüber. Ich schaute hinüber zum Haus der Ministerien. Ich drehte den Kopf und schaute hinab auf den Thälmannplatz. Eine einsame Straßenbahn umrundete ihn, bis nahe an die Grenze fuhr sie heran, ich konnte schließlich sogar das Gesicht des Fahrers erkennen, ich konnte Gesichter der Passagiere erkennen, und so sah ich ein Gesicht, das ich kannte und wiedererkannte, ein Gesicht unter einem grauen Filzhut, ein graues, ein mürrisches Gesicht, Falten der Verkniffenheit neben den Mundwinkeln. Kein Irrtum war möglich: Dort unten fuhr der Mann, mit dem ich eben noch, keine Stunde war darüber vergangen, im selben Stadtbahn-Abteil gesessen hatte.

Nun erblickte ich ihn abermals. Ich hätte ihm zuwinken können. Ich unterließ es. Ich glaubte zu wissen, welcher Missmut diesen Mann befallen hatte, woran er litt, sein Leiden ergriff über diese sonderbare Entfernung hinweg auch mich, in einem Gefühl unbegreiflicher Schuld sah ich zu, wie die Straßenbahn weiter- und davonfuhr, ein wenig würgte es mich in der Kehle, dass ich mich umdrehte, mit blödem Blick auf die der Plattform beigebrachten Inschriften starrte, Namen und Daten und Krakeleien ohne Sinn; ich ging wieder hinab, trat wieder auf die Bierflaschenetiketten, sah wieder die Frau im Kiosk, die emsig an ihrem grauen Schal strickte. Der Wind wehte, ich ging den Trampelpfad zwischen dem Unkraut zurück.

Seit dem August 1961 gab es unter der Berliner Erde mehrere tote Bahnhöfe. Sie hießen Unter den Linden und Oranienburger Tor, Französische Straße, Stadtmitte. Ich kannte sie noch, als sie lebendige Bahnhöfe waren. Ich bin nach 1961 gelegentlich auf einer der für Ostberliner nunmehr unzugänglichen Strecken gefahren. Französische Straße, Stadtmitte waren dunkle Bahnsteige fast ohne Leben, die Bahn fuhr langsamer an ihnen vorbei, sie hielt nicht, es gab Doppelstreifen von Uniformierten, die Männer langweilten sich erkennbar. Bei den langsamen Durchfahrten ließ sich wahrnehmen: die unter ihrer eigenen Nutzlosigkeit allmählich schäbiger werdenden Wände, das allmählich altmodisch anmutende Email mit Buchstaben, die den Stationsnamen ergaben. Wäre hier nicht dunkler Untergrund, wäre längst Gras aus den Betonritzen gewachsen. Wuchsen Moose hier? Gab es Insekten oder unbekannte Kriechtiere, hier unten heimisch geworden und einer eigenen Metamorphose ausgesetzt, vergleichbar den Lurchen, die sich in den Seen von Tropfsteinhöhlen finden und ausschließlich dort? Wie wirkte der Aufenthalt hier unten auf die Uniformierten?

Später waren auch sie verschwunden. Das Licht war noch dämmeriger geworden. Die Veränderung der Fahrtgeschwindigkeit war kaum noch wahrnehmbar. Einer dieser Geisterbahnhöfe nahm plötzlich für eine kurze Zeit ein neues künstliches Leben an. Strahlende Lichter, wenn man einfuhr. Außer den Uniformierten auch Handwerker, bei ihren Arbeiten. Die Wände wurden getüncht, neue Aufschriften angebracht. Walter Ulbricht war demissioniert, der tote Bahnhof Walter-Ulbricht-Stadion hieß nun Stadion der Weltjugend. Auch dieser Bahnhof fiel alsbald in seine vorherige Agonie zurück. Die Farben blichen aus. Die Dämmerung kehrte zurück. Jene, die unten in den Zügen täglich diese Geisterbahnhöfe passierten, blickten von ihren Zeitungen nicht auf.

Manchmal träumte ich diesen Traum:

Ich betrete den Grenzübergang Invalidenstraße. Sofort senken sich hinter mir die Schlagbäume. Auch jene schweren Wegsperren aus Beton, die ich nie anders als geöffnet erlebt habe, schließen sich auf einmal, bei dumpfem Geräusch ihrer Gleitrollen. Ich blicke um mich. Außer einer struppigen Katze, die sich, ohne Notiz von mir zu nehmen, zwischen den Gebäuden herumtreibt, kann ich kein Lebewesen erkennen.

Ich stehe da, in der Hand meinen Reisepass, ich warte, doch kein Zöllner wird sichtbar, auch keiner von den Grenzpolizisten. Ich öffne die Lippen, um zu rufen, aber die Stimme versagt mir. Ich befinde mich an einem Ort dieser Welt, wo ich vergessen werde, der sich selbst vergessen hat, es war fahrlässig von mir, ihn zu betreten, wieso hat mich niemand gewarnt? Meine Beine beginnen zu schmerzen. Ich setze mich auf eine Steinstufe. Verwundert sehe ich zu, wie links und rechts neben mir kleine Pflänzchen aus den Rissen des Steines wachsen. Ich fasse den Stein an. Er ist morsch wie verfaultes Holz, ich kann ihn mit meinen Fingern zerbröseln. Angst ergreift mich. Überall, sehe ich, wächst jetzt Unkraut aus dem von niemandem außer mir betretenen Boden. Die Farben an den Schlagbäumen bleichen aus. Ratten huschen mir über die Füße. Die Zeit vergeht: Tage folgen auf Nächte, Sommer auf Winter, und dazwischen ist immer bloß ein Atemzug. Ich sehe meine Hände altern. Auch mein Gesicht muss schon uralt geworden sein. Ich werde diese Welt niemals mehr verlassen können, und ich werde sie auch nicht verlassen wollen: Ich gehe zu einem der Gebäude, vor denen ich – wie lange ist das her? – früher so oft gewartet habe. Ich berühre mit den Fingerspitzen die Wand, und das Gebäude bricht donnernd unter der Berührung zusammen, es zerfällt zu einer Landschaft aus grauem Staub.

40

Hans Weigel hatte mich überredet, an einer literarischen Veranstaltung in Kärnten teilzunehmen. Klagenfurt, Geburtsort Robert Musils und der Lyrikerin Ingeborg Bachmann, wolle einen Wettbewerb ausrichten, der sich entfernt an Gebräuchen der Gruppe 47 orientiere, mit einer Jury, die öffentlich über Texte befinden und anschließend einen Preis vergeben würde. Fünfundzwanzig Autoren waren eingeladen, an insgesamt drei Tagen aus unveröffentlichten Manuskripten zu lesen, ich sollte von ihnen einer sein.

Ich reiste von Wien nach Kärnten in einem Zug der Österreichischen Bundesbahnen. Ich fuhr im gleichen Abteil wie die Journalistin Sigrid Löffler, die, Kulturredakteurin beim Wiener Nachrichtenmagazin *Profil*, über die Veranstaltung berichten sollte. Wir kamen ins Gespräch. Ich erzählte ihr, Hans Weigel habe prognostiziert, wer am Vormittag des zweiten Tages eine etwas humorvolle Geschichte lese, werde den Preis erhalten. Sigrid Löffler nickte und notierte sich den Satz. Später würde sie ihn zitieren, denn Hans Weigel sollte recht behalten: Am Vormittag des zweiten Tages las der Österreicher Gert Jonke einen leicht komischen Text, der von einem Spiegel, einem Schrank, einem sich schnäuzenden Besucher und einem Mann namens Burgmüller erzählte. Die Kriterien Hans Weigels wurden erfüllt, Jonke erhielt den Preis.

Dies geschah am dritten Tag. Der Verlauf bis dahin wurde beobachtet von Presseleuten aus drei deutschsprachigen Staaten, denen auch die Überzahl der fünfundzwanzig lesenden Autoren entstammte. Es waren drei sehr heiße Tage, mit strahlender Sonne, wolkenlosem Himmel und südlichem Licht. Am Eingang des Veranstaltungssaales wurde steirischer Weißwein ausgeschenkt, den die Wettbewerbsteilnehmer hastig tranken, wenn sie Durst hatten und wenn sie ihre Nerven beruhigen wollten.

Meine gute Bekannte, die österreichische Autorin Marie-Thérèse Kerschbaumer, war so aufgeregt, dass vor ihrem Auftritt viele kleine Pusteln in ihrem Gesicht wuchsen. Leute vom österreichischen Fernsehen, die zu Aufnahmen erschienen waren, mussten ihr viel Puder auftragen. Reichlich getrunken wurde auch an den Abenden. Einige Anwesende sprangen zur Abkühlung in den Wörthersee, was bei den späteren Wettbewerben zu einer verbreiteten Übung geworden sein soll. Horst Bienek las aus seinem Gleiwitz-Roman und suchte angestrengt einen Bettgenossen. Jury-Mitglied Marcel Reich-Ranicki führte seine damalige Favoritin Renate Schostack aus. Alles in allem waren es abwechslungsreiche Tage.

In der Jury saß neben Hans Weigel und Reich-Ranicki die Österreicherin Gertrud Fussenegger. Sie äußerte sich gütig-streng und machte aus ihrer flamboyanten christkatholischen Frömmigkeit kein Hehl; dass sie als junge Frau Adolf Hitler literarisch angehimmelt hatte, wusste ich damals nicht. In der Jury saß außerdem der Schriftsteller Manès Sperber.

Ich kannte seine Biografie, und ich kannte seine Bücher. Einst hatte er sich unter Schmerzen vom militanten Marxismus entfernt, ohne dabei in die antikommunistische Gnadenlosigkeit anderer Konvertiten zu verfallen, er war zu sanft dazu und zu gütig. Er redete lange mit mir. Er fragte mich nach Anna Seghers. Die beiden waren einander in der französischen Emigration begegnet. Sperber sprach sehr freundlich von ihr, die Erinnerung schien ihn melancholisch zu stimmen, und es war nicht auszumachen, ob die zeitliche Entfernung oder politisches Heimweh dafür die Ursache war.

Während jener Tagung lud Marcel Reich-Ranicki mich ein, für den von ihm verantworteten Literaturteil der *Frankfurter Allgemeinen Zeitung* zu schreiben. Ich kam dem nach. In der Folgezeit besuchte ich ihn gelegentlich in seinem Redaktionsgebäude und traf dort außerdem den Herausgeber des Feuilleton, Joachim Fest.

Er war das rare Beispiel eines intellektuellen deutschen Tory. Er war soigniert, gebildet, ziemlich humorlos und tief pessimistisch. Er ließ sich faszinieren von Extremen, das konnten die deutschen Nazis sein, wie Adolf Hitler und Albert Speer, und es konnten anarchistische Naturen sein, wie der Fremdenlegionär Ernst Jünger, der Studentenführer Rudi Dutschke und der Bildkünstler Horst Janssen; in des Letzteren Nähe hatte er eine Weile gelebt und dessen alkoholische und erotische Exzesse geduldig ertragen, wenn er sie nicht heimlich bewunderte. Sich selbst mochte er dergleichen nicht gönnen. Er hielt auf strenge Selbststilisierung, mit erkennbarer Neigung zu ästhetischer Monumentalität.

Einmal war ich bei ihm zum Abendessen eingeladen. Er wohnte im Taunus und hatte sich dort ein Wohnhaus am Berghang errichten lassen, gegen das (so sagte ich zu Reich-Ranicki, der mich begierig nach meinem Eindruck befragte) Haus Wahnfried intim erschien. Ich erinnere mich, wie ich nach dem Essen unter der riesigen Bronzeplastik eines Menschen saß, der seine Arme hoch über meinem Kopf ausstreckte, als wolle er mich segnen.

Joachim Fest war ein exzellenter Stilist und formulierte so, wie er war: distanziert und etwas feierlich. Sein Hitler-Buch wurde zu Recht gerühmt, sein Buch über Speer wurde zu Recht als unpassend empfunden. Er hat über Italien geschrieben, wo er in die etwas zu großen Schuhe Goethes schlüpfte, um darin zu straucheln. Sein letztes Buch, seine Autobiografie, gehört zu den eindringlichsten Lebenserinnerungen, die ich kenne.

Es war Joachim Fest, der Marcel Reich-Ranicki zur *Frankfurter Allgemeinen* geholt hatte. Die beiden waren einander lange zugetan, bis sie sich entzweiten, Grund dafür war Fests Engagement für Albert Speer, das Reich-Ranicki nicht ertrug. Der gewiss mächtigste Literaturkritiker, den die Deutschen jemals hatten, konnte literarische Karrieren befördern und vernichten. Es wurde auf ihn gehört. Das breite Publikum mochte ihn und vertraute seinem Urteil, das immer sehr einfach und immer sehr eindeutig war; wahrscheinlich vertraute man ihm eben deshalb. Er kannte nur gut oder schrecklich, gelungen oder langweilig, als Äußerstes ein gelegentliches teils-teils. Seine Prosa war grobkörnig. Alfred Polgar und Alfred Kerr, die er beide sehr bewunderte, erreichte er stilistisch nicht. Er schrieb, wie er sprach, und als er regelmäßig im Fernsehen auftrat, in der einflussreichsten Literatursendung, die es in Deutschland je gab, wuchs seine Popularität beträchtlich.

Seine Sprechweise, mit slawischer Sprachmelodie und hörbarem Stigmatismus, ließ sich leicht imitieren. Viele professionelle Parodisten taten dies und hatten damit Erfolg, aber auch andere versuchten sich darin, darunter ich. Ein Bekannter, der sich an meiner R.-R.-Imitation immer sehr ergötzte, hatte irgendwann eine direkte Begegnung mit dem Original. Hernach sagte er zu mir: »Du bist besser.«

Gelegentlich wurde ich in seine Wohnung eingeladen. Seine Adresse war – »Bitte lachen Sie nicht!« – eine Gustav-Freytag-Straße. In seinem Arbeitszimmer, bekannt aus TV-Aufnahmen, waren an der Wand über der Couch in Petersburger Hängung angebracht die Porträtbilder seiner ästhetischen Lieblinge, voran Thomas Mann und Richard Wagner; Letzterer, wenn ich nicht irre, in einer Zeichnung Auguste Renoirs. Ich mochte sehr Reich-Ranickis Ehefrau Teofila, die nicht immer zugegen war; einmal, als ich darüber mein Bedauern äußerte, sagte er gebieterisch: »Sie können nicht alles haben!« Wir saßen dabei in seiner Küche, er wollte mir Tee aufbrühen, durchsuchte die Schränke und rief verzweifelt, in seiner bekannten Intonation: »Wo ist das Stövchen? Wo ist das Stövchen?«

Er konnte unerbittlich sein. Den sehr liebenswürdigen und etwas kleinwüchsigen Übersetzer Walter Hasenclever kannte ich persönlich, und ich mochte ihn sehr; der Wiener Sängerdichter Georg Kreisler, sein Gefährte in der US-amerikanischen Emigration, hatte mir von ihm erzählt: »Ja, der Hasi. Der war immer ein Gnom.« Reich-Ranicki fand in einer Eindeutschung Hasenclevers, ich glaube, es ging um Saul Bellow, ein paar Fehler und holte zur publizistischen Vernichtung aus. Als ich um etwas Nachsicht bat, entschied er: »Der Mann kann kein Englisch!« Es klang wie ein Todesurteil.

Reich-Ranickis Ruhm wuchs dann ins Unermessliche durch seine Autobiografie und deren recht achtbare Verfilmung für das Fernsehen. In jener Zeit hatte ich kaum noch Kontakt mit ihm, doch ich vermute, sein Grundmisstrauen ist geblieben. Einmal hat er mir murmelnd gesagt: Er glaube nicht an die Abwesenheit von Antisemitismus in der Umgebung, in der er lebe, er glaube es nicht.

Er liebte die polnische Lyrik und verachtete das Land, wo sie entstand und aus dem er hatte fliehen müssen: in eben jenes Land, aus dem er zwanzig Jahre zuvor vertrieben worden war. Polnische Sympathiebekundungen aus meinem Mund ließ er nicht zu. Was uns verband, war die einstige Faszination durch den radikalen Marxismus und die tiefe Enttäuschung über dessen Verwirklichung in Osteuropa. Bücher und Schriftsteller aus jener Welt beschäftigten ihn immer wieder.

Nun hatten, während der Zeit der deutschen Zweistaatlichkeit, DDR-Autoren im öffentlichen Leben der Bundesrepublik auch sonst ihren Bonus. Waren sie ausgestattet mit dem Ruch der politischen Dissidenz, galt das umso mehr. In Ostberlin wurde dergleichen zwiespältig aufgenommen: Die Devisen, die es brachte, waren den DDR-Herrschenden hochwillkommen, der politische Schutzschild, den das auch brachte, war ihnen mehr als unangenehm. Im deutschen Westen konnte sich der Bonus verflüchtigen, wofür schon die dortigen Literaten sorgten, die, zu ihrem beträchtlichen Kummer, eines solchen Privilegs entbehren mussten.

Der damalige Kulturbetrieb im deutschen Westen besaß etliche heute vergangene Eigenarten. Die Stimmung ist anders geworden. Das Personal wechselte und der wirtschaftliche Rahmen und manchmal die architektonische Hülle. Aus dem Abstand von drei, vier Jahrzehnten erscheint es alles wie fremd. Von Friedrich Dürrenmatt stammt der Satz, die Wirklichkeit klinge manchmal wie eine Sage.

Ich kannte noch das einstige Gebäude des Verlagshauses Gruner & Jahr, in dem das Magazin *stern* erschien. Es stand nahe der Außenalster und nahe der schönsten Straße Hamburgs, der Kleinen Fontenay. Erfinder des *stern* war Henri Nannen, eine geräumige Persönlichkeit von einigem kunsthistorischem Verstand; seiner Geburtsstadt Emden hat er eine öffentliche Kunsthalle vermacht und mit der eigenen Expressionisten-Sammlung versehen; hochrangigem ästhetischen Kitsch gegenüber war er nicht ganz unempfänglich. Die von ihm dirigierte Redaktion unterlag dem Zwang, jede Woche das Dreifache dessen zu produzieren, was hernach im Druck erschien. Dies schärfte die Ellenbogen der Redakteure und schuf jene Stimmung aus Frustration, Angst und leiser Brutalität, die selbst Außenstehende spürten, wenn sie die Redaktionsräume betraten.

Völlig anders war das Klima bei jenem Wochenblatt, das als eine Art Halbgeschwister des *stern* begonnen hatte und bald aufstieg zur Pflichtlektüre linksliberaler Studienräte. *Die Zeit* residierte (und residiert weiterhin) im Pressehaus an der Hamburger Domstraße. In den achtziger Jahren, als Helmut Schmidt noch nicht der Herausgeber war, ließen sich ihre Räume fast umstandslos betreten. Die Atmosphäre war geprägt von hanseatischer Dezenz und höflicher Neugierde, Intrigen schienen hier unmöglich. Berühmt war der seitenfüllende Artikel auf dem Titelblatt, intern Grabplatte geheißen; bekannt war, dass Abonnenten das dicke donnerstägliche Blatt zunächst beiseitelegten, bis ein Turm aus lauter ungelesenen Exemplaren gewachsen war, der dann entsorgt werden musste. Ich habe noch die Herausgeberin Marion Gräfin Dönhoff kennengelernt. Sie war viel kleiner und zierlicher, als sie in Fernsehaufnahmen erschien, und sie schrieb so, wie ihr Äußeres war: kühl, aufrecht und mager. Die Aristokratin aus dem verlorenen Ostpreußen hat einiges für die deutsch-polnische Annäherung getan.

Das Seelenklima in der Redaktion des dritten großen Hamburger Wochenjournals *Der Spiegel* war so etwas wie die Synthese aus den beiden anderen. Man verhielt sich zurückhaltend, eisig und pflegte das Bewusstsein der eigenen Bedeutsamkeit. Das Blatt siedelte damals in einem Hochhaus, dessen Entree den Stil der um 1965 aktuellen Op Art vorwies, sehr grell und bald schon démodé.

Der Schöpfer und Herausgeber des *Spiegel* Rudolf Augstein war ein grandioser Schreiber und sicher der glanzvollste, der bedeutendste deutsche Publizist des 20. Jahrhunderts neben Theodor Wolff und Carl von Ossietzky. Die Behauptung, dass er, wegen seiner Bewunderung für Otto von Bismarck und wegen seines Beharrens auf der staatlichen Einheit, in Wahrheit ein konservativer

Deutschnationaler gewesen sei, ist ein fahrlässiger Unsinn. Er war ein Liberaler, als der er dann auch in den Bundestag einzog, um schon bald gelangweilt wieder auszuscheiden.

Merkwürdigerweise zeigte er sich unfähig, einen großen zusammenhängenden Text durchzuhalten. Die beiden Bücher, die er veröffentlicht hat, eines über Preußens Friedrich und eines über Jesus Christus, lesen sich wie Sammlungen von *Spiegel*-Essays. Er war, verwöhnt durch seinen immensen Erfolg, in seinem privaten Leben etwas haltlos; noch wenn er bezecht war, gab er sich verbindlich und geistreich.

Ich sehe mich zusammen mit ihm in einem Separee von Cöllns Austernkeller, einem uralten Hamburger Restaurantbetrieb, in dem schon Heinrich Heine gesessen hat und der, gedacht für diskrete Absprachen zwischen hanseatischen Kaufleuten, mehrere abgetrennte Abteilungen unterhielt. Augsteins helle, etwas krähende Stimme war geeignet, die dunklen Holzwände problemlos zu durchdringen. Wir redeten über die DDR, über Richard Wagner und das grammatische Geschlecht eines deutschen Tafelwassers. Mit den Worten »Das ist eure Party« verließ er das Separee, denn außer ihm saß noch sein damaliger Chefredakteur Erich Böhme mit am Tisch.

Der war ein rundlicher, etwas behäbiger Mensch, er sprach südhessischen Akzent, er liebte guten Rotwein und milde Zynismen. Damals bewohnte er ein schönes Patrizierhaus im Hamburger Stadtteil Altona, der über zweihundert Jahre dänisches Besitztum gewesen war; aus dieser Zeit stammte das Gebäude. Böhme war Augsteins enger Freund bis zu jener *Spiegel*-Titelgeschichte, die den schleswig-holsteinischen CDU-Ministerpräsidenten Uwe Barschel das Amt kostete. Der Triumph für das Blatt war beträchtlich, doch war er vornehmlich Böhmes Triumph, und dies, jedenfalls heißt es so, erregte Augsteins Neid. Die beiden entzweiten sich. Böhme durfte noch mitteilen, dass er nicht wiedervereinigt werden wolle, dann verließ er das Blatt und machte beim Fernsehen Karriere. Am Ende begab er sich in den Osten des wiedervereinigten Deutschland und bezog ein märkisches Herrenhaus nahe dem Oderbruch.

Ich erinnere mich an einen Spiegel-Empfang im Frühsommer 1990. Die Berliner Mauer war gefallen, doch die DDR existierte noch. Der Empfang fand statt im Berliner Künstlerclub Die Möwe. Erich Böhme war nicht zugegen. Zwei andere Chefredakteure traten auf. Zu vorgerückter Stunde setzte sich der angetrunkene Augstein an einen Flügel und lobte krähend ein DDR-Automobil vom Typus Trabant aus für den, der mit ihm einen alten Schlager auf den Park von Sanssouci zu singen in der Lage sei. Es fand sich niemand. Er spielte und sang dann allein.

Rudolf Augstein ist tot. Erich Böhme ist tot. Auch den Künstlerclub Die Möwe gibt es nicht mehr. Die DDR ist vergangen, und Schlager auf den Park von Sanssouci werden kaum noch gesungen. Die Wirklichkeit klingt manchmal wie eine Sage.

41

Ich ging die Wiener Dorotheengasse hinan und bog rechts ein in die Plankengasse. Ich ging bis zum Neumarkt. Vor der Kapuzinerkirche drängten sich Leute, eine Schar alter kroatischer Nonnen betrat mit ergriffenen Gesichtern den Eingang zur Gruft. Ich schloss mich an. Alsbald war ich umgeben von Alter und Tod. Das Alter sei kein statisches Faktum, schreibt Simone de Beauvoir in ihrem Buch *La Vieillesse*, es sei Ende und Verlängerung eines Prozesses. In Wien war dieser Prozess unendlich.

In Wien wirkte alle Jugend embryonal, Erwachsensein war ein Synonym für Alter, das eigentliche Leben war der Tod. Ich stand vor dem prunkvollen Grab des vorletzten Kaisers, Franz Joseph, von dem die halb verdorrten Blumen rieselten. Neben mir redete eine Führerin über das Sterben des Monarchen in hastigem Italienisch, ihre Zuhörer waren zwanzig alte Leute. Franz Joseph hatte sechsundachtzig Jahre gelebt und fast siebzig Jahre lang regiert. In der Erinnerung hatte ich das Bild eines weißbärtigen Mannes mit glitzerndem Tröpfchen an der Nase, Joseph Roth hat es so beschrieben. »L'imperatore«, sagte die Führerin und gestikulierte mit gespreizten Fingern gegen sich selbst. Sie war eine grauhaarige Frau, ihre Zahnprothese kam den hastigen Bewegungen ihres Mundes nicht hinterdrein.

Ich ging zurück auf die Straße. An der Kreuzung von Kärntnerstraße und Graben stand ein Zeitungskiosk. In der Fensteröffnung saß eine alte Frau mit Kopftuch. Ich starrte die Zeitungen an, ich las das Datum, 11. Juli, ich wusste, dass dies der Todestag meines Vaters war.

Ich ging langsam den Graben hinab. Ich stand vor dem Fenster einer Buchhandlung, in dem mit bedeutendem Aufwand für die Memoiren der Schauspielerin Rosa Albach-Retty geworben wurde. Die Albach war gerade einhundertein Jahre alt. Eine fröhliche Greisin, sagten Leute, die sie persönlich kannten, mit hundert habe sie zu rauchen begonnen. Die Albach war siebzehn, als mein Vater geboren wurde. Kaiser Franz Joseph war, als die Albach geboren wurde, so alt, wie ich jetzt war.

Ich ging den Kohlmarkt entlang. Die Zuckerbäckerei Demel, in deren Schaufenster sich süße Kreationen von abenteuerlicher Buntheit häuften, wurde von einem Mann geführt, der die wienerische Todessehnsucht zu einem surrealistischen Spielchen getrieben hat. Er war Begründer eines Vereins für das Aufrechtbegrabenwerden. Man könne auf diese Weise Platz für die Todesäcker sparen. Die Sarghülse sollte rund sein. Sie sollte aus Kupfer oder Kunststoff bestehen.

Ich stand am Michaelerplatz, mit dem Rücken zu jenem Kaufhaus Nummer 10, das Adolf Loos umgebaut hatte und das den Zorn des vorbeifahrenden Kaisers Franz Joseph erregte. Adolf Loos war der große avantgardistische Architekt im Wien der Jahrhundertwende. In Wien zu Ruhm gekommen war er erst postum. Mein Vater, hätte er die freie Möglichkeit zur Wahl seines idealen Berufes gehabt, wäre vielleicht Architekt geworden.

Als junger Mann hatte mein Vater ein glattes rötliches Gesicht, blondes Haar, er ging aufrecht, seine Stimme war laut, alle seine Bewegungen zeugten von äußerster Kraft. Als Hitler Diktator geworden war, wurde die politische Polizei auf ihn aufmerksam, wegen seiner politischen Vergangenheit. Wir wohnten damals schon in Wernigerode. Der Gestapo-Mann kam ungefähr jeden vierten Sonntag. Er war dicklich und etwas ungelenk, er hätte auch Versicherungspolicen verkaufen können. Meine Mutter musste ihm Kaffee kochen. Ich wurde aus dem Zimmer geschickt. Manchmal hörte ich meinen Vater lachen. Der Gestapo-Mann tätschelte mir vorm Fortgehen den Kopf. Er roch nach Zigarrenrauch.

In Wien hatte der letzte Krieg schlimme Spuren zurückgelassen. Die meisten waren getilgt. Wer aufmerksam hinblickte, konnte noch ein paar davon entdecken, zum Beispiel Einschüsse, zum Beispiel in der Gegend des Naschmarkts, Wienzeile, das war sechster Gemeindebezirk. Hier steht das Theater an der Wien, wo Schikaneder gespielt hat, auch Raimund, auch Nestroy. Von Raimund stammt das Hobellied, ein simples trauriges Couplet über Alter und Tod. In einem Nestroy-Stück, das ich einmal bearbeitet habe, sagt ein alter Domestik den Satz, das Alter sei grausam und die Liebe das einzige Mittel, der Jugend teilhaftig zu werden. Jung oder in der Blüte der Jahre, dächten wir nicht wie Buddha daran, dass das Alter schon in uns wohne, sagt Simone de Beauvoir.

Nach dem zweiten Krieg arbeitete mein Vater in sehr verschiedenen Betrieben. Es gab immer wieder Streit mit ihm. Er wohnte die Woche über in fremden Städten. Wir, meine Mutter und ich, sahen ihn damals bloß zu den Wochenenden. Er lachte wie immer sehr laut. Die Streitereien gehörten zu seinem biologischen Leben und waren wie ein Ferment seiner Gesundheit und Kraft.

Dann musste er plötzlich seinen Beruf aufgeben. Er hatte eine Augenkrankheit und wurde, was in dem grausigen Deutsch des Arbeits- und Versicherungsrechts »invalidisiert« heißt. Seine Krankheit war nicht mehr heilbar. Gereizt infolge des plötzlichen Zwangs zum Nichtstun, unruhig wegen seiner Kraft, die durch nichts mehr absorbiert wurde, redete er jetzt viel und bösartig. Er hörte viel Radio. Er lachte nicht mehr. Er ging unentwegt auf den Wanderwegen, die gleich hinter dem Haus anfingen, in dem meine Eltern jetzt wohnten. Er fand schließlich Ablenkung darin, dass er im Wald Holz schlug und einfahren ließ. Er trug dabei viel mehr zusammen, als sich durch ihn selber und alle Bekannten verbrauchen ließ.

Ich erhielt von meiner Mutter einen Brief, worin sie schrieb, mein Vater sei nicht mehr gesund, sie wisse sich nicht mehr zu helfen. Ich fuhr sofort zu ihr. Mein Vater sah eigentlich wenig verändert aus, nur etwas eingefallen im Gesicht. Meine Mutter sagte, er sei vor drei Tagen im Wald gewesen und nicht wiedergekommen, sie hätte ihn dann von Bekannten suchen lassen, mehrere Stunden lang, sie hätten ihn in einem Gebüsch gefunden, ohnmächtig. Ich merkte jetzt auch, dass er Mühe hatte beim Reden. Sein Gedächtnis war sehr schlecht geworden. Ihm fielen die Namen meiner Kinder nicht mehr ein.

Ich ging mit ihm auf die Straße. Er beherrschte sein Gleichgewicht nicht, ich musste seinen Arm nehmen und ihn halten, er taumelte fortwährend beim Gehen und murmelte Dinge, die ich nicht verstand. Er war ganz sanft. In der folgenden Nacht stand er im Dunkeln aus seinem Bett auf, stürzte und schlug sich die Stirn blutig.

Ich fuhr mit ihm zum Arzt. Ich redete mit dem Arzt, der mir sagte, mein Vater habe eine Reihe von Schlaganfällen hinter sich, er sei sklerotisch, meiner Mutter könne die Pflege nicht mehr zugemutet werden. Wir formulierten einen Antrag für die Aufnahme in ein Pflegeheim. Ich verhandelte mit allen dafür zuständigen Behörden. Wernigerode galt immer als eine Pensionopolis, in solchen Städten gibt es mehr Spitäler und Pflegeheime als anderswo. Ich erhielt die Zusage, dass mein Vater innerhalb weniger Tage seinen Heimplatz würde bekommen können. Meine Mutter war erleichtert über diese Mitteilung, sie war zugleich auch verstört.

Die Einweisung verzögerte sich dann doch um einige Wochen. Mein Vater stand unter dem Einfluss von schweren Beruhigungsmitteln. In dem Heim lebte er erst einmal auf. Seine Gleichgewichtsstörungen wurden geringer. Er teilte ein Zimmer mit zwei anderen alten Männern. Ich besuchte ihn regelmäßig. Er fing dann plötzlich an zu verfallen.

Die Briefe meiner Mutter wurden trauriger. Einmal, als ich in sein Zimmer kam, lag er in seinem Bett, mit halb offenem Mund, eingefallen, mit wächserner Hautfarbe, ich hatte den Eindruck, er sei tot. Er schlug dann doch die Augen auf und sah mich an. Er erkannte mich, aber er schien meinen Namen nicht mehr zu wissen. Ich konnte kaum verstehen, was er sagte. Bloß meine Mutter las ihm seine Sätze vom Mund, und dies vermochte außer meiner Mutter noch eine Pflegerin.

Das Personal hatte meinen Vater gern, da er sanft war. Er hatte nicht die störrische Aggressivität anderer alter Leute. Das kam mir absonderlich vor angesichts seines vorherigen Lebens. Ich saß neben seinem Bett und erzählte ihm. Von meinen Kindern, von meinen Arbeiten, von einer Reise. Er blickte an mir vorbei. Er schien nur Teile aus meiner Erzählung zu verstehen. Vielleicht verstand er bloß das Geräusch meiner Stimme. Er reichte mir zum Abschied die Hand, die weich war wie eine Kinderhand, auch sein Blick war ein Kinderblick. In meiner Erinnerung fließen alle meine letzten Besuche bei ihm in das Bild dieses einen Besuches zusammen.

An einem 11. Juli erhielt ich ein Telegramm meiner Mutter, dass mein Vater in der Nacht verstorben sei. Ich fuhr zu ihr, tröstete sie und verhandelte mit der Bestattungsfirma. Die Trauerfeier für ihn, den alten Anarchisten, fand auf Wunsch meiner religiösen Mutter in einer Kirche statt. Es war ein heißer Tag. Wir waren eine Gemeinde aus bloß zehn Personen. Ich hatte auch mit dem Pfarrer vorher verhandelt, aber die Angaben, die er jetzt über meinen Vater vortrug, waren manchmal unpräzise und manchmal falsch und waren also falsch notiert worden oder im Gedächtnis des Pfarrers durcheinander geraten. Der Trauergottesdienst fand statt in der einzigen Barockkirche unserer kleinen Stadt. Sie hat bunte, fast naive Malereien. Es hatte alles seine Vernunft. Der große, der einzige Gedanke allen Barocks ist immer der Tod gewesen.

42

Der Schriftsteller Lion Feuchtwanger, ein Jude, ein Antifaschist, war wie viele andere Deutsche sofort nach Hitlers Machtübernahme emigriert. Den südfranzösischen Ort Sanary-sur-Mer hatte Feuchtwangers Frau Marta entdeckt. Das erste Haus, das sie dort bezogen, trug den Namen *Villa Lazare*. Es hatte einen privaten Badestrand, doch keine Öfen, und als sich der Besitzer weigerte, eine Heizung einbauen zu lassen, suchten sich die Feuchtwangers ein anderes Haus, *Villa Valmer*. Lion Feuchtwanger rühmte dankbar »die tiefe Ruhe des Gartens« und »das Meer davor und den launischen Umriss seiner Küste und seiner Inseln und die endlose Weite«.

Auch Thomas Mann weilte oft in Sanary, in den ersten Sommern seiner Emigration, die übrige Zeit des Jahres lebte er in der Schweiz. Sein älterer Bruder Heinrich wohnte in Nizza und kam manchmal nach Sanary, um dort Freunde zu treffen. Der von den Feuchtwangers entdeckte Fischerort wurde allmählich zu einer Art von Literatenzentrum. Die Liste derer, die sich auf kürzer oder länger einmal oder mehrfach in Sanary aufhielten, liest sich wie das Register einer deutschen Literaturgeschichte des Exils: Ernst Bloch, Bertolt Brecht, Ferdinand Bruckner, Bruno Frank, Alfred Kerr, Hermann Kesten, Joseph Roth, Ernst Toller, Franz Werfel, Friedrich Wolf, Arnold Zweig. Ein »malerisches Fischerdorf mit einem Hotel, zwei oder drei Cafés und ein paar schmucken Villen« fand Klaus Mann vor, Thomas Manns Ältester, der auch hier war, zusammen mit seiner Schwester Erika.

Jetzt war es das Frühjahr 1988. Ich hielt mich in Sanary-sur-Mer auf zu Zwecken einer Recherche. Für das ZDF in Mainz sollte ich einen kleinen Film drehen über Schicksale deutscher Emigranten zur Zeit Adolf Hitlers. Das Thema berührte mich. Es ging um Personen, deren Bücher und deren Haltung für meine Generation eine Art politisches Erweckungserlebnis bewirkt hatten.

In der palmengesäumten Seligkeit der Côte d'Azur finden sich mondänere Plätze als das kleine Sanary westlich von Cassis. Dieser war vergleichsweise unscheinbar. Er lag, vor dem Nordwind Mistral geschützt, zwischen Bergen und Küste. Ein Fischerdorf war er längst nicht mehr. Er hatte fast 10 000 Einwohner, und statt nur eines Hotels im Jahre 1934 gab es jetzt ein Dutzend. An Quai de Gaulle und Rue Jean Jaurès drängte sich ein Terrassencafé neben das andere, eines mit dem Namen Witwe Schwab, wo sich damals die deutschen Autoren trafen, war nicht darunter. Im Rathaus, wo ich mich nach den beiden Villen des Ehepaars Feuchtwanger erkundigte, hob der Angestellte bedauernd die Schultern. Er wusste es nicht. Der Name Feuchtwanger war ihm unbekannt.

Ich ging zurück zum Hafen. Gelbbraunes Sonnenlicht lag auf dem Wasser. Unter den Markisen saßen auf Rohrstühlen die Touristen und sahen den Autos zu, die langsam und stinkend den Quai de Gaulle entlangfuhren. Fünf alte Männer spielten emsig Boule. Am Rathaus hing eine metallene Plakette, die der Befreiung des Ortes von deutscher Besatzung gedachte.

Nach dem Eintritt Frankreichs in den Zweiten Weltkrieg hatte man begonnen, die deutschen Emigranten als feindliche Ausländer festzunehmen und in Lager zu bringen, die ganz offiziell *camps de concentration,* also Konzentrationslager, hießen. Lion Feuchtwanger saß vorübergehend als Häftling in Les Milles, nahe Aix-en-Provence. Die Anlagen dort waren früher eine alte Ziegelei. Man konnte sie besichtigen. Sie boten einen trostlosen Anblick.

Andere Lager hießen Gurs, Le Vernet, Rivesaltes. Alles Orte nahe den Pyrenäen und der Grenze zu Spanien. In Le Vernet gab es ein paar Gräber aus jener Zeit. Es existierte eine kleine Gedenkstätte, immerhin. Ich traf einen mageren achtzigjährigen Bergmann, der jetzt in der Nähe von Prades wohnte. Dankbar für die Unterbrechung eines trüben Regentags erzählte er mir zu großen Gebärden und mit dem rollenden R des Languedoc von den freundlichen geduldigen Menschen aus Deutschland, die er in Rivesaltes erlebt hatte.

Nach dem Waffenstillstand von Compiègne im Juni 1940 war Frankreich in zwei Zonen geteilt worden. Der Norden blieb deutsches Besatzungsgebiet, der Süden hatte eine formelle Autonomie. Die Regierung in Vichy war freilich eine von Hitlers Gnaden, und die französischen Behörden hatten den Deutschen willfährig zu sein. Von den Nazis gesuchte Personen waren auf Verlangen auszuliefern: Derart lautete eine festgeschriebene Vereinbarung des Waffenstillstandsabkommens. Dies bedeutete eine ständige Bedrohung für alle deutschen Emigranten. Auch die Lager bestanden weiter, nur die Aufsicht wurde jetzt nachlässig gehandhabt. Wer fortgehen wollte, konnte es tun. Wer fortging, begab sich nach Marseille. Hier gab es die Konsulate künftiger Emigrationsländer, hier war der Hafen, hier waren die Reedereien und Schiffsagenturen und der Hauptbahnhof Saint-Charles.

Er war die pompöseste Bahnstation, die ich jemals gesehen hatte, ausgestattet mit einer langen Freitreppe, an deren Rändern weiße Obelisken, weiße Statuen und schwarze Kandelaber standen. Auf diesem Bahnhof traf im August 1940 ein dreiunddreißigjähriger Amerikaner ein, in der Tasche eine Namensliste und ein paar tausend Dollar. Die USA befanden sich mit Deutschland noch nicht im Krieg. In Vichy existierte eine US-Botschaft, in Marseille arbeitete ein amerikanisches Konsulat.

Der Ankömmling hieß Varian Fry. Er war Abgesandter einer amerikanischen Hilfsorganisation, die sich unter anderen der deutschen Exil-Schriftstellerin Anna Seghers annehmen würde. Absolvent der Elite Universitäten Harvard und Columbia, war Fry Journalist geworden und hatte vor dem Kriege auch Europa bereist. Jetzt sollte er dafür sorgen, dass politischen Emigranten die Flucht aus Frankreich ermöglicht wurde.

Er nahm sich ein Zimmer in Bahnhofsnähe, in einem »dieser Familienhotels, von denen es in Frankreich nur so wimmelt. Es roch stark nach Kanalisation und nach Knoblauch.« So seine Worte. Das Hotel trug den Namen Suisse, jetzt bestand es nicht mehr; ich fand am Bahnhof Hotels, die nach den Städten Bern und Zürich hießen, ich vermutete, in einem davon hat Varian Fry gewohnt.

Nach allerlei meist vergeblichen Versuchen mit Schiffspassagen und Schmugglerbooten entdeckte er einen Fluchtweg auf dem Land. Die Emigranten mussten mit der Bahn bis Perpignan fahren, dann weiter bis Cerbère, dem letzten französischen Ort unmittelbar vor der Grenze. Von hier aus gingen sie zu Fuß.

Eine besonders spektakuläre Wanderung fand am 13. September 1940 statt, einem Freitag. Teilnehmer waren der Schriftsteller Heinrich Mann, seine Frau Nelly, der Schriftsteller Franz Werfel und dessen Frau Alma, Heinrich Manns Neffe Golo, Thomas Manns zweitältester Sohn. Die Gruppe wurde von Frys amerikanischem Mitarbeiter Richard Ball geführt. Fry selbst kümmerte sich um das Gepäck und brachte es mit der Eisenbahn nach Spanien.

Die Flüchtlinge trafen sich am Friedhof von Cerbère. Fry hatte sie mit Zigaretten ausgestattet, als Bestechungsgut. »Gleich nach dem Ortsende bog der junge Amerikaner von der Straße ab und ging auf steinigem Pfade steil aufwärts«, erinnerte sich Alma Werfel. »Die Ziegen vor uns stolperten, die Schiefersteine flimmerten, sie waren spiegelglatt, und wir mussten hart an Abgründen vorbei. Zum Festhalten, wenn man ausglitt, gab es nur Disteln.«

Heinrich Mann war gehbehindert. Er musste von seiner Frau auf die Schultern genommen werden. Auch Franz Werfel versagten bald die Beine. Er war unförmig dick und litt an Atemnot, seine Frau musste ihn stützen und zuletzt tragen. Die Gruppe lief einer Grenzstreife in die Arme. Hier taten Varian Frys Zigaretten ihre Wirkung. Heinrich Mann rühmte später die französische Güte, einfach wegblicken zu können. Schließlich befanden sich die Flüchtlinge in Spanien. Tags darauf flohen auf dem gleichen Wege der Schriftsteller Lion Feuchtwanger und seine Frau Marta.

Ich fuhr nach Cerbère. Das Bahnhofsgelände umschloss einen Viadukt aus dunkelroten Steinen. Neben den Gleisen gab es Kontrollschalter von Zoll und Polizei. Die Beamten wirkten lustlos und verschlafen.

Cerbère lag an einer kleinen Bucht des Golf du Lion. Im Hafen warteten ein paar Yachten. Der Sand war schmutzig. Am anderen Ufer wand sich in Serpentinen eine Straße ins Gebirge hinein Richtung Port-Vendres. Am Marktplatz wurde die Fahrbahn aufgewühlt, um die Auslagen eines Lebensmittelgeschäftes strich schnüffelnd ein Hund.

Varian Fry verhalf in den dreizehn Monaten seines Aufenthalts in Frankreich zweieinhalbtausend Menschen zur Flucht. Es waren noch andere berühmte Namen darunter: Alfred Döblin, Alfred Polgar, Hans Sahl, Walter Mehring, Siegfried Kracauer, Alfred Neumann, Max Ernst. Auch französische Staatsbürger, die gefährdet waren, gehörten zu Frys Schützlingen, wie die Maler Henri Matisse und Marc Chagall. Fry wurde schließlich von den Vichy-Behörden des Landes verwiesen. Das von ihm in Marseille gegründete Centre Américain de Secours bestand noch bis zum Eintritt der USA in den Krieg.

Der Fluchtweg vom französischen Cerbère über die Pyrenäen nach Spanien war schon bald von der Gestapo entdeckt worden. Es musste eine neue Route gefunden werden, und diese Aufgabe löste eine Frau, die ihrerseits Flüchtling war und allen Grund gehabt hätte, das Land umgehend zu verlassen.

Lisa Fittko, Jüdin aus dem altösterreichischen Uzhgorod, das inzwischen zur Ukraine gehört, wuchs auf in Wien und Berlin. Sie war Journalistin, sie arbeitete im politischen Untergrund nach Hitlers Machtantritt, sie lebte in Prag, in der Schweiz, sie befand sich bei Kriegsausbruch in Paris und wurde interniert, zuletzt war sie Häftling des Lagers Gurs. Im Oktober 1940 ließ sie sich von Varian Fry überreden, zusammen mit ihrem Mann Hans Fittko für eine Weile die Flüchtlingstransporte zu betreuen. Sie besaß vage Informationen über einen Schmugglerweg, der während des Spanischen Bürgerkriegs von den Republikanern benutzt worden war. Sie fuhr nach Banyuls-sur-Mer, einem Küstenort zwischen Perpignan und Cerbère. Dort erfuhr sie von dem Weg, der, nicht einsehbar von der Straße, durch Weingärten bis zur Grenze führte und über die Grenze bis nach Spanien. In den folgenden Monaten brachte sie gemeinsam mit Hans Fittko ein paar hundert Menschen außer Landes.

Banyuls, der Name kommt aus dem Katalanischen, war eine 5000-Seelen-Gemeinde. Ihren Ruhm verdankte sie den Weingärten der Umgebung, Banyuls heißt ein überall im Land geschätzter Dessertwein.

Am Ende des Orts entdeckte ich eine Brücke, die ein ausgetrocknetes Flussbett überspannte. Müll lag in der Senke, und eine rostige Straßenbaumaschine stand herum. Ein kleiner Weg führte empor zu den letzten Häusern, um dann zwischen Weingärten zu verschwinden. Berghänge reckten sich bis zu den Wolken. Auf den Wiesen blühte Ginster. Ich kehrte zurück ins Zentrum. Im Hafen lagen die unvermeidlichen Privatyachten. Zwei Mädchen zupften an ihren Gitarren und sangen auf Englisch ein Lied zum Lobe Amerikas. Sie konnten nicht wissen, welch höherer Sinn in ihrem Vortrag lag: Das endliche Reiseziel fast aller von den Fittkos aus Banyuls fortgeleiteten Flüchtlinge waren die Vereinigten Staaten.

Der erste Ort hinter der Grenze von Frankreich nach Spanien heißt Portbou. Von hier aus fuhren die Flüchtlinge mit der Bahn ab, quer über die iberische Halbinsel, meistens bis Lissabon, wo sie ein Schiff bestiegen. Das Spanien des Jahres 1940 wurde von den Faschisten des Generals Franco regiert. Adolf Hitler hatte ihnen geholfen, den Bürgerkrieg zu gewinnen, und später kämpften spanische Freiwillige in der Blauen Legion auf deutscher Seite in Russland. Doch überall im Land gab es damals von den Amerikanern unterhaltene Komitees, ein dichtes Netzwerk antifaschistischer Hilfsbereitschaft, und die Transitpapiere, auch wenn sie gefälscht waren, wurden von den spanischen Behörden respektiert.

Einer der ersten Flüchtlinge, die Lisa Fittko im Herbst 1940 über die Pyrenäen brachte, war Walter Benjamin, der Proust-Übersetzer, der Brecht-Interpret, Verfasser von Büchern über das barocke Trauerspiel und über die architektonische Idee der Passagen. Bei sich trug er eine Ledertasche mit einem Manuskript, von dem er behauptete, dass es seine wichtigste Arbeit überhaupt sei. Die von Lisa Fittko geführte Gruppe wanderte sieben Stunden, dann waren die ersten Häuser von Portbou heran.

Während der folgenden Nacht setzte Walter Benjamin seinem Leben ein Ende, mit einer Überdosis Morphium, die er bei sich führte, für alle Fälle. Es hatte ihn das Gerücht erreicht, die Spanier wollten ihn an die Nazis ausliefern. Die Tasche mit dem Manuskript ging für immer verloren. »Die Freundlichkeitsbezeigungen der Welt finden sich an den härtesten Stellen des Daseins ein: bei der Geburt, beim ersten Schritt ins Leben und bei dem letzten, der aus dem Leben führt«, hat Walter Benjamin einmal gesagt, in einem Text, der sich mit Flucht, Emigration und Grenzen beschäftigt: Brechts Ballade vom Philosophen Lao-tse und dessen Hauptwerk, dem Buch Tao Te King.

Spanien wirkte härter, düsterer, ärmer als Frankreich, jedenfalls hier, unmittelbar hinter der Grenze, in Katalonien. Portbou erinnerte in vielem an die französischen Küstenstädte ein paar Kilometer weiter nördlich, auch hier gab es einen Hafen, aber es lag kein Schiff dort, kein Fischerboot und keine Yacht. Armselig gekleidete Menschen schlenderten über die Plaza. Überall bewegten sich Polizisten und Zöllner, finstere unfrohe Beamte, ich versuchte mir vorzustellen, wie es hier zu Francos Zeiten zugegangen sein mochte, und ich glaubte zu wissen, was die Ängste waren, die nach Walter Benjamins Herzen griffen. Vor den Fenstern flatterte Wäsche zum Trocknen. Es gab viele steile Treppen im Ort.

Varian Fry schrieb nach dem Kriege über seine dreizehn Monate in Marseille ein Buch. Es wurde wenig beachtet. Später, zur Zeit des Kalten Krieges und in der Ära McCarthy, wurde ihm seine Tätigkeit in Südfrankreich zum Verhängnis. Er hatte mit zu vielen linken Leuten Kontakt gehabt, er galt selber als ein Linker. Er fand kaum noch Arbeit. 1967 beging auch er Selbstmord.

Das Flüchtlings-Hilfskomitee, dem er angehört hatte, war nur eine von mehreren ähnlichen karitativen Einrichtungen jener Zeit. In einer anderen arbeitete der Journalist Noel Field. Personen, die seine Unterstützung erfahren hatten, wurden, sofern Kommunisten und nach 1945 in Osteuropa ansässig, von Stalins Säuberungen ereilt, darunter waren die Tschechen Rudolf Slánský, Ludwig

Freund und Otto Katz, der Ungar László Rajk, die Deutschen Paul Merker und Leo Bauer.

Der Schriftsteller Lion Feuchtwanger, dem Varian Fry 1940 seine erfolgreiche Flucht ermöglichte, hatte wenige Jahre zuvor die Sowjetunion besucht. Josef Stalin erwies er dabei seine Hochachtung. Über dessen Schauprozesse gegen die alten Bolschewiki, Stalins politische Rivalen, sagte er, die Sache sei völlig angemessen, und die Urteile seien gerecht. Auch Heinrich Mann respektierte den roten Diktator im Kreml. Während seines französischen Exils hatte sich Mann mit Walter Ulbricht zerstritten. Er fand den deutschen Kommunistenführer unerträglich. Dessen ungeachtet ging er 1949 sofort auf Ulbrichts Angebot ein, für immer in Ostberlin zu wohnen, sein Tod verhinderte die Reise. Nur sein Leichnam wurde überführt und beigesetzt auf dem Dorotheenstädtischen Friedhof in Berlin.

Walter Benjamin, Schwager der später ersten DDR-Justizministerin Hilde Benjamin, die berüchtigt war für ihre blutige Rechtspraxis, erfuhr seine äußerste Annäherung an die politische Linke durch sein Engagement für Bertolt Brecht und durch die Bekanntschaft mit Ernst Bloch. Er sah im Marxismus eine Art Erweckungstheologie aus jüdisch-messianischer Überlieferung. Einflussreicher war dann sein alter Freund, der Zionist Gershom Scholem. Den unbedingten Fortschrittsenthusiasmus, dem die Kommunisten huldigten, wollte er nicht teilen. Den Hitler-Stalin-Pakt von 1939 sah er mit Entsetzen. Ein Gerücht besagt, Benjamins Tod in Portbou sei kein Suizid gewesen, sondern eine durch einen Agenten Stalins ausgeführter Mordtat.

Dies alles bedachte ich, während ich mit Fernsehleuten in Südfrankreich unterwegs war. In Marseille wurde der von uns gemietete Wagen aufgebrochen und ein Teil der Ausrüstung entwendet. Ich war der Einzige im Team, der Französisch sprach. Wir begaben uns zu einer Polizeistation, um Anzeige zu erstatten. Wir gingen an den Arrestzellen vorbei, wo die Festgenommenen der letzten Nacht untergebracht waren, meist junge Leute, meist Nordafrikaner, sie hockten hinter Gittern, die Einrichtung erinnerte an die Käfige in

Zoologischen Gärten. Die Inhaftierten lärmten, als sie uns sahen, oder sie starrten weiterhin apathisch vor sich hin.

Einem jungen gelangweilten Polizisten machten wir unsere Angaben. Er saß hinter seiner Schreibmaschine und tippte unsere Auskünfte in sein Protokoll. Er machte uns wenig Hoffnung, dass die Diebe jemals gefasst würden, über ihre Identität hatte er keinerlei Zweifel, verächtlich sagte er: »Voilà les Arabes.« Ich versuchte mir vorzustellen, wie einem jüdischen Flüchtling aus Deutschland zumute gewesen war, wenn er mit Behörden in Marseille hatte verhandeln müssen.

Wir gingen den einstigen Fluchtweg von Cerbère über die Grenze nach Spanien. Er war nicht so steil, wie ihn die Berichte der Flüchtlinge beschrieben, der Aufstieg war eher sanft, und er nahm auch nicht die fünf Stunden in Anspruch, von denen in Büchern die Rede war. Links und rechts des Pfades blühte der Ginster. Einem Grenzposten begegneten wir nirgends. In Portbou filmten wir den Bahnhof, den Friedhof und das Haus, in dem Walter Benjamin gestorben war.

Wir setzten uns auf die Terrasse eines Restaurants am Ende der Rambla de Catalunya, um zu essen. In unserer Nähe saßen Franzosen, im Wagen über die Grenze gekommen, da die Mahlzeiten hier preisgünstiger waren als daheim. Ich trug in der Tasche den grünen Reisepass der Bundesrepublik Deutschland, den ich nach dem für die DDR gültigen Gesetz nicht besitzen durfte. Ich grübelte, ob ich im Schicksal der Emigranten von 1940 mein eigenes wiederfinden könne, und erkannte, dass beides nicht miteinander zu vergleichen war. Als ich von meinem Teller aufblickte, sah ich auf einer nahen Querstraße um die zwanzig Limousinen des DDR-Fabrikates Wartburg langsam vorüberfahren, offensichtlich nach Spanien exportiert, zu billigem Preis und gegen dringend benötigte Devisen.

Einen der 1940 von Varian Fry betreuten Flüchtlinge, Golo Mann, wollte ich für meinen Film interviewen. Ich verabredete mich mit ihm. Er lebte in Kilchberg bei Zürich, im letzten Haus seiner Eltern.

Zunächst betrat ich den Friedhof der reformierten Gemeinde von Kilchberg, wo Thomas Mann begraben lag. Neben ihm waren seine Ehefrau Katia und seine Tochter Erika beigesetzt. Auch der in Kilchberg geborene Conrad Ferdinand Meyer hatte hier seine letzte Ruhestatt. Es war ein trüber Tag. Von den Grabsteinen troff Feuchtigkeit. Außer mir war niemand hier unterwegs.

Das Haus der Manns lag auf einem Abhang über dem Ufer des Zürichsees. In einiger Entfernung standen die riesigen Leuchtschriftbuchstaben einer bekannten Schweizer Schokoladenfabrik. Neben dem Hauseingang hing ein Schild mit dem Namen des ehemaligen Hausherrn.

Golo Mann öffnete mir. Er hielt sich etwas gebeugt. Einer Behinderung wegen bewegte er sich mit Trippelschritten. In der Physiognomie ähnelte er unverkennbar dem Vater, doch statt des niederdeutschen Satzmelos von Thomas Mann sprach er den Akzent seiner Geburtsstadt München. Seine Rede war bedächtig und wurde gelegentlich unterbrochen durch eh-Laute, wie ich ihn aus französischen Dialogen kannte.

Ich musste an meinen toten Freund Martin Gregor-Dellin denken, der hier Gast gewesen war, als Thomas Mann noch lebte. Jetzt wirkte das Haus sonderbar verwaist, fast schien es zu groß für seinen letzten Bewohner und noch immer durchdrungen vom Geist des toten Romanciers. Dabei war dessen Arbeitszimmer längst ausgelagert, es stand jetzt im Thomas-Mann-Archiv der Eidgenössischen Technischen Hochschule Zürich, vor Kurzem war ich dort gewesen, ich hatte die gefüllten Bücherwände betrachtet, den Schreibtisch mit dem verschnörkelten Sessel, den Globus, das süßliche Ludwig-von-Hofmann-Bild an der Wand.

Wir ließen das Fernsehteam in das Haus. Golo Mann führte uns in ein Erkerzimmer, wo Biedermeiermöbel standen, durch das Fenster ging der Blick hinab auf den schillernden Zürichsee. Die Fernsehleute bauten ihre Gerätschaften auf. Wir begannen das Interview. Golo Mann erzählte von seiner Flucht aus Cerbère nach Portbou, von seinem Onkel Heinrich und dessen Frau Nelly. Über

Varian Fry, der ihm und den übrigen die Flucht erst ermöglicht hatte, wusste er nicht viel zu sagen. Er nannte ihn »unerheblich«. Nachdem die Fernsehleute abgebaut hatten, saß ich mit ihm noch eine Weile zusammen. Ich kannte seine Bücher. Ich bewunderte seine Monografie über Wallenstein, die sich, wie ich meinte, nicht verstecken müsse neben den Romanbüchern seines Vaters. Ich kannte viele seiner Aufsätze. Ich wusste von seiner Bemühung, eine ordentliche Professur an einer führenden westdeutschen Universität zu erhalten, woran ihn nicht nur deutschnationale Ordinarien gehindert hatten, sondern auch eine Intrige des Remigranten Max Horkheimer.

Er fragte mich nach Stephan Hermlin, mit dem er gemeinsam bei Radio Frankfurt gearbeitet hatte, kurz nach dem letzten Kriegsende, ein weiterer Beiträger war Hans Mayer gewesen. Ich erzählte ihm von Mayer, den ich erst kürzlich aufgesucht hatte, in Tübingen, einen einsamen alten Mann, der in einem sehr großen Haus lebte und der mir voller Stolz eine in seinem Besitz befindliche Plastik eines weiblichen Akts von Alfred Hrdlicka zeigte. Hrdlicka war ein unverbesserlicher Kommunist. Hans Mayer, von den Stalinisten aus der DDR vertrieben, gestand mir vorsichtig eine Art Heimweh, nach den alten Gefährten in Ostdeutschland, nach den dortigen Zuständen, seine eigene Linksgesinnung, meinte er, sei dort drüben vielleicht doch besser aufgehoben als im deutschen Westen.

Golo Mann schüttelte traurig lächelnd den Kopf, als ich ihm davon erzählte. Er sagte, als Student habe er selber auf Seiten der politischen Linken gestanden, also kenne er sich dort etwas aus. Er erzählte von Karl Jaspers, seinem Lehrer, und sprach voll unbegreiflicher Wut und Verachtung über seine einstige Kommilitonin Hannah Arendt. Er erzählte von seinem älteren Bruder Klaus, der ein viel begabterer Erotiker gewesen sei als er, Golo. Unter der eingegangenen Post, die in einer Schale gleich hinter dem Hauseingang lag, hatte ich die spanische Tageszeitung *El Pais* entdeckt. Golo Mann sagte, er beschäftige sich gegenwärtig viel mit Spanisch. Er wusste lange Proben spanischer Poesie auswendig und rezitierte daraus. Dann berichtete er vom Sterben seines Adoptivsohnes Hans Beck. Der Tee in unseren Tassen wurde kalt.

Er hatte in seinem Leben alle möglichen Ideologien ausprobiert. Er hatte Konrad Adenauer unterstützt, Willy Brandt und Franz Josef Strauß. Er vertrat die Meinung, der wahre Verlierer des Zweiten Weltkriegs sei, zu seinem großen Bedauern, die deutsche Bourgeoisie gewesen, der er selbst angehöre. Mir schien, er vertiefe sich in die Geschichte nicht, um sie für die Gegenwart zu befragen, sondern er floh in die Geschichte, um der Gegenwart zu entkommen. Von allen Thomas-Mann-Kindern stand er ästhetisch dem Vater am nächsten, dabei hatte er unter diesem Vater immerfort gelitten, manchmal hatte er ihn geradezu gehasst. Er war ein Melancholiker, sehr beherrscht und sehr verletzlich.

1931 schrieb Walter Benjamin eine Besprechung von Gedichten Erich Kästners. Er gab ihr den Titel *Linke Melancholie,* den ich als äußerst zutreffend empfand. Benjamin selbst meinte ihn eher abwertend, als er gegen die linksradikale Gesinnung einer kleinbürgerlichen Intelligentsia wütete: »Von jeher gingen Hartleibigkeit und Schwermut zusammen. Seit aber im sozialen Körper die Säfte stocken, schlägt Dumpfheit uns auf Schritt und Tritt entgegen.« Als ich es erstmals las, meinte ich, eine exakte Beschreibung des Lebens in der späten DDR zu erfahren.

43

Die Regierung in Ostberlin hatte verfügt, die evangelischen Kirchentage, die zuvor Gläubige aus dem gesamten Land versammeln durften, sollten nur mehr durch die einzelnen Landeskirchen veranstaltet werden und lediglich für deren jeweilige Region zuständig sein. Die evangelische Landeskirche Mitteldeutschlands veranstaltete ihren Kirchentag 1988 in Halle an der Saale.

Das Jahr darauf würde im Zeichen der Zweihundertjahrfeier der Französischen Revolution stehen. Der in der Lutherstadt Wittenberg ansässige Studentenpfarrer Friedrich Schorlemmer hatte mich gebeten, für die Teilnehmer des Kirchentags etwas über die Ereignisse nach dem 14. Juli 1789 zu sagen.

In einem Raum des Gotteshauses von St. Johannis trug ich meine Gedanken zum Thema vor. Ich erzählte, wie der von der SED zeitweilig als Trotzkist verfemte Leipziger Historiker Walter Markov die Französische Revolution als rundum begrüßenswerte plebejische Selbstbefreiung begriff.

Ich referierte, wie der französische Historiker François Furet die epochale Emanzipationsbewegung feierte, ohne ihr Abgleiten in die Schreckensherrschaft des Nationalkonvents zu beschönigen. Ich zitierte den Briten Edmund Burke, der, obschon selbst Liberaler, die Revolution verurteilte, da sie nichts als Unterdrückung bescherte, womit er aufstieg zur Leitfigur des europäischen Konservatismus.

Ich berichtete, dass integere Protagonisten wie Madame Roland unter das Fallbeil gerieten, während Opportunisten wie Paul de Barras, Joseph Fouché und Charles-Maurice de Talleyrand-Périgord sich problemlos über sämtliche Etappen der Revolution hinwegbewegen und zu gewichtigen Helfern Napoleons und, in Ansätzen, auch der sich anschließenden Bourbonenrestauration werden konnten. Die unfreiwilligen, doch zweifelsfrei vorhandenen Freiheiten im späten *ancien régime* waren größer als die unter der Jakobiner-Diktatur. Der Sturz der Bourbonen-Monarchie 1792 hatte am Ende bloß die Monarchie Napoleons erbracht, der ganz Europa mit Krieg überzog. Parallelen zur Oktoberrevolution Wladimir Iljitsch Lenins, die sich immer als Fortsetzung der Ereignisse von 1789 begriff, waren offensichtlich.

Am 9. November 1988 wurde der fünfzigsten Wiederkehr jener antisemitischen Ausschreitungen gedacht, die in Zeitgeschichtsbüchern unter dem vergleichsweise harmlosen Namen Reichskristallnacht verzeichnet sind. Der Tag war zugleich einer aus den Friedensdekaden, welche die evangelischen Kirchen in der DDR veranstalteten, in diesem wie in früheren Jahren, als eine Manifestation jenes radikalen Pazifismus, der sich seit Beginn der achtziger Jahre im Schutze des DDR-Protestantismus herangebildet hatte und der sich weder durch polizeilich-juristische Verfolgungen noch durch staatliche Ignoranz hatte beseitigen lassen.

Ich war in der pazifistischen Bewegung von ihrem Anfang an und also auch in den Friedensdekaden engagiert. Ich hatte das bemerkenswerte Erlebnis, dass ich, anlässlich einer öffentlichen Lesung von friedensförderlichen Texten, aus der Bergpredigt Jesu Christi vortrug, stehend auf der Kanzel einer evangelischen Kirche: ich, der ich doch ein überzeugter Agnostiker bin.

Das Gotteshaus, dem ich diese Gelegenheit verdankte, steht im Ostberliner Stadtbezirk Friedrichshain. Es gehört der dortigen Samariter-Gemeinde, deren Pfarrer über lange Jahre Rainer Eppelmann war. Er hatte auch den Einfall, das Gedenken an die Reichskristallnacht mit den Friedensbemühungen der achtziger Jahre zu verbinden, da dies zwei Erscheinungen seien, die nicht nur aus kalendarischem Zufall zueinander gehörten.

Vor dem Altar der Samariter-Kirche war ein Podium aufgebaut, an welchem die Gesprächsteilnehmer saßen. Dies waren, außer einem zufällig in Berlin anwesenden anglikanischen Geistlichen, der Gemeindepfarrer Eppelmann, der Rechtsanwalt Gregor Gysi und ich. Später stieß noch die Dissidentin Bärbel Bohley dazu. In der Sache, erinnere ich mich, gab es erstaunlich wenige Meinungsverschiedenheiten.

Aus heutiger Sicht bedeutete der Umstand, dass solche Veranstaltungen in jenen Jahren möglich waren, keinen Ausweis für staatliche Toleranz, sondern für geistige Schlampigkeit und Schwäche. Damals glaubten viele, mich inbegriffen, jede dem autoritären Regime abgerungene Freiheit sei ein Schritt auf dem Weg zur überfälligen Reform, die am Ende wie den Beherrschten auch den Herrschern zugutekäme. Wir wollten die Korrektur des politischen Systems, nicht dessen Abschaffung. Wir wussten nicht, dass die Korrektur mit der Abschaffung gleichbedeutend war.

Die einzige Organisation, der ich damals noch angehörte, war das ostdeutsche Zentrum des PEN-Clubs. Im März 1989 lud es zu seiner Jahrestagung, in Räume nahe dem Berliner Gendarmenmarkt. Ich begab mich dorthin.

In der ČSSR, unserem Nachbarland, war der Schriftsteller Václav Havel verhaftet worden, wieder einmal. Der Internationale PEN unterhält eine Sektion, die *writers in prison* heißt. Sie setzt sich ein für aus politischen Gründen inhaftierte Autoren. Bei der Tagung des PEN-Zentrums DDR wurde, nach dem üblichen Rechenschaftsbericht, um Wortmeldungen gebeten. Ich hob die Hand und beantragte, dass wir gegen die Inhaftierung des tschechischen Schriftstellers Václav Havel die Stimme erheben sollten. Mein Vorschlag stieß auf geteiltes Echo. Einige Anwesende wollten ihn durch fleißiges Filibustern von der Tagesordnung drängen. Andere schlossen sich meiner Haltung an. Schließlich kam es zur Abstimmung. Der Vorschlag, sich für Václav Havel einzusetzen, wurde gebilligt, und zwar einstimmig.

Zu den Teilnehmern der Tagung gehörte Klaus Höpcke, Stellvertretender Minister für Kultur, hauptverantwortlich für Literatur und Buchwesen im Land. Unmittelbar nach Ende der Tagung des PEN-Zentrums DDR fuhr ich in das Westberliner Redaktionsbüro des Deutschlandfunks. Dem dortigen Korrespondenten, den ich lange und gut kannte, erzählte ich von der Abstimmung. Der Korrespondent war wie elektrisiert. Er wollte die Sache umgehend öffentlich machen. Um seine Quelle, meine Person, zu verschleiern, formulierte er eine Meldung für die Nachrichtenagentur dpa. Sie diente uns dann als Anlass, über die Sache ein Gespräch zu führen, das noch am gleichen Tag über den Sender ging.

Lediglich für Klaus Höpcke hatte das Ganze ein etwas unangenehmes Nachspiel. Ein Regierungsmitglied der DDR hatte die Justiz eines sozialistischen Bruderlandes getadelt? Höpcke musste beim Zentralkomitee der SED antreten und sich dort verantworten. Er überstand die Angelegenheit. Er blieb in seinem Amt bis zum Herbst '89.

Im Spätherbst 1988 hatte der Schriftsteller Martin Walser in einem Aufsatz für das Nachrichtenmagazin *Der Spiegel* die Überzeugung vertreten, die deutsche Zweistaatlichkeit sei keinesfalls das letzte Wort der Geschichte. Er bekannte sich zur nationalen Einheit, was ihm schrille Proteste aus Kreisen der westdeutschen Linken eintrug. Ich sprang ihm im gleichen Blatt zur Seite, vertrat eine ähnliche Überzeugung aus meiner ostdeutschen Sicht und wagte den damals tollkühnen Satz:

»Ich plädiere dafür, die deutsche Frage weiterhin als eine offene anzusehen. Ich warne zugleich davor, den Kopf wegzudrehen und, da es nun nicht mehr im Blickfeld ist, zu behaupten, das Problem habe sich unterdessen erledigt.«

Der 17. Juni 1989 würde, wie sich später erweisen sollte, das überhaupt vorletzte Mal sein, dass die Bundesrepublik Deutschland dieses Datum als ihren Nationalfeiertag beging. Der Südwestfunk in Baden-Baden hatte mich zu einem Gespräch vor Radio-Mikrofonen gebeten; zusammen mit Martin Walser und dem SPD-Politiker Egon Bahr sollte ich das Schicksal der geteilten deutschen Nation bedenken, denn der 17. Juni hieß ganz offiziell »Tag der deutschen Einheit« und war im grauen Verlauf des Kalenderjahres das mittlerweile einzige Datum, da man sich in größerem Umfange dem gesamtdeutschen Gegrübel hingab.

Der Südwestfunk residierte in Baden-Baden, jener opulenten Schwarzwaldstadt, wo Ostelbien ungeheuer entfernt und Frankreich zum Spazierengehen nahe liegt und dessen Mischung aus Mondänität und Morbidezza, wenn von Osteuropa die Rede ist, allenfalls die mählich verblassenden Schatten von Fjodor Dostojewskis Roulettespielern aufruft. Vor solcher Kulisse also sollte ich mich zur deutsch-deutschen Situation äußern. Der Blick aus den Studiofenstern ging auf riesengroße Schwarzwaldfichten und auf die angenagten Gründerstilfassaden sehr edler Villen. Wie viel wiegt in einem derartigen Ambiente die nationale Einheit? Egon Bahr nannte das Wiedervereinigungsbegehren die Lebenslüge der deutschen Politik. Dies ergrimmte mich derart, dass ich entgegnete, man solle doch umgehend vor dem Bundesverfassungsgericht in Karlsruhe Klage erheben wegen offensichtlichen Verstoßes gegen die Präambel des bundesdeutschen Grundgesetzes, das, wie bekannt, die Wiedervereinigung in freier Selbstbestimmung zum Verfassungsgebot erhob. Bahr zuckte die Achseln und grinste. Er verstand sich als Realpolitiker. Als die Einheit dann kam, teilte er öffentlich mit, nun stehe man vor genau jenen Problemen, die man sich immer gewünscht habe. In der DDR gab es auf meine Wortmeldungen keinerlei Reaktion. Insgeheim war man wohl schon mit dem eigenen Untergang beschäftigt.

Im Sommer 1989 wurde die DDR durch zwei besondere Ereignisse heimgesucht. Eines war die langwierige Erkrankung ihres führenden Staatsmannes Erich Honecker, die das Land in den Zustand völliger administrativer Entschlusslosigkeit versetzte. Das andere hatte mit dem Ausreisebegehren zahlreicher Bewohner zu tun, das sich zunächst in Ansammlungen rund um die Leipziger Nikolaikirche vermittelte, später durch den Ansturm auf Botschaftsgebäude der Bundesrepublik Deutschland in Prag, in Budapest und in Warschau.

Hier ließ sich eine Art strukturelles Rumoren erkennen, doch es rumorte, so schien es uns damals, jetzt nicht anders und nicht stärker als alle Jahre und Jahrzehnte zuvor. Dass es im Ostblock Spannungen gab, war der Welt geläufig. Dass dort vieles nicht funktionierte, wusste sie gleichermaßen. Die Sowjetunion existierte schon seit siebzig Jahren nach diesem Grundmuster und war daran nicht zugrunde gegangen. Warum also sollte es in den mit ihr verbundenen und von ihr abhängigen europäischen Ländern geschehen?

Der gesamte Sommer des Jahres 1989 war ein einziger Triumph des Status quo. Zwar amtierte in Moskau der beunruhigende Michail Gorbatschow, aber auch er schien bloß einer von jenen sowjetrussischen Innovatoren zu sein, die sich im Verlaufe ihrer Herrschaft an der granitenen Unerschütterlichkeit dortiger Verhältnisse ab- und aufrieben; im Land selbst sanken seine Popularitätswerte, seit er den Russen das Wodka-Trinken verekelte, und es schien nur noch eine Frage der Zeit, dass an diesem demoskopischen Absturz auch die Nachbarländer teilhaben würden; bei den Polen war es schon geschehen, und irgendwann würde selbst die offensichtlich besonders Gorbatschow-verrückte DDR darin folgen.

So sah es die westliche Welt, und die östliche Welt, die von der westlichen das Gros ihrer politischen Informationen bezog, sah es in leicht perverser Redundanz bald ebenso. Erich Honecker konnte deswegen, ungeachtet einiger pflichtschuldiger publizistischer Empörung, unwidersprochen die Meinung äußern, die Berliner Mauer werde auch in hundert Jahren noch stehen, sofern die Ursachen, die zu ihrem Bau geführt hatten, nicht beseitigt seien.

Ich lebte während dieser Wochen in einem kleinen Fischerdorf an der DDR-Ostseeküste. Dort brach eine Marienkäferplage aus. Die Insekten fielen aus dem heißen Himmel wie Regen. Sie hingen in Massen an den Häuserwänden, und ihre zertretenen Leichen lagen auf den Wegen als eine fette gelbe klebrige Kruste. In abergläubischen Jahrhunderten hätte man darin das Vorzeichen für jähe Veränderungen erblickt.

In meiner unmittelbaren Nachbarschaft wohnten höhere Repräsentanten der politischen Herrschaft. Wenn ich sie traf, las ich in ihren Gesichtern die bei ihnen gewöhnliche Unerschütterlichkeit und Arroganz. Vierzig Jahre DDR waren vierzig Jahre Krisen gewesen, unter anderem. Wieso sollte nicht, wie die früheren, auch diese wieder vorübergehen?

Die politische Lethargie würde jedenfalls enden, wenn Erich Honecker das Krankenhaus verließ und seine Amtsgeschäfte wieder aufnahm. Dies geschah im September. Tatsächlich fielen jetzt Entscheidungen. Die Botschaftsflüchtlinge verließen in Sonderzügen ihr Asyl. Das lange vorbereitete Spektakel des 40. Jahrestages der DDR-Gründung stand ins Haus. Gäste aus aller Welt wurden erwartet, Reden sollten gehalten werden.

Der Fernsehsender ZDF hatte mich gebeten, die Ansprachen und Ereignisse des 6. Oktober 1989 in der DDR während einer Live-Sendung seines Westberliner Studios zu kommentieren. Ich erblickte auf dem Monitor den Fackelzug junger Leute in der Ostberliner Innenstadt. Ich sah ihre leer lachenden Gesichter. Ich sagte wahrheitsgemäß, dass ich für mich, aus Gründen des persönlichen Geschmacks, auf Fackelzüge nichts hielte. Ich hörte die leeren Worte des Staatsratsvorsitzenden Honecker. Ich sah sein von Krankheit und Starrsinn gezeichnetes Greisenantlitz. Ich sagte wahrheitsgemäß, dass mich das völlige Fehlen jeglicher Art von Betroffenheit und Nachdenklichkeit in Honeckers Rede zutiefst verstöre. Nach der Sendung bemerkte ich, wie mich das Fernsehpersonal mit dem Ausdruck einer gewissen Besorgnis betrachtete. Für die damaligen Verhältnisse waren meine Worte vielleicht etwas leichtfertig gewesen, und womöglich sorgte man sich jetzt um meinen Kopf. Die damalige DDR-Führung freilich hatte in diesen Stunden anderes zu bedenken als das durchaus unmaßgebliche Schicksal meiner Person.

Denn es erfolgten jetzt jene Demonstrationen, Festnahmen und Misshandlungen, mit denen das Regime nochmals seine Gewalttätigkeit offenbarte, unter den Augen der Welt. Der atemberaubende Massenumzug des 9. Oktober in Leipzig fand statt, während die Panzer schon herbeigerollt, die scharfe Munition schon ausgegeben, die Blutkonserven in den Spitälern schon bereitgestellt worden waren: Jedermann rechnete mit einer blutigen Lösung, und wieso es dann nicht dazu kam, ist bis heute rätselhaft. Mehrere Künstler und Politiker der DDR nehmen das Verdienst dafür in Anspruch, aber der wirklich Verantwortliche trägt wohl den Namen Michail Gorbatschow. Die deutschen Initiativen waren dazu bloß Beiwerk.

Statt des befürchteten Blutbades gab es also das Schauspiel der waffenstarrenden Schwäche. Fortan, dies war zu erkennen, stand das politische System der DDR zur Disposition.

44

Die führenden Ränge der SED tagten in Permanenz. Informationen drangen an die Öffentlichkeit und ließen einen Führungswechsel vermuten. Ich erinnere mich, wie ich in der Koje meines österreichischen Verlages auf der Frankfurter Buchmesse saß: Plötzlich standen vor mir zwei Ostberliner Bekannte, die ich an diesem Ort niemals vermutet hätte. Sie versahen mich mit einer abenteuerlichen Nachricht, betreffend die personelle Umgestaltung im SED-Politbüro, danach sollte Kurt Hager, der Chefideologe, die Nachfolge Honeckers antreten. Ich wiederholte sie unter Kopfschütteln. Jemand pickte sie auf und brachte sie an die Öffentlichkeit. Es blieb ein wahnwitziges Gerücht unter anderen.

Als die Mitteilung über Honeckers Sturz erfolgte, war ich wieder daheim. Nachfolger Krenz hielt am Tag seiner Investitur eine langatmige Rede im Fernsehen. Ich hörte ihr zu. Als er geendet hatte, wusste ich, dass die durch den Austausch an der Partei- und Staatsspitze gegebene Chance schon wieder vertan war. Am folgenden Morgen begegnete ich dem Korrespondenten einer großen westdeutschen Zeitung. Er fragte mich: »Was spricht eigentlich gegen Egon Krenz?« Meine Antwort war: »Alles.«

Die nur unwesentlich erneuerte politische Führung der DDR unternahm noch den einen und anderen Versuch, mit ihrem Volk ins Gespräch zu kommen. Das in jenen Tagen am häufigsten strapazierte Wort lautete Dialog.

Eine entsprechende Veranstaltungsreihe trug den Namen Sonntagsgespräch, und einer der dafür vorgesehenen Plätze war das Gelände vor dem Roten Rathaus in Ostberlin. Einmal, am 29. Oktober, stand ich unter den Zuhörern, es mochten um die zwanzigtausend sein. Man hatte mehrere Mikrofone aufgebaut, für die Fragen, für die Antworten. Auf den Stufen zum Rathausportal warteten die Offiziellen, sämtlich Leute aus dem alten Establishment, schwer belastet von Vergangenheit und das unsichtbare Zeichen baldigen Scheiterns auf der Stirn, die Namen lauteten:

Schabowski, Kant, Thielmann, Höpcke, Krack. Als aus der Menge die Forderung kam, die Privilegien von Wandlitz zu beenden und die Ministerin für Volksbildung zu entmachten, gab es begeisterte Zustimmung. Ich sah, wie der westdeutsche SPD-Vorständler Horst Ehmke sich unter den Versammelten bewegte und das Geschehen beobachtete, als inspiziere er eine eroberte Provinz. Aus der Menge erging die Bitte, durch Heben der Hand der Toten an der Mauer zu gedenken. Dieses Zeichen wurde von mehr als einem Drittel der Menge verweigert.

Eine Woche später, am 4. November 1989, erfolgte in Ostberlin die von Theaterleuten angeregte Demonstration, die sich unter das Thema der Meinungs- und Pressefreiheit gestellt hatte.

Erst sehr viel später wurde mir deutlich, dass wir damals alle in einer Inszenierung des Regisseurs Michail Gorbatschow mitwirkten. Er hatte es sich zum Ziel gesetzt, in den von der Sowjetunion abhängigen osteuropäischen Ländern den obsolet gewordenen Spätstalinismus zu beenden, um stattdessen Regimes seines Stils und seines Vertrauens zu begünstigen.

Die von ihm favorisierten Personen hießen in Polen Jaruzelski und Rakowski, in der Tschechoslowakei Jakeš, in Ungarn Grosz und Poszgay, in der DDR Krenz und Markus Wolf. Die Inszenierungen missglückten. Die einmal begonnenen Entwicklungen hatten ihre eigene Dynamik, die sich von außen nicht steuern ließ. Nur in zwei der Staaten, den von allen rückständigsten, sollte Gorbatschow mit seinen Plänen zunächst noch Erfolg haben, in Bulgarien und Rumänien.

Damals, am 4. November in Ostberlin, waren ein paar hunderttausend Menschen unterwegs. Sie zogen von der Liebknechtstraße zu den Linden, über den Marx-Engels-Platz, über die Breite Straße und den Molkenmarkt bis zum Alexanderplatz. Sie führten selber gemachte Transparente mit sich. Sie gingen vorüber an Schildern, Karikaturen und Pantomimen. Auf dem Alexanderplatz wurden Reden gehalten, viele konnten nichts davon hören, da sie noch unterwegs waren, sie mussten es auch nicht hören, da die Reden, noch die kühnsten unter ihnen, artifiziell und ausdruckslos gerieten gegen die Wirklichkeit auf den Straßen.

Ich hatte so etwas zuvor niemals erlebt. Ich werde es so wohl nie wieder erleben können. Der Zug dieser Hunderttausenden hatte nichts Bedrohliches, und es war, in ihm mitzugehen, nicht beengend, alles vollzog sich vielmehr gelassen und friedvoll, alles war ein äußerster Ausdruck von Befreiung, von Freiheit, die unwiderstehlich, die freilich auch flüchtig war, auf diese Stunden beschränkt, und das war genau jene Freiheit, von der die Anarchisten aus dem Geiste Bakunins und Landauers immerzu träumten und die ebenso in den Geschehnissen des Pariser Mai '68 gewesen war.

Die Freiheit der Anarchisten ist ziellos, ihr einziger Zweck ist sie selbst. Das verzweifelte Aufbäumen der leninistischen Disziplin erfolgte genau vier Tage später. Durch heimliche Order wurden alle Berliner Mitglieder der SED, die sich erreichen ließen, vor das Gebäude des Zentralkomitees befohlen, hinter dessen Mauern man gerade über einen neuerlichen Personenwechsel beriet. Mich hatte ein schweizerisches Fernsehteam um eine Meinungsäußerung gebeten und auf das gleiche Gelände bestellt. So erhielt ich Gelegenheit, diese Manifestation der Berliner SED, eine ihrer letzten, mitzuerleben.

Sie war ihren Erfindern völlig entglitten. Statt des erhofften Enthusiasmus gab es Verzweiflung. Die verbalen Zeugnisse davon nahmen kein Ende und wurden unüberhörbar verstärkt durch riesige Lautsprecher. Es war kalt, die Dämmerung fiel ein. Ich begegnete einem Bekannten, einem alten Parteisoldaten, der sich kopfschüttelnd davonmachte und, als er mich sah, die Worte sagte: »Es ist aus.«

Die Reden gingen weiter. Es war dunkel geworden. Ich stellte mich vor eine TV-Kamera, auf die obenauf eine kleine Jupiterlampe montiert war, und während ich mein düsteres Urteil über die herrschenden Zustände aufsagte, sah ich ringsum auf der Wiese ähnliche Jupiterlampen brennen, überall wurden jetzt dem meinen ähnliche Urteile gesprochen, und die brennenden Lampen waren wie die Irrlichter über einem monströsen Schauspiel von Zusammenbruch und Verwesung.

Am nächsten Morgen, dem 9. November, sollte ich nach Wien reisen.

Ich brach rechtzeitig auf. Ich musste, an der Innerberliner Grenze, nochmals alle jene ermüdenden Prozeduren durchlaufen, die dort seit achtundzwanzig Jahren die Regel waren. Ich musste mit meinem Wagen durch mehrere versetzte Öffnungen in Betonmauern fahren. Insgesamt dreimal musste ich meinen Reisepass vorweisen. Ich musste meinen Wagen, wie viele Male zuvor, den Zöllnern öffnen. Wieder überprüften sie durch Herabdrücken der Sitzpolster, ob ich vielleicht, versteckt in der Karosserie, einen Menschen aus der DDR hinausschleuste. Beim entscheidenden Check meines Passes musste ich zehn Minuten warten. Ich wusste, während dieser Zeit wurden, wie viel Male zuvor, in dem dafür eingerichteten Zentralcomputer des DDR-Staatssicherheitsdienstes meine Personaldaten und mein Visum auf ihren aktuellen Stand überprüft. Danach fuhr ich weiter, durch Moabit und Charlottenburg bis zum Flughafen Tegel. Ich bestieg eine Maschine der Fluggesellschaft PAN AM und begab mich via Frankfurt am Main nach Wien.

Dort angekommen, stürzte ich mich alsbald in Gespräche mit meinem Buchverlag, der die letzten Vorbereitungen traf, sein Gründungsjubiläum zu begehen. Wien ergriff von mir Besitz mit seinem eigenen Sprachklang, seinen besonderen Gerüchen und Gerüchten, seiner anderen politischen Wirklichkeit. Die DDR rückte von Stunde zu Stunde weiter fort. Gegen Abend saß ich in meinem Hotelzimmer und sah die Abendnachrichten im Fernsehen. Ich erlebte den am Vortag neu gewählten SED-Informationschef Schabowski bei seiner Pressekonferenz, wo er, stotternd und wie nebenher, die Mitteilung vortrug, die Berliner Mauer würde geöffnet. Ich erkannte die Verblüffung in den Gesichtern der bei dieser Pressekonferenz anwesenden Korrespondenten.

Das österreichische Fernsehen sendete an diesem Abend noch eine Talkshow, es ging dabei um die gegenwärtige deutsche Situation. Geladen waren: ein DDR-Korrespondent in Wien, die Korrespondentin eines westdeutschen Blattes in der DDR, eine DDR-Liedermacherin und eine vor Jahren aus der DDR emigrierte Schauspielerin. Der DDR-Journalist lavierte, die Schauspielerin heulte (vor Rührung), die West-Journalistin schwärmte von einer DDR, die ich nicht kannte, die Liedermacherin bekannte sich zur Zukunft einer sozialistischen DDR, an die ich nicht glaubte.

Dann wurden, es war schon lange nach Mitternacht, aktuelle Bilder aus der DDR eingespielt. Man sah Leute über die Grenze strömen, unfähig, ihre Gefühle von Glück, Befreiung, Überwältigtsein zu formulieren, man hörte die Geräusche von Beifall und springenden Sektkorken. Hinterher waren die Gäste der Talkshow sonderbar wortkarg. Sie begriffen wohl, dass ihre Welt, dass die gesamte Welt sich verändert hatte, radikal und unwiderruflich. Es waren die bewegten Bilder nötig gewesen, um eine zunächst abstrakte Mitteilung mit sinnlichen Eindrücken auszustatten, und die zerschlug alle Präokkupation.

Am nächsten Morgen kaufte ich mir sämtliche Zeitungen, deren ich habhaft wurde. Die großen westdeutschen Blätter hatten die Nachricht von der Grenzöffnung eben noch unterbringen können. Die später gedruckten Wiener Blätter berichteten ausführlich, aber sie blieben deutlich distanziert: Dies war, bei aller Sympathie, nicht das politische Problem der Republik Österreich. Auf den von Menschen überfüllten Wiener Straßen ließen sich Deutsche an diesem Tag mühelos ausmachen, man erkannte sie an ihren aufgeregten Gesten und dem Umstand, dass sie unentwegt die Wörter Berlin und Mauer im Mund führten.

Am Abend fand die festliche Veranstaltung zum Geburtstag des Paul Zsolnay Verlages statt.

Sie fand im Wiener Funkhaus statt. Sie war sehr österreichisch. Vor geöffneten Mikrofonen und sehr viel Publikum saßen Schauspieler, Autoren, Verlagsleute, darunter der bekannte Johannes Mario Simmel, der seine ersten Bücher bei Zsolnay verlegt hatte. Obschon eigentlich geschlagen mit einer Sprechhemmung, redete er diesmal frei und ohne Unterbrechung, übrigens auch recht witzig, Kenner seiner Person versicherten hernach, dieser Auftritt sei singulär gewesen. Ich erkannte an Simmels Erzählungen aus dem Nachkriegs-Wien manches wieder vom Berlin der fünfziger Jahre. Zwischendurch spielte ein Schrammelquartett auf eine Art, als hätte Arnold Schönberg die Arrangements verfasst.

Schließlich wurde ich aufgerufen und vom Moderator nach meinen Gefühlen an diesem Tag befragt. Ich sagte, ich sei gern in Wien, ich sei immer gern in dieser Stadt gewesen, doch selten in meinem Leben hätte ich mich so deplaziert gefühlt wie an diesem Tag.

Ich musste an den nächsten Tagen noch allerlei Reporterfragen beantworten. Westdeutsche Radiostationen stöberten mich auf und wollten meine Meinung hören. Zwischendurch sah ich mir die neuen Bilder im Fernsehen an und las die neuesten Zeitungen. Ich telefonierte mit daheim. Plötzlich schienen auch die Verschlüsselungen, deren ich mich sonst bei solchen Gelegenheiten bedient hatte, um die mithörenden Geheimdienste zu verwirren, nicht mehr nötig. Mochten sie mithören oder nicht, mit dem 9. November waren die von ihrer Existenz ausgehenden Drohungen nichtig geworden, man konnte über sie lachen.

Den Wienern aber wurden die deutsch-deutschen Euphorien zusehends unheimlich. Einmal traf ich einen österreichischen Bekannten, der mich mit den melancholischen Worten begrüßte: »Sie sind wohl vor der deutschen Wiedervereinigung geflohen?« An der Unterführung der großen U-Bahnstation Karlsplatz wurden Flugblätter verteilt, die ein Bild der zerbrochenen Mauer zeigten, einen Ausspruch von Friedrich Engels zitierten und ein wiedervereinigtes Deutschland forderten. Die Autoren des Flugblatts, wie auch seine Verteiler, waren Angehörige einer schlagenden Studentenverbindung.

Als ich dann nach Berlin zurückkehrte, lag das Datum der Maueröffnung schon einige Tage zurück. Das Flugzeug, in dem ich saß, kreiste über der Stadt, mehrmals geriet dabei auch die Mauer ins

Blickfeld. Ich erkannte die ungewohnten Ansammlungen von Menschen und Fahrzeugen an mehreren Stellen der Grenze.

Als ich zum Parkplatz des Flughafens Tegel ging, entdeckte ich, nebeneinandergestellt, um die zwanzig Fahrzeuge vom Typ Lada, Wartburg und Trabant, sämtlich versehen mit Kennzeichen aus Regionen der DDR. Die gleichen Fahrzeugmodelle waren auch im innerstädtischen Verkehr wahrzunehmen. Sie boten mir einen höchst sonderbaren Anblick. In Alt-Moabit stand auf dem Mittelstreifen ein völlig zerbeultes DDR-Fahrzeug, wie ein Denkmal der Vergänglichkeit.

Am Grenzübergang Invalidenstraße herrschte reges Treiben. Ein Ameisenstrom von Fußgängern bewegte sich auf dem Bürgersteig. Ein Toiletten-Container war aufgestellt und wurde belagert, britische Militärpolizisten teilten kostenlosen Tee in Pappbechern aus. Auf DDR-Gebiet standen freundliche Grenzsoldaten, ordneten den Fahrzeugverkehr und betätigten ihre Stempel. Die finsteren Erinnerungen an achtundzwanzig Jahre Absperrung waren wie weggedorrt. Die Mauer ließ sich durchaus noch besichtigen und anfassen, aber sie war nur mehr eine abstruse Anhäufung von Steinen. Die Grenzsoldaten winkten mich lächelnd heran, begrüßten mich lächelnd, sie nahmen lächelnd meinen Reisepass zur Kenntnis, und lächelnd winkten sie mich weiter. Nie zuvor in meinem Leben hatte ich so viele lächelnde Grenzbeamte gesehen.

45

Das Nationaltheater Weimar veranstaltete eine Podiumsdiskussion. Eingeladen hatte die Journalistin Lea Rosh, und es traten auf: der DDR-Rechtsanwalt Rolf Henrich, der SPD-Politiker Erhard Eppler, der westdeutsche Publizist Peter Bender und ich. Es ging um die politische Zukunft im östlichen Deutschland. Der Zuschauersaal war voll besetzt, überwiegend mit jungen Leuten; die Veranstaltung, eine von vielen zu jener Zeit, würde ebenso aufregend wie folgenlos sein. Sie wurde lediglich herausgehoben durch ihren Ort, der sieben Jahrzehnte zuvor die Gründungsversammlung der ersten deutschen Republik beherbergt hatte.

Rolf Henrichs Buch über den vormundschaftlichen Staat, ein Jahr zuvor in Westdeutschland erschienen, hatte beigetragen zum Kollaps des Stalinismus in der DDR. Jetzt erläuterte sein Autor sehr ausführlich seine persönliche Hinwendung zu Rudolf Steiners Anthroposophie. Ich plädierte dafür, der Geist der friedlichen Veränderungen solle dadurch bewahrt werden, dass sich die um ihren Zweck gebrachte NATO jetzt auflöse.

Peter Bender widersprach mir, nicht aus soldatischem Eifer, sondern aus Einsicht in die Realpolitik. Erhard Eppler fuhr hernach in meinem Wagen mit mir nach Erfurt, wo wir beide übernachten sollten. Soeben war öffentlich geworden, dass Wolfgang Schnur, Mitbegründer der DDR-Partei Demokratischer Aufbruch, heimlich der DDR-Staatssicherheitsbehörde als Spitzel diente. Eppler sagte, ihn verwundere das überhaupt nicht: Schnur habe ihm niemals in die Augen blicken können.

Wir nächtigten beide im Hotel Erfurter Hof. Ich war untergebracht in jenem Zimmer, das exakt zwanzig Jahre zuvor Willy Brandt bei seinem Treffen mit DDR-Ministerpräsident Stoph bewohnt hatte. Ich trat an das Erkerfenster. Von hier aus hatte der Kanzler damals der jubelnden Menge zugewinkt. Ich blickte hinab auf den Vorplatz. Statt jubelnder Menschen stand dort jetzt ein riesiges CDU-Wahlplakat.

Sieben Tage später, am 18. März, sollte eine neue Volkskammer bestimmt werden. Es würden die ersten freien Wahlen zum DDR-Zentralparlament sein, die es je gab; das von dem langjährigen SED-Politiker Modrow angeführte Ostberliner Kabinett, das seit einem Vierteljahr regierte, stand zur Disposition. Als ich im Erfurter Hof den Frühstücksraum betrat, traf ich auf eine kleine Heerschar lautstarker CSU-Politiker, angereist, um die Territorien östlich von Werra und Elbe für ihresgleichen zu erschließen. In sieben Tagen würde ich erfahren, dass sie mit ihrem Tun vollen Erfolg hatten. Wahlverlierer würden jene sein, die als Bürgerrechtler vieles riskiert und getan hatten, um einen solcher Wahlgang überhaupt erst zu ermöglichen.

Ich habe oft darüber nachgedacht, wieso es dazu kam. Die Niederlage war in der Höhe völlig unvermutet, unverschuldet war sie nicht. Zuvor hatten die Bürgerrechtler in verschiedenen Zusammenhängen teils versagt, teils auf falsche Lösungen gesetzt; die Bevölkerungsmehrheiten, die sie zu vertreten meinten, hatten sie schon längst nicht mehr hinter sich.

Manches erklärt sich aus ihren Ursprüngen, die recht unterschiedlich waren. Bei einigen handelte es sich um vormalige Linkssozialisten, mit der offiziellen DDR und deren Staatspartei SED nicht mehr einverstanden und nunmehr einer alternativen marxistischen Idee ergeben. Andere waren religiös bestimmt oder suchten die Nähe zu christlichen Institutionen. Es gab politisierende Pfarrer, und es gab Theologen, die dieses Studium bloß angetreten hatten, da sie keine andere akademische Ausbildung hatten wahrnehmen dürfen.

Ich kannte manche von ihnen. Gelegentlich hatte ich sie getroffen, in kirchlichen Institutionen oder in nikotingesättigten Altbauwohnungen. Ich redete mit ihnen. Die Verständigung war schwierig, vielleicht trennte uns das Alter. Sie waren schwärmerische junge Frauen in weiten indischen Kleidern, die Babys in Tragetüchern vor dem Bauch. Sie waren langhaarige junge Männer in verwaschenen Jeans, tagsüber als Friedhofsgärtner beschäftigt und abends mit dem Vortrag selbst gemachter Verse. Es gab auch ein paar arrivierte Akademiker, die mit ihrem Kopfsprung in Revolte und Aufbruch den zweiten Frühling suchten.

Aus derlei Kreisen erwuchsen schließlich die ersten rein politischen Gruppierungen, von denen das Neue Forum die prominenteste, weil zahlenstärkste war. Die formulierten Ziele blieben mehr als diffus. Die Unbestimmtheit der Formulierung war Stärke und Schwäche zugleich.

Die große Demonstration vom 4. November auf dem Berliner Alexanderplatz hatte durch Fernsehübertragungen in beiden deutschen Staaten eine enorme Multiplikation erfahren und sie alle zusammengeführt: Altstalinisten, Theologen, Reformkräfte marxistischer wie nichtmarxistischer Observanz. Die Situation war so diffus wie der Gründungsaufruf des Neuen Forums.

Die Bürgerrechtler begingen entscheidende Fehler. Der erste war 1989 jener Aufruf, der für den Fortbestand der DDR warb. Sein Wortlaut klang eigentlich nicht übel, zu den Unterzeichnern gehörten einige Bürgerrechtler, die gewusst haben dürften, dass dieser Text vom *Neuen Deutschland* gedruckt wurde, Zentralorgan der abgewirtschafteten SED. War solcher Schulterschluss vonnöten?

Dem folgte ein zweiter Aufruf. Diesmal kam er aus der Mitte der Bürgerrechtsbewegung und trug den Titel *Für unser Land*. Den Appell für einen autonomen ostdeutschen Staat sozialistischer Prägung hat alsbald der neue Erste Sekretär des Zentralkomitees der SED Egon Krenz unterzeichnet. Damit war die Sache entwertet. Den rasch sich wandelnden Stimmungen in der Bevölkerung entsprach er ohnehin nicht mehr.

Ein weiterer Fehler war die Organisation der sogenannten Runden Tische. Die Forderung, sie zu bilden, stammte aus der Bürgerrechtsbewegung, das Vorbild hatte der östliche Nachbar Polen gegeben, bei dem die Voraussetzungen freilich völlig andere gewesen waren. In der DDR rangen die alten kommunistischen Kräfte noch um ihr politisches Überleben. Der Runde Tisch bot sich ihnen als unverhoffte Chance.

Allerlei Palaver fanden statt, auf sämtlichen administrativen Ebenen; der zentrale Runde Tisch im Ostberliner Schloss Niederschönhausen lieferte eine vom DDR-Fernsehen stundenlang übertragene Talkshow von großem Unterhaltungswert und ohne nennenswerte politische Konsequenz. Ich sah es mir an. Es gab für die Sache keinerlei demokratische Legitimation. Der Runde Tisch konnte sich auf eine Art imperatives Mandat berufen, das als politisches Mittel eindeutig ins Milieu kommunistischer Räterepubliken gehört. Er hatte keinerlei Funktion außer, allenfalls, der eines Spannungsabbaus und Ventils. An ihm saßen gleichberechtigt Vertreter der Bürgerrechtsbewegung neben denen der alten SED, die sich solcherart in die neuen Zustände retten wollten; einigen würde dies gelingen. Vor allem aber riskierte die Bürgerrechtsbewegung durch diesen Schulterschluss mit den alten Kräften ihre Integrität.

Der nächste Fehler folgte aus den vorigen. Am 6. Februar 1990 übernahm der letzte nicht demokratisch gewählte DDR-Ministerpräsident Hans Modrow acht ehemalige Bürgerrechtler in sein Kabinett, als Minister ohne Geschäftsbereich. Dies wollte eine Geste der nationalen Versöhnung sein, in Wahrheit war es ein Korruptionsversuch: durch einen Titel ohne Wert und einen Dienstwagen mit Fahrer. Die Vertreter der politischen Opposition, bedeutete das, versöhnten sich mit der gegnerischen Seite. Sie lieferten einer undemokratischen Regierung ein überflüssiges Alibi. Sie brachten sich selbst samt den Gruppierungen, denen sie angehörten, um ihre Glaubwürdigkeit.

Die einzige Aktion aus der Mitte der Bürgerrechtsbewegung, die Bestand haben würde, war die Einrichtung der Stasi-Unterlagenbehörde.

Vorausgegangen war ein Sturm auf Objekte der DDR-Staatssicherheit, betrieben von sogenannten Bürgerkomitees. Was dadurch gesichert wurde, war von überwältigendem Umfang: ein Gebirge aus Papieren und anderen Effekten. Mit einem Gesetz, das der gesamtdeutsche Bundestag im Januar 1991 erließ, wurde die Behörde geschaffen, die bis heute jene Hinterlassenschaften verwaltet. Von der Stasi verfolgte oder observierte Menschen konnten durch Akteneinsicht erfahren, wer die auf sie angesetzten Spitzel und Geheimpolizisten waren. Staatliche Einrichtungen konnten durch Regelanfragen erfahren, ob es sich bei ihren Mitarbeitern und Bewerbern um ehemalige Informanten der Stasi handelte oder nicht. Zeithistorische Vorgänge ließen sich durch einschlägige Unterlagen erklären oder neu bewerten. Dies alles waren unzweifelhafte Vorzüge.

Der nicht zu vernachlässigende Schaden bestand darin, dass sämtliches Unrecht, das es in der DDR-Diktatur gegeben hatte, auf die Staatssicherheit reduziert wurde. Die Kürzel IM und Stasi hatten eine ähnliche Funktion wie bei Aufarbeitung der Naziherrschaft das Kürzel SS. Die NSDAP, Auftraggeber der SS, wurde damit ebenso marginalisiert wie die SED, deren erklärtes Schwert und Schild die Stasi immer gewesen war. Da es oberen SED-Rängen strikt untersagt blieb, für die Stasi zu arbeiten, kamen auch vormals höchste SED-Funktionsträger davon. Einzelne von ihnen machten im wiedervereinigten Deutschland Karriere.

46

Als ich Redakteur des *Aufbau* war, Mitte der fünfziger Jahre, druckten wir eine Glosse. Ein Poet aus der DDR-Provinz hatte ein Gedicht veröffentlicht, das, formal den Sowjetrussen Majakowski nachahmend, die Parteizeitungen, die frühmorgens durch die Genossin Verteilerin an die Haustür gebracht wurden, mit Tauben verglich. Sie waren für die kommunistische Weltfriedensbewegung das geläufige Symbol. Die Glosse zitierte aus dem Gedicht, nannte seine Absichten einfältig und seine Mittel verkitscht.

Das Heft mit der Glosse war ausgeliefert, als die Redaktion Besuch von zwei kräftigen Männern erhielt. Sie redeten mit Bodo Uhse. Ich saß im Nebenzimmer, und da die Zwischentür nicht geschlossen war, hatte ich Gelegenheit, das Gespräch zu verfolgen.

Die beiden Männer waren Angehörige einer Berliner Dienststelle für die Staatssicherheit. Der Verfasser des Gedichts habe sich beschwert, man selbst gehe der Sache nun nach, denn der Dichter sei proletarischer Herkunft, ein tüchtiger junger Genosse, und wer sein Gedicht verhöhne, gefährde die Grundlagen von SED und DDR. Die beiden Männer wollten wissen, im Auftrage welches imperialistischen Geheimdienstes die Glosse verfertigt worden sei. Uhse äußerte sich in ungewohnt höflicher Form. Es seien schlechte Gedichte der eigentliche Schaden für SED und DDR, weswegen er sich verpflichtet fühle, etwas dagegen zu tun. Die beiden Besucher sahen diese Argumente nicht ein. Das Gespräch währte über eine Stunde. Als Uhse die Besucher zur Tür brachte, standen ihm Schweißtröpfchen auf der Stirn. Danach holte er eine Flasche Schnaps aus seinem Schreibtisch und betrank sich.

Als Spanienkämpfer hatte er einst, zwischen 1936 und 1939, das Wirken Erich Mielkes hinter der Bürgerkriegsfront erlebt. Er wusste, welche Bedrohung ein Auftritt von Mielkes Männern bedeutete, im Gegensatz zu mir.

Sehr viel später, an einem Tag im Frühsommer 1964, traf ich vor dem Gartentor des von mir bewohnten Grundstücks einen jungen Mann, der mich um ein Gespräch ersuchte. Da ich glaubte, es handle sich um einen literarisch interessierten Besucher, bat ich ihn ins Haus und in mein Arbeitszimmer. Dort zückte der Mann einen schmalen Dienstausweis und gab sich als Mitarbeiter des Ministeriums für Staatssicherheit der Deutschen Demokratischen Republik zu erkennen. Mein Blut stockte. Mein Blick fiel auf die Schubladen, in denen ich Bücher von Trotzki, Koestler, Orwell, Pasternak und Isaac Deutscher verwahrte. Mein Besucher saß mit dem Rücken zu ihnen. Ich erinnerte mich, wie kurz zuvor einem meiner Bekannten der bloße Besitz von *Doktor Schiwago* achtzehn Monate Freiheitsentzug eingetragen hatte.

Mein Besucher tat, als bemerkte er mein Entsetzen nicht. In farbigen Worten schilderte er die Pflichten seiner Behörde, nannte deren Tätigkeiten abwechslungsreich und unterbreitete mir das Angebot, als Beobachter daran teilzuhaben. Ich begriff, dass mich der Mann nicht durchsuchen, sondern anwerben wollte. Ich entgegnete ihm, Spannung und *action* seien mein belletristisches Geschäft nicht. Mein Besucher seufzte. Er bat mich, sein Angebot nochmals zu bedenken, und versprach mir einen zweiten Besuch. Ich brachte ihn zum Gartentor. Er ist nie wiedergekommen.

Die Institution Staatssicherheit gehörte zu den Vorzugsthemen vieler Gespräche in der DDR. Man wusste von Leuten, Angehörigen des diplomatischen Personals, die unter der ständigen Observation ihres Lebens, mochte sie tatsächlich sein oder nur eingebildet, derartig litten, dass sie zusammenbrachen. Jede Unregelmäßigkeit, jeder Verlust, jeder sonderbare Zwischenfall wurde, zu Recht oder nicht, dem Wirken der Staatssicherheit angelastet. Wenn jeder irgendwann gegen eine Person geäußerte Verdacht auf inoffizielle Mitarbeit der Wahrheit entsprach, mussten in der DDR sechzehn Millionen Spitzel wohnen, so viele wie Einwohner.

Irgendwann nahm ich mir vor, die Existenz der Staatssicherheit unappetitlich, ihr Tun überflüssig und ihren Mythos lächerlich zu finden. Fortan verhielt ich mich, als ob sie nicht existierte, und wenn sie mich observieren wollte, sollte sie das tun.

Als Bürger der DDR war ich verpflichtet, sämtliche Deviseneinkünfte, die ich erzielte, der Staatsbank der DDR zum Transfer anzubieten. Wenn ich dem nicht nachkam, riskierte ich eine Freiheitsstrafe in beträchtlicher Höhe. Dessen ungeachtet nahm ich manche meiner in der Bundesrepublik Deutschland erlösten Honorare vom Transfer aus. Es war ein offenes, wiewohl niemals beredetes Geheimnis, dass noch andere, in einer vergleichbaren Lage befindliche Autoren so verfuhren.

Während eines meiner Wien-Aufenthalte eröffnete ich bei einem Kreditinstitut, das sonst überwiegend niederösterreichische Landwirte betreute, ein freies Schilling-Konto. Ich ließ mein Geld aus der Bundesrepublik Deutschland nach Wien überweisen und dünkte mich in meiner Entscheidung sehr schlau. Meine Bankpost blieb am Schalter deponiert. Sie sollte mir bei meinen Besuchen persönlich ausgehändigt werden.

Mein Ausschluss aus dem DDR-Schriftstellerverband hatte zur Folge, dass ich für längere Zeit nicht nach Österreich reisen durfte. Bei meinem Konto dort sammelten sich die Belege. Eines Tages im Herbst 1979 ging ich zum Postkasten und fand darin einen dicken Brief. Er trug den dreieckigen Kontrollstempel des Zollpostamtes Frankfurt/Oder, war abgeschickt von meinem Wiener Kreditinstitut und enthielt die Kontoauszüge aus zwei Jahren. Die Schilling-Summe hatte eine sechsstellige Höhe erreicht. Ich weiß, dass mir beim Anblick der vielen gelben Bankbelege auf meinem Schreibtisch die Knie versagten. Ich musste davon ausgehen, das Ministerium für Staatssicherheit sei in genauer Kenntnis meines österreichischen Kontostandes und im Besitz entsprechender Fotokopien. Wie würde die Stasi jetzt vorgehen? Sie konnte mir mit der Exekution des Devisengesetzes drohen. Sie konnte mich zur Mitarbeit bei ihrer Behörde pressen. Sie konnte mich zur Ausreise nötigen. Sie konnte mich vor Gericht und in den Strafvollzug bringen.

Ich überlegte meine Reaktion. Eine Verhaftung mit anschließendem Prozess würde jenseits der DDR-Grenzen Aufsehen machen. Das Devisenvergehen würde dort als Vorwand erscheinen.

Der Lärm würde mich vielleicht vorzeitig befreien. Eine Mitarbeit bei der Stasi würde ich verweigern. Die Ausreise blieb die äußerste Konsequenz. Ich zündete im Heizungsofen ein Feuer an und verbrannte den Brief nebst Beilagen. Ich nahm mir vor, den Erhalt der Sendung überhaupt zu leugnen. Ich wollte sehen, was sich daraus ergab. Meiner Familie sagte ich nichts.

Was geschah nun? Es geschah gar nichts. Kein Stasi-Mann erschien, mich zum Verhör zu holen. Keine Vorladung erreichte mich. Die Briefsendung der Genossenschaftlichen Zentralbank, Wien I., Herrengasse 1–3, würde weder jetzt noch im Falle meiner späteren politischen Auseinandersetzungen mit der DDR, und deren sollte es noch etliche geben, jemals auch nur erwähnt werden.

Die Frage nach den Gründen dieser Zurückhaltung blieb mir als Stachel. Sie war für mich das wesentliche Motiv, beim Bundesbeauftragten für die Unterlagen des Staatssicherheitsdienstes der ehemaligen Deutschen Demokratischen Republik um Einsicht in meine Akten zu ersuchen.

Ich erhielt einen Termin bei der Außenstelle des Bundesbeauftragten zu Frankfurt an der Oder. Ich fuhr an einem Wintermorgen. Die Dienststelle befand sich in einem Ortsteil mit Namen Neu-Beresinchen, einem auf Hügeln über dem linken Oder-Ufer gelegenen Viertel mit Plattenbauten aus der Honecker-Zeit. Der Bundesbeauftragte teilte sich sein Dienstgebäude mit dem Arbeitsamt.

Ich traf auf einen Korridor voll übellauniger Menschen, die sich arbeitslos melden oder nach einem neuen Job fragen wollten. Die Leseräume befanden sich in einem Bürocontainer auf dem Hof. Während ich dorthin ging, dachte ich darüber nach, dass die Behörde des Pfarrers Gauck inzwischen mehr als dreitausend Menschen beschäftigte, bei steigender Tendenz. In den von Arbeitslosigkeit gebeutelten neuen Bundesländern bedeutet dies ein förmliches Beschäftigungsprogramm, und es dürfte dies das einzig Positive sein, das die DDR-Staatssicherheit mit ihrer Existenz jemals gestiftet hat.

Ich saß in einem Zimmer mit Aufsicht, die alle zwei, drei Stunden wechselte. Es gab mehrere Tische und Stühle. Ich, der ich mein

Leben hindurch Lesesäle benutzt hatte, fühlte mich hier nicht unvertraut. In meiner Nähe saß ein jüngerer Mensch, der, wenn ich seinem Äußeren Glauben schenken durfte, zur Zunft der Binnenschiffer gehörte, die nicht das übliche Publikum in wissenschaftlichen Lesesälen stellen. Er zog aus seinem Akt eine Reihe glänzender Fotografien, die er allesamt kopfschüttelnd zur Kenntnis nahm.

Vor mir lag eine Liste mit den in MfS-Akten vorkommenden Kürzeln und ein kleines Häufchen Vordrucke, in die ich meine Wünsche für die Anfertigung von Fotokopien oder die Entschlüsselung von Decknamen eintragen sollte. In meinen Händen hielt ich, mal in hellgelben, mal in grauen Karton gefasst, die sogenannten Opferakten zu meiner Person.

Bereits im Dezember 1969 hatte die Hauptabteilung XX/7 des Ministeriums für Staatssicherheit beschlossen, gegen mich zu ermitteln wegen »Verdacht der Feindtätigkeit gem. § 98 StGB«. Der Vorgang erhielt den Namen »Jobber«. Die Unterlagen wurden zunächst abgelegt unter dem Aktenzeichen 9654/73. Viele der aufbewahrten Schriftstücke stammten aus früheren Jahren, die ältesten von 1960, offenbar wurden sie anderen Akten entnommen.

Ich fand eine Sammlung von Briefen und Zeitungsartikeln. Ich fand eine Sammlung mit Spitzelberichten und Gutachten. Ich fand eine Sammlung von Telefonprotokollen: keine wörtlichen Mitschriften, sondern resümierende Inhaltsangaben von Gesprächen, die über meinen Telefonanschluss gelaufen waren. Alle Namen und Daten und alle als wichtig erkannten Einzelheiten, die in den Telefonaten vorkamen, wurden genannt. Die Richtigkeit der Protokolle wurde mit einer Paraphe bestätigt. Die Identität des Protokollanten war nirgends erkennbar.

Am 27. Januar 1977 eröffnete die Hauptabteilung XX/7 den Akt XV/1772/77. Ich wurde Objekt eines operativen Vorgangs mit dem Namen »Germanist«. Operative Vorgänge waren laut ausliegender Kürzelliste eine besonders strenge Form der Observation. Wie es in der internen Richtlinie Nr. 1/76 hieß, war das Ziel, »durch

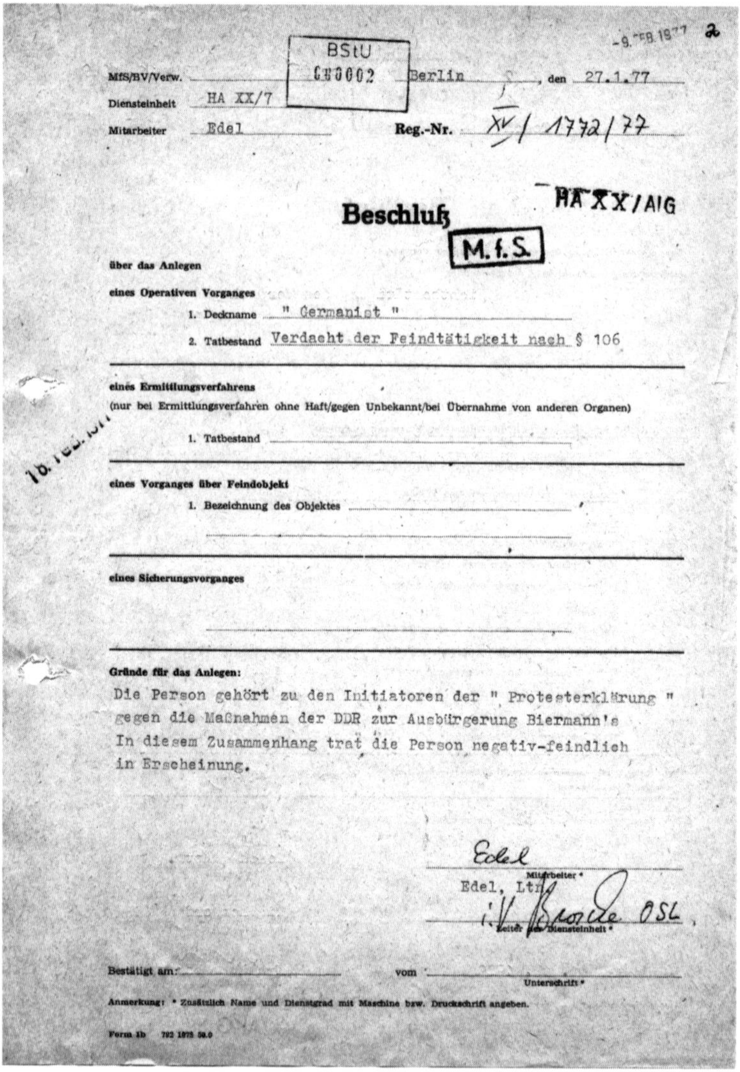

BStU
000002

-9. FEB 1977 2

MfS/BV/Verw. ____ Berlin, den 27.1.77
Diensteinheit HA XX/7
Mitarbeiter Edel Reg.-Nr. XV / 1772 / 77

HA XX / AIG

Beschluß

M.f.S.

über das Anlegen

eines Operativen Vorganges

1. Deckname " Germanist "

2. Tatbestand Verdacht der Feindtätigkeit nach § 106

---

eines Ermittlungsverfahrens
(nur bei Ermittlungsverfahren ohne Haft/gegen Unbekannt/bei Übernahme von anderen Organen)

1. Tatbestand ____

---

eines Vorganges über Feindobjekt

1. Bezeichnung des Objektes ____

---

eines Sicherungsvorganges

Gründe für das Anlegen:

Die Person gehört zu den Initiatoren der " Protesterklärung " gegen die Maßnahmen der DDR zur Ausbürgerung Biermann's
In diesem Zusammenhang trat die Person negativ-feindlich in Erscheinung.

Edel
Mitarbeiter *
Edel, Ltn.

i.V. Brocke OSL
Leiter der Diensteinheit *

Bestätigt am: ____ vom ____
Unterschrift *

Anmerkung: * Zusätzlich Name und Dienstgrad mit Maschine bzw. Druckschrift angeben.

Form 1b 792 1975 50.0

Eröffnung des operativen Vorganges gegen »Germanist«

eine offensive, konzentrierte und tatbestandsbezogene Bearbeitung die erforderlichen Beweise für den Nachweis des dringenden Verdachtes eines oder mehrerer Staatsverbrechen bzw. einer Straftat der allgemeinen Kriminalität zu erbringen«. Der operative Vorgang »Germanist« wurde weitergeführt bis zum 30. November 1989. Da waren Erich Honecker und Erich Mielke längst gestürzt, die Grenze zum Westen war geöffnet, der DDR-Ministerpräsident hieß seit drei Wochen Hans Modrow, und die Behörde, die den operativen Vorgang XV/1772/77 »Germanist« bis dahin geführt hatte, trug jetzt den Namen Amt für nationale Sicherheit.

Ich traf auf Nachrichten, die mich tief berührten. Sehr sorgfältig waren alle meine Kontakte mit Peter Huchel dokumentiert. Ich las Telefonprotokolle, denen zufolge ich Huchel zum Geburtstag gratulierte und wir die Zeitläufte beredeten. Huchel äußerte seine politische Meinung völlig unverblümt. Manchmal registrierte das Protokoll seine Verzagtheit. Ich konnte nachlesen, wann und wie bei meiner Rückkehr von ihm mein Wagen einen Motorschaden hatte und welche Potsdamer Werkstatt ich daraufhin aufsuchte. Ich konnte nachlesen, wie Huchels Ausreise genehmigt wurde und wie wir meinen letzten Besuch bei ihm verabredeten.

Die Genauigkeit dieser Berichte rief bei mir den Eindruck hervor, damals sei ein undurchdringliches Netz über mich ausgeworfen worden, in dem alles hängen blieb, sodass ich ohne jegliche Chance war, nur das mindeste zu verbergen. Unwichtige, völlig nebensächliche Familiendinge waren ausgebreitet. Der Protokollant notierte noch die Telefonunterhaltungen meiner halbwüchsigen Kinder. Ein Besucher, dem ich meinen Apparat für einen Anruf zur Verfügung gestellt habe, verabredete sich mit zwei mir völlig unbekannten Menschen für den Abend zum Kartenspiel.

Ich telefonierte in jener Zeit gelegentlich mit einem Mann, der den Nachnamen Hafranke trug. Dass er in den Protokollen immer als Herr Franke auftrat, mochte ein lässlicher Hörfehler sein. Eine in den Protokollen häufig genannte Dame namens Frieda gab mir Rätsel auf. Erst aus den Zusammenhängen erschloss sich, dass es sich um einen männlichen Verwandten handelt, der mit Vornamen Friedrich heißt und Frieder gerufen wird. Da er über einen Männerbass verfügt, hätte seine geschlechtliche Identität dem Protokollanten eigentlich auffallen müssen.

Ausführliche Einzelheiten aus der Krankengeschichte eines nahen Verwandten wurden erwähnt. Getreulich war notiert, wer wem welche Mitteilung machte über den Zustand des Patienten, über eine anstehende Operation und, als sie dann geschehen war, über deren Verlauf. Ich erinnerte mich, dass ich die Nachricht vom Tod des Patienten am Telefon erfuhr und später alle Umstände der Beisetzung fernmündlich beredet wurden. In den Protokollen stand davon kein Wort. Das über mich ausgeworfene Netz war nicht undurchdringlich, es wies vielmehr Risse auf.

Der dicke Band mit den manchmal abgelichteten, manchmal einbehaltenen Briefen ließ nicht erkennen, nach welchen Prinzipien man hier verfahren war. Es fand sich das Einladungsschreiben der Universität VIII in Paris-Vincennes. Die Stasi dachte ausführlich darüber nach, ob man mich reisen lassen sollte oder nicht. Als ich fahren durfte, schrieb ich aus Frankreich mehrere Briefe an meine Familie. Von ihnen fehlte jede Spur. Dafür gab es die Werbeprospekte westdeutscher Verlage in sorgfältigen Fotokopien. Die Meldungen eines kleinen Pressedienstes über mich waren abgeheftet, die Rezensionen großer westdeutscher Zeitungen fehlten. Ein System dieser Ablage ließ sich nicht erkennen, ihr praktischer Nutzen blieb zweifelhaft.

In einem beigehefteten grauen Umschlag fand ich Fotografien. Zehnmal war das Haus abgelichtet, in dem ich wohnte. Die Aufnahmen waren im Winter gemacht, im Garten lag Schnee. Die Abzüge waren unscharf, unterbelichtet, auf manchen war gerade bloß ein Stückchen Gartenzaun zu erkennen. Ich dachte mir, dass dies vielleicht Aufnahmen einer besonders kleinen Kamera waren, einer Minox, wie ich sie aus Spionagefilmen kannte. Dann fand ich im Umschlag die Negative. Sie stammten von einem gewöhnlichen Kleinbildfilm des Formats 24 x 36.

Foto aus der Stasi-Akte »Germanist«

Ein anderer Umschlag enthielt andere Aufnahmen. Sie zeigten ein Dutzend Mal den von mir gefahrenen Personenwagen. Auch diese Bilder waren undeutlich, man erkannte gerade das Fabrikat und die Zulassungsnummer. Einmal war hinter der Frontscheibe der schemenhafte Umriss eines Fahrers zu sehen. Die Angaben, die diesen Bildern zu entnehmen waren, hätten problemlos durch einen Anruf bei der Kraftfahrzeugzulassungsstelle des Volkspolizeikreisamtes Fürstenwalde beigebracht werden können.

Walter Janka hatte mich in seiner Zeit als DEFA-Dramaturg überredet, an einem Drehbuch über den Schauspieler Hans Otto mitzuwirken. In der Akte 9654/73 trat er fortan häufig auf und wurde immer falsch geschrieben: Jahnka.

In meiner Akte erschien jetzt Wolfgang N. Ich kannte ihn nicht. Aus den reichlich angehefteten Fotokopien erfuhr ich sein Alter, seinen Beruf, den Namen seiner Ehefrau, seinen politischen Leumund und die Daten seiner Auslandsreisen. Lange begriff ich nicht, was mich mit Herrn N. verband, erst nach vielen Seiten wusste ich es. Ich war nicht der erste Autor, der sich mit dem Drehbuch eines Spielfilms über Hans Otto befasste. Vor mir hatte bereits Herr N. über dem Stoff gesessen. Ich hatte nur davon nichts gewusst.

Ende der sechziger Jahre begann ich für das Nachrichtenmagazin *Der Spiegel* zu schreiben. Meine Beiträge waren immer namentlich gezeichnet, und der für mich laut Impressum zuständige Redakteur hieß Rolf Becker. Er war auch der Hauptabteilung XX/7 aufgefallen, die gleich einen förmlichen Suchauftrag nach ihm erließ. Im Folgenden fanden sich zahlreiche Ablichtungen der Einreise- und Transitvisen von Rolf Becker. Er wurde mal als Student, dann wieder als Rentner geführt, war Exportkaufmann, Montagearbeiter, Elektroingenieur, selbstständig und angestellt, wohnte in Gelsenkirchen und in München, fuhr nach Magdeburg und nach Posen, nur beim Hamburger *Spiegel* arbeitete er nicht. Die abgelichteten Visen waren ein den Aktenvorgang »Jobber« trostlos aufblähender Unsinn.

In Ergänzung eines staatlichen Abkommens aus dem Jahre 1973 vereinbarten der Abteilungsleiter des KGB, Bobkow, und der Abteilungsleiter des MfS, Kienberg, eine engere Zusammenarbeit »auf dem Gebiet gegnerischer Angriffe im kulturellen Bereich«. Zu den namentlich aufgeführten Autoren, die »zur Bearbeitung bzw. zur positiven Beeinflussung« anstanden, zählen Heym, Stefan; Fühmann, Franz; Kunert, Günter; Schneider, Rolf. Der solcherart praktizierte proletarische Internationalismus blieb nicht auf die Länder DDR und UdSSR beschränkt. Ich fand einen eigenen Aktenordner, 4131/79, der mich betreffende Observationen aus der ČSSR sammelte.

Ein Angehöriger der tschechoslowakischen Botschaft suchte gern Kontakt mit mir auf den diplomatischen Empfängen, die ich in Ostberlin besuchte. Er notierte, was der »dissidente Schriftsteller Schneider« ihm anvertraute, nichts Wichtiges, aber der Berichterstatter machte es wichtig. Er schrieb für die Zentrale seines Geheimdienstes in Prag, auf Tschechisch. In Prag wurden von Leuten, die das Deutsche nicht übermäßig gut beherrschten, Übersetzungen angefertigt. Zusammen mit einer Kopie des Originals wurden sie nach Berlin geschickt.

Die Prager Geheimpolizei recherchierte zusätzlich im Kreis meiner tschechischen Bekannten. Mein Übersetzer Jiři und seine Ehefrau wurden ausgespäht. Ihre Telefonate wurden abgehört nach Mitteilungen, die meine Person betrafen. Die Berichte wurden auch hier im Original und in Übersetzung nach Berlin geschickt. Manchmal unterzog sich danach ein Mitarbeiter von HA XX/7 der Mühe, das Deutsch der Prager Übersetzungen zu glätten, die Texte wurden dadurch lesbar, dabei ungenauer. Eines meiner Theaterstücke, von einer Prager Bühne aufgeführt, hieß im Original *Die Heiligung Johannas,* gemeint war damit Jeanne d'Arc. Nach allem Hin- und Rückübersetzen wurde daraus: *Die Geburt einer jungen Frau.*

Die Rechercheure in Prag gingen ähnlich schlampig vor wie ihre Berliner Genossen. Ich fand die Nachricht, ich führe zu einem bestimmten Datum gemeinsam mit meiner Familie zum Urlaub in die Slowakei. In Wahrheit reisten wir nach Mähren. Für den Abschluss unserer Reise hätte ich noch Zimmer reservieren lassen im Prager Hotel Družba. Tatsächlich lautete unsere Bestellung auf das Hotel Yalta, wo wir dann auch wohnten.

Ich reiste in jenen Jahren mehrfach nach Ungarn und, vor allem, nach Polen. Beides waren Länder mit einer blühenden Dissidentenlandschaft. In Polen traf ich verschiedentlich einen Bekannten, der enge Beziehungen zum KOR, zu Michnik, Modżelewski, Kuroń und zu Streikenden des Traktorenwerkes Ursus unterhielt. Dass unsere Begegnungen überwacht wurden, war unübersehbar. In meinen deutschen Akten fand sich darüber kein Wort.

Die mit meiner Person befassten Inoffiziellen Mitarbeiter des Ministeriums für Staatssicherheit trugen die Decknamen »Hill«, »Wilhelm«, »Dölbl«, »Jenny«, »Ernö« und »Summatic«. Auch die IM »Dichter« und »Martin« kamen vor. Ich habe alle Personen problemlos entschlüsseln können. In der Überzahl kamen sie aus dem literarischen Milieu. Ihre Formulierfähigkeit lag deutlich über jener

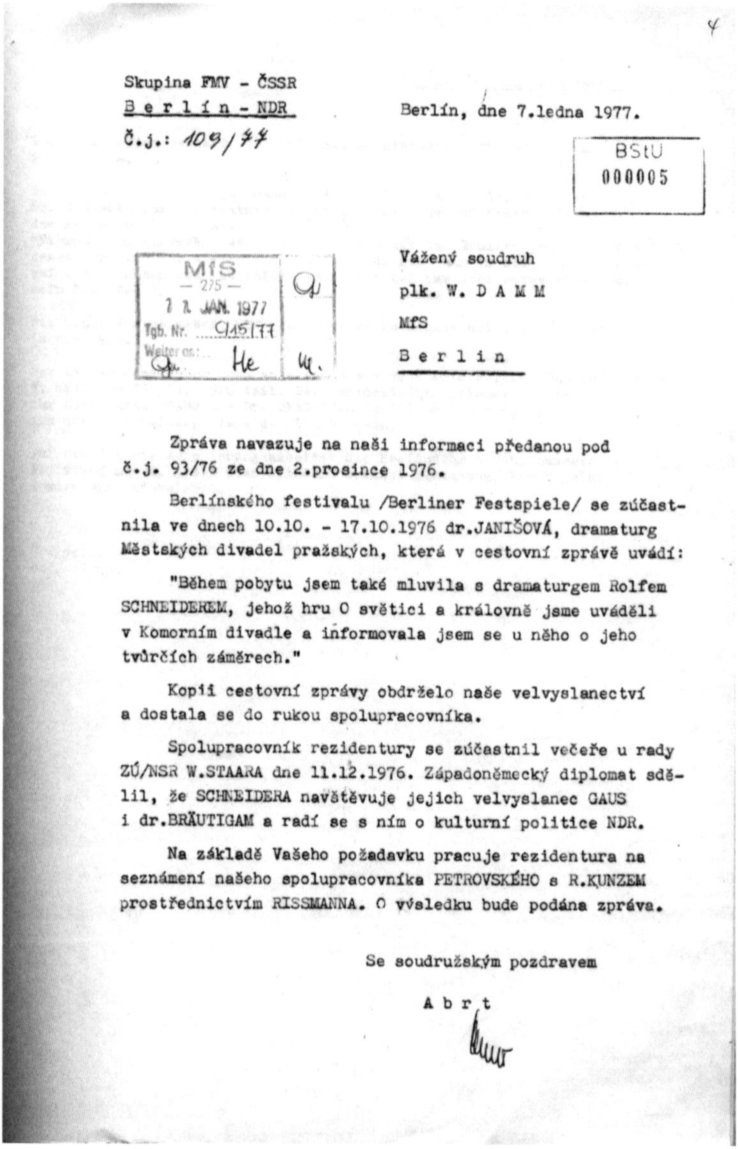

4

Skupina FMV - ČSSR
B e r l í n - NDR

Č.j.: 109/77

Berlín, dne 7.ledna 1977.

BStU
000005

MfS
— 275 —
11. JAN. 1977
Tgb. Nr. 915/77
Weiter an: He

Vážený soudruh
plk. W. D A M M
MfS
B e r l i n

Zpráva navazuje na naši informaci předanou pod č.j. 93/76 ze dne 2.prosince 1976.

Berlínského festivalu /Berliner Festspiele/ se zúčastnila ve dnech 10.10. - 17.10.1976 dr.JANIŠOVÁ, dramaturg Městských divadel pražských, která v cestovní zprávě uvádí:

"Během pobytu jsem také mluvila s dramaturgem Rolfem SCHNEIDEREM, jehož hru O světici a královně jsme uváděli v Komorním divadle a informovala jsem se u něho o jeho tvůrčích záměrech."

Kopii cestovní zprávy obdrželo naše velvyslanectví a dostala se do rukou spolupracovníka.

Spolupracovník rezidentury se zúčastnil večeře u rady ZÚ/NSR W.STAARA dne 11.12.1976. Západoněmecký diplomat sdělil, že SCHNEIDERA navštěvuje jejich velvyslanec GAUS i dr.BRÄUTIGAM a radí se s ním o kulturní politice NDR.

Na základě Vašeho požadavku pracuje rezidentura na seznámení našeho spolupracovníka PETROVSKÉHO s R.KUNZEM prostřednictvím RISSMANNA. O výsledku bude podána zpráva.

Se soudružským pozdravem

A b r t

Bericht tschechischer Zuträger an den Staatssicherheitsdienst der übrigen Stasi-Mitarbeiter, deren Prosa sich manchmal geradezu abenteuerlich las.

Das Verlagshaus Hinstorff trat immer in der Schreibweise Hinzdorf auf. Man hatte wohl an Hinz und Kunz gedacht. Ein westdeutsches Verlagshaus wurde Rowold geschrieben. Die Fotokopie mit dem korrekten Firmennamen Rowohlt lag gleich daneben. Eine Schriftstellerin, die als Doris Becker erschien, konnte ich als den Autor Jurek Becker identifizieren. Hinter dem Namen Rübenkorw verbarg sich mein alter Freund, der Lyriker Peter Rühmkorf. Ein berühmter nationalchinesischer Diktator erfuhr als Tschang Kai Schek eine kühne Transkription, bei der sowohl ein skandinavischer Vorname wie der bargeldlose Zahlungsverkehr Pate standen.

Und der Brief der Genossenschaftlichen Zentralbank aus der Wiener Herrengasse? Er kam in meinen Akten nicht vor. Jemand musste ihn entfernt haben, wie andere Vorgänge auch, und es ließ sich nicht erkennen, wann dies geschah, zu Zeiten des Ministerpräsidenten Modrow oder davor.

Die Lektüre meiner Unterlagen hatte mir keine neuen Erkenntnisse über mich, meine Vergangenheit und das Leben in der DDR gebracht. Überraschungen waren rar. Vieles blieb unerklärt. Hätte ich meine Akten nicht eingesehen, wäre mein Bild von der Welt und der menschlichen Natur nicht anders gewesen.

Gleichwohl, es waren kurzweilige Stunden, die ich im Leseraum der Außenstelle Frankfurt/Oder des Bundesbeauftragten für die Unterlagen des Staatssicherheitsdienstes der ehemaligen Deutschen Demokratischen Republik verbrachte, im Bürocontainer an der Robert-Havemann-Straße. Oft habe ich lachen müssen. Hernach hatte ich das Bedürfnis, mich zu waschen.

47

Einmal lud mich das zweite Fernsehprogramm des österreichischen Rundfunks ORF zu einer abendlichen Diskussionsrunde. Den Anlass lieferte ein runder Geburtstag des vorletzten österreichischen Kaisers, eingeladen waren ein Mitglied der Familie Habsburg, von Beruf Ingenieur, dazu eine Zeithistorikerin, der Kaiserdarsteller in mehreren Kinofilmen Karlheinz Böhm und ich. Die Gesprächsleitung hatte der Schriftsteller Gregor von Rezzori.

Es ging um die merkwürdigen Nachwirkungen des toten Monarchen in dem einst von ihm regierten Land. Ich äußerte mein Unverständnis. Wie könne man einem Menschen, der den Ersten Weltkrieg begonnen und damit sein Imperium ruiniert habe, so viel Verehrung entgegenbringen? Gregor von Rezzori entgegnete mir: »Sie können das nicht verstehen – das macht die Majestät.«

Dann erfolgte noch aus Bad Ischl, dem langjährigen steirischen Sommersitz des Monarchen, die ausschnittweise Übertragung der alljährlich dort abgehaltenen Kaisermesse. Die Stadtkirche war überfüllt. Die Menschen äußerten Rührung und Trauer. Ich sagte, ich fände die Sache bizarr. Es wäre, als ließen die Deutschen ihrem toten Kaiser Wilhelm zwei, einem ähnlichen Versager wie Kaiser Franz Joseph, regelmäßige Gedenkveranstaltungen zukommen. Nach der Sendung wurde mir mitgeteilt, es habe zahlreiche Anrufe von Zuschauern gegeben: Dieser Piefke, also ich, sei umgehend zu erschießen.

Ende des Jahres 1989, die DDR hatte ihren Kaiser Franz Joseph soeben verjagt, reiste ich nach Wien zu einem Empfang des ORF. Außer auf heimisches Personal traf ich auf Mitglieder des Dresdner Staatsschauspiels, das zu jener Zeit in Österreich gastierte. Den Schauspieldirektor kannte ich gut. Jetzt standen wir beieinander, Weingläser in Händen, und er fragte mich, worauf nach meiner Ansicht die Zustände in der DDR denn hinliefen. Ich sagte: »Auf die Wiedervereinigung.« Er wiegte nachdenklich den Kopf und sagte: »Ja, es wird die Wiedervereinigung sein.«

Dass sie kommen musste, ließ sich inzwischen absehen. Undeutlich blieb, wann und wie es geschehen würde. Als die Leipziger Montagsdemonstranten riefen: »Wir sind ein Volk!«, mussten die zu Subjekten des Weltgeschehens gewordenen Westdeutschen überlegen, was sie unternehmen wollten. Entsprechend der Grundgesetzforderung auf Wiedervereinigung verfügten sie über allerlei einschlägige Institutionen: ein spezielles Ministerium und ein Gesamtdeutsches Institut. Letzteres sollte Analysen und Bewertungen zur deutsch-deutschen Situation erarbeiten, es sollte Vorschläge ersinnen für den Fall der Wiedervereinigung, es veranstaltete Tagungen und Kongresse, es gab Schriftenreihen heraus und eine eigene Monatsschrift. Als jetzt der Fall, für den es einzig geschaffen war, unglaublicherweise eintrat, stand es völlig rat- und hilflos da, nicht viel anders als, im gleichen Augenblick und auf seine Art, das DDR-Ministerium für Staatssicherheit des Erich Mielke.

Bei einer Podiumsdiskussion saß ich zusammen mit dem langjährigen Helmut-Kohl-Berater Horst Teltschik. Er rühmte seinen früheren Chef als entschlossenen Gestalter der deutschen Einheit, als der er auch in vielen Geschichtsbüchern auftritt.

Ich widersprach. Ich konzedierte: Einmal habe der Kanzler bemerkenswert gehandelt, in Dresden, am Abend des 19. Dezember 1989. Die Stimmung in der Stadt und im Land war derart aufgeheizt, dass es einer Winzigkeit bedurft hätte, den Aufruhr loszutreten, was der Kanzler spürte oder was er wusste. Er redete zu den Versammelten so abwägend und bedacht, dass er die Zuhörer nicht enttäuschte und dennoch alles ruhig blieb. Später wurde er dann, wie alle anderen, von den politischen Ereignissen eher getrieben, als dass er sie trieb. Die Wiedervereinigung wäre gekommen auch ohne ihn, denn sie wurde vom Volk gewollt. Die Sowjetunion hätte die DDR freigegeben auch ohne ihn, denn mit dem Zusammenbruch der Satellitenstaaten stand die rote Zentralmacht selbst zur Disposition. Ihre Truppen wären aus Deutschland abgezogen, so oder so; Helmut Kohl hat es den Sowjets durch Milliardensummen versüßt, die, statt die russische Verelendung zu mildern, auf den

Dollarkonten der Moskauer Neureichen in Zürich und London verschwanden. Horst Teltschik hörte sich das alles an und schüttelte missbilligend den Kopf.

Helmut Kohl hat die ausgehungerte Fantasie der Ostdeutschen mit leichtfertigen Versprechungen gefüttert, von denen er wissen musste, wie unerfüllbar sie waren. Er gab sie dennoch, um die anstehenden Bundestagswahlen zu gewinnen, was ihm auch gelang. Sein Sturz war eigentlich im Herbst 1990 fällig gewesen, lediglich die Wiedervereinigung rettete ihm das Amt.

Marktabläufe betreffend, war die Mehrheit der Ostdeutschen damals völlig ungeübt. Sie besaßen, als Alternative zum ungeliebten Realsozialismus, ein Bild vom paradiesischen Westen, geprägt durch das westdeutsche Werbefernsehen, das sich fast überall in der DDR empfangen ließ. Die erste sinnliche Begegnung mit dem Warenangebot des Westens schien dieses Bild zu bestätigen.

Bald aber zerbrach es, dafür stellten sich Gefühle der Überwältigung ein. Das begann mit den Bananenverkäufern, die unmittelbar nach dem Mauerfall den Osten stürmten, und setzte sich fort mit den Gebrauchtwagenhändlern, die sich kaum anstrengen mussten, ihre Bestände loszuschlagen. Einen von ihnen traf ich bei einer Veranstaltung. Er war von sich selbst völlig begeistert: Er hatte sensationelle Geschäfte gemacht, die ostdeutschen Käufer hatten ihn fortwährend belagert, und viele hatten sich dabei verschuldet. Zu dem subjektiven Gefühl der Überwältigung trugen dann noch jene Westdeutschen bei, die jetzt in den neuen Ländern erschienen: Regierungsbeamte, angereist, die neuen Administrationen aufzubauen. Hinzu kamen Glücksritter, Schwindler, Versager.

Der 3. Oktober 1990 war, alles in allem genommen, ein glücklicher Tag. In meiner Erinnerung hält er sich durch das televisionäre Bild mehrerer älterer Staatsmänner, die Hoffmann von Fallerslebens Verse auf eine Melodie von Joseph Haydn sangen, hinter sich den Berliner Reichstag und über sich im dunklen Himmel explodierende Feuerwerkskörper. Die von anderen Ländern zu solchen Anlässen gerne inszenierten Militärparaden fanden nicht statt. Die

Bundesrepublik Deutschland war und blieb ein ziviler Staat, was ich für ihren größten Vorzug halte. Auch bei anderen politischen Selbstdarstellungsritualen hält sie sich bis an die Grenze calvinistischer Selbstkasteiung zurück.

Ich fuhr nach Schierke. Ich stellte meinen Wagen auf einen Parkplatz, der eben noch das Reservat von DDR-Grenztruppen gewesen war. Die Zwinger für die Wachhunde, die, an Drähten geführt, den mittels Pestiziden entlaubten Grenzstreifen entlangliefen, um mögliche Flüchtlinge aufzuspüren, waren leer. Ich meinte, den Gestank von nassen Tierfellen und verdorbenem Futterfleisch wahrnehmen zu können. Ich ging die Asphaltstraße hinan. Ich nahm die Abkürzung über einen von Nässe durchtränkten Waldweg. Ich erreichte jenen Pfad, den die Touristenströme aus dem Westharz benutzten, Hunderte von Menschen. Ich trat auf frisch installierte grelle Holzbohlen, so gelangte ich auf den Gipfel des für meinesgleichen lange unerreichbaren Harzberges Brocken, 1142 Meter über Normalnull.

Es war vieles, wie ich es in Erinnerung hatte: die Granitbrocken, der magere Bodenbewuchs, die Schienen der Schmalspurbahn; es war vieles anders. Neben zwei gemauerten Türmen stand ein riesiges kugelförmiges Konstrukt aus weißem Kunststoff, das dem Abhören von Telefonaten diente, ähnliche Anlagen standen in Westberlin und der alten Bunderepublik, nun waren sie allesamt nutzlos geworden. Nebelschwaden wehten über den Berg. Ein rühriger Gastronom aus Schierke schenkte Erbsensuppe aus. Wanderer liefen ziellos umher und fingerten an ihren Fotoapparaten. Ich erinnerte mich an Heinrich Heines Behauptung, der Brocken sei ein Deutscher. Ich sah, verschwimmend im Dunst, die Überreste der aufgelassenen DDR-Grenzbefestigung, Wunden in der Landschaft, die irgendwann vernarben würden, doch Narben würden bleiben, hier und anderswo, Deutschland war Narbenland. Ich dachte daran, dass die Aufspaltung meiner eigenen Person in eine östlichen und eine westlichen Existenz jetzt endlich vorüber sei. Ich konnte wieder mit mir selbst identisch sein.

48

In einem Gespräch, das ich mit einer bekannten Schauspielerin hatte, sie war lange am Deutschen Theater engagiert gewesen und also ein DDR-Gewächs, fiel irgendwann der Name Honecker. Wir stellten fest, dass es uns nicht möglich war, diesem Manne gegenüber Gefühle einer wütenden Aversion aufzubringen. Wir bestätigten uns sein Versagen, seine Schuld, die womöglich eine juristische, jedenfalls eine politische war, aber dieses Bewusstsein erregte keine Emotion.

Jemand hat gesagt, Erich Honecker sei der Typ des Diktators als Rentner.

Wir haben das natürliche Bedürfnis, Rentner zu schonen. Sie sind Menschen auf dem gesellschaftlichen Abstellgleis. Greise Diktatoren, so scheint es, wüten immer auch gegen sich selbst, in Handlungen des Protestes wider die Vergänglichkeit. Der Diktator als Rentner ist eine endzeitliche Figur.

Das 20. Jahrhundert in Europa bescherte uns die gesamte Typologie der möglichen Diktatoren. Das reichte vom genialischen Volksverführer bis zum trübseligen Biedermann, vom schneidigen Militär bis zum glanzarmen Narren. Manchmal erschien der einstige Erfolg ganz unbegreiflich. Wie konnte es geschehen, dass Adolf Hitler, ein Schreihals mit pathologischen Zügen, im Empfinden der Mehrheit des von ihm geführten Volkes ein unabweisliches Charisma besaß und selbst bei ausländischen Staatsleuten auf respektvolle Anerkennung stieß? Wie kam es, dass der plump-verschlagene Dshugaschwili sämtliche Mitbewerber, darunter die brillantesten Köpfe, überrunden, ausschalten und vernichten konnte, um schließlich im Bewusstsein des halben Erdballs das Erscheinungsbild eines gütigen weltweisen Vaters namens Josef Wissarionowitsch Stalin anzunehmen?

Die Geschichte der Diktaturen des 20. Jahrhunderts auf unserem Erdteil wurde schließlich zur Geschichte ihres Scheiterns. Sie gingen allesamt unter, teils unter blutig-chaotischen Umständen, wie die Gewaltherrschaften Hitlers und Mussolinis. Je älter das Jahrhundert wurde, desto gewaltärmer war der Untergang. Der Ausgang des 20. Jahrhunderts wurde geradezu dadurch geprägt, dass noch vorhandene Diktaturen lautlos starben: in Spanien, in Portugal, im Ostblock. Keine Barrikaden mehr. Keine brennenden Polizeiquartiere. Kaum Schüsse. Keine an Laternen oder Eichen zuckenden Schergen des *ancien régime*. Kennzeichnend wurden die flackernden Kerzen der Ostdeutschen und die klappernden Hausschlüssel der Tschechen.

Nach seinem Sturz teilte sich Erich Honecker zwei Interviewern auf Tonband mit. Es gab keinerlei Einsicht in grundsätzliche Fehler und keinerlei Nachdenklichkeit. Die Idee, der er anhing, sei richtig. Sein eigener Fall und das Ende der DDR seien das Werk von Feinden, von Verrätern; die künftige Entwicklung der Welt, vorgezeichnet bei Lenin, werde alles rehabilitieren. Unerschütterlichkeit wurde zu Starrsinn, Überzeugung zur Blindheit. Die Argumentationsmuster waren, dem Redenden vermutlich unbewusst, jene des späten Stalin.

Der Bolschewismus verkam durch seinen Mangel an Demokratie und die Unfähigkeit, Tatsachen zur Kenntnis zu nehmen. Erich Honecker sah die Welt, wie er sie sehen wollte, nicht wie sie war. Wo er ahnte, dass sie anders sein könnte, äußert er seine Missbilligung, die das eigene Prinzip ebenso ausschloss wie die eigene Person.

Er saß neununddreißig Jahre im Führungsgremium der SED, dem Politbüro. Er war verantwortlich für eines der unappetitlichsten Ressorts, dem für die Sicherheit. Als eingangs der siebziger Jahre Walter Ulbricht das Feld räumen musste und seinen Platz freigab für einen Nachfolger, fiel die Wahl auf Honecker. Es ging ganz regulär zu. Honecker war ausweislich der Hackordnung im Politbüro der Kronprinz, seine Kür bedeutete demnach keine Überraschung.

Mitte der siebziger Jahre war der Vorrat an Hoffnungen, die Honecker zunächst ausgelöst hatte, schon wieder aufgebraucht. Die erwiesenen sozialen Guttaten ließen sich nicht mehr beliebig vermehren. Die infolge der internationalen diplomatischen Anerkennung der DDR geschehene Durchlüftung der Zustände fand ihr Ende. Was nunmehr anhob, waren quälende vierzehn Jahre eines unaufhaltsamen Abstiegs. Sämtliche materiellen und immateriellen Ressourcen Ostdeutschlands wurden verbraucht, dass der Staat schließlich kollabierte, wie ein von Anobien zernagtes Gebälk. Erich Honecker hatte das Heft scheinbar fest in der Hand und lief in Wahrheit der sich ereignenden Politik nur immer hinterher. Wer wie ich Gelegenheit hatte, die Vorgänge von außen zu betrachten, sah die DDR mit ihrem Beieinander von Bierernst, Hilflosigkeit, Terror und Ungeschick auch mit Erbarmen. Ich wusste oder ahnte, wie quälend dies alles für die unmittelbar Betroffenen war. Ich schloss manche der Regierenden in solches Erbarmen mit ein, irgendwie.

Schließlich: das Ende. Der Infarkt Honeckers in Bukarest und die anschließende medizinische Behandlung. Die völlige innenpolitische Agonie der DDR im Sommer 1989, die Ausreiseströme, die Botschaftsflüchtlinge. Die Rückkehr des geschwächten Diktators ins politische Geschäft und der makabre Versuch, ein rundes Staatsjubiläum zu feiern, mit Fackelzug und Parade, mit Prügelorgie und Massenverhaftung. Der Machtverlust. Es wurde kein dröhnender Tyrannensturz, kein Königsmord wie bei Shakespeare, vielmehr bloß eine bürokratische Angelegenheit, einsilbig, hilflos und grau.

Die Formel, die über allem stand, war jener Satz des angereisten Michail Gorbatschow, ausgesprochen vor Schinkels Neuer Wache, Unter den Linden. Wer zu spät komme, den bestrafe das Leben. Kaum einer weiß, dass es sich hierbei um ein Zitat handelt. Wem gute Zeit ward und er verliert sie, der muss es später bereuen. Dieser Ausspruch stammt vom Ende des 16. Jahrhunderts, aus einem Roman über den spanischen Edelmann Amadis, der, international außerordentlich erfolgreich, später dem Miguel de Cervantes als Anregung diente für seinen Ritter von der traurigen Gestalt.

Erich Honecker hat daran mitgewirkt, dass eine der größten Emanzipationsideen der Menschheitsgeschichte bis zur Unkenntlichkeit entstellt und bis zur wahrscheinlichen Irreparabilität beschädigt worden ist. Hierin bestand sein eigentliches Verbrechen, das freilich vor keinem Gericht dieser Welt justiziabel ist.

Er hatte lange Jahre seines Lebens hinter Zuchthausmauern verbracht. Der Respekt, den ihm das später eintrug, wurde zum wichtigsten Ferment seiner Außenwirkung. Der Antifaschismus, den die DDR zu ihrer politischen Selbstrechtfertigung bemühte, war unvollständig, verlogen, demagogisch, blutleer, zuletzt völlig abgenutzt, gleichwohl war er Antifaschismus, immer noch. Wer in seiner eigenen Vergangenheit eine jener Honeckers vergleichbare Geschichte des Widerstands und des Leidens nicht vorweisen konnte, fühlte ihm gegenüber das schlechte Gewissen der deutschen Nation. Damit tat er weder sich noch Honecker noch der Zukunft einen Gefallen. Schonfristen führen zu Verwilderung, auch politisch-moralisch. Aber die Dinge geschahen nun so, und es war dies nicht zu ändern.

Über Erich Honeckers politisches Talent und seine persönliche Ausstrahlung bei Verhandlungen ist mehrfach geredet und gerätselt worden.

Seine Karriere in den stalinistischen Strukturen der SED bewies, dass er die für den Aufstieg erforderlichen Energien besaß und in seinen intellektuellen Vorbereitungen erfolgreich, also angemessen verfuhr. Gegenüber Ulbricht, dem Diktator in Gestalt des blutbesudelten Kleinbürgers, wirkte er zurückgenommen und beinahe gesittet.

Ausländische Besucher berichteten, in Gespräche sei er immer gut vorbereitet gegangen. Im privaten Kontakt soll er geschickt, sogar witzig, jedenfalls nicht ohne Charme gewesen sein. Der erste Leiter der Ständigen Vertretung der Bundesrepublik Deutschland in der DDR, Günter Gaus, war von ihm beeindruckt. Helmut Schmidt, bei dem bekannt war, dass er Honecker erst einmal verachtete, zeigte sich nach erfolgter Begegnung zu einer Korrektur seines Urteils bereit. Der misanthropische Herbert Wehner behandelte ihn geradezu mit Hochachtung.

Von Johannes Rau überliefert ist der Dialog, dass Erich Honecker, angesprochen auf das schlechte Klima in der DDR, die breite Zustimmung der Bevölkerung hervorgehoben habe, wie sie sich etwa mitteile in den begeisternden Demonstrationen zum 1. Mai. Der DDR-Staatschef war sichtlich nicht in der Lage, verordneten Enthusiasmus als erzwungene Heuchelei zu erkennen.

Er rechnete sich alle Zahlen schön, jene der Demoskopie, jene der Geheimpolizei, jene der Wirtschaft. Das kindliche Triumphgefühl, er, der kleine Dachdecker, regiere nun einen gesamten Staat, verwechselte er mit dem Sieg des Sozialismus. Was ihn in seinen Illusionen störte, blendete er aus. Seine Realitätsverluste führten in die völlige politische Ohnmacht. Der Herbst 1989 war das verdiente Resultat.

Sein sowjetischer Lieblingspartner war der senile Breschnew. Gorbatschow, dessen Intelligenz er zu Recht als bedrohlich empfand, hasste er. Seine außenpolitischen Aktivitäten, die auf Entspannung hinliefen, waren nicht unvernünftig. Sein ästhetischer Geschmack war furchtbar. Die aufwändigen, vieles Geld verschlingenden Prozessionen und Festwiesen waren dessen Ausdruck, ebenso wie die Massenturnübungen mit ihrer verklemmten Erotik und die entsetzlichen Plattenbauten in den DDR-Trabantenstädten.

Der unter seiner Gesamtverantwortung in der DDR ausgeübte politische Terror, von den tödlichen Schüssen an der Mauer bis zum Wirken der omnipräsenten Staatssicherheit, war erheblich. Verglichen mit entsprechenden Zuständen in den übrigen realsozialistischen Ländern hält er einen mittleren Wert. Bei Rumänen und Tschechoslowaken ging es schlimmer, bei Ungarn und Polen liberaler zu.

Die Migration Honeckers nach seinem Sturz liest sich wie eine schäbige Passionslegende. Der abgesetzte Diktator geriet aus Wandlitz ins Untersuchungsgefängnis Rummelsburg, dann zu einem pietistischen Pfarrer nach Lobetal, dann ins sowjetische Militärkrankenhaus Beelitz. Der Mann, den er für seinen politischen Untergang verantwortlich machte, Gorbatschow, ließ ihn nach Moskau ausfliegen, wo er wieder in einem Krankenhaus unterkam, um schließlich, nach dem Ende der UdSSR, in die chilenische Botschaft zu flüchten.

Seine Weigerung, sich den bundesdeutschen Strafverfolgungsbehörden zu stellen, wirkte feig und erbärmlich. Eigentlich musste er dem russischen Präsidenten Jelzin dankbar sein für die endliche Auslieferung. Sie gab ihm Gelegenheit zur abschließenden Selbstdarstellung. Nach Maßgabe seines Alters, seiner Überzeugungen und seiner intellektuellen Fähigkeiten gelang sie ihm erstaunlich gut.

Er ballte die rechte Faust zum Rot-Front-Gruß. Er trug noch einmal eine Rede vor, die beste seines Lebens. Ihr Inhalt war nicht neu, ihr Wortlaut war von der bei ihm gewohnten Steifheit, aber wie hier ein moribunder Achtzigjähriger Standhaftigkeit simulierte, obschon es bloß Altersstarrsinn war, erzielte einen sonderbaren Effekt. Ich, sein ehemaliger Untertan, war befriedigt, dass sein Abgang nicht der eines Jämmerlings wurde; das Bewusstsein, von einem solchen regiert worden zu sein, hätte die eigene Vergangenheit zusätzlich beschädigt und die einstigen Haltungen vollends zur Posse gemacht.

Schon im Dezember 1992 hätte man ihn wegen seines Gesundheitszustandes freigeben müssen. Man wollte der christlichen Nation nicht zumuten, zum Fest des Friedens Erich Honecker etwa in Freiheit zu wissen. Erst im Januar, die Wirtschaftsdaten wiesen nach unten, die Leute machten sich zunehmend mit anderen Sorgen vertraut, wurde Erich Honecker aus seiner Haft entlassen.

Er genoss seine Ausreise als einen persönlichen Triumph. Seine Haltung während des langen Fluges, von Reportern belauert, von Fotoobjektiven protokolliert, hatte eine greisenhafte Würde, die halb peinlich, halb rührend war. Die letzten Bilder aus Santiago de Chile zeigten einen müden Mann im Rollstuhl. Der Diktator als todkranker Rentner.

49

Die Skyline von Hongkong ist von einer futuristischen Schönheit, die sich nur mit jener Manhattans vergleichen lässt. Hier wie dort sitzt das große Geld. Die imposanten Hochhäuser Hongkongs beherbergen Banken, Eigentümer ist unter anderem die Volksrepublik China.

Die höchste Erhebung auf der Insel heißt Victoria Peak. Es gilt der Grundsatz: Je vornehmer, desto höher, was weniger mit der Symbolik als mit dem Klima zu tun hat; im Sommer ist die Luft ständig feucht und heiß, unmittelbar an der Küste erreicht sie Temperaturen von vierzig Grad Celsius, während es auf dem 554 Meter hohen Inselberg spürbar kühler und angenehmer bleibt. Die Villen sind riesig. Die zugehörigen Automobile tragen Zulassungsnummern wie 8888. Die Acht ist im Chinesischen eine Glückszahl, die viermalige Acht, erfahre ich, bedeutet nichts anderes als *very very very rich*.

Es ist das Jahr 1995. Hongkong ist noch britische Kronkolonie. In wenigen Jahren, am 1. Juli 1997, wird die politische Kontrolle an die kommunistische Volksrepublik übergehen, entsprechend einem 1984 zwischen London und Peking geschlossenen Abkommen. Die wirtschaftliche Verfassung soll auch danach bleiben wie derzeit unter den Briten, jedenfalls für die folgenden fünfzig Jahre. Wird es so kommen? Werden die Machthaber Rotchinas sich daran halten, wenn erst über der City Hall an der Connaught Road die rote Fahne mit den fünf goldenen Sternen weht?

Zweckoptimisten, erfahre ich, glauben es bedingungslos. Sie glauben den Zusicherungen des seinerzeit mächtigsten Mannes in Peking, Deng Xiaoping, der zwischen 1978 und 1980 die Grundzüge einer neuen ökonomischen Politik entworfen und durchgesetzt hat, womit er die schweren innenpolitischen Verwerfungen durch Mao Tse-tungs Kulturrevolution beendete. Die Zustände in der Kronkolonie betrachtet er ausdrücklich als Beispielsfall, indem er fordert, man solle möglichst zahlreiche Hongkongs schaffen. Einen seiner Söhne entsandte er hierher, als Industriemanager. Andere Spitzenpolitiker in Peking verfuhren vergleichbar.

Ich bin in die prosperierende Stadt an der Mündung des Perlflusses gekommen, um zu sehen, wie sie sich zu dem ihr bevorstehenden politischen Wechsel verhält. Ich will die Umkehrung dessen erleben, was sich soeben in Deutschland ereignet hat. Vor fast vierzig Jahren habe ich für die Zeitschrift *Aufbau* achtzehn Gedichte Mao Tse-tungs übertragen; damals vertrat der Große Vorsitzende die pseudoliberale Parole »Lasst tausend Blumen blühen«. Seine Verse waren sehr poetisch und sehr schön: »Hoch ist der Himmel. Voll bleichen Gewölks. / Die Wildgänse fliegen, südwärts entschwindend. / Und trotz aller zahllos bezwungener Meilen / Sind wir schwächlich, bleibt die Große Mauer uns fern.«

Als sich Volkschina und die Sowjetunion zerstritten und ich meine Konflikte mit der DDR-Führung hatte, gingen mir regelmäßig Einladungen der Ostberliner rotchinesischen Botschaft zu, an ihren Empfängen zum Nationalfeiertag teilzunehmen. Ich fuhr dorthin. Die Residenz war ein pompöses Gebäude im Stadtteil Niederschönhausen. Für die Gäste öffneten sich zwei getrennte Räumlichkeiten, die kleinere blieb den Würdenträgern aus Diplomatie und Regierung vorbehalten, während die größere, von uns Halle des Volkes geheißen, für das ostdeutsche Fußvolk bestimmt war. Herzlich begrüßten einander die erschienenen Dissidenten, es begann der Verzehr von Reisschnaps und Frühlingsrollen.

Das Geschäfts- und Verwaltungsviertel von Hongkong beansprucht eine eigene Insel, Victoria. Von ihr legen regelmäßig Fähren ab, schippern quer durch das Hafengelände und landen an in Tsim Sha Tsui, dem Quartier am südlichen Ufer der Halbinsel Kowloon. Mit mehr als zwei Millionen Einwohnern ist sie die überhaupt größte urbane Konzentration der Kronkolonie.

In ihr geht es pittoresker zu als in Victoria. Die Gassen sind meist eng, die Häuser niedrig, die Geschäfte winzig. Die Hauptavenida heißt Nathan Road, verläuft exakt von Nord nach Süd und endet unmittelbar neben der Anlegestelle der Fähre, mit dem Blick auf das Wasser, auf Motorschiffe und Dschunken und die Wolkenkratzer von Victoria.

Ich sitze im Hotel Peninsula. Es ist ein Dreivierteljahrhundert alt und eine der berühmten Nobelherbergen der Welt. In seiner Lobby liegen dicke chinesische Teppiche, die jedes Geräusch von Schritten aufsaugen. Hier nehmen allnachmittäglich Angehörige der Society von Hongkong ihren Fünf-Uhr-Tee, mit Gurken-Sandwich und Short Bread, früher mögen das überwiegend Europäer gewesen sein, jetzt sind es ausschließlich Asiaten. Für sie spielt ein Salonorchester, mehrere chinesische Musiker im Smoking, hingebungsvoll fiedeln sie Kompositionen von Gilbert & Sullivan. Alles ist sehr rührend und sehr altmodisch. Die Moderne scheint unendlich weit fort.

Vor fünfunddreißig Jahren hatte der Vorsitzende Mao Tse-tung seine Tausend-Blumen-Kampagne bald wieder beendet. Im Anschluss daran ersann er andere Maßnahmen, sein Land zu verändern. Die Bauern ließ er kleine Stahlöfen errichten, deren Produkte nichts taugten. Er rief die Kulturrevolution aus, die das Riesenland an die Schwelle zum Kollaps führte. Jetzt war er seit zwei Jahrzehnten tot. Das Mao-Bibel geheißene Büchlein, mit dem die Roten Garden wedelten und das die rebellischen Studenten in Westeuropa hochhielten, gilt nicht mehr viel. »In einer revolutionären kollektiven Organisation ist der Liberalismus äußerst schädlich«, steht darin. »Er ist ein zersetzendes Moment, das die Geschlossenheit auflöst, den Zusammenhalt schwächt, die Arbeit entwertet und die Meinungen gegeneinander stellt.« Der Liberalismus ist das Prinzip alles wirtschaftlichen und geistigen Lebens in Hongkong.

Er ist ebenso das Lebensprinzip der portugiesischen Kolonie Macau, die eine ähnliche politische Zukunft haben wird wie das benachbarte Honkong. Es zeigt sich nicht ganz so wohlhabend wie Hongkong, aber es beherbergt ein großes Kasino, das die glücksspielverrückten Chinesen magisch anzieht. Die Grenze zwischen Macau und dem Territorium Volkschinas wird markiert durch einen großen kalten Betonklotz. Er umschließt Höfe, Eingänge, Tore.

Überall warten Uniformierte, im Hintergrund weht die Flagge des revolutionären China. In einiger Entfernung erheben sich große helle gleichförmige Wohnburgen, wie ich sie aus Halle-Neustadt oder Berlin-Marzahn kenne. Menschen hasten an mir vorüber. Sie verlassen die Grenzkontrollen oder streben ihnen entgegen. Sie sind rotchinesische Gastarbeiter, die Gepäck nach Hause schleppen, Textilwaren, vor allem Jeans, die in Rotchina begehrt sind, andere kehren nach Macau zurück mit großen Taschen voller Obst und Gemüse, das in Rotchina billiger ist. Ich fühle mich an Bilder von den Berliner Grenzübergängen vor 1989 erinnert. Ich erlebe einen für mich gespenstischen Rückfall in der Zeit.

Auf einem Tragflächenboot erreiche ich die Stadt Kanton. Das Immigrationsgebäude ist erkennbar neu und zeigt schon erste Anzeichen von Verfall: Risse im Außenputz, geborstene Klinker, herabgefallene Fliesen. Die Grenzsoldaten in ihren olivgrünen Uniformen sind von der gleichen steifen Feindseligkeit, die ich von ihren einstigen Genossen an der deutsch-deutschen Grenze kenne. Ich kenne auch die Metallkästen, vor deren einem ich mich aufstellen muss, in einer langsam sich fortbewegenden Menschenreihe, um endlich meinen Reisepass einreichen zu können, dass er seine Prüfung durch die elektronische Datenverarbeitung besteht. Dies alles erinnert mich an ähnliche Prozeduren am Berliner Bahnhof Friedrichstraße oder in der Abfertigungshalle des ehemaligen DDR-Grenzkontrollpunktes Marienborn.

Der Kontrollposten der Zöllner befindet sich unmittelbar hinter der Passkontrolle. Ein asiatischer Reisender, Schweiß im Gesicht, muss ein sperriges Kartonbehältnis öffnen. Pappe klatscht zu Boden. Styropor zerbröselt und rieselt herab. Am Ende steht ein großer weißer Kühlschrank japanischer Herstellung vor dem Zöllner, der mit einem höhnischen Kopfnicken das Mitbringsel passieren lässt. Der Besitzer muss zusehen, wie er es fortan bewältigt.

In einem Omnibus fahre ich vorüber an engbrüstigen Bauernhäusern, vor denen Bananenstauden wachsen. Die Straße ist schlecht. An den Rändern stehen Kiefern, deren Nadeln vertrocknet sind, die mageren Stämme tragen als Verkehrsbegrenzung einen grellweißen Farbanstrich. Manchmal werden Blumentöpfe feilgeboten, mit kleinen Apfelsinensträuchern, Schmuck für das bevorstehende Neujahrsfest. Das kaiserliche China war ein Bauernland, wie das zaristische Russland, und wie dort hat die kommunistische Revolution mit ihren sozialen Experimenten die Landwirtschaft fast vernichtet.

Ich gelange zu einer religiösen Kultstätte. Eine riesige, weithin sichtbare weibliche Buddhastatue, Symbol der mütterlichen Fruchtbarkeit, trägt viel frisches Blattgold und glänzt in der fahlen Sonne. Rund um die zweihundert Jahre alte Pagode sind Lautsprecher aufgestellt, Musik dröhnt, Märsche, Chorlieder, sie müssen jede religiöse Andacht zerstören. In schäbigen Imbissbuden werden Erfrischungen verkauft. Ich steige die dreihundert Stufen im Inneren der Pagode hinan und blicke von der Spitze hinab auf das Delta des Perlflusses mit seinen vielen Inseln und Nebenarmen, die in bräunlichem Dunst verschwimmen.

Der Schlamm, den dieser Strom in Zeiten des Monsuns herbeischwemmt und ablagert, wird in der Trockenheit der Wintermonate vom Wind als feiner rotbrauner Staub über die Landschaft getragen, wo er alles bedeckt, alles imprägniert, Häuser, Gärten, Wege, Bäume, auch an den wenigen Personenkraftwagen, die unter schrillen Hupgeräuschen durch die Straßen von Kanton mit ihren vielen Radfahrern rasen, hängt er in dicken Schlieren. In kleinen, zur Straße offenen Werkstätten und Läden hocken Dämmerung, Armseligkeit, Melancholie. Vierzig Jahre Realsozialismus haben untilgbare Spuren hinterlassen. Ich muss an Bitterfeld denken, an die zerfallenen Kleinstädte im Osten der Mark Brandenburg, an die elenden Dörfer im Rumänien Ceauşescus.

Ich komme am Hauptbahnhof von Kanton vorüber, der riesige Vorplatz ist voller Menschen. Ich soll auf meine Taschen und mein Gepäck achten. Man warnt vor Dieben. Die Menschen auf dem Bahnhofsvorplatz wirken heruntergekommen und deprimiert, ich denke an die philippinischen Dienstmädchen, die, beschäftigt bei reichen Familien in Hongkong, sich am Wochenende in Massen auf einem zentralen Platz der Kronkolonie treffen, kichernd und schnatternd, wie eine Ansammlung von Zugvögeln. Sie kamen mir glücklicher vor als die Menschen auf dem Bahnhofsvorplatz von Kanton.

Ich besuche einen Tempel. Vor dem Altar brennen Räucherstäbchen. Ein paar alte Leute knien und beten. Es stehen Blumen dort und die Bilder Verstorbener. Ich kann nicht erkennen, welcher Glaubensrichtung der Tempel dient, es gibt niemanden, der mir auf meine Fragen antworten will, man versteht mich nicht oder will mich nicht verstehen, die Antwort ist Achselzucken und höfliches Lächeln.

Ich betrete den Speisesaal eines teuren Hotels. Es gibt viele Touristen hier, vornehmlich Amerikaner. An einem langen Tisch sitzen, erkennbar durch Abzeichen an ihren Jackenaufschlägen, chinesische Parteifunktionäre. Sie essen gierig. Emsig stochern sie mit ihren Stäbchen in den reichlich aufgetragenen Schüsseln und Schalen. Ihr Gesichtsausdruck erinnert mich an Berliner SED-Kader. In einem Nebenraum feiert eine Hochzeitsgesellschaft. Ein jüngerer Mann singt hingebungsvoll zu Musik vom Tonband einen Text, der vor ihm auf einem Fernsehschirm läuft. Karaoke, in Japan erfunden, ist eine neue Form der Freizeitbeschäftigung, die Übersetzung des Namens bedeutet: leeres Fass.

Ich sitze unter einem Bild des toten Vorsitzenden Mao. Ich befinde mich in einem sozialistischen Land. Ich weiß: Sozialismus wird als eine Ordnung begriffen, die den gesellschaftlichen Besitz der Produktionsmittel und eine gerechte Verteilung der Güter an alle Mitglieder der Gemeinschaft will. Begriff und Programmatik sind im 19. Jahrhundert aufgekommen. Sie waren die Antwort auf industrielle Revolution und Kapitalismus und die dadurch ausgelösten gesellschaftlichen Verwerfungen. Das Ziel Sozialismus organisierte die Arbeiterschaft zu einer mächtigen politischen Kraft; über die Frage des Wegs dorthin, ob Revolution oder Reform, bildeten sich unterschiedliche Fraktionen innerhalb der Sozialdemokratie, aus deren einer schließlich die Kommunisten hervorgingen.

Die konnten nach Lenins Oktoberrevolution erst in Russland und ab 1945 in anderen Ländern ihr Programm verwirklichen. In Europa sind sie damit blamabel gescheitert, voran ökonomisch. Das Jahr 1990 offenbarte den Bankrott.

Ich weiß, es hat auch andere, nichtkommunistische oder antistalinistische Versuche in Sachen Sozialismus gegeben. Lange habe ich an sie geglaubt. Eine war die vom jugoslawischen Staatschef Tito praktizierte Arbeiterselbstverwaltung: Industriebetriebe im Gemeinbesitz sollten nicht durch eine zentrale Planungsbehörde, sondern in kollektiver Verantwortung der Belegschaften geführt werden. Eine Zeit lang erschien die Idee attraktiv; 1956, bei unseren Gesprächen im Aufbau-Verlag, haben wir davon geträumt. Bald freilich war von etwelchen Erfolgen dieses Modells nichts mehr zu vernehmen.

Die andere Reformbewegung war die des Prager Frühlings. Der Sozialismus sollte menschlich werden, die dortige KP dachte nach über wirtschaftliche Reformen. Der Chefökonom hieß Ota Šik. Das von ihm entwickelte Modell der Mitarbeitergesellschaften ähnelte denen der Jugoslawen. Eine Chance, ausprobiert zu werden, erhielt die Sache nicht, da alsbald die sowjetischen Panzer rollten. Ota Šik emigrierte in die Schweiz und lehrte an der kapitalistischen Kaderschmiede St. Gallen. Hier ließ er wissen, dass er an sein eigenes Programm niemals geglaubt habe, da für ihn die einzig praktikable Lösung immer der kapitalistische Markt gewesen sei.

Es gab sozialistisches Wirtschaften jenseits des kommunistischen Herrschaftsbereichs. Das prominenteste fand in Israel statt, wie überhaupt der Zionismus, in seinen Anfängen, eine sozialistisch geprägte Bewegung war. Die Einwanderer, die, Theodor Herzls Verheißung folgend, in den Territorien zwischen Haifa und Eilat ansässig wurden, gründeten Kibbuzim: ländliche Kooperativen, deren Mitglieder gemeinsam wirtschafteten, gemeinsam besaßen, gemeinsam lebten und sich basisdemokratisch verwalteten. Die Urbarmachung von Wüste und Brachland hatte wirtschaftliches Gewicht, außerdem konnte dem Umstand, dass Juden in der Diaspora kaum bäuerlichen Tätigkeiten nachgingen, weil nicht nachgehen durften (woraus einschlägige Vorurteile erwuchsen), damit erfolgreich begegnet werden.

Es existieren immer noch Kibbuzim in Israel, doch ihre Zahl, höre ich, gehe ständig zurück. Schon frühzeitig hätten sich manche von ihnen entschlossen, zu gewöhnlichen Genossenschaften zu werden, wie es sie auch anderswo gibt. Vielen jungen Israelis erscheine das Leben im Kibbuz zu karg, mit der Wirtschaftlichkeit dort stehe es häufig nicht zum Besten, vergleichsweise wenige Israelis lebten überhaupt noch dort. Ansonsten herrsche im Staat, ökonomisch gesehen, der ganz gewöhnliche Spätkapitalismus.

Dann sind da noch die skandinavischen Länder. Ich habe sie häufig besucht und bin immer gern dort gewesen. Ihre Wirtschaft funktioniert nach liberalen Marktprinzipien, doch ein rigider staatlicher Umverteilungsmechanismus sorgt über hohe Steuern und Sozialzuwendungen für einen nachhaltigen monetären Ausgleich. Das System wurde von Sozialdemokraten erfunden und hat sogar den einen und anderen Farbwechsel der Regierungen überdauert. Nur erwies sich irgendwann, und dies zumal im Musterland Schweden, dass man auf bestem Weg in die Staatspleite war, weswegen die dortige Sozialdemokratie inzwischen vieles in Richtung Neoliberalismus korrigierte.

Ich weiß: Die Arbeiterbewegung konnte in den letzten hundertachtzig Jahren dem Kapitalismus seine schlimmsten Auswüchse nehmen. Sie hat ihn gezähmt und verträglicher gemacht. In vielen Ländern konnte sich die soziale Lage der abhängig Beschäftigten grundlegend verbessern, was immer auch mit der latenten Drohung eines radikalen Wechsels der Besitzverhältnisse erreicht wurde. Die Existenz des Realsozialismus in Osteuropa hat diese Drohung verstärkt; nicht zufällig lagen die europäischen Länder mit einem besonders hohen Maß an Sozialstaatlichkeit, von Österreich über die alte Bundesrepublik bis Skandinavien, in der unmittelbaren Nähe des Eisernen Vorhangs. Dass die für die Arbeitnehmerschaft freundlichsten Auswirkungen des Sowjetsystems sich nicht innerhalb, sondern außerhalb von dessen Herrschaftsgrenzen realisierten, gehört für mich zu den Paradoxien der Sozialgeschichte.

Das Veränderungspotential der Idee vermag es immerhin zu beweisen. Also brauchen wir sie? Benötigen wir sie als Utopie? Wobei ich freilich weiß, dass Utopien entweder ewig unerreichbar bleiben, was sie für die praktische Politik nur beschränkt tauglich macht, oder dass sie, wenn sie zur Realität werden, in den Terror münden. Alle Sonnenstaaten, von dem der Wiedertäufer bis zur Sowjetunion liefern den geschichtlichen Beweis, auch jene Länder, in denen weiterhin Kommunisten regieren. Sie bieten die Fortsetzung von geistiger Unterdrückung und materiellem Elend, wie in Kuba, wie in Nordkorea.

Was Deng Xiaoping für China erstrebte und was er mit dem Vorbildmodell Hongkong benannt hat, ist nichts anderes als die Rückkehr zu kapitalistischen Wirtschaftsverhältnissen. Die Folgen werden sichtbar in der unmittelbar an die britische Kronkolonie Hongkong anschließenden chinesischen Sonderwirtschaftszone Shenzhen. Ich fahre nächtens durch sie hindurch. Ihr Lichtermeer, ihre zuckenden Reklamen erinnern mich an Las Vegas im US-Bundestaat Nevada.

Ob und wie Dengs Vorhaben gelingt, weiß ich nicht. Kann ich sicher sein, dass nicht irgendwann ein neuer Wu oder Liao eine Wiederholung der Großen Kulturrevolution fordert, wie auch Lenin die erfolgreiche kapitalistische Periode seiner Neuen Ökonomischen Politik jählings beendete? Und die chinesischen Massen hören zu und applaudieren, sie stürmen die Straßen, hungrig und voll Erbitterung, sie schleifen die Paläste des neuen Reichtums, auch die in Honkong, auch die in Shenzhen, Tristesse und Zerfall senken sich über die Insel wie ein Leichentuch, die Verträge mit den Vertretern des britischen Imperialismus sind nicht mehr als ein Fetzen Papier, der Imperialismus ist ein Papiertiger, wie einst Mao sagte?

Ich sitze auf einer Fähre, die mich zurückbringt ins abendliche Hongkong. Die Luft ist voller Dunst. Die Felsen des Archipels haben

darunter alle Tiefe verloren, sodass sie bloß noch ein sanfter zweidimensionaler Umriss sind, wie auf den Rollbildern chinesischer Tuschzeichner. Allmählich schwimmt die Skyline von Victoria Harbour heran, mit tausend erleuchteten Fenstern, mit vom Licht gekennzeichneten Konturen, die sich im Wasser des Hafens spiegeln, es ist ein märchenhaftes Bild, sehr luxuriös, sehr bedroht und sehr vergänglich.

Anhang

Bildnachweis

Anna Seghers – Eine Biographie in Bildern, Berlin 1994
S. 65, 93
Archiv des Autors
S. 191, 276, 279, 282
Archiv des Verlages
S. 17, 114, 211, 215
Archiv Hans Haider
S. 173
Bundesarchiv / Bild 183-T0330-026, Foto: Peter Koard
S. 142
fotolia.com / claudiozacc
S. 303
Landesarchiv Berlin
S. 222
Nachlass Roger Melis / Mathias Bertram
S. 72, 74, 79, 80 (2), 83, 127, 150, 162, 195, Umschlagvorderseite
picture alliance /dpa
S. 119
Renate von Mangoldt
S. 100
Therese Schneider
S. 23, 106, 203
ullstein bild / B. Friedrich
S. 59
Victor Klemperer – Ein Leben in Bildern, Berlin 1999
S. 48

Personenregister